Len Vlahos

Welcome to Reality

DER AUTOR

Nachdem Len Vlahos in den 80ern die Filmhochschule in New York abgebrochen hatte, spielte er zunächst in einer Punk-Pop-Band, wechselte dann in die Buchhandelsbranche und begann schließlich selbst zu schreiben. Er lebt mit seiner Frau und zwei kleinen Söhnen in Denver und ist dort Inhaber einer Buchhandlung.

Mehr über cbj auf Instagram unter
@hey_reader

Len Vlahos

Welcome to Reality

Aus dem Amerikanischen
von Anja Galić

Dieses Buch ist auch als E-Book erhältlich.

MIX
Papier aus verantwortungsvollen Quellen
FSC® C014496
FSC www.fsc.org

Verlagsgruppe Random House FSC® N001967

1. Auflage 2019
Erstmals als cbt Taschenbuch Februar 2019

Die Originalausgabe erschien unter dem Titel
»Life in a fishbowl« bei Bloomsbury Children's Books, New York

Aus dem Amerikanischen von Anja Galić
Umschlaggestaltung: semper smile, München
Umschlagmotiv: © Getty Images / Dominik Nitze / EyeEm
kk · Herstellung: eR
Satz: Uhl + Massopust, Aalen
Druck: GGP Media GmbH, Pößneck
ISBN 978-3-570-31160-8
Printed in Germany
www.cbj-verlag.de

In liebendem Gedenken an Patrick A. McCartney,
Patti Girvalo Neske, Avin Mark Domnitz
und meinen Onkel Charlie Vlahos

Prolog

(Donnerstag, 10. September)

Jackie Stone mochte ihren Vater. Sie mochte ihn sehr.

So sehr, dass sie ein Foto von ihm in ihrem Schließfach in der Schule aufbewahrte. Es klebte an der Innenseite der Tür und war ein relativ aktuelles Selfie, das die beiden in einem Skilift zeigte. Nicht einmal Jackies blonde Haare, die unter ihrer Mütze hervorquollen, konnten das strahlende Lächeln verbergen, das auf ihrem Gesicht lag. Wenn sie einen miesen Tag hatte, von denen es für Jackie gefühlt mehr gab als von den nicht miesen, machte sie einen Abstecher zu ihrem Schließfach und schaute sich das Foto an. Es war zu so einer Art visueller Schmusedecke geworden.

An den Tagen, an denen Jackies Vater Jared nicht in Salem war, wo er als Abgeordneter im Parlament des Bundesstaates Oregon saß, verbarrikadierte er sich in seinem Arbeitszimmer. Jackie hatte ihn im Verdacht, dass er dort wahrscheinlich mehr Zeit damit verbrachte, sich mit seiner Wii zu amüsieren, als zu arbeiten. Es machte ihm unglaublich viel Spaß, Tiger Woods auf dem Golfplatz zu schlagen, auch wenn es nur ein virtueller Golfplatz war, und dafür liebte sie ihn nur umso mehr. Sie wäre nie auf die Idee gekommen, ihn zu stören, wenn die Tür zu seinem Arbeitszimmer geschlossen war, egal ob er nun arbeitete oder spielte.

Aber donnerstags war es anders.

Donnerstags erledigte ihr Vater alles, was im Haushalt anstand – einkaufen und zur Post gehen oder Wäsche waschen –, und ging anschließend ins Fitnessstudio. Wenn er dann nach Hause kam, ließ er seine Tasche mit den verschwitzten Sportsachen im Flur fallen, lief immer zwei Stufen auf einmal nehmend die Treppe hoch und setzte sich oben neben Jackie, die dort schon auf ihn wartete. Sie unterhielten sich ein bisschen, bevor sie mit Jackies Mutter und ihrer Schwester zu Abend aßen, und dann kuschelten sie sich zusammen auf die Couch und zappten. Sie und ihr Dad nannten es »Vater-Tochter-Zeit« und für Jackie war es der beste Abend der ganzen Woche.

Selbst mit fünfzehn fühlte sie sich nirgends auf der Welt so beschützt und geborgen wie an der Sicherheit spendenden, warmen Schulter ihres Vaters. Sie wusste, dass es ihm genauso ging.

Aber an diesem Donnerstag musste sie ziemlich lange auf ihren Vater warten.

Er war spät dran.

***

Jared Stone mochte sein Gehirn. Er mochte es sehr.

Natürlich gab es Momente – der eintönige Feierabendverkehr, ein sich endlos in die Länge ziehendes Baseballspiel, die tröstliche Routine des wöchentlichen Kirchgangs –, in denen es seine Aktivität herunterfuhr und auf eine Art Autopilot schaltete. Aber größtenteils war Jareds Gehirn wirklich fleißig.

Es half ihm, sich in den endlosen Gängen des Kapitols von Oregon zurechtzufinden, wo er seine mittlerweile fünfte zweijährige Amtszeit ableistete und die Bürger von Portland repräsentierte. Es half ihm, die unergründlichen Mienen seiner Frau Deirdre und seiner beiden mitten in der Pubertät steckenden Töchter Jackie und Megan zu entschlüsseln. Es signalisierte ihm, wann sie ihn brauchten und wann er ihnen lieber aus dem Weg gehen sollte. Es wusste, was gut schmeckte, welche Frauen attraktiv waren und welche Kollegen ein Problem mit Körpergeruch hatten. Und im Großen und Ganzen schien es den Unterschied zwischen Gut und Böse zu kennen. Man könnte sagen, dass sein Gehirn sein bester Freund war. Deswegen war es ziemlich hart für Jared, als er erfuhr, dass sein Gehirn ein Glioblastom hatte – oder besser gesagt, deswegen wäre es ziemlich hart gewesen, hätte Jared gewusst, was ein Glioblastom ist.

»Ein Glio-was?«, fragte er.

Die Ärztin, eine grauhaarige Frau mit markantem Kinn und weißen Sandalen, die genauso aussahen wie die, die Jareds Tante Eva immer getragen hatte, sah ihn einen Moment schweigend an, bevor sie antwortete. »Es tut mir leid, Jared. Das ist ein Gehirntumor.«

Er ließ sich die Worte durch den Kopf gehen: *Es tut mir leid, Jared. Das ist ein Gehirntumor.* Tat es ihr leid, dass es ein Tumor war, oder entschuldigte sie sich dafür, dass sie sich nicht sofort klarer ausgedrückt hatte, anstatt die Bezeichnung »Glioblastom« zu benutzen? War der Teil seines Gehirns, den er gerade einsetzte, der, in dem der Tumor saß?

»Und?«, fragte er.

»Und das sind keine guten Neuigkeiten«, antwortete die Ärztin.

»Keine guten Neuigkeiten?« Jared hörte die Worte, hatte aber Schwierigkeiten, dem Gespräch zu folgen. Er wusste, dass er sich konzentrieren musste, wusste, dass es jetzt wichtiger denn je war, sich zu konzentrieren, aber es schien ihm einfach nicht gelingen zu wollen. Genau dieses zeitweilig auftretende Unvermögen, sich zu konzentrieren, diese Anfälle von Verwirrung und Gedächtnisverlust, gemeinsam mit dem anhaltenden Schmerz in seiner rechten Schläfe, hatten ihn überhaupt erst dazu veranlasst, die Neurologin aufzusuchen.

»Nein«, sagte die Ärztin. Sie wartete, dass Jared die Information verarbeitete.

»Keine guten Neuigkeiten«, sagte er und hatte es nun begriffen.

»Er ist inoperabel.«

»Inoperabel«, wiederholte Jared und begriff diesmal sofort.

»Die einzige Behandlung, die ich Ihnen anbieten kann, ist palliativer Natur.«

»Tut mir leid, aber das Wort sagt mir nichts.« Wobei er

nicht wusste, ob das schon immer so gewesen war, oder ob er das Wort einmal gekannt und mittlerweile vergessen hatte.

»Es bedeutet, dass wir versuchen können, ihr Leiden zu lindern, aber nicht in der Lage sind, das Wachstum zu stoppen. Das wird fortschreiten.«

»Das Wachstum wird fortschreiten?«

»Ja.«

Er ließ sich auch das durch den Kopf gehen und fragte sich, ob dieser Gedanke gerade durch den Tumor hindurchging, über ihn drüber, unter ihm hinweg oder um ihn herum. »Kann ich mit einem Tumor leben?«, fragte er.

Die Ärztin seufzte unabsichtlich. Noch während sie den Atem ausstieß, versuchte sie, den Laut zu unterdrücken, sodass es wie ein »Ahh« klang und sich eher zustimmend als bekümmert anhörte. Dann sagte sie: »Nein.«

»Nein«, wiederholte Jared.

»Nein«, sagte die Ärztin.

Ihr Tonfall war nüchtern, als würde sie die Temperatur und Luftfeuchtigkeit feststellen, aber Jared sah, wie ihr die Tränen in die Augen traten, und das tat ihm leid. Mitgefühl war ein wesentlicher Bestandteil seines Wesens, oder zumindest glaubte er das. Es gab jetzt nichts mehr, dessen er sich sicher sein konnte.

***

Das Glioblastom mochte Jared Stones Gehirn. Es mochte es sehr. Genauer gesagt, fand es sein Gehirn köstlich.

Wie die meisten Lebewesen hatte der Tumor keine Ahnung, wie er entstanden war. Fast so, wie ein Baby aus dem Mutterleib kommt und die Brust seiner Mutter findet, wachte das Glioblastom einfach eines Tages auf, fraß sich durch die graue Substanz in Jareds Frontallappen und wusste, dass es schön war, dort zu sein.

Für den Tumor war das völlig normal. Es war das, was Tumore machen: Sie verzehren die Erinnerungen ihres Wirts, bis beide – der Wirt und der Tumor – zu existieren aufhören. Während sich das Glioblastom die Neuronen des scheinbar endlos weiten Nervensystems einverleibte und den wesentlichen Kern des Geists seines Wirtes verdichtete, würde es im Laufe der Zeit immer mehr zu Jared werden, während Jared immer weniger Jared sein würde. Damit wäre dann der Moment gekommen, in dem es *Game over* hieße. Aber das wusste der Tumor nicht. Er wusste nur, dass er weiterfressen musste, dass Jareds Erinnerungen wundervoll schmeckten, dass sie etwas waren, was man genießen musste.

An dem Morgen, an dem Jared bei der Ärztin war, dem Donnerstag, an dem er erfuhr, dass er einen Gehirntumor hatte, schaute sich das Glioblastom Jareds Erinnerung an die Geburt seiner ältesten Tochter Jackie an.

Deirdre, Jareds Frau und Jackies Mutter, lag auf einem OP-Tisch. Verborgen hinter einem blauen Tuch, das vor ihren Oberkörper gespannt war, beugten sich ein Arzt und mehrere Schwestern über ihren Unterleib. Was sie dort machten, konnte das Glioblastom nicht sehen. Der Tumor nahm jedes Detail in sich auf. Den weißen Glanz des Bodens und der Wände; den Geruch von Blut und Desinfektionsmittel, der sich auf eine Art vermischte, die vermuten ließ, dass etwas enorm Wichtiges im Gang war; das Piepsen der Maschinen und das Schnaufen des Beatmungsgeräts. Der Tumor absorbierte alles, was er sah, roch und hörte, als würde er es selbst erleben, und so war es im Grunde auch. Für den Tumor unterschied sich die Erinnerung an das Ereignis nicht von dem Moment, in dem Jared es erlebt hatte.

Durch den Geschmack und die Beschaffenheit dieser speziellen Erinnerung wusste das Glioblastom, dass die Nabelschnur sich um den Hals des Babys gewickelt hatte, weshalb es per Notkaiserschnitt aus Deirdres Bauch geholt wurde. Jared, und jetzt auch der Tumor, waren krank vor Sorge.

Jared hielt Deirdres Hand und gab Binsenweisheiten von sich. *Es wird alles gut. Der Arzt sagt, so was kommt ständig vor.* Er versuchte, so überzeugend wie möglich zu klingen, aber der Tumor wusste, dass sein Wirt nicht wirklich an das glaubte, was er da sagte. Er wusste es, weil der Tumor selbst nicht wirklich daran glaubte.

Deirdre weinte. Das Glioblastom wünschte sich nichts mehr, als selbst etwas tun zu können, damit sie nicht mehr weinte.

Und dann … ein neues Weinen.

Ein anderes Weinen.

Ein Weinen, das von all den Geheimnissen des Universums erfüllt war.

Zuerst befand sich das Weinen mittig über Deirdres Körper, aber das Geräusch entfernte sich schnell, und Jared – und jetzt auch der Tumor – wurde panisch.

Der Anästhesist, den der Tumor bis jetzt nicht bemerkt

hatte und der neben Jared saß, musste Jareds Not gespürt haben.

»Es ist alles in Ordnung«, sagte er. »Sie waschen sie und führen den Apgar-Test mit ihr durch.«

»Apgar-Test?«, fragte Jared.

»Das Baby wird untersucht, um sicherzugehen, dass alles in Ordnung ist. Reine Routine.«

Kurz darauf zeigte eine Schwester in einem hellgrünen OP-Kittel und mit Mundschutz, der nur ihre Augen freiließ, Deirdre das Baby und legte es dann Jared in den Arm.

»Herzlichen Glückwunsch«, sagte sie. Der Tumor sah, dass die Schwester unter ihrem Mundschutz strahlte. Er fragte sich, wie sie sich über etwas, das sie jeden Tag machte, so aufrichtig freuen konnte.

»Hallo, Jacquelyn«, sagte Jared. »Wie klein du bist.« Der Tumor spürte, wie sich die Muskeln in Jareds Armen und Nacken anspannten; er schmeckte die Angst, die Jared empfand, Angst davor, dass er diesen winzigen neugeborenen Menschen fallen lassen könnte.

»Ich möchte sie sehen«, sagte Deirdre. Jared ging ein bisschen in die Knie und hielt das Baby in Deirdres Blickfeld. Und dann machte Jared etwas, das der Tumor nicht verstand: Er begann zu singen.

Er sang so leise, dass das Glioblastom zuerst sicher war, niemand, noch nicht einmal Deirdre, könne es hören. Es war ein Schlaflied, das er nur für seine neugeborene Tochter sang. Aber der Tumor konnte es hören und fand es wunderschön: »Seven Spanish Angels« von Willie Nelson und Ray Charles. Der Titel des Songs leuchtete plötzlich im

Kopf des Tumors auf, oder hätte dort aufgeleuchtet, wenn der Tumor einen Kopf gehabt hätte, was nicht der Fall war. Aber es lief auf dasselbe hinaus.

»Sie hat aufgehört zu weinen.« In Deirdres Augen stand eine so unglaubliche Freude, dass der Tumor dachte, die Frau seines Wirts würde jeden Moment vor Glück platzen.

Jared lächelte, beugte sich vor und küsste Deirdre auf die Stirn. Dann beugte er sich über die kleine Jackie und küsste sie auf dieselbe Stelle. Deirdres Haut war rau und schweißbedeckt, die von Jackie dagegen war ganz weich und duftete nach Hoffnung und Versprechen. Das Baby krähte leise.

In diesem Moment wusste der Tumor, dass das zwischen Vater und Tochter entstandene Band unzerreißbar war. Er hielt inne, um dieses Gefühl in sich aufzunehmen und sich von dem grenzenlosen Glück einhüllen zu lassen.

Dann verschlang das Glioblastom die Erinnerung in einem Stück.

***

Jackies jüngere Schwester Megan hatte an diesem Donnerstagnachmittag ein paar Freundinnen zu Besuch und hatte klargestellt, dass Jackie nicht erwünscht war. Jackie war das mehr als recht. Das Letzte, worauf sie Lust hatte, war, sich Wiederholungen von *Der Bachelor* oder irgendeiner anderen dämlichen Realityshow anzuschauen, während Megan und ihre Freundinnen wie eine Horde gackernder Hühner vor dem Fernseher hockten.

Als ihr Vater nicht zur gewohnten Uhrzeit nach Hause kam, ging Jackie in ihr Zimmer, um Hausaufgaben zu machen. Sie stieg über den am Boden liegenden Wäscheberg hinweg, berührte im Vorbeigehen wie immer kurz das Filmposter von *Girls Club – Vorsicht bissig!* (ein abergläubisches Ritual) und schob die über ihren Schreibtisch verteilten Schulbücher und Krimis zur Seite, um an ihre Schultasche zu kommen. Dann legte sie sich bäuchlings aufs Bett und breitete ihre Unterlagen vor sich auf dem Kissen aus.

Einen Stift in der einen Hand, eine Haarsträhne um den Zeigefinger der anderen gewickelt, lächelte Jackie, als sie in ihrer Englischhausaufgabe für das zehnte Schuljahr zum »Wort des Tages« kam:

töricht (ˈtœrɪçt) *1. albern oder naiv*

Das passte perfekt: Megan und ihr Gefolge aus der Achten waren definitiv albern und ziemlich naiv.

Nicht dass es eine Rolle spielte. Jackie hätte sich auch dann in ihrem Zimmer verkrochen, wenn sich Megan und ihre Freundinnen nicht im Wohnzimmer breitgemacht hätten. Ihr Zimmer war für Jackie ihr Schutzgebiet. Es war der einzige Ort im Haus, an dem sie sich rundum wohlfühlte.

Der einzige Ort *außerhalb* des Hauses, an dem Jackie sich wohlfühlte, war das Internet. Sie dachte oft, dass es sehr viel besser war, aus der Ferne mit der Welt verbunden zu sein, als sich tatsächlich in sie hinauszuwagen. Zum einen liebte sie die Anonymität. Man konnte sich heimlich auf Webseiten oder in Chatrooms schleichen, ohne dass es jemand mitbekam. Niemand wurde auf einen aufmerksam, und wenn doch, war man mit einem einzigen Klick wieder weg. Es kam ihr so vor, als hätte sie ihre ganz eigenen magischen roten Schuhe wie Dorothy aus dem »Zauberer von Oz« und könnte im Handumdrehen nach Kansas, Hollywood oder Tokio teleportieren.

Der einzige Mensch, mit dem sie sich jemals online unterhalten hatte, war Max. Sie hätte jetzt gern ein bisschen mit ihm geredet, wusste aber, dass er so spät nachmittags nicht zu erreichen war.

Jackie hörte, wie die Haustür auf- und zuging, sie hörte Megans Freundinnen im Chor »Hi, Mr Stone« rufen und dann ohne ersichtlichen Grund in Kichern ausbrechen. Das war eines der Dinge, das Jackie an Megans Freundinnen am meisten auf die Nerven ging: dass sie ständig grundlos kicherten.

Aber das war jetzt egal; ihr Vater war zu Hause. In null Komma nichts sprang Jackie vom Bett, lief aus dem Zimmer und setzte sich oben auf die Treppe.

Sie hörte, wie ihr Vater etwas zu ihrer Mutter sagte – sie verstand nicht, was –, und sah ihn dann um die Ecke biegen und die Treppe hochsteigen. Als sie merkte, dass ihr Vater vor sich hin murmelte und völlig abwesend wirkte, verschwand das vorfreudige Lächeln von ihrem Gesicht. Verblüfft beobachtete sie, wie er an ihr vorbeiging.

»Dad?«

Jared blieb stehen und drehte sich um. »Oh, hey, Jax. Tut mir leid, ich hab dich gar nicht gesehen.«

Das hatte es noch nie gegeben. Dass er, ohne sie zu bemerken, einfach an ihr vorbeiging, war so, als würde der Präsident der Vereinigten Staaten von Amerika in Gedanken versunken am Podium einer Pressekonferenz vorbeigehen. So etwas passierte einfach nicht.

»Alles okay, Dad?«

»Hm? Oh, sicher. Hab nur ziemlich viel Arbeit heute.«

Jackie wusste sofort, dass das eine Lüge war.

»Ich werde gleich mal loslegen«, fügte er hinzu, dann ging er in sein Arbeitszimmer und schloss die Tür hinter sich. Jackie starrte ihm verwirrt hinterher. Er hatte sie nicht hereingebeten.

***

Jared war noch nicht bereit, mit seiner Familie darüber zu sprechen. Er konnte seiner Frau und seinen Töchtern nicht sagen, was die Ärztin ihm mitgeteilt hatte; dass seine zeitweiligen Ausfälle und die Kopfschmerzen sich verschlimmern würden und dass er in drei oder vielleicht vier Monaten tot sein würde.

So leid es ihm tat, was gerade mit Jackie auf der Treppe passiert war, er konnte sich jetzt nicht damit beschäftigen. Er musste nachdenken.

Die Ärztin hatte ihm erklärt, dass er die Ausfälle zumindest etwas in Schach halten konnte, indem er die »Außenreize«, die sein Gehirn verarbeiten musste, so gering wie möglich hielt. Jared blickte sich in seinem Arbeitszimmer nach Außenreizen um. Er schaltete den Computer, den Monitor und den Drucker aus, um sämtliche Hintergrundgeräusche zu beseitigen. Dann löschte er das Licht. Weil er sich albern vorkam, so im Dunkeln dazustehen, legte er sich auf den Boden.

Nachdem er ein paar Minuten so dagelegen hatte, sagte er laut: »Tod.«

Es erschreckte ihn, seine eigene Stimme zu hören, also sagte er es noch mal. »Tod.«

Trebuchet, der betagte schwarze Labrador der Familie, der gerade ein Nickerchen im Arbeitszimmer hielt, schaute einen Moment auf, bevor er den Kopf wieder sinken ließ und erschöpft seufzte.

Jared merkte, dass die Stille im Raum ihm tatsächlich half, klarer zu denken.

»Ich werde sterben«, sagte er laut. *Das ist ein Anagramm für ›Er schwebt nieder‹*, dachte er. *Seltsam.*

Je länger er darüber nachdachte, desto weniger Angst vor dem Sterben hatte Jared. Er hatte Wichtigeres zu tun. Wie die meisten Senatsabgeordneten musste Jared noch einer zweiten Tätigkeit nachgehen, um genug Geld für seinen Lebensunterhalt zu verdienen. Allerdings war er im Gegensatz zu den meisten Abgeordneten nicht Rechtsanwalt, sondern Grafikdesigner. Das Einkommen aus diesen beiden Jobs würde seine Familie selbst mit Deirdres Gehalt finanziell nicht absichern. Er hatte eine Lebensversicherung, aber die belief sich auf gerade mal 500 000 Dollar, hatte eine Laufzeit von zwanzig Jahren und war kurz nach Jackies Geburt abgeschlossen worden. Allein schon die Hypothek für das Haus würde diesen Betrag verschlingen wie ein Wurm, der sich durch einen Apfel fraß. *Oder ein Tumor durch ein Gehirn,* dachte er. Er konzentrierte sich mit aller Kraft darauf, eine Lösung für das Problem zu finden, aber je angestrengter er nachdachte, desto mehr schmerzte sein Kopf. Er wusste nicht, ob der Tumor oder die Situation dafür verantwortlich war, aber das spielte auch keine Rolle.

»Ich brauche Geld«, sagte er laut. *Durchgabe Chile,* dachte er. Jared fragte sich, woher plötzlich all diese Anagramme kamen. Er hatte sonst eigentlich mit Wortspielen nie etwas am Hut gehabt, zumindest konnte er sich nicht daran erinnern. Vielleicht war der Tumor die Ursache dafür, vielleicht bewirkte er, dass manche Bereiche seines Gehirns leistungsfähiger arbeiteten als früher, während er ihn gleichzeitig langsam tötete.

Ihm fielen noch mehr Anagramme ein, während er »langsam einschlief« (*sein Schlagmann lief*) und in einem Meer aus »Buchstaben« (*Buntschabe)* versank.

***

Während der nächsten Tage versuchte Jackie immer wieder, ein Gespräch mit ihrem Vater anzufangen, aber das Ergebnis war von Mal zu Mal seltsamer.

»Hi, Daddy«, sagte Jackie eines Nachmittags.

»Hm? Oh, hi, Peanut. Mir geht's gut, danke«, antwortete er und ließ sie stehen.

Nicht nur die Dauer des Gesprächs war untypisch und beunruhigend – ganz abgesehen davon, dass sie ihn nicht gefragt hatte, wie es ihm ging –, sondern auch die Tatsache, dass »Peanut« Dads Kosename für Megan war.

»Dad«, sagte sie bei einer anderen Gelegenheit, »kannst du mir bei meiner Mathehausaufgabe helfen?«

»Klar, Jax, aber vielleicht lieber später, nachdem wir *Jericho* geschaut haben.«

An der Antwort wäre an sich nichts auszusetzen gewesen, wenn die Serie nicht letztes Jahr abgesetzt worden wäre.

Nicht alle ihre Begegnungen verliefen so – Jared dachte immer noch daran, zu fragen, wie ihr Schultag gewesen war, und schaffte es sogar, den Anschein zu erwecken, er würde Jackie aufmerksam zuhören, wenn sie antwortete –, aber es gab für sie trotzdem genügend Anzeichen, sich zu fragen, ob etwas nicht stimmte.

Sie versuchte, mit ihrer Mom darüber zu sprechen, aber Deirdre war auf eine andere Art und Weise zerstreut, wie es berufstätige Mütter oft sind. Sie müssen sich um so viele Dinge gleichzeitig kümmern, dass sie keine Zeit haben, sich um irgendetwas Sorgen zu machen, falls nicht gerade das Haus abzubrennen droht. Und auch wenn Jareds Gehirntumor definitiv so bedrohlich war wie ein Hausbrand, hatte noch niemand den Alarm ausgelöst.

Jackie kam zu dem Schluss, dass ihr Dad wohl einfach überarbeitet war, schob ihre Beunruhigung beiseite und genoss, ohne es zu ahnen, die letzten Tage, die sie in seligem Nichtwissen verbringen würde.

***

Jared behielt die Nachricht von seinem Gehirntumor vier weitere Tage für sich und verbrachte die meiste Zeit damit, in seinem Arbeitszimmer auf dem Boden zu liegen und nachzudenken. Er achtete darauf, oft genug herauszukommen, damit seine Familie nicht auf die Idee kam, etwas könnte nicht in Ordnung sein, und kehrte sofort dorthin zurück, sobald er sich sicher war, dass sie noch nicht Lunte gerochen hatten.

Jared dachte angestrengt über eine Möglichkeit nach, sich aus seiner – wie er es nannte – *finanziellen Zwickmühle* zu befreien. Bald würden Collegegebühren anfallen. Und Autos und Urlaube und alles, wofür Kinder sonst noch Geld brauchten. Aber hauptsächlich versuchte er, einfach nachzudenken. Wenn er genug davon hatte, in der Dunkelheit zu liegen, schaltete er seinen Computer an und klickte sich von einer Krebs-Seite zur nächsten. Die bedrückenden Dinge, die er über Glioblastome las, verursachten ihm Kopfschmerzen, und er ertappte sich immer wieder dabei, wie er stattdessen auf verlinkte Nachrichten- und Boulevard-Seiten abwanderte.

Dabei stieß er auf einen seltsamen Artikel vom letzten Monat:

Mann versteigert nach Scheidung sein Leben online.
14. März – WorldNewsNow.com

Als Joos Smit klar wurde, dass er einen Neustart brauchte, versteigerte er seine sämtlichen materiellen Besitztümer im Internet. Von einer unbenutzten Tube Zahnpasta bis hin zu einem 2002 Toyota Camry bot Smit sein komplettes Leben dem Meistbietenden an.

Der dreiundvierzigjährige Niederländer, ein erfolgreicher Anwalt, der gern Drachen fliegt und Ski läuft, schien alles zu haben. Aber dann reichte seine Frau, eine Italienerin namens Anna Mazzucchi, nach sieben Jahren Ehe die Scheidung ein, und Smit beschloss, dass es Zeit war, etwas zu verändern.

»Ich wollte einfach keine Erinnerungen mehr an mein vorheriges Leben«, sagte er.

Smits Angebot beinhaltet sein Haus, seinen Whirlpool, seine Kleidungsstücke, seinen Fernseher, seine Katze und seinen Wagen. Er erklärte außerdem: »Meine Freunde sind ebenfalls in dem Gesamtpaket enthalten. Sie haben versprochen, nett zu demjenigen zu sein, der den Zuschlag erhält.«

Jared blickte von seinem Computerbildschirm auf und für einen Moment blieb die Welt stehen.

In Jareds Gehirn formte sich eine Idee. Eine verrückte Idee. Eine Idee, auf die nur ein Mann mit einem Glioblastom kommen konnte. Er würde sein Leben versteigern – nicht sein Hab und Gut, sondern sich selbst – auf eBay. Im Parlament übte die Sterbehilfe-Lobby Druck auf ihn aus, bei einer geplanten Gesetzeserweiterung Position zu beziehen; er würde ihr Aushängeschild werden. *Jared Stone meistbietend zu verkaufen – verfahren Sie mit ihm nach Ihrem eigenen Gutdünken.*

Erster Teil

Die Kaufinteressenten

(Dienstag, 15. September)

9 T 9 Std 14 Min

Hazel Huck mochte Spiele. Sie mochte sie sehr.

Sie mochte Strategiespiele (Schach und Risiko) und Glücksspiele (Kniffel und Solitaire), aber am liebsten mochte sie Rollenspiele. Egal ob es um die Offlinewelten von Dungeons & Dragons ging oder die Onlineuniversen von EverQuest, Dark Age of Camelot und World of Warcraft. Hazel liebte nichts mehr, als in die Haut von jemand anderem zu schlüpfen und sich darin zu verlieren. Eine hochgewachsene Elfenkriegerin mit 150 Trefferpunkten zu sein bedeutete, unbesiegbar zu sein. Sie verbrachte jede freie Minute damit, sich in diesen Welten aufzuhalten. Es war ihr Weg, dem Alltagstrott zu entfliehen.

Hazel fühlte sich in ihrem eigenen Leben fehl am Platz. Sie stammte aus einer vermögenden Familie in Huntsville, Alabama, und hätte sich mit ihren siebzehn Jahren eigentlich auf ihren Debütantinnenball vorbereiten sollen. Ihre Mitschülerinnen von der Florence Nightingale School for

Young Women sprachen von nichts anderem mehr als von dem Ball, auf dem sie offiziell in die Gesellschaft eingeführt werden würden. Ganz im Gegensatz zu Hazel. Sie fand diese Tradition völlig überholt und ziemlich peinlich. Ihre Eltern, die beide Anwälte waren und sich auf Schifffahrtsrecht spezialisiert hatten, bedauerten die Einstellung ihrer Tochter, respektierten aber, dass sie nun mal ihren eigenen Kopf hatte.

Mit Ausnahme der Schule und der familiären Verpflichtungen – im Haushalt mithelfen, Besuche bei Tanten und Onkeln, der obligatorische sonntägliche Kirchgang – lebte Hazel in einer virtuellen Welt. Ihre engsten Freunde waren Mitglieder ihrer Warcraft-Gilde. Und was sprach dagegen? Das waren interessante Leute. Sie war ihnen zwar nie persönlich begegnet, wusste aber mehr über sie als über irgendeines der Mädchen von der Schule. Da waren zum Beispiel eine Geschäftsfrau mittleren Alters aus New York, ein Mädchen aus Bolivien, das wie sie noch auf die Highschool ging, und jemand, der behauptete, Science-Fiction-Romane zu schreiben. Allerdings verriet er (sie?) nie die Titel seiner (ihrer?) Bücher, worum es darin konkret ging oder bei welchem Verlag sie erschienen. Es spielte keine Rolle. In dieser Welt konnte man sein, wer oder was man wollte, nicht nur durch die Avatare, die man sich aussuchte, sondern auch durch die Geschichten, die man erzählte.

Bei ihrem ersten Ausflug in die Welt der Onlinespiele war Hazel noch ziemlich nervös gewesen, was ihre eigene Geschichte anging – oder genauer gesagt, ihr Gefühl, keine eigene Geschichte zu haben –, weshalb sie kurzerhand eine erfand. Sie behauptete, Englische Literatur an einer Universität »irgendwo in Europa« zu studieren. Die anderen Gamer wirkten beeindruckt, und ehe sie sich versah, gab es kein Entkommen mehr aus ihrer Lüge. Damit ihre Onlinepersona glaubhaft war, recherchierte sie ausführlich über die wichtigsten Doktorandenprogramme für Englische Literatur in Großbritannien und Frankreich und hatte immer genügend aktuelle Informationen in petto, um ihr Märchen aufrechtzuerhalten. Mit der Zeit glaubte sie schließlich selbst, dass diese Person – die sie Tess nannte – tatsächlich existierte. Es war zu spät, damit herauszurücken, dass sie noch auf der Highschool war – erst in der Neunten, als sie angefangen hatte, dieses besondere Seemannsgarn zu spinnen, mittlerweile in der Zwölften – und in Alabama lebte. Sie machte sich die erfundene Geschichte zu eigen und hielt die Lüge am Leben.

Hazel war gerade dabei, einen Heilzauber zu wirken, als eine Chat-Nachricht von einem Warcraft-Freund auf dem Bildschirm aufploppte. Die Nachricht lautete *Ist das nicht voll krass? ROTFL!* und enthielt einen Link zu Jareds eBay-Anzeige.

Aber Hazel wälzte sich nicht vor Lachen auf dem Boden.

***

Ethan Overbee mochte seine Sekretärin Monique. Er mochte sie sehr.

Er mochte ihre Fähigkeit, es vorauszuahnen, wenn er ein Meeting verlegen wollte. Er mochte es, dass sie genau wusste, wen von seinen Untergebenen sie an welchen Tagen zu ihm durchlassen durfte und wie lange sie in seinem Vorzimmer zu warten hatten. Und er mochte es, dass es ihr immer gelang, Anrufe von seiner Freundin, seiner Mutter und seiner Schwester abzuwehren. Aber am meisten mochte er die Dinge, die Monique für ihn tat, wenn er die Tür zu seinem Büro in Santa Monica schloss.

Es wäre Ethan nie in den Sinn gekommen, dass er Monique das Gefühl gab, eine sehr gut verdienende Prostituierte zu sein, worunter ihr Selbstwertgefühl so sehr litt, dass sie noch nicht einmal mehr in den Spiegel schauen konnte, ohne dass ihr schlecht wurde. Es kam ihm nie in den Sinn, weil es ihm erst gar nicht in den Sinn kommen konnte. Im Gegensatz zu Jared Stone war Ethan Overbee ein Mann ohne jedes Mitgefühl.

In einer wissenschaftlichen Studie wurde festgestellt, dass auf Chromosom 15q ein Markergen existiert, das für Mitgefühl verantwortlich ist. Offenbar ist dieses Markergen bei erfolgreichen Staatsoberhäuptern, Vorstandsvorsitzenden und passionierten Hobbyradfahrern sehr viel seltener nachzuweisen als beim restlichen Teil der Bevölkerung. Wie sich zeigen sollte, konnte man Ethan zu dieser Gruppe zählen.

So war es dann auch nicht weiter überraschend, dass Ethan nicht nur ein leidenschaftlicher Radfahrer, sondern mit seinen zweiunddreißig Jahren auch der jüngste stellvertretende Programmchef in der Geschichte von American Television Network war. ATN war das Kronjuwel eines Medienimperiums aus Fernseh- und Radiosendern und Zeitungshäusern auf der ganzen Welt und dafür bekannt, mit seiner Berichterstattung schon so gut wie jeden vor den

Kopf gestoßen zu haben, was jedoch nichts daran änderte, dass das Unternehmen Jahr für Jahr die allerhöchsten Absatzzahlen und Einschaltquoten erzielte. In einer Kolumne der *New York Times* wurde ATN als Spiegel bezeichnet, »der die dunkelsten Winkel der amerikanischen Seele wiedergibt«. Wenn Ethan sich die Mühe gemacht hätte, darüber nachzudenken (was er nicht tat), hätte seine pragmatische Seite diesem Urteil zugestimmt.

Seinen Mangel an Mitgefühl machte Ethan dadurch wett, dass er die Menschen, die es gut mit ihm meinten, mit Luxusgeschenken überhäufte. Er fand, dass Monique es gerade besonders gut mit ihm gemeint hatte, weshalb er sich bei eBay auf die Suche nach dem perfekten Geschenk für sie machte.

Er wusste, dass Monique den Schauspieler Heath Ledger vergötterte. Normalerweise hätte er einfach ein paar Anrufe getätigt und Ledger wäre in seinem Büro aufgetaucht und hätte Monique zum Mittagessen ausgeführt. Aber weil der Typ an einer Medikamentenüberdosis gestorben war, musste Ethan sich mit herkömmlichem Shopping begnügen. *Künstler*, dachte er kopfschüttelnd. *Es ist doch immer dasselbe mit ihnen.*

Es gab an die zweitausend Artikel bei eBay, die mit Ledger zu tun hatten, aber nichts davon schien zu passen. Ethan war der Meinung, dass ein signiertes Foto oder ein Kleidungsstück, das Ledger in einem seiner Filme getragen hatte, zu banal waren. Ihm kam ein Gedanke – vielleicht gab es ja irgendein Erinnerungsstück, das in direktem Zusammenhang zu Ledgers Tod stand. Er fragte sich kurz, ob das womöglich zu geschmacklos war, sah aber keinen Grund dafür.

Die Presse hatte Ledgers Tod als Unfall dargestellt, aber Ethan glaubte nicht daran; er gab »Selbstmord Ledger« in die Suchmaske ein. Als er die makabren Artikel durchging, die ihm angezeigt wurden, sah er den Link »Kunden, die sich diesen Artikel angeschaut haben, interessierten sich auch für …«. Einer der angebotenen Artikel hatte den seltsamen Titel »Menschenleben zu verkaufen«. Er klickte ihn an.

Und so kam es, dass Ethan Overbee Jareds Anzeige las.

***

Schwester Benedict Joan mochte das Internet. Sie mochte es sehr.

Sie mochte es, weil es ihr die Möglichkeit bot, mithilfe ihres Blogs *christus-kadetten.blogspot.com* Gottes Wort zu verbreiten. Sie mochte, dass sie durch das Internet mit all den anderen Kämpfern in Christus' Armee auf der ganzen Welt in Kontakt bleiben konnte. Und vor allem mochte sie, dass das Internet es ihr ermöglichte, gegen die unaufhörliche Flut von Pornografie, Pietätlosigkeit und Blasphemie zu kämpfen, die drohte, die gesellschaftlichen Vorstellungen von Anstand und Moral zu zerstören. Eine weniger zuversichtliche Frau wäre von den Abartigkeiten und der Gewalt, die den Puls des World Wide Web antrieben, überwältigt gewesen. Nicht so Schwester Benedict; ihr gab es eine Aufgabe.

Als Vorsteherin des Ordens »Schwestern der ewigen Anbetung« empfand sie es als ihre ganz persönliche Verantwortung, die ihr anvertrauten Nonnen und Novizinnen zu beschützen. Das bedeutete sehr viel mehr, als für regelmäßige Mahlzeiten und eine Unterkunft zu sorgen; es bedeutete, alles in ihrer Macht Stehende zu tun, so gering diese Macht auch war, eine Welt zu gestalten, die von den Lehren und der Liebe Jesus Christus wusste und durchtränkt war. Man könnte sagen, dass es nur eine einzige Sache gab, die Schwester Benedict Joan mehr mochte als das Internet, und das war Jesus Christus selbst.

Die Schwester war eine Nonne alter Schule. Seit dem Zweiten Vatikanischen Konzil behielten die meisten Nonnen ihren Taufnamen und wurden zu Schwester Ella oder Schwester Casey oder Schwester Jordyn. Angela Marie Taggart wäre es wie eine schwere Sünde am wahren Katholizismus vorgekommen, ihren eigenen Namen zu behalten. Die Nonnen, die sie als kleines Mädchen ihrer Frömmigkeit, ihres Gehorsams und ihrer fast martialischen Schönheit wegen anbetete, hatten die Namen männlicher Heiliger angenommen, eine Tradition, der sie sich, zumindest teilweise, verbunden fühlte und die sie aufrechterhalten wollte. Sie war davon überzeugt, dass ihr Name sowohl eine autoritäre als auch beruhigende Wirkung auf die jungen Frauen des Konvents und vor allem auf die Schülerinnen der Annunciation Catholic School hatte, wo sie die dritte Klasse unterrichtete. Jemanden, der Schwester Benedict hieß, stellte man einfach nicht infrage.

Ihre früheste Kindheitserinnerung war der Besuch einer katholischen Messe im Alter von vier Jahren, und schon von diesem Moment an hatte sie gewusst, dass sie ihr Leben

Christus weihen wollte. Was sie damals nicht verstanden hatte und bis heute nicht verstand, war, warum sie die Einzige war. Woche für Woche waren die Bänke der St. Mary's Church mit Kirchgängern gefüllt, die ehrfurchtsvoll unter den hohen Buntglasfenstern saßen, aufstanden oder knieten, wenn sie dazu aufgefordert wurden, und ihre Brieftaschen und Herzen öffneten, wenn man sie darum bat. Sie lächelten aufrichtig, wenn sie einander »Friede sei mit dir« sagten. Wenn sie also alle an Gott und die Wahrheit der Bibel glaubten, daran, dass Gott der König der Könige war, der Erschaffer allen Lebens, der Herrscher über ihr gemeinsames Schicksal, dessen Herrlichkeit zu preisen sie hier zusammengekommen waren, wie kam es dann, dass sie sich nur einmal in der Woche die Mühe machten, ihn zu ehren? Sollte das nicht ein Fulltime-Job sein?

Genau darüber dachte Schwester Benedict Joan nach, als sie ihren Laptop einschaltete. Wie immer hatte sie keine Antwort darauf. Sie schüttelte den Kopf und nahm einen Schluck von ihrem Earl-Grey-Tee.

Schwester Benedict schaute gern dabei zu, wie der Rechner seine ganz eigenen rituellen Handlungen vollzog, wenn er Windows und das Antivirusprogramm lud, das System auf Updates prüfte und E-Mails abrief. Sie stellte sich gern vor, dass er von der Hand Gottes geleitet wurde, obwohl ihr klar war, dass diese technologischen Wunder von Menschenhand geschaffen worden waren und nur die Wunder selbst der echte Beweis göttlicher Gnade waren.

Sie öffnete ihren Browser und ging auf ihren Blog. Sie hatte den Namen Christus-Kadetten nie gemocht, aber alle guten Namen – Christus-Krieger, Christus-Ritter, Christus-Soldaten – waren schon vergeben gewesen. Es gab einen neuen Post, der ein bisschen ungewöhnlich war. Schwester Benedict war zwar davon überzeugt, dass ihr Blog gelesen wurde, aber kaum jemand hinterließ je einen Kommentar. Wenn es doch einmal vorkam, waren es Sprüche wie »Hast du kein Leben, du Sch***witzfigur?«, nur dass das »eiß« dann nicht ausgeblendet war.

Genau wie die wenigen anderen Posts war auch dieser anonym und enthielt lediglich die Nachricht »So etwas sollte man verbieten«. Darunter war ein Link zu Jared Stones eBay-Anzeige.

***

Sherman Kingsborough mochte das Leben. Er mochte es sehr.

Mit dreiundzwanzig war Sherman bereits stinkreich. Er war der glückliche Begünstigte eines Treuhandfonds, den ihm sein Vater vermacht hatte, der während des Vietnamkriegs Millionen gescheffelt hatte und an Shermans achtzehntem Geburtstag starb.

Shermans Mutter war in ihre Heimat Korea zurückgekehrt, als er noch ein kleiner Junge war (sein Vater hatte sie mehr oder weniger abserviert, als wäre sie nichts weiter als eine lästige Angestellte gewesen), und er hatte nie wieder Kontakt zu ihr gehabt. Sherman war in dem Glauben groß geworden, seine Mutter hätte ihn im Stich gelassen. Ohne Geschwister und Eltern, aufgewachsen in einer Welt des Überflusses und der Verschwendung, war sein moralischer

Kompass nie geeicht worden und zuckte unkontrolliert hin und her, ohne je wirklich den wahren Norden zu finden.

So war es nicht weiter verwunderlich, dass Sherman seine geerbten Millionen dafür verwendete, allen nur vorstellbaren Verrücktheiten und Fetischen nachzugeben. Von sexuellen Begegnungen, die zu abartig waren, um sie hier zu beschreiben oder zu beziffern, bis hin zur Haltung extrem exotischer, vom Aussterben bedrohter Tiere, nur um sie sich irgendwann zum Abendessen servieren zu lassen, gab es nichts, was Sherman sich verwehrt hätte. Wenn ihm etwas in den Sinn kam, setzte er es in die Tat um.

Aber nicht alles, was er tat, war verdorben und verkommen. Jedes Mal, wenn Sherman seinen dunkelsten Trieben nachgab, ließ er eine großzügige Geste folgen. Als er sämtliche Hausangestellte seines Vaters wegen eines Wasserflecks auf einem Weinglas feuerte, arbeitete Sherman anschließend zwei Monate in einem Aschram in Indien. Eine Woche, nachdem er einem fünfzehnjährigen Mädchen gesagt hatte, er würde sie lieben, nur um sie ins Bett zu kriegen, und ihr am nächsten Morgen in einem schäbigen Hotelzimmer den Laufpass gegeben hatte, flog er zur Beringstraße und beteiligte sich an der Rettung ölverseuchter Möwen, die Opfer eines auslaufenden Tankers geworden waren. Und nachdem er eine mittellose Familie aus einer der vielen Immobilien seines Vaters geklagt hatte – ein baufälliges Apartmentgebäude in Queens, New York –, bestieg Sherman den Mount Everest als Mitglied einer Expedition, die Geld für Habitat for Humanity sammelte. Jede edle Tat war eine Wiedergutmachung für seine Sünden.

Es war ein unaufhörlicher, bizarrer Kreislauf, wie er dem Drogentraum eines Crystal-Meth-Süchtigen entsprungen sein könnte (was Sherman selbst tatsächlich auch war). Er hielt nie inne und machte nie eine Bestandsaufnahme des Menschen, der er geworden war; er hatte zu viel Angst vor dem, was er finden könnte.

Nachdem Sherman Kingsborough sechs Jahre lang auf der Überholspur gelebt hatte, waren er und sein ständig nach neuen Reizen gierender Geist zu Tode gelangweilt. Es schien nichts mehr zu geben für diesen Mann, der alles hatte, oder zumindest Zugang zu allem.

Aber das war nicht das erste Mal, dass Sherman sich so fühlte. Nachdem er den Gipfel des Mount Everest bestiegen hatte, war er von dieser, wie er glaubte, ultimativen Erfahrung, völlig *high* gewesen, ein Wortspiel, das er während des gesamten Abstiegs unaufhörlich wiederholte, aber dann reiste er mit Opiumschmugglern durch Pakistan und war wieder total high, wenn auch auf eine ganz andere Art und Weise. Es schien, als würde sich jedes Mal, wenn es scheinbar nichts Neues zum Ausprobieren mehr gab, ein bisher unbekannter Pfad auftun. Er sagte gern, dass er lieber Glück habe, als gut zu sein. Das war das Motto von Sherman Kingsboroughs Leben.

Und es war das Erste, was er dachte, als er Jared Stones eBay-Anzeige sah.

***

Jackie lag auf ihrem Bett und starrte auf ihr neues iPhone, mit dem sie durch Neil Gaimans Twitter-Feed scrollte. In den wenigen Wochen, seit sie das Handy hatte – sie und Megan hatten jede eins zum neuen Schuljahr geschenkt bekommen –, war es zu so etwas wie einem zusätzlichen Körperglied geworden, das immer in Griffweite lag, wenn sie es nicht gerade sowieso in der Hand hatte. Sie war bereits auf sämtlichen sozialen Netzwerken – Twitter, Facebook, Instagram –, postete aber selbst so gut wie nie etwas. Sie war eine Beobachterin, eine Voyeurin.

So tickte sie eben. Jackie gehörte nicht zu den Schülerinnen, die sich im Unterricht meldeten, gehörte (für gewöhnlich) nicht zu den Töchtern, die ihre Eltern infrage stellten, und sie gehörte nicht zu den Usern, die ihrer Meinung im Internet eine Stimme verliehen. Jackie genügte es vollkommen, durchs Netz zu wandern, ohne jemals einen Fußabdruck zu hinterlassen, allerdings fragte sie sich, ob sie womöglich ein Troll war, weil sie selbst sich nie zu erkennen gab. Die einzige Person, mit der sie online interagierte, war Max, und der lebte in Sankt Petersburg in Russland.

Sie und Max nahmen an einem Social-Media-Austauschprogramm ihrer Schulen teil. Jackie wollte sich nicht mit jemandem in einem anderen Land anfreunden – das Thema Freunde bereitete ihr schon in ihrer Heimat Amerika genügend Probleme –, aber die Teilnahme an diesem Programm war Pflicht. Als sie erfuhr, dass der zufällig ausgewählte Austauschpartner ein Junge war, hatte sie einen kleinen Nervenzusammenbruch.

Aber wie sich herausstellte, war Max nett. Er war fasziniert von der amerikanischen Kultur und löcherte Jackie mit Fragen, wenn sie sich online trafen, was sie in der Regel während Jackies morgendlicher Freistunde im Computerraum taten. Er interessierte sich brennend für amerikanische Filme und schien geradezu besessen von amerikanischen Regisseuren wie Martin Scorsese, Cameron Crowe und Steven Spielberg.

Bisher hatten sie sich noch nie über irgendwelche wirklich ernsten Themen unterhalten, meistens nur über Musik und Filme und darüber, was die anderen Kids in der Schule anhatten. Max hatte schon drei Freundinnen gehabt, weshalb sich Jackie für ihr eigenes nicht existierendes Liebesleben schämte, aber zum Glück fragte Max nie danach. Außerdem spielte er Gitarre, was sie ziemlich cool fand.

Vielleicht lag es daran, dass sie wusste, dass sie sich nie treffen würden, aber aus irgendeinem Grund fühlte es sich ungefährlich an, sich mit Max zu unterhalten. Jackie ertappte sich dabei, wie sie mit ihm ihre Komfortzone verließ, und das gefiel ihr. Zudem glaubte sie zu spüren, dass er vielleicht ein bisschen verliebt in sie war.

Sie hatte gerade angefangen, sich in einem Tagtraum mit Max zu verlieren, als ein Klingeln an der Haustür sie ins Hier und Jetzt zurückholte. Und weil Jackie nun mal so war, wie sie war, verließ sie sich darauf, dass schon irgendjemand anderes aufmachen würde.

***

Jared Stone las sein eBay-Angebot zum vierten Mal durch. Er wurde das Gefühl nicht los, dass er irgendetwas vergessen hatte:

Menschenleben zu verkaufen

Fünfundvierzigjähriger Mann, der noch vier Monate zu leben hat, verkauft sein Leben an den Meistbietenden. Man kann mit ihm nach eigenem Gutdünken verfahren – ihn versklaven, umbringen, foltern oder sich einfach nett mit ihm unterhalten. Ein Menschenleben also, über das der Besitzer uneingeschränkt verfügen kann. Der Käufer muss in einem Bundesstaat oder Land leben, in dem Sterbehilfe gesetzlich erlaubt ist, und die Transportkosten sowie die anfallenden Steuern übernehmen. Für diese Auktion gibt es ein Mindestgebot.

Falls tatsächlich etwas fehlte, konnte er es nicht ausmachen. Er hatte die Anzeige in einem Moment vollkommener Klarheit verfasst, vielleicht war dieses Gefühl, das an den Rändern seines Bewusstseins zupfte, also nur dem Tumor geschuldet. Trotzdem …

Das Angebot war erst seit fünf Stunden aktiv und es gab bereits sieben Gebote. Sie stammten von einer experimentellen Theatergruppe, deren Kaufhistorie eine Vorliebe für Nazi-Artefakte, mittelalterliche Waffen und Hello-Kitty-Sammelobjekte enthüllte. Das höchste Gebot dieser Gruppe lag bei 900 Dollar und war so weit von dem Mindestgebot von 1 000 000 Dollar entfernt, dass Jared lachen musste.

Es klingelte an der Tür, und er hörte seine Tochter Megan rufen, sie würde schon gehen, während sie die Treppe herunterpolterte und dabei wie immer zwei Stufen auf einmal nahm.

Megan war ein starkes und unabhängiges Mädchen, um das er sich keine Sorgen machen musste, weil er wusste, dass sie in der Lage sein würde, seinen Tod zu akzeptieren, zu verstehen und zu verarbeiten. Es würde traumatisch werden, keine Frage, aber sie würde es durchstehen. Sie gehörte zu den Kindern, die mit einer natürlichen Leichtigkeit durchs Leben gingen.

Bei seiner älteren Tochter Jackie sah das anders aus.

Jackie begnügte sich damit, im Schatten ihrer jüngeren Schwester zu leben, stellte sich nie in den Vordergrund, zeigte nie, wer sie war. Sie war klein und zart, und Jared liebte sie mehr als das Leben selbst. Es war vor allem die Sorge um Jackie, die ihn dazu getrieben hatte, es mit dieser eBay-Anzeige zu versuchen.

Jared hörte gedämpfte Stimmen an der Vordertür, einen Moment später folgte ein »Mom! Dad!« von Megan. Er stand von seinem Computer auf und ging nach unten, um zu sehen, was los war.

»Ähm, Schatz«, sagte seine Frau Deirdre, die ein paar Sekunden vor ihm an der Tür angekommen war, »gibt es vielleicht irgendetwas, das du mir sagen möchtest?«

Stimmt, dachte Jared, als er das halbe Dutzend Kamerateams und die doppelte Anzahl an Reportern vor seinem Haus sah, *jetzt weiß ich, was ich vergessen habe.*

***

Genau in dem Moment, in dem Jared von der Pressemeute vor seiner Haustür mit Fragen bestürmt wurde, schwelgte das Glioblastom in einer Erinnerung an Jareds zweites

Weihnachtsfest mit anderthalb Jahren. Die Erinnerung war so gut versteckt gewesen, dass der Tumor bis in einen nur selten genutzten Bereich vordringen musste, um sie zu finden. Dieses »Vordringen« war ein solcher Schock für Jareds System, dass es den Wirt des Tumors straucheln und in die Arme seiner Frau fallen ließ.

Der Tumor nahm nichts von dem wahr, was außerhalb von Jareds Gehirn vor sich ging. Er war zu gefesselt vom Anblick des »Schnee-Boots« – wie der kleine Jared seinen ersten Schlitten später nennen würde –, um auf irgendetwas anderes zu achten.

Der Schlitten war wunderschön – makellos, formvollendet und so leuchtend rot wie das Cabrio, das manche Männer sich in der Midlife-Crisis zulegen. Der kleine Jared umklammerte die gelbe Schnur des Schlittens und führte einen Freudentanz auf, der hauptsächlich daraus bestand, lachend auf der Stelle zu rennen. In diesem Moment wusste er noch nicht, dass man ihn draußen im Schnee benutzte, aber das machte nichts. Für ihn zählte vor allem, dass er riesig war und ihm gehörte.

Es war ein Gefühl purer, ungetrübter Freude. Der Tumor war so glücklich, dass er bestimmt geweint hätte, wenn er Augen, einen Tränenkanal oder Tränen gehabt hätte, aber es kam auf dasselbe heraus. Die Erfahrung war so zart und wahr, als würde sie genau jetzt und hier in der realen Welt stattfinden.

Währenddessen fing Deirdre den stolpernden Jared auf und half ihm, sich auf den Boden zu legen. Jared versuchte seine Gedanken zu ordnen, richtete sich auf, schaffte es, aufzustehen, ohne erneut hinzufallen, und wandte sich wieder dem Pulk vor seiner Haustür zu.

Der Tumor bemerkte von alldem nichts.

***

»Irgendwas stimmt nicht mit Dad.« Megan kam ins Zimmer gestürzt und blieb schwer atmend in der Tür stehen. Jackie hielt den Blick weiter auf ihr iPhone gerichtet.

Megan räusperte sich. »Hast du gehört?«

Jackie hatte es gehört, nahm aber an, dass ihre kleine Schwester bloß versuchte, sie mal wieder auf fieseste Art und Weise zu quälen. Aus Gründen, die Jackie nicht verstand, gehörte es zu Megans Lieblingsbeschäftigungen, herausfinden, was Jackie am meisten bedeutete, und es gegen sie zu verwenden.

Vor ein paar Jahren hatte Megan einmal gefragt: »Sag mal, gibt es in deiner Klasse zufällig einen Jungen, der Kevin oder so ähnlich heißt?« Sie war damals in der vierten, Jackie in der sechsten Klasse, und die Frage ließ Jackies Herz stillstehen.

Kevin Memmott saß in der Reihe vor Jackie. Er war ein eher einfach gestrickter, unbekümmerter Junge, und er war Jackies erster richtiger Schwarm. Jeden Morgen, wenn er in die Klasse kam und Hallo zu ihr sagte, wurden Jackies Handflächen feucht und ihr Magen fühlte sich an, als würde er schrumpfen. Sie senkte dann immer den Kopf und murmelte ein Hallo unter ihrem Pony hervor, worauf er sich achselzuckend auf seinen Platz setzte. Danach wechselten die beiden den ganzen Tag kein einziges Wort mehr. Für

Kevin war es ein Ritual, das er sofort wieder vergaß. Für Jackie war es *ihr* Ritual.

»Ja, gibt es«, antwortete sie. »Warum?«

»Ach, ich hab nur gehört, wie er sich mit einem anderen Jungen unterhalten hat … über dich.« Schon mit neun Jahren war Megans Technik, ihre Schwester zu ködern, so ausgefeilt wie die eines Profi-Anglers, der eine Fliege an die Schnur seiner Rute knotet.

»Was hat er denn gesagt?«, den Blick zu Boden geheftet, wickelte Jackie eine Haarsträhne um ihren Finger, und versuchte vergeblich so zu wirken, als würde es sie nicht wirklich interessieren.

»Na ja, ich hab gehört, wie er gesagt hat, dass …«, Megan senkte die Stimme, als würde sie ein Geheimnis erzählen, von dem sie nicht wollte, dass irgendjemand anderes es erfährt, obwohl sie allein in Jackies Zimmer waren, »… er dich mag!«

Jeder, der schon einmal verliebt war, glaubt tief in seinem Herzen, dass das Objekt seiner Zuneigung dasselbe empfindet, auch wenn es nie irgendwelche sichtbaren Anzeichen dafür gegeben hat. Jackie verbrachte so viel Zeit damit, sich vorzustellen, sie und Kevin wären ein Paar, dass sie Megans Lüge bereitwillig glaubte.

Megan sah, dass ihre Schwester am Haken zappelte und nur noch an Land gezogen werden musste.

»Er hat mit einem anderen Jungen aus deiner Klasse darüber geredet … Scott oder so.« *Scott Yee,* dachte Jackie, *Kevin Memmotts bester Freund.* »Er hat gesagt, dass er dich wirklich mag und dich gern fragen würde, ob du mit ihm gehen willst, aber er findet, du könntest dich hübscher anziehen.«

Am nächsten Tag zog Jackie, die sonst nie etwas anderes trug als Jeans und gemütliche Kapuzenpullis, das Kleid an, das sie vor ein paar Wochen am Ostersonntag in der Kirche angehabt hatte. Es war hellrosa, endete kurz über den Knien und wurde im Rücken mit einer großen Schleife gebunden. Ihre Eltern freuten sich so sehr darüber, dass Jackie endlich einmal aus ihrem Schneckenhaus herauskam, dass sie während des Frühstücks gar nicht mehr aufhören konnten, ihre Tochter mit Komplimenten zu überhäufen.

An der Schule angekommen, wartete Jackie vor dem Eingang auf Kevin Memmott, stand einfach da in ihrem rosafarbenen Kleid, und jeder, der an ihr vorbeiging, schaute zweimal zu ihr hin. Als Kevin schließlich auftauchte, leuchtete Jackies Gesicht auf, als würde es von einem tausend Watt starken Scheinwerfer angestrahlt werden.

Während er und Scott Yee näher kamen, nahm sie ihren ganzen Mut zusammen und sagte: »Hi, Kevin.«

»Hm? Oh, hi«, erwiderte er, ohne sie überhaupt richtig wahrzunehmen.

Im nächsten Moment kam Jason Sanderson auf sie zu, ein Junge mit dicken Brillengläsern, wild abstehenden Haaren und einem vorzeitig von Aknenarben gezeichneten Gesicht. »Oh Mann, Jackie«, rief er, »du sieht heute aber hübsch aus!«

Jackie konnte Jason ganz gut leiden. Er war ein netter Junge, bekam aber nie etwas von dem mit, was um ihn herum passierte, als wäre er mit den Gedanken ständig woanders. Sein uncooles Aussehen und dass er immer wie ein zerstreuter Professor wirkte, machten ihn bei den anderen Schülern zu einer beliebten Zielscheibe. Jackie wurde jedes Mal wütend, wenn sie mitbekam, wie Jason fertiggemacht wurde; einmal verließ sie sogar ihre Komfortzone, um ihn zu verteidigen. Aber an diesem Tag, dem Tag, an dem sie das Osterkleid trug, war Jason Sanderson der letzte Junge, den sie sehen wollte.

Plötzlich hörte Jackie leises Gekicher und Prusten hinter sich; sie und Jason drehten sich um und sahen Megan und ihre Freundinnen in der Nähe stehen, die sich vor Lachen krümmten. Jackie wusste sofort, dass sie diesmal nicht völlig grundlos wie die Hühner gackerten, sondern ihretwegen.

Sie drehte sich um, rannte den ganzen Weg bis nach Hause, blieb zwei Tage im Bett und tat so, als wäre sie krank, dabei weinte sie in Wirklichkeit die meiste Zeit, weil sie sich so gedemütigt fühlte und nicht verstand, wie ihre Schwester so gemein sein konnte.

Als Megan jetzt also in ihr Zimmer kam und »Irgendwas stimmt nicht mit Dad« sagte, war Jackie auf der Hut.

»Mhm«, antwortete sie.

»Schau nach draußen. Wir sind im Fernsehen.«

Jackie blieb weiterhin skeptisch, aber irgendetwas an der Stimme ihrer Schwester war anders als sonst. Sie ging zum Fenster.

Im Vorgarten drängte sich ein Pulk von Reportern, der gerade dabei war, sich aufzulösen. Ein paar packten ihre Kameras und Aufnahmegeräte zusammen, andere schossen noch ein letztes Foto vom Haus als Bildmaterial für die Nachrichtensender, und wieder andere waren bereits auf dem Weg zu ihren Wagen. Wie ein Flashmob, der nach ausgeführter Aktion wieder abzog.

Jackie stürmte zur Tür, aber Megan hielt sie am Arm fest.

»Jax«, sagte sie mit erstickter Stimme. »Nicht.«

Die beiden Schwestern setzten sich zusammen aufs Bett, was sie schon seit Jahren nicht mehr gemacht hatten, und Megan erzählte Jackie alles, was sie gehört hatte.

»Daddy wird sterben?«, fragte Jackie, als Megan fertig war.

Megan nickte und brach in Tränen aus. Sie flüchtete sich in Jackies Arme und weinte an ihrer Schulter. Jackie war zu fassungslos, um sofort zu reagieren. Aber weinen ist wie gähnen; wenn einer damit anfängt, muss der andere automatisch mitmachen.

***

Als Hazel Huck sieben Jahre alt war, passierte etwas, das für ihr Leben emotional prägend war. Wie jeden Morgen trank ihr Hund Boots gierig aus seinem Wassernapf, während Hazel geduldig hinter ihm wartete. Es war wie die gut einstudierte Szene aus einem Drehbuch, die beide Tag für Tag aufs Neue und mit ungebrochener Begeisterung aufführten.

Zuerst leckte Boots ihr morgens so lange die Hände und ihr Gesicht ab, bis sie aufwachte, und führte sie anschließend zur Haustür. Sie ließ ihn hinaus, wartete, bis er sein Geschäft erledigt hatte, ließ ihn wieder rein und gab ihm zu fressen. Dann stellte Hazel sich genau neun Schritte hinter ihn (neun war ihre Glückszahl) und schaute zu, wie er sich über sein Trockenfutter hermachte, das er jeden Morgen mit solchem Heißhunger verschlang, als wäre es seine erste Mahlzeit seit Wochen. Zum Schluss vergewisserte er sich, dass er auch wirklich jeden Krümel erwischt hatte, und trank danach die Hälfte seines Wassernapfs leer. Wenn er fertig war, drehte er sich zu Hazel um, wedelte mit dem Schwanz und grub seine nasse Schnauze in ihren Bauch.

An diesem bestimmten Morgen drehte Boots sich wie immer zu ihr um, als er fertig war, wedelte mit dem Schwanz, lief auf sie zu und fiel um. Hazel schrie.

Der Tierarzt, ein großer, dünner Mann mit einer großen, dünnen Nase, einem breiten, dünnen Schnurrbart und einer hohen, dünnen Stimme sagte: »Gehirntumor.« Hazel, eine altkluge Siebenjährige, war sich ziemlich sicher, dass sie wusste, was das bedeutete. In Boots Gehirn wuchs eine Geschwulst.

»Können Sie das nicht einfach rausschneiden?«, fragte sie.

Hazels Mutter brach in Tränen aus, als sie den hoffnungsvollen Ausdruck auf dem Gesicht ihrer Tochter sah. Der Tierarzt kniete sich vor Hazel, damit er ihr in die Augen schauen konnte. »Es tut mir leid, Liebes, ich fürchte, das können wir nicht.«

An dem Tag, an dem sie Boots im Garten hinterm Haus begruben, versuchte Hazel mit aller Macht, nicht zu weinen. Sie glaubte, Boots würde nicht wollen, dass sie weinte. Als die letzte Schaufel Erde auf sein Grab geworfen wurde, konnte Hazel nicht mehr an sich halten und ihr ganzer Kummer brach aus ihr heraus. Sie rannte ins Haus, warf sich aufs Bett und kam an diesem Tag nicht mehr aus ihrem Zimmer.

Als sie zehn Jahre später Jared Stone in den Nachrichten sah, zusammen mit seiner Frau, seinen Töchtern und dem Hund, und hörte, wie er über seinen Gehirntumor sprach, musste sie sofort an Boots denken. Sie setzte sich an ihren Computer und schickte den Mitgliedern ihrer Warcraft-Gilde eine Nachricht mit dem Betreff: »Alarm! Alarm! Wir müssen Jared Stone helfen!«

***

An dem Abend, an dem Ethan Overbee Jared in den Nachrichten sah, verschwand sofort jeder Gedanke an seine Sekretärin Monique aus seinem Kopf. Sein erster Gedanke war *Abgefahren*. Gefolgt von *VERDAMMT abgefahren!* Diesen beiden eher schlichten Gedankengängen folgte eine komplexe Reihe weiterer Gedankengänge, die den Grundstein für eine Idee in Ethans Kopf bildeten. Er musste schnell handeln.

Ethan war erst seit drei Jahren beim Sender, hatte aber schon jetzt das Gefühl, im Schatten des Programmchefs Thaddeus St. Claire zu verkümmern. Thad hatte Ethan unter seine Fittiche genommen, um ihn als seinen Nachfolger aufzubauen, wenn er in ungefähr zehn Jahren seinen Hut nehmen würde. Aber junge Leute, besonders junge, reiche Leute, und ganz besonders junge, reiche Leute, denen ein bestimmtes Markergen auf Chromosom 15q fehlt, warten nicht Jahre – schon gar nicht Jahrzehnte –, um ihr Ziel zu erreichen. Ethan sah seine Chance und würde sie nutzen.

»Monique«, bellte er in die Gegensprechanlage. »Ich muss jemanden finden, der gerade ein Angebot bei eBay reingestellt hat. Es ist dringend. Haben wir dort irgendwelche Kontakte?«

»Ich prüfe das, Ethan«, antwortete sie, ohne auch nur einen Hauch von dem Abscheu mitklingen zu lassen, den sie allein beim Klang seiner Stimme empfand. »Darf ich fragen, worum es geht?«

»Ich habe gerade die Realityshow des Jahrhunderts entdeckt.«

***

Schwester Benedict Joan hatte ihre Zweifel an der Echtheit der eBay-Anzeige. Sicherlich konnte niemand so dumm oder gottlos sein, sich selbst zu verkaufen. Die Zweifel verflogen, als sie den Mann an diesem Abend in den Spätnachrichten sah.

Sie war überrascht, wie jung, nett und vernünftig er zu sein schien. Er war bestimmt gut einen Meter achtzig groß, hatte apfelkuchenfarbene Haare, einen freundlichen Zug um den großen Mund und karamellfarbene Augen. Er behauptete sogar, an Gott zu glauben.

Während des Interviews wirkte er leicht verwirrt, und als er nach dem Grund dafür gefragt wurde, erklärte er, das würde an dem wachsenden Tumor in seinem Kopf liegen.

Natürlich war Schwester Benedict alles andere als erfreut darüber, Mr Stones Ansichten über Sterbehilfe zu hören.

»Bevor mir das passiert ist, habe ich ehrlich gesagt nicht gewusst, wie ich mich entscheiden würde«, sagte er und bezog sich damit auf die Eingabe zur Gesetzesänderung, über die im Parlament von Oregon bald abgestimmt werden würde. »Jetzt hoffe ich, noch lange genug am Leben zu bleiben, um mit Ja stimmen zu können.«

Schwester Benedict schoss ein teuflischer Gedanke durch den Kopf, der sie sehr befriedigte: die Vorstellung, dass Gott Mr Stone niederstrecken würde, bevor er seine Macht als Abgeordneter einsetzen und die größte Sünde des Menschen unter staatlichen Schutz stellen konnte. Dabei fiel ihr natürlich nicht auf, wie widersprüchlich dieser Gedanke war, weil es ja genau dieser Tumor, den sie für das Instrument Gottes hielt, gewesen war, der Jared dazu gebracht hatte, sich zu entscheiden, *für* eine Erlaubnis der Sterbehilfe zu stimmen. Jedenfalls war Schwester Benedict erfahren genug, um einen boshaften Gedanken auch als solchen zu entlarven, und so bekreuzigte sie sich dreimal, bevor sie ihre Aufmerksamkeit wieder auf den Fernseher richtete.

Was sie besonders aufhorchen ließ, war die Tatsache, dass Mr Stone in ihrer Gemeinde lebte. Sie wusste nicht, ob er katholisch war, aber man musste kein Katholik sein, um als katholischer Märtyrer zu sterben. Und wenn es nach Schwester Benedict ginge, dann würde es noch sehr, sehr lange dauern, bis Mr Stone sterben würde.

Sie griff nach dem Telefon, um den Monsignore anzurufen.

***

Als Sherman Kingsborough Jared Stones eBay-Anzeige zum ersten Mal sah, spürte er sofort, dass er mitbieten musste, aber ihm war nicht klar, warum. Sobald er Jared und seine

Familie in den Nachrichten sah, wodurch das, was bisher nur ein Gedanke gewesen war, ein Gesicht bekam, verwandelte sich sein Interesse in eine fixe Idee. Sein Gehirn betrieb eine Art mentale Gymnastik, während es überlegte, was man mit Jared alles anstellen könnte. *Vielleicht könnte ich ihn operieren,* dachte er. *Ich könnte der erste Mensch sein, der eine komplette Hirntransplantation vornimmt und sein krankes Hirn vielleicht durch das gesunde eines Affen austauscht. Das wäre bestimmt ziemlich witzig.*

Aber selbst Sherman war klar, dass die Zeit zu knapp wäre, um sich in die Thematik einzuarbeiten und die Idee erfolgreich umzusetzen. Er legte sie für einen späteren Zeitpunkt ab.

Vielleicht könnte er den Mann zu einem Selbstmordattentäter machen. Aber es gab nichts, was Sherman gern in die Luft gejagt hätte, wodurch das Vorhaben irgendwie sinnlos wurde.

Vielleicht, dachte er, *könnte ich ihn einfach umbringen.*

Sherman ließ den Gedanken eine Weile auf sich wirken. *Ja, ihn umbringen. Was wäre das wohl für ein Gefühl? Würde ich mich allmächtig wie ein Gott fühlen? Wäre ich traurig?* Nicht zu wissen, was in ihm vorgehen würde, war genau der Antrieb, den er brauchte. Die Vorstellung versprach etwas ganz und gar Neues und wurde deswegen begehrenswert.

Nur damit hier kein Missverständnis entstand: Weder war der vordere Schläfenlappen von Shermans Gehirn in irgendeiner Form beschädigt, noch litt er unter einem niedrigen MAO-A-Wert – zwei der Faktoren, die ein gewalttätiges Verhalten und mangelndes Gewissen bei Betroffenen wahrscheinlich machen. Nein, Sherman war nur zu Tode gelangweilt und sehnte sich nach einer neuen Erfahrung.

Er begann darüber nachzudenken, wie man jemanden am besten umbringt, allerdings fühlte sich keine der Methoden richtig an. Erschießen war irgendwie nicht fair, eine tödliche Injektion erschien ihm langweilig, und während das Ertränken einen gewissen Reiz besaß, ging es ihm andererseits wieder zu schnell. *Vielleicht,* dachte Sherman, *ist es den Ärger nicht wert, auf das Leben dieses Typen zu bieten.*

Er suchte im Netz nach neuen Anregungen und wollte gerade aufgeben, als er einen Verweis auf einen Film aus dem Jahr 1932 mit dem Titel *Graf Zaroff – Genie des Bösen* entdeckte: Ein schiffbrüchiger Mann strandet auf einer einsamen Insel, die einem geisteskranken Russen gehört, der es sich zum Spiel macht, auf Menschenjagd zu gehen.

»Menschenjagd«, sagte er laut, nachdem er es gelesen hatte. »Menschenjagd.« Bequemerweise ignorierte Shermans Gehirn einfach den Teil über den »geisteskranken« Russen, und sah nur das, was es sehen wollte.

Er wusste, dass der Mann, der sich bei eBay zum Verkauf anbot, einen Gehirntumor hatte – in den Nachrichten war ausführlich darüber berichtet worden –, aber er wusste nicht, was das bedeutete. Was, wenn der Typ schon im Koma lag, bis er ihn als Beute ersteigert hatte? Nein, er brauchte einen Feind, der davonrannte, sich versteckte und zurückschlug.

Sein Vater hatte ihm beigebracht, dass man die Quelle aufsuchen muss, wenn man eine Information brauchte.

Sherman schrieb Jared über das eBay-Kontaktformular eine Nachricht, schickte sie ab, lehnte sich zurück und wartete.

***

Jared war immer noch erschüttert von seiner Begegnung mit den Medienvertretern. Sie waren über sein Haus hereingebrochen wie einer der für Portland so typischen Regengüsse. Das Blitzlichtgewitter der Kameras und die auf ihn einprasselnden Fragen der Reporter hatten in seiner rechten Schläfe ein Gefühl hinterlassen, als würde er in einem Schraubstock stecken. Oder war es der Tumor, der den Schmerz auslöste? Oder hatten die Kamerablitze und Reporterfragen womöglich einen Schmerz im Tumor ausgelöst, von dem wiederum sein Kopf schmerzte? Was auch immer die Ursache war, er hatte pochende Kopfschmerzen und konnte sich so gut wie nicht mehr konzentrieren.

Als er schließlich die Haustür schloss, nahm er kaum wahr, dass Deirdre und Megan im Flur standen und weinten. Halb kroch er, halb stolperte er, begleitet von Trebuchet, die Treppe nach oben, brach in seinem Arbeitszimmer auf dem Boden zusammen und schob die Tür mit dem Fuß zu.

Der Teil von ihm, der sich der Außenwelt bewusst war, rechnete damit, dass Deirdre ihm folgen würde, was sie jedoch nicht tat. Jared und Trebuchet waren allein im Dunkeln. Er hörte das Hecheln des Hundes, spürte Trebuchets Atem auf seinem Arm. Das war genau das, was Jared brauchte, um seine Orientierung wiederzufinden. Er griff in Richtung des warmen Hundeatems, tastete nach seinem

Ohr und begann ihn sanft dahinter zu kraulen. Es war Treys Lieblingsstelle, zumindest glaubte Jared das.

Echte Brut, formte Jared ein Anagramm aus dem Namen des Hundes.

Trebuchet leckte sich über die Schnauze und legte mit einem lauten Seufzen den Kopf auf seinen Vorderpfoten ab. Sein Hecheln war in regelmäßige Atemzüge übergegangen, die wie ein lebendes Metronom den Takt vorgaben. Jared und sein treuer Gefährte schliefen beinahe gleichzeitig ein.

8 T 11 Std 39 Min

Jackie wachte neben Megan auf. Die beiden lagen aneinandergekuschelt auf Jackies Bett und Megan schnarchte leise.

Und plötzlich war alles wieder da: Megans Bericht darüber, was ihr Vater an der Haustür zu den Nachrichtenleuten gesagt hatte; wie ihr Vater zusammengebrochen war; die Tatsache, dass ihr Vater an einem Gehirntumor sterben würde. Sie verstand nicht, was genau vor sich ging, und wünschte sich nichts mehr, als mit ihrem Dad zu reden, aber sie konnte es nicht.

Ihr ganzes Leben lang war ihr Vater ihr Anker gewesen. Egal, welche Probleme Jackie hatte, ihr Dad schaffte es immer, ihren Kummer zu vertreiben oder zumindest zu lindern. Aber jetzt war ihr Vater das Problem und diese Erkenntnis lähmte sie.

Weil Jackie nicht wusste, was sie sonst tun sollte, suchte sie an dem einzigen Ort Trost, an dem sie sich sicher fühlte: in der gigantischen, anonymen Weite des Internets. Ihr

Computer zeigte einundzwanzig Uhr an, viel früher, als sie gedacht hatte.

Zuerst suchte sie nach der eBay-Anzeige ihres Vaters. Diesen Teil der Geschichte glaubte sie Megan nämlich nicht; das konnte einfach nicht wahr sein. Ihr Vater würde so etwas niemals tun. Ausgeschlossen.

Aber da war sie. »Menschenleben zu verkaufen.«

Sie las sie und ihr traten die Tränen in die Augen. Schnell klickte sie sich zu Google zurück, was ihr half, sich wieder zu fangen. Ihr war nicht klar, dass mit jedem Klick im World Wide Web eine mikroskopisch kleine Menge Dopamin ausgeschüttet wurde, die ihr Gehirn betäubte und ihre Sinne abstumpfte. Das Netz machte genauso süchtig wie rauchen.

Als Nächstes musste sie den Teil von Megans Bericht klären, den sie in dem ganzen Zusammenhang am wenigsten verstanden hatte. *Was genau ist assistierter Suizid?,* fragte Jackie sich, während sie die beiden Wörter in die Google-Suchmaske eintippte.

Die Ergebnisse lieferten unter anderem einen ausführlichen Wikipedia-Eintrag über Sterbehilfe, in dem auch der Begriff »assistierter Suizid« beziehungsweise »Beihilfe zur Selbsttötung« aufgeführt wurde, was einfach ausgedrückt bedeutete, dass man mithilfe einer anderen Person Selbstmord beging. Allerdings durfte diese Hilfe nur daraus bestehen, ein Mittel – in der Regel ein Medikament – bereitzustellen, und nicht, den Tod aktiv herbeizuführen. In den meisten Fällen ging es dabei um Menschen, die beschlossen, ihrem Leben ein Ende zu setzen, weil sie schwer krank waren.

Das Hauptargument der Befürworter der Sterbehilfe lautete, dass jeder Mensch das Recht haben sollte, selbst zu entscheiden, wann er starb. Jackie hatte sich noch nie mit diesem Thema auseinandergesetzt, und ihr erster Gedanke war, dass jede Art von Selbstmord falsch war. In der Sonntagsschule hatte man ihr beigebracht, dass das Leben kostbar war; es war Gottes größtes Geschenk. Sie hatte gelernt, dass Selbstmord eine Sünde war.

Aber ihr Bauch sagte etwas anderes. Tief in ihrem Herzen glaubte Jackie, dass es jedem Menschen erlaubt sein müsse, seine eigenen Entscheidungen zu treffen, egal, worum es ging, solange niemand anderes dadurch zu Schaden kam. Dazu sollte folglich auch die Entscheidung gehören, wann er starb, oder?

Sie recherchierte weiter und stieß auf einen Artikel, in dem es interessanterweise um die Rolle ging, die Oregon, der Bundesstaat, in dem sie zu Hause war, in der Geschichte der Sterbehilfe spielte, und in dem auf einen Link zum »Oregon Death with Dignity Act« – *Gesetz des Staates Oregon über das würdevolle Sterben* – verwiesen wurde. Sie war überrascht, und vielleicht auch ein bisschen stolz, zu erfahren, dass Oregon der erste US-Bundesstaat war, der Ärzte schützte, die Patienten geholfen hatten, ihr Leben zu beenden. Sie war sogar noch überraschter zu erfahren, dass das Parlament, in dem ihr Vater als Abgeordneter saß, derzeit eine erhebliche Erweiterung dieses Gesetzes in Erwägung zog, das auch die Familienmitglieder und die Freunde schützen sollte, die einem todkranken Menschen halfen, aus dem Leben zu scheiden. Das bedeutete, dass ihr Vater, der an einem Gehirntumor sterben würde, womöglich auch dafür stimmen würde, dass es gesetzlich erlaubt war, ein bisschen früher zu sterben. Unfassbar.

Jackie schwirrte der Kopf. Das war alles viel zu viel, als dass sie es verarbeiten hätte können. Sie war zwar schon fünfzehn und gehörte zu den Besten ihres Jahrgangs, aber ihre emotionale Erfahrung reichte bei Weitem nicht aus, um mit so etwas umgehen zu können.

Jackie traute ihren Augen nicht, als sie entdeckte, dass alles, was ihr Vater vor gerade mal ein paar Stunden zu den Reportern an ihrer Tür gesagt hatte, bereits in dem Artikel zitiert wurde. Die Geschwindigkeit, mit der Informationen sich verbreiteten, verblüffte Jackie.

Sie flüchtete sich in den virtuellen Schutzraum von Facebook und ging auf Max' Seite, aber er war nicht online. Womit sie auch nicht wirklich gerechnet hatte, schließlich war es in Sankt Petersburg zwölf Stunden später.

Jackie musste jemandem erzählen, was mit ihrem Vater los war, und Max schien ihr dafür am besten geeignet. Vielleicht weil er so weit weg war, fast so, als wäre er gar nicht real, als könnte er sie nicht verletzen. Jedenfalls beschloss sie, ihm eine Nachricht zu schicken.

> Ich weiß, dass du um diese Uhrzeit nicht online bist, aber ich wollte nur Hi sagen. Also … hi. Okay, eigentlich war das doch nicht alles. Vielleicht versuche ich es morgen noch mal.

Sie las die Nachricht noch einmal durch und lächelte bei dem Gedanken, dass ihr Vater ihr immer Facebook-Nachrichten schickte, die mit »Liebe Jackie« anfingen und »In Liebe, Dad« endeten, und nach wie vor nicht kapiert hatte, dass es in einer Welt, in der die eigene Identität mitreiste, nicht nötig war, den anderen wie in einem klassischen Brief anzureden und seinen eigenen Namen unter die Nachricht zu setzen.

Leider holte die Erinnerung daran Jackie auf den Boden der Tatsachen zurück. Also versuchte sie, die Gedanken an ihren Vater wegzudrücken, bis sie wissen würde, wie sie damit umgehen sollte, scrollte wieder stumpf durch ihren Newsfeed und ließ das Dopamin ihr Frontalhirn betäuben. Nach einer Weile kroch sie zu Megan ins Bett zurück und fiel in einen unruhigen Schlaf.

***

Jared öffnete die Augen, aber es war vollkommen dunkel im Zimmer. Es drang noch nicht einmal Licht unter der Tür hindurch. Er wusste, dass er geträumt hatte, konnte sich aber nicht mehr daran erinnern. (Das Glioblastom hatte den Traum verschlungen.)

Die völlige Dunkelheit ließ Jared begreifen, dass er stundenlang geschlafen hatte. *Nestlandung Schafengel*, bildete er ein weiteres Anagramm. Immerhin schien er noch im Besitz einiger geistiger Fähigkeiten zu sein.

Er wusste, dass er nach seiner Frau und seinen Töchtern schauen sollte, dass er ihnen alles erklären und versuchen sollte, die Dinge richtigzustellen. Aber er war noch nicht wirklich bereit dafür. Er streckte die Hand nach Trebuchet aus und bekam das Fell auf dem Bauch des Hundes zu fassen, das einmal schwarz gewesen und jetzt fast komplett grau war und sich im Rhythmus seiner schnarchenden Atemzüge hob und senkte. Trey erwiderte die Berührung seines Herrchens mit einem leisen Grunzen, ohne wach zu werden.

Jared stützte sich auf die Ellbogen, schaffte es zum Schreibtisch und holte seinen Computer aus dem Ruhezustand. *Zeit zu prüfen, ob es irgendwelche neuen Gebote gibt,* dachte er.

Es gab keine. Aber er hatte eine Nachricht in seinem eBay-Posteingang.

Guten Tag,
ich würde gern bei Ihrer Auktion mit dem Titel »Menschenleben zu verkaufen« ein Gebot abgeben. Ich bin ein seriöser Bieter und verfüge über beträchtliche finanzielle Mittel. Vorher hätte ich aber noch einige Fragen: Sind Sie körperlich und geistig gesund? Sind Sie in der Lage, zu rennen, zu springen, zu kriechen, zu klettern und auf immer wieder veränderte Umstände zu reagieren? Haben Sie schon einmal eine Schusswaffe, ein Messer oder Pfeil und Bogen benutzt? Ich würde gern wissen, auf was für ein Leben ich biete. Vielen Dank im Voraus für Ihre Antwort und tut mir leid, dass Sie so in der Klemme sitzen. Ich hoffe, ich kann helfen. Sie können mir über eBay antworten oder eine Mail an SKingsborough92@gmail.com schicken.

Jared musste die Nachricht fünfmal lesen, bevor er sich sicher war, dass er sie richtig verstanden hatte. »Schon mal eine Schusswaffe, ein Messer oder Pfeil und Bogen benutzt?«, fragte er den immer noch schlafenden Hund. »Worauf um alles in der Welt hab ich mich da bloß eingelassen?«

Mit einem mulmigen Gefühl im Bauch legte er sich wieder auf den Rücken und schloss die Augen.

***

Ethan Overbee war der Erste, der ein echtes Gebot platzierte.

Eigentlich war er nicht befugt, einhunderttausend Dollar aus dem Vermögen des Unternehmens auszugeben, aber in der Welt der Fernsehsender waren hundert Riesen im Vergleich zu den Beträgen, mit denen Programmchefs sonst so jonglierten, Peanuts. Niemand würde seine Entscheidung infrage stellen. Niemand außer Thad St. Claire, und genau das war der Punkt. Ethan war sich sicher, dass dies der Anfang vom Ende der Karriere seines Mentors war.

Thaddeus St. Claire war ein Programmchef vom alten Schlag, der sich seinen Weg an die Spitze hart erkämpft hatte. Vor vierzig Jahren hatte er in der für den Verkauf und die Platzierung von Werbezeiten zuständigen Abteilung von ATN angefangen. Er leistete etliche unbezahlte und ungedankte Überstunden, um dafür zu sorgen, dass die Spots für Waschmittel von *Tide* und *All* nicht im selben Werbeblock gesendet wurden. Von dort wechselte er erst in eine untergeordnete Position in der Abteilung Network Operations, in eine untergeordnete Position in der Abteilung Programmgestaltung, in eine leitende Position in der Abteilung

Programmgestaltung, bis er schließlich stellvertretender Programmchef wurde.

Der damalige Programmchef war siebzig und hatte ein Faible für den Komiker Soupy Sales und Gin Tonic. Thad tat dem Sender und der Welt einen Gefallen, als er seiner Karriere ein Ende setzte. Zugegebenermaßen, indem er die Schwachstellen seines Chefs an den Präsidenten des Senders und den Vorstand weitertrug, aber das war lange überfällig gewesen.

Durch diesen Schritt handelte sich Thad den Ruf ein, rücksichtslos zu sein, was nicht wirklich gerechtfertigt war. (Dass Thad den Charakter und das Verhalten seines Vorgesetzten angeprangert hatte, war eher als Gnadenakt zu sehen.) Aber wer einmal einen bestimmten Ruf weghat, der wird ihn nicht mehr los, und Thads Ruf war alles, was Ethan brauchte, um sich einzureden, dass es nicht moralisch verwerflich war, seinen Boss auszuschalten, um selbst auf dem Chefsessel Platz zu nehmen.

Und das, obwohl Ethan erst vor drei Jahren seinen Abschluss an der Wharton Business School gemacht hatte. Und obwohl Thad Ethan eigenhändig auserkoren, ausgebildet und aufgebaut hatte, damit er eines Tages – wenn der richtige Zeitpunkt gekommen war –, seine Nachfolge antreten konnte.

Das Gebot platzierte er selbst. Ethan war nicht bereit, Monique, einer besseren Rezeptionistin, eine Aufgabe anzuvertrauen, die seine Karriere entscheidend verändern würde. Als er die Seite öffnete, sah er sofort, dass die Summe nicht an das Mindestgebot heranreichte.

Er hatte bisher keinen Kontakt zu dem Verkäufer – einem Typ namens Jared Stone aus Portland – aufgenommen. Monique hatte zwar seine Telefonnummer und Adresse herausgefunden, ihn aber nicht erreicht. Ethan, der meist bis spätabends arbeitete und allein im Büro war, beschloss, es selbst zu versuchen.

Anrufbeantworter.

Er legte wieder auf und dachte über seine Möglichkeiten nach. Dabei kam ihm eine neue Idee, die rasch Wurzeln schlug.

***

Schwester Benedict war noch nie einem Kardinal begegnet, was irgendwie lustig war, weil sie immerhin schon zwei Päpste getroffen hatte. Wobei diese »Treffen« natürlich Großveranstaltungen gewesen waren, bei denen sie das Glück gehabt hatte, einen Platz ganz vorn an der Absperrung zu ergattern in der Hoffnung, vielleicht den Ring des Pontifex küssen zu können. Damals war sie sich vorgekommen, als würde sie auf einem Konzert in der ersten Reihe stehen und auf den umschwärmten Rockstar warten, und sie hatte sich bei diesem gotteslästerlichen Gedanken sofort dreimal bekreuzigt. Die heutige Begegnung mit Kardinal Trippe war ein echtes Treffen, das selbstverständlich damit begann, dass die Schwester sich vor ihm hinkniete.

Es war nicht einfach gewesen, eine Audienz beim Kardinal zu erhalten. Der übertrieben diensteifrige Priester, der als Puffer zwischen Kardinal Trippe und der Welt diente, reagierte ziemlich skeptisch, als die Schwester das erste Mal anrief, um die Kirche zu ersuchen, Jared Stones Leben zu retten. Der Priester hatte sie freundlich, aber bestimmt abgewiesen, ungefähr so, wie ein Vater einem Kind verwehrt, länger aufzubleiben. Aber davon ließ Schwester Benedict sich nicht abschrecken.

Sie und die Schwestern der Ewigen Anbetung verbrachten die meisten Wochenenden damit, Dienst am Nächsten zu tun. An einem dieser Wochenenden hatten sie die Zimmer des Pfarrhauses einer nahe gelegenen Gemeinde gestrichen. Der Vorsitzende Bischof war so dankbar gewesen, dass er mehrmals wiederholte: »Wenn ich einmal irgendetwas für Sie tun kann, Schwester, dann lassen Sie es mich bitte wissen.«

Sie löste den Gefallen ein und die Audienz mit Kardinal Trippe wurde gewährt.

Die Gedanken von Schwester Benedict Joan rasten, als sie den Ring des Kardinals küsste. Sie hatte Stunden damit zugebracht, so viel sie konnte über den Mann herauszufinden, und ging im Geiste noch einmal alles durch, um sich für die vor ihr liegende Mission zu wappnen.

Kardinal Matthew John Trippe, dessen Nachname »Trippy« ausgesprochen wurde, war der Erzbischof des Erzbistums Portland, zu dem Diözesen in vier weiteren Bundesstaaten im Nordwesten gehörten, und er war alles, was Schwester Benedict nicht war. Er war jung und charismatisch, und – was noch viel schlimmer war – er hielt nichts von alten Traditionen, sondern setzte sich dafür ein, dass die Kirche neue Wege einschlug und sich veränderte. Er akzeptierte die Organisation, die sich für die Rechte von Lesben,

Schwulen, Bisexuellen und Transgender-Menschen in Portland einsetzte, und hieß ihre Mitglieder in der Gemeinde willkommen; er sprach sich dafür aus, dass mehr Frauen Führungsrollen im Gottesdienst übernahmen; er glaubte an den Klimawandel und den Naturschutz; und während Schwester Benedict zutiefst von der seit jeher bestehenden Verantwortung der Kirche überzeugt war, sich um die Bedürftigen zu kümmern – so wie sie es selbst schon oft genug getan hatte –, schien dieser Mann es tatsächlich für richtig zu halten, dass wohlhabende Menschen dazu *gezwungen* werden sollten, ihre hartverdienten Einkünfte mit den Notleidenden zu teilen. Für Schwester Benedict stellte dies ein Frevel an der gesamten Idee der Wohltätigkeit dar; es war Sozialismus.

Als sie vor dem Kardinal kniete und an all diese Dinge dachte, schüttelte es sie beinahe vor Abscheu. Kardinal Trippe war wie diese grauenhaften protestantischen Priester, die vor dem Altar Gitarre spielen und »Kumbaya« singen. Sie nannte ihn heimlich Kardinal Hippie.

Laut ihrer Recherche gab es nur zwei Dinge, die sie und der Kardinal gemeinsam hatten: ihre tiefe Frömmigkeit und ihren unerschütterlichen Glauben an die Unantastbarkeit des Lebens. Zumindest war Trippe, trotz all der törichten liberalen Ansichten, die er zu vertreten schien, immer noch gegen Abtreibung, und genau darauf baute die Schwester.

Sie verharrte weiter auf einem Knie, bis der Kardinal sagte: »Stehen Sie auf, Schwester, stehen Sie auf. Nehmen Sie bitte Platz.«

Die Audienz fand in der Diözese Portland statt, wo der

Kardinal jeden Sonntag die Messe abhielt, wenn er nicht auf Reisen war. Er empfing sie in einem bescheiden eingerichteten Büro, in dem es bis auf ein massives goldenes Kreuz an der Wand hinter dem Schreibtisch keinerlei Anzeichen von Prunk gab.

»Erzählen Sie, Schwester. Welche dringlichen Angelegenheiten führen Sie heute zu mir?« Schwester Benedict musste zugeben, dass der Mann tatsächlich einen gewissen Charme verströmte. Seine Zähne waren so weiß, dass sie sich unwillkürlich fragte, ob er sie sich womöglich aufhellen ließ. *Die Sünde der Eitelkeit*, dachte sie missbilligend. In Wahrheit stammte der Kardinal aus einer Familie, die schon seit etlichen Generationen durch ihren sehr widerstandfähigen Zahnschmelz auffiel, und putzte sich seit seiner frühesten Kindheit mit geradezu fanatischem Eifer die Zähne.

»Das Leben selbst, Vater«, antwortete sie. Trippe zog eine Braue hoch und wartete, dass sie fortfuhr. »Der Mann aus den Nachrichten mit dem Gehirntumor. Der, der sein Leben im Internet zum Verkauf anbietet. Er lebt hier in Portland! Und im Gegensatz zu diesem unschönen Fall in Florida um diese Terri Schiavo, die fünfzehn Jahre im Wachkoma lag und deren Familie sich darum stritt, ob sie weiterhin künstlich ernährt und am Leben erhalten werden sollte, scheint es hier einzig und allein um Geld zu gehen.«

»Und was schlagen Sie vor, Schwester, in welcher Form wir intervenieren sollen?«, fragte der Kardinal.

»Ganz einfach, Eminenz. Wir kaufen ihn.«

»Wie bitte?«

»Wir bieten bei seiner eBay-Versteigerung mit und kaufen ihn. Und sobald er uns gehört, tun wir alles in unserer Macht Stehende, um ihn am Leben zu erhalten.«

»Verzeihen Sie, Schwester, aber ich bin mir ziemlich sicher, dass der Heilige Stuhl es nicht gern sehen würde, wenn eine Nonne mit Kirchengeldern Menschenleben kauft und verkauft. Diese Art von Handel gehört glücklicherweise seit der Abschaffung der Inquisition der Vergangenheit an.« Seinem Lächeln nach zu urteilen, ging er davon aus, dass sie die Weisheit seiner Worte verstehen würde und die Audienz damit beendet wäre. Kardinal Trippe, ein guter und vernünftiger Mann, war weder auf die hartnäckige Entschlossenheit von Schwester Benedict gefasst noch auf ihre wachsende Besessenheit von Jared Stone.

»Nicht kaufen und verkaufen, Eminenz. Kaufen und pflegen. Es gibt in Oregon unzählige katholische Krankenhäuser. Ein Mann von Ihrem Einfluss könnte doch gewiss eines davon überzeugen, diesen Mann als Patienten aufzunehmen.«

»Verstehe«, sagte Kardinal Trippe und klang, als würde er nicht verstehen. »Und welchen Nutzen hat unsere Kirche davon, diesen Mann am Leben zu erhalten?«

»Alles menschliche Leben ist kostbar, Eminenz. Wir ehren Gott mit jeder Seele, die wir auf dieser Welt retten und für die nächste vorbereiten.«

Der Kardinal nickte, während er aus einer kleinen Schale auf seinem Schreibtisch eine Mandel fischte und sie langsam und bedächtig kaute. Schwester Benedict spürte, dass sie sein Interesse geweckt hatte, und beschloss, alles auf eine Karte zu setzen.

»Und wenn wir diesen Mann retten, Eminenz, wenn wir ihn am Leben erhalten, werden sämtliche Nachrichtensender darüber berichten. Die Presse wird monatelang vor dem Krankenhauszimmer dieses Mannes campieren, vielleicht sogar Jahre. Die ganze Welt wird auf unser Erzbistum schauen, auf *Ihr* Erzbistum, das als leuchtendes Beispiel wahrer Göttlichkeit gelten wird.« Der Schwester war klar, dass sie ziemlich dick auftrug, aber der Zweck heiligte in diesem Fall die Mittel, und sie hoffte, dass sie die strahlend weißen Zähne des Kardinals richtig interpretiert hatte und sich einen entscheidenden Vorteil verschaffen konnte, indem sie an seine Eitelkeit appellierte.

»Haben Sie schon einmal etwas bei eBay ersteigert, Schwester?« Der Kardinal lehnte sich in seinem Schreibtischsessel zurück und drehte sich darin leicht hin und her, wodurch die Schwester das Gefühl hatte, der ganze Raum wäre in Bewegung.

»Nein, Eminenz.«

»Ich schon. Meine Mutter ist ein großer Frank-Sinatra-Fan, und es gelang mir tatsächlich, eine Originalpressung seines Albums *In the Wee Small Hours* von 1955 zu ergattern. Mein Fall ist es nicht, aber meine Mutter liebt ihn nun mal. Ich habe die Platte für fünfzehn Dollar einschließlich Versand erstanden. Ein echtes Schnäppchen. Wirklich bemerkenswert, was die moderne Technik möglich macht.«

Das Gesicht der Schwester begann zu leuchten. Sie hätte nicht damit gerechnet, dass der Kardinal ihre Faszination für das Internet teilen würde. »Oh ja, Eminenz, da kann ich Ihnen nur zustimmen. Umso mehr, als wir dadurch jetzt die

Möglichkeit haben, gute Kirchenarbeit zu leisten. Wenn wir die Versteigerung für uns ...«

Kardinal Trippe hob eine Hand. »Es tut mir leid, Schwester, aber ich bin mir sicher, Sie werden verstehen, dass wir auf keinen Fall Geld bereitstellen können, um auf ein Menschenleben zu bieten.« Schwester Benedict wollte protestieren, aber der Kardinal brachte sie erneut zum Schweigen. »Ich verstehe Ihre Bemühungen und sie sind lobenswert. Die Umstände gewähren uns eine Gelegenheit, unsere Hingabe an das Leben, an alles Leben, zu demonstrieren. Aber es wäre nicht gerechtfertigt, unsere finanziellen Mittel dazu zu benutzen, ein einzelnes Leben zu retten, wenn mit dem gleichen Geld so vielen anderen geholfen werden kann.« Die Schwester war am Boden zerstört und ihre Gedanken rasten, um etwas zu finden, womit sie den Kardinal umstimmen könnte, als er fortfuhr. »Wir könnten jedoch ein viel kleineres Opfer bringen, um diesen notleidenden jungen Mann – wie war noch gleich sein Name?«

»Jared Stone, Eminenz.«

»Um Mr Stone von diesem fehlgeleiteten Versuch abzuhalten, sich selbst zu verkaufen, und gleichzeitig Ihr Vorhaben verfolgen, das Licht der Unantastbarkeit des Lebens zu verbreiten.«

»Ein kleineres Opfer?«

»Ja, Schwester, ein viel kleineres Opfer. Sie werden Ihr gutes Ansehen bei eBay opfern.« Die Schwester sah ihn verständnislos an, worauf der Kardinal sich vorbeugte, um ihr seine Idee zu erklären.

Sieben Stunden später bot Schwester Benedict Joan auf

Jared Stones Leben. Die eine Million Dollar entsprachen exakt dem Mindestgebot und machten die Schwester und Mutter Kirche automatisch zum Höchstbietenden.

***

Deirdre Stone mochte ihr Haus. Sie mochte es sehr.

Sie mochte die Blumenbeete, die sie und ihre Töchter unter den Erkerfenstern im Vorgarten mit Rosen, Hortensien und Stechpalmen bepflanzt hatten; sie mochte das Hellgrün, in dem sie und Jared bei ihrem Einzug das Wohnzimmer gestrichen hatten; sie mochte die Patina, mit der ihr Haus und ihre Beziehung gealtert und gereift war; und sie mochte die schon etwas abgewetzte, gemütliche Couch, auf der sie sich spätabends vom Tag erholte, wenn die Mädchen im Bett lagen und Jared in seinem Arbeitszimmer eingeschlafen war.

An diesem Abend verbrachte Deirdre etliche ungezählte Stunden damit, zusammengerollt auf dieser Couch zu liegen und zu weinen.

Nachdem sie zugeschaut hatte, wie Jared nach dem Medienansturm die Treppe hochstolperte und sich in sein Arbeitszimmer flüchtete, schlug sie die Haustür zu und brach auf der Couch zusammen. Megan rannte nach oben und erzählte Jackie mit Sicherheit alles, was passiert war. Die Mädchen kamen nicht mehr runter, riefen kein einziges Mal nach ihr und fragten auch nicht, wann es Abendessen gab.

Schließlich weinte Deirdre sich in den Schlaf, wachte auf und weinte weiter.

Sie versuchte sich mit Fernsehen und Arbeitsmails abzulenken – Deirdre war Assistentin des Finanzvorstands einer internationalen Versicherungsgesellschaft mit einer Zweigstelle in Portland –, aber sie konnte sich nicht konzentrieren. Sie legte sich wieder hin und sank in einen unruhigen Schlaf, in dem sie wild durcheinander von Krebs, Kaffee und New York träumte.

Als sie mitten in der Nacht aufwachte, waren keine Tränen mehr übrig. Sie fühlte sich ausgehöhlt, als würde mitten in ihr ein großes, gähnendes, saugendes Loch klaffen. Das Einzige, was noch da war, um es zu füllen, war Wut. Deirdre weinte nicht mehr, weil sie zu wütend dazu war. Sie stürmte die Treppe hinauf und trat praktisch die Tür zum Arbeitszimmer ihres Mannes ein.

»Was zum Teufel hast du dir dabei gedacht«, schrie sie in den Raum und blieb dann wie angewurzelt auf der Schwelle stehen. Wenn sie sonst hereinkam, saß Jared entweder im Schneidersitz auf seinem Schreibtischsessel vor dem Computer oder döste auf dem Futon, der als Gästebett diente. Aber dort war er nicht, weshalb Deirdre einen Moment lang glaubte, er wäre gar nicht im Zimmer. Bis sie ihn auf dem Boden liegen sah.

»Oh mein Gott!«, rief sie und fiel neben ihm auf die Knie. »Jare?« Sie schüttelte ihn und er öffnete die Augen.

»Oh, hey, Dee.« Er schaute lächelnd zu ihr hoch. »Ich muss wieder eingenickt sein.«

»Was machst du auf dem Boden?«

»Externe Reize minimieren. Hilft mir, mich zu konzentrieren. Glaube ich.«

Deirdre legte sich neben Jared auf den Rücken und starrte

an die Decke. Es war schwierig in dem dämmrigen Licht irgendwelche Details zu erkennen.

»Tut es weh?«, fragte sie nach einer langen Minute quälenden Schweigens.

»Tut was weh?«

»Dein Tumor.«

»Oh, stimmt, natürlich. Manchmal. Ja. Kopfschmerzen. Meistens bin ich einfach verwirrt. Und ich fange an, Dinge zu vergessen.«

»Zum Beispiel?«

Jared stützte sich auf den Ellbogen und sah sie an. Er versuchte sich voll und ganz auf Deirdres Frage zu konzentrieren. »Ich weiß nicht genau«, antwortete er.

»Oh, Liebster.« Ihr traten Tränen in die Augen. »Das sollte bloß ein Scherz sein.«

Jared hielt kurz inne und lächelte dann. »Ach so. Der war gut.« Er ließ sich wieder auf den Rücken sinken.

Sie lagen eine Weile so da, wie zwei Kinder, die in einer Sommernacht im Weizenfeld liegen und zu den Sternen aufschauen.

»Warum hast du es mir nicht gesagt?«, fragte sie, ohne den Blick von der Decke zu nehmen.

»Ich schätze mal, du würdest mir nicht glauben, wenn ich sage, dass ich es vergessen habe, oder?«

»Stimmt es denn?«

»Nein«, sagte er leise. »Ich wollte wohl zuerst herausfinden, wie ich alles regeln kann.«

»Und dich bei eBay an irgendeinen Psychopathen zu verkaufen, erschien dir wie eine gute Lösung?«

»Wie schon gesagt, ich bin verwirrt. Ich weiß noch nicht einmal genau, was ich dir gerade erzähle. Verstehst du, was ich sagen will?«

Deirdre drehte sich zu ihrem Mann um, um zu schauen, ob er es ernst meinte; sie entdeckte keinen einzigen Anflug von Ironie oder Schalk in seinem Gesicht.

»Denkst du nicht, dass die Mädchen und ich schon auf uns aufpassen können?«

»Ich glaube, ich habe nicht nachgedacht«, sagte er. Sie waren beide eine Zeit lang still, bevor Jared hinzufügte: »Obwohl, na ja, mir sind tatsächlich eine Million Dollar angeboten worden. Dem Namen nach zu urteilen, würde ich auf eine Prostituierte tippen. Sie nennt sich SchwesterBJ143.«

Deirdre rollte sich auf die Seite und drehte Jared den Rücken zu.

»Was?«, fragte er und nahm ihre Hand. »Ich werde nichts tun, was du nicht willst.«

»Dann stirb nicht.« Sie sagte es so leise, dass sie nicht wusste, ob Jared sie gehört hatte. Als Deirdre sich wieder zu ihm drehte, sah sie, dass ihrem Mann Tränen über die Wangen liefen.

»Oh, Jare«, murmelte sie und nahm seine Hand.

Sie weinten und hielten sich im Arm und hielten sich im Arm und weinten.

Irgendwann trafen sich ihre Lippen und sie fingen an, sich zu küssen.

***

Jackie saß zusammengesunken auf ihrem Stammplatz in der letzten Reihe und versuchte angestrengt, der Aufmerksamkeit ihrer Chemielehrerin zu entgehen. Hätte sie es ein bisschen unauffälliger angestellt, hätte die Lehrerin sie vielleicht wirklich übersehen, stattdessen geriet sie ihr voll ins Visier.

Esther Markowitz war nur knapp einen Meter sechzig groß, schaffte es aber trotzdem, jeden ihrer Schüler zu überragen, auch Jackie, die gut sieben Zentimeter größer war. Durch ihre kurzen krausen Haare hindurch konnte man ihre Kopfhaut sehen und neben dem Ansatz ihrer rechten Augenbraue hatte sie eine Art Geschwür – ein Leberfleck oder eine Warze oder ein Furunkel. Ihr Verhalten entsprach eins zu eins ihrem Aussehen.

»Miss Stone«, sagte sie dröhnend und ging auf Jackie zu. »Vielleicht können Sie uns verraten, wie viel Joule in einem Mol enthalten sind.« Sie blieb vor Jackies Pult stehen und blickte starr auf sie herunter.

Jackie hielt den Kopf weiter gesenkt.

»Sehen Sie mich an, Miss Stone.«

Jackie schaute auf, konnte aber keinen Blickkontakt mit Mrs Markowitz herstellen. Sie fragte sich, wie diese Frau es geschafft hätte, eine »Mrs« zu werden. Wer würde so eine Hexe heiraten?

»Also?«, fragte die Lehrerin.

Jackie hatte keine Ahnung. Sie hatte gerade von nichts eine Ahnung.

»Jackie?«, sagte Mrs Markowitz.

Jackie antwortete nicht.

»Jackie?«, sagte sie noch einmal, diesmal lauter.

Jackie starrte zur Tafel und suchte verzweifelt nach einem Hinweis auf die Beantwortung der Frage, suchte verzweifelt nach einem Ausweg.

»Jackie!« Jetzt schrie Mrs Markowitz und schüttelte Jackie so heftig an der Schulter, wie man es einer so kleinen Person eigentlich nie zutrauen würde.

»JACKIE!«

Jackie öffnete die Augen und sah ihre Schwester, die sie sanft an der Schulter schüttelte und ihren Namen flüsterte, um sie aus einem Traum aufzuwecken.

Es dauerte eine Minute, bis Jackie wieder wusste, wo sie war und was los war.

»Hm? Wie viel Uhr ist es?«

»Zwei Uhr morgens oder so«, flüsterte Megan, »aber hörst du das?«

Jackie lauschte. Sie hörte Lachen. Nein, Weinen. Nein, etwas anderes. »Was ist das?«

»Das muss Dad sein. Ich hab Angst.«

»Komm.« Jackie griff nach der Hand ihrer Schwester und schlich mit ihr auf den stockdunklen Flur hinaus. Sie tasteten sich an der Wand entlang und folgten dem Geräusch, bis sie vor dem Arbeitszimmer ihres Vaters angekommen waren. Jetzt erkannte Jackie das Geräusch. Ihre Eltern hatten Sex.

Jackie war sich nicht sicher, woher sie das wusste, schließlich hatte sie noch nicht einmal einen Jungen geküsst, aber sie zweifelte keinen Moment daran, dass sie recht hatte. Sie schaute ihre Schwester an und sah, dass Megan zu demselben Schluss gekommen war.

»Gott, ist das eklig!«, sagte Megan.

»Schsch.« Jackie zog sie zurück in ihr Zimmer. Sie krochen wieder ins Bett und einen Moment später war Megan eingeschlafen. Jackie lag noch eine Weile wach, und zum ersten Mal, seit am Abend zuvor ihre Welt eingestürzt war, lächelte sie. Wenn ihre Eltern noch Sex miteinander haben konnten, war die Krankheit ihres Vaters vielleicht nicht so schlimm, wie es schien. Vielleicht würde alles gut werden.

***

Das Glioblastom wusste nicht, was passierte, aber Jareds Gehirn war so hell erleuchtet wie ein Football-Stadion bei Nacht. Es war unfassbar schön. Er hielt inne, um es sich anzuschauen.

Es war das erste Mal, dass das Glioblastom von sich selbst in der männlichen Form dachte. »Ich bin er«, sagte es, beziehungsweise sagte *er*, zu niemand Bestimmtem. Oder er hätte es gesagt, wenn er in der Lage gewesen wäre, Wörter zu bilden oder überhaupt Laute von sich zu geben.

Die Show endete in einer gigantischen Explosion aus Farben und Licht und verblasste dann wie der Abendhimmel einer nahezu perfekten Nacht. Glio hielt noch einen Moment staunend inne, bevor er sich wieder seiner Aufgabe widmete, eine Erinnerung seines Wirts nach der anderen zu fressen – der Sheriffstern, den Jared zu seinem dritten Geburtstag geschenkt bekommen hatte, der große Hund, der ihn mit sechs ins Gesicht gebissen hatte, der Ausflug in den Vergnügungspark, wo er davongelaufen war, weil sein Cousin ihn damit aufgezogen hatte, dass er sich als Zehnjähriger nicht traute, mit der Achterbahn zu fahren. Die Lichtershow hatte Glios Appetit noch verstärkt. Es war ein ultimatives Festessen.

Der Hauptgang war Jareds erster richtiger Kuss. Er war dreizehn und machte mit seinen Eltern in irgendeiner längst vergessenen Ferienanlage in den Berkshire Mountains Urlaub. Die Lippen des Mädchens waren von einem fruchtig schmeckenden Lipgloss bedeckt, was Glio überraschte, genau wie es Jared damals überrascht hatte. Er hatte erwartet, dass sie feucht sein würden, stattdessen waren sie klebrig und dufteten nach Erdbeeren. Er spürte, wie der Gloss sich auf seine eigenen Lippen legte – oder dem, was Glio sich darunter vorstellte –, und die Lippen dadurch aufeinander hafteten, wodurch der Kuss länger dauerte. Der Name des Mädchens war Jared nach all der Zeit entfallen, aber Glio fand ihn. Sie hieß Gail.

Er konnte ihr Gesicht sehen: ein großer Mund, strahlende Augen von einem so intensiven Blau, dass sie fast lavendelfarben wirkten, und eine Stupsnase. Glio konnte nicht wissen, dass Jareds Gehirn die Einzelheiten dieses Erlebnisses viel eindrücklicher abgespeichert hatte, als sie tatsächlich gewesen waren. Aber das spielte keine Rolle. Es war wie reines Manna aus dem Himmel.

Nachdem der Kuss zu Ende und die Erinnerung verschlungen war, driftete Glio in den Hypothalamus und schlief genau wie sein Wirt ein.

***

Hazel Hucks Schultern sackten nach unten, während sie auf ihren Computerbildschirm starrte.

»Eine Million Dollar«, sagte sie laut zu ihrem leeren Zimmer.

Seit sie von Jared Stones Schicksal erfahren hatte, sammelte sie Geld, um ihn bei eBay zu ersteigern und anschließend seiner Familie zurückzugeben, damit er mit dem Erlös in Würde sterben konnte. Sie hatte es geschafft, insgesamt fünfzehntausend Dollar von befreundeten Gamern zugesichert zu bekommen. Sie hatte jeden Gefallen eingefordert, hatte jedes einzelne handgefertigte virtuelle Schmuckstück und jeden Barren Gold aus ihrer Kriegskasse verkauft und vermietete ihren Level als Druidin. Eine bemerkenswerte Leistung für ein siebzehnjähriges Mädchen.

Und dann entwickelte sich so eine Art virale Marketingaktion daraus.

Auf einmal trugen Warcraft-Avatare, denen Hazel noch nie begegnet war, »Rettet Jared«-T-Shirts über ihren Kettenhemden und Lederrüstungen, und es wurden Kämpfe veranstaltet, bei denen der Verlierer sich verpflichtete, einen gewissen Betrag zu spenden.

Blizzard Entertainment, das gigantische Unternehmen hinter World of Warcraft, bekam Wind davon, was in Azeroth vor sich ging, und versprach, die Spendensumme zu verdoppeln, egal wie hoch sie ausfallen würde. Das Geld wurde auf einem Konto gesammelt, das einer von Hazels Gildenbrüdern angelegt hatte, der im echten Leben Banker war. Aus Hazels fünfzehntausend Dollar wurden praktisch über Nacht hundertfünfzigtausend Dollar, die wiederum von Blizzard Entertainment auf dreihunderttausend verdoppelt wurden. Doch damit lagen sie immer noch weit unter dem Eröffnungsgebot von einer Million Dollar. Der Einsatz, so spektakulär er auch gewesen war, scheiterte.

Hazel konnte sich nicht erklären, warum Jareds Fall so wichtig für sie geworden war. Ja, es hatte mit Boots angefangen, aber jetzt ging es noch um etwas anderes. Ihr Leben brauchte eine Bedeutung. Jared Stones Notlage hatte ihr klargemacht, dass es zwar ein netter Zeitvertreib war, imaginäre Monster zu bekämpfen und virtuelle Schätze anzuhäufen, aber nichts, wonach es sich wirklich zu streben lohnte. Hier bot sich die Gelegenheit, einem echten Menschen zu helfen.

Doch am Ende stellten sich ihre Bemühungen als bedeutungslos heraus.

»Eine Million Dollar«, sagte sie noch einmal.

Hazel schaltete den Bildschirm aus, ließ sich auf ihr Bett fallen, griff nach ihrer abgewetzten Ausgabe von *Der Herr der Ringe – Die Gefährten* und schlief beim Lesen ein.

***

Als Sherman Kingsborough das Erstgebot von einer Million Dollar sah, wurde er panisch. Er hatte noch keine Antwort auf seine Anfrage zum körperlichen und geistigen Zustand des Verkäufers erhalten, sich aber mittlerweile so sehr in die Möglichkeit hineingesteigert, einen anderen Menschen umzubringen, dass er unbedingt zum Zug kommen musste. Er bot 1,2 Millionen Dollar.

Das war es ihm wert. Im Übrigen bezahlte Sherman so eine Summe praktisch aus der Portokasse.

Er hatte sich für einen Wettkampf wie in *Die Tribute von Panem* entschieden, bei dem er und Jared in einem abgeschlossenen Waldgebiet aufeinander losgelassen werden würden – mit einem Minimum an Proviant und Survival-Ausrüstung und so lange, bis einer von ihnen tot war. Er hatte schon angefangen, nach Locations zu suchen, und Personal angeheuert, um das Ganze umsetzen zu können.

Aber ohne Jared würde alles nur graue Theorie bleiben. Sherman musste diese Auktion gewinnen.

***

Schwester Benedict konnte sich nicht vom Computer loseisen. Mittlerweile saß sie seit zehn Stunden davor und war nur einmal aufgestanden, um zur Toilette zu gehen.

Sie lud die Seite alle zwei, drei Minuten neu, beteuerte sich selbst, dass jeder Mausklick ihr letzter sein würde, dass sie den Computer danach ausschalten und sich ihren Aufgaben zuwenden, später noch einmal nachschauen würde, wenn die geplante Ablaufzeit näher rückte. Aber Schwester Benedict war auch nur ein Mensch, und so sehr sie sich bemühte, sie schaffte es einfach nicht, standhaft zu bleiben.

Seit die Auktion begonnen hatte, waren jeweils drei junge Novizinnen in das Büro der Schwester gekommen, die persönliche Probleme hatten und sich Rat holen wollten. Und jedes Mal, wenn Schwester Benedict unterbrochen wurde, hatte sie von ihrem Computer aufgeschaut und gesagt: »Gott hat uns einen Verstand und ein Herz gegeben, um uns in die Lage zu versetzen, unsere Probleme selbst zu lösen. Und jetzt raus mit dir und komm erst wieder, wenn du mir sagen kannst, welchen Weg der Herr dir aufgezeigt hat, um aus dieser Krise herauszufinden.« Bei dem Wort »Krise« triefte ihre Stimme vor Sarkasmus. Die Schwester war so in der Welt des Internets versunken, dass sie keine Ahnung hatte, mit welchen Anliegen die jungen Nonnen zu ihr gekommen waren. Wenn sie es richtig verstanden hatte, war eine von ihnen schwanger. (Keine von ihnen war schwanger.) Und trotzdem konnte sie nicht mit diesen Mausklicks aufhören.

Die Schwester war sich darüber bewusst, dass ihr Gebot eine Ente war, eine falsche Fährte, und dass sie und die Kirche nicht die Absicht hatten, dieses Geld tatsächlich zu bezahlen. Kardinal Trippes Plan sah so aus, dass die Schwestern der Ewigen Anbetung dafür sorgten, dass sie den Zuschlag erhielten. Wenn die Auktion abgelaufen und der Zeitpunkt gekommen war, die Summe auf den Tisch zu legen, würden sie einfach vertragsbrüchig werden. Auf diese Weise würden sie Jared Stone davon abhalten, seinen Plan in die Tat umzusetzen.

»Aber begehen wir damit nicht eine Art Sünde?«, hatte die Schwester den Kardinal gefragt und verwirrt eine buschige Augenbraue hochgezogen. »Ich meine, wenn wir gar nicht die Absicht haben, unser Gebot einzuhalten, ist es dann nicht mit einer vorsätzlichen Lüge vergleichbar, dass wir überhaupt an der Auktion teilnehmen?«

»Kennen Sie die Geschichte der Bürgerrechtlerin Rosa Parks?«, entgegnete Kardinal Trippe.

»Natürlich, Eminenz.«

»Dann wissen Sie, dass Mrs Parks gegen das Gesetz verstieß, als sie sich damals als Schwarze in diesem Bus auf einen Platz für Weiße setzte. Trotzdem war das, was sie getan hat, richtig.« Während Schwester Benedict widerwillig einräumte, dass das Gesetz, das Schwarzen vorschrieb, wo sie sitzen durften und wo nicht, falsch gewesen war, fand sie trotzdem, dass Rosa Parks die Regeln hätte befolgen müssen. Was sie selbstverständlich für sich behielt. Außerdem musste sie sich auf die Zunge beißen, um den Kardinal nicht wie eine ihrer Schülerinnen in der Annunciation School zu korrigieren – Rosa Parks war nicht verheiratet gewesen, weshalb es korrekterweise nicht »Mrs«, sondern »Ms« lauten musste.

»Es war eine Form des zivilen Ungehorsams«, hatte der Kardinal weitergesprochen. »Wir tun im Prinzip dasselbe, und zwar in einer Variante des einundzwanzigsten Jahrhunderts. Nennen Sie es sozialen Ungehorsam. Es ist falsch, dass dieser Mann sein Leben auf eBay verkaufen kann, also werden wir ihn daran hindern. Friedlich, passiv.«

Gütiger Gott, hatte die Schwester gedacht, *gib mir die Kraft, diesen Narren zu ertragen. Als Nächstes kommt er mir noch mit diesem Windeln tragenden indischen Märtyrer.*

Als Sherman Kingsboroughs Gebot von 1,2 Millionen Dollar erschien, erhöhte die Schwester sofort auf 1,5 Millionen. Obwohl das Gebot nicht echt war, genoss sie es unglaublich, mit einer so riesigen Summe Geld zu hantieren. *Vielleicht,* dachte sie, *kann ich den Kardinal doch noch davon überzeugen, dass wir den Kaufpreis entrichten und diesen Mann unter unseren Schutz bringen sollten, falls wir die Auktion gewinnen.* Ohne es zu merken, war die Schwester dem berauschenden Gefühl der Macht erlegen.

***

Ethan Overbee beobachtete, wie die beiden Bieter sich gegenseitig hochschaukelten. Er beobachtete und wartete ab.

***

Kaum hatte Sherman Kingsborough sein Gebot abgegeben, wurde es auch schon übertrumpft. Der erste Bieter erhöhte auf 1,5 Millionen Dollar.

»Verdammter Hurensohn!«, rief er in den leeren Raum hinein. Das heißt, eigentlich war er gar nicht leer, sondern mit protzigem Zeug vollgestopft, das seinen Reichtum zur Schau stellte, einschließlich einer lebensgroßen Originalkopie von Michelangelos *David*. Dabei hasste Sherman Kunst. Aber eine ältere Frau, die er vor einem Jahr begehrt hatte, hatte ihn davon überzeugt, dass alle reichen und mächtigen Männer sich mit großen Kunstwerken umgeben. »Es ist ein Maßstab dafür, welchen Platz man in der Welt einnimmt«, hatte sie erklärt. Wirklich verstanden hatte Sherman das nicht, aber er gab der Leidenschaft der Frau für Skulpturen und Gemälde nach. Sie wirkte weltgewandt und klug, und für kurze Zeit glaubte er, in sie verliebt zu sein. Ein Irrtum.

Um auf eBay nicht sofort wieder überboten zu werden, erhöhte Sherman den Marktpreis von Jared Stones Leben auf zwei Millionen Dollar. »Nimm das, Bitch«, sagte er zu einem Originalsoldaten der Terrakotta-Armee, der, wie man ihm erzählt hatte, auf einer Rikscha aus China geschmuggelt worden war. (Wenn seine Geliebte – von der Sherman schon bald gelangweilt war und sich wieder trennte – ihre Hausaufgaben gemacht hätte, wären ihr die markanten Züge des Tonsoldaten und die »Made in Taiwan«-Prägung in der Sohle seines linken Stiefels aufgefallen, die ihn eindeutig als Fälschung entlarvten.) Natürlich wusste Sherman nicht, dass der Gegenbieter eine Frau war, und er wusste erst recht nicht, dass sie Nonne war. Er nannte jeden »Bitch«.

Auch er beobachtete und auch er wartete ab.

***

Schwester Benedict Joan sprach fünf Ave-Maria und bekreuzigte sich zweimal, als sie ihr Gebot auf Jareds Leben auf 2,5 Millionen Dollar erhöhte. Sie hatte angefangen, sich selbst weiszumachen, dass sie sich gegenüber dem Kardinal durchsetzen und Jared Stone ihr gehören würde. Ihr blieb völlig verborgen, welche Ironie darin lag.

»Ha!«, rief sie mit sich überschlagender Stimme, als sie sah, dass sie bei der Auktion wieder in Führung gegangen war. Sie presste sich kichernd eine Hand auf den Mund und vergewisserte sich mit einem verstohlenen Blick nach allen Seiten, dass niemand da war, der diesen Akt der Selbstüberschätzung mit ansah.

***

Als Jared aufwachte, lag er in seinem Arbeitszimmer auf dem Boden und war mit einer Wolldecke zugedeckt. Die Sonne stahl sich zwischen den Vorhängen hindurch und hinterließ zwei lange weiße Streifen auf dem Teppich.

»*Tieferes Wissen*«, sprach Jared laut das Anagramm aus, das er aus »weiße Streifen« gebildet hatte. Er schaute sich im Zimmer um. »Deirdre ist weg, falls sie je hier war.« Er konnte sich nicht sicher sein. Trebuchet war ebenfalls weg, und ihm wurde klar, dass er allein war und Selbstgespräche führte.

Jared hatte geträumt, aber er wusste nicht mehr, wovon. Gut möglich, dass es etwas mit seinem ersten Kuss zu tun gehabt hatte, aber als er sich auf dem Boden aufsetzte und sein Gehirn anstrengte, beziehungsweise das, was möglicherweise von seinem Gehirn übrig war, konnte er sich an keinerlei Details erinnern. Er war sich in diesem Moment noch nicht einmal sicher, ob er überhaupt jemals jemanden geküsst hatte. Aber dann kehrte die Erinnerung an vergangene Nacht zurück. Wenigstens das funktionierte noch.

Jared stand auf, streckte sich und beugte sich über seinen Computer. Das höchste Gebot lag mittlerweile bei 2,5 Millionen Dollar, womit SchwesterBJ143 nach wie vor Höchstbietende war. »Gibt es wirklich einhundertzweiundvierzig andere SchwesterBJs?«, fragte er den Bildschirm.

Als er sich den Gebotsverlauf anschaute, sah Jared, dass ein anderer Bieter – der Mann, der ihm diese beunruhigenden Fragen zu seinem physischen und mentalen Zustand gestellt hatte –, mit eingestiegen war und zuvor zwei Millionen Dollar geboten hatte.

Ein Bieterkrieg war genau das, was Jared sich erhofft hatte. Er hatte die Nachricht dieses Mannes nicht beantwortet und beglückwünschte sich im Nachhinein zu dieser klugen Entscheidung. Aus Jareds Sicht ging es hier um ein Geschäft nach dem Prinzip »Gekauft wie gesehen«. Er brauchte niemandem einen Vorteil zu verschaffen.

Dann passiert etwas Seltsames.

Jared lud die Seite neu und hoffte zu sehen, dass die beiden Bieter den Preis noch weiter nach oben treiben würden, aber stattdessen verschwand sein Gebot. Gleichzeitig tauchte ein kleines Fähnchen am Seitenrand auf, das ihn über eine neue E-Mail in seinem Posteingang informierte. Davon ausgehend, dass sie etwas mit seinem verschwundenen Gebot zu tun hatte, öffnete er sie und fand folgende Nachricht:

> Sehr geehrter Verkäufer,
> wir bedauern, Ihnen mitteilen zu müssen, dass Ihre Auktion »Menschenleben zu verkaufen« entfernt wurde, da sie gegen die Nutzungsbedingungen von eBay verstößt, laut denen keine Menschen oder menschlichen Überreste veräußert werden dürfen. Wir haben sämtliche Bieter von ihren Verpflichtungen entbunden und untersagen Ihnen hiermit, diese oder ähnliche Anzeigen erneut bei eBay einzustellen. Bei Fragen wenden Sie sich bitte an customercare@ebay.com. Jedwede nachträgliche Verletzung unserer Nutzungsbedingungen kann zu Ihrem sofortigen Ausschluss bei eBay führen. Wir danken für Ihr Verständnis.

Jared wusste nicht, ob er lachen oder weinen sollte, ob er erleichtert oder bestürzt war. Das lag nicht etwa daran, dass er sich zwischen widerstreitenden Gefühlen hin- und hergerissen fühlte – auch wenn faktisch genau das der Fall war –, sondern dass der Tumor zufällig genau in diesem Moment den Teil von Jareds Gehirn kostete, der für das emotionale

Verständnis zuständig war. Dieser Widerstreit amüsierte den Tumor und gleichzeitig berührte er ihn. Um ihn herum stellten Synapsen Verknüpfungen her, die wie bei einer schlechten Handyverbindung immer wieder fehlgeleitet wurden. Für Jared machten sich diese Vorgänge nur durch eine noch stärkere Verwirrung bemerkbar.

Jedenfalls war sein eBay-Experiment beendet und er war kein bisschen reicher. Er stieß einen langen Seufzer aus.

Und genau in dem Moment klingelte sein Handy.

Zweiter Teil

Ein Geschäft wird vorgeschlagen

(Freitag, 18. September)

Ethan Overbee war kein Mann, der irgendetwas dem Zufall überließ.

In der Middle School wurde er auf frischer Tat dabei ertappt, wie er einem anderen Schüler auf dem Schulgelände, genauer gesagt, in der Romanabteilung der Schulbibliothek, auf Kassette gezogene Raubkopien des Bon-Jovi-Albums *Slippery When Wet* verkaufte. Dass die Bibliothek zu dem Zeitpunkt eigentlich schon geschlossen war, machte die Sache nicht besser. Dass der Direktor der Schule gerade eine Gruppe von Würdenträgern des Schulamts durch das Gebäude führte und mit seinen Gästen genau in dem Moment um die Ecke bog, in dem die Ware gegen Geld den Besitzer wechselte, machte die Sache erst recht nicht besser. Es musste wie ein Drogendeal ausgesehen haben, denn der Direktor und die Würdenträgern schnappten kollektiv nach Luft. Als Ethan die Kassetten auf den Boden fallen ließ und ersichtlich war, dass keinerlei Drogen mit im Spiel waren, atmeten sie erleichtert wieder aus.

Der Direktor schenkte Ethan und seinem »Kunden« – einem Achtklässler namens Winston Swale – ein zuckersüßes Lächeln und sagte: »Jungs, warum schaut ihr nicht in meinem Büro vorbei, wenn ihr hier fertig seid.« Dann gingen er und seine Gäste weiter und niemand von ihnen schaute zurück.

Winston Swale trat nervös von einem Bein aufs andere und fragte sich, wie er seinen Eltern erklären sollte, dass er von der Schule fliegen würde, weil er einen illegalen Musikkopiererring unterstützt hatte. Denn genau das war das Szenario, das der Direktor ihm und Ethan ausmalte, als sie eine Stunde später vor ihm standen. Der Direktor war ein humorloser Mann, dessen Ohren rot anliefen, wenn er wütend war, und an diesem Tag leuchteten sie im selben Ton wie die auberginefarbenen Medizinbälle aus der Turnhalle.

Aber Ethan wäre nicht Ethan gewesen, wenn er nicht einen Plan B gehabt hätte.

Was der Direktor nicht wusste, und was auch Winston nicht wusste, war, dass Ethan von der Bibliothekarin einen Flur-Pass ausgestellt bekommen hatte, mit dem er sich auch außerhalb der Öffnungszeiten in der Bibliothek aufhalten durfte, um an einem Aufsatz über Marco Polo und die Seidenstraße zu arbeiten.

Als der Direktor die Bibliothekarin anrief und befragte, bestätigte sie die Echtheit des Passes. Natürlich hatte sie nicht gewusst, dass die Jungs die Bibliothek für irgendwelche Schwarzmarktgeschäfte benutzen würden, aber sie mochte Ethan und wollte nicht, dass er in Schwierigkeiten geriet.

»Sie müssen mir glauben, Mr Finn«, begann Ethan und hätte den Direktor beinahe mit seinem Spitznamen »Mr Fink« angesprochen, der unter den Schülern viel gebräuchlicher war, »wir haben nur eine Pause gemacht und Kassetten getauscht.«

Ethan zauberte einen halb fertigen Aufsatz hervor, auf dessen Deckblatt »Marco Polo und die Seidenstraße« stand. Winston, der ganz sicher wusste, dass in der Bibliothek kein Versuch unternommen worden war, einen Aufsatz zu schreiben, gelang es, seine Überraschung hinunterzuschlucken. Hätte der Direktor den Aufsatz durchgeblättert, hätte er festgestellt, dass er dreist angelogen worden war. Anders als auf dem Deckblatt angegeben, handelte es sich um einen Aufsatz über die Unterschiede zwischen vulkanischen, sedimentären und metamorphen Gesteinen.

Angesichts des Flur-Passes und des Aufsatzes, die wie aus dem Hut gezauberten Beweisstücke der Verteidigung (die in diesem Fall aus Ethan bestand, der sich selbst und seinen Freund vertrat) wirkten, beschloss der Direktor, dass es einfacher war, die Anklage fallen und die beiden Jungen mit einer Verwarnung davonkommen zu lassen. Ethan hatte es nicht nur geschafft, seinen Kopf aus der Schlinge zu ziehen, sondern behielt außerdem eine weiße Weste und erwarb sich den Ruf, den Direktor ausgetrickst zu haben. Er wurde an der Schule zu so einer Art Kultfigur.

Jetzt, fast zwei Jahrzehnte später, hatte Ethan wieder einen Plan B. Dafür zu sorgen, dass die Auktion entfernt wurde, war einfach gewesen. Die Geschäftsbedingungen von eBay in Bezug auf den Verkauf von Menschen und menschlichen Überresten waren nicht verhandelbar. Es hatte nur eine Beschwerde von einem anderen Nutzer gebraucht, um die Aufmerksamkeit der eBay-Wächter darauf zu lenken.

An Jareds Handynummer heranzukommen war ebenfalls überraschend einfach.

Weil jeder Staat seine eigenen undurchsichtigen Gesetze hatte, die den Besitz von Pressekanälen regelten, beschäftigte der Sender in allen fünfzig Staaten bezahlte Lobbyisten, um seine Interessen zu schützen. Es war reines Glück, dass ihre Lobbyistin in Salem ein Jahr zuvor gemeinsam mit Jared an einem Gesetzesentwurf gearbeitet hatte und die beiden sich gut verstanden hatten. Als Ethan sie anrief, gab sie ihm bereitwillig Jareds Handynummer.

Während Ethan Jareds Nummer wählte, wusste er bereits genau, was er sagen würde.

***

»Hallo?«, meldete Jared sich etwas zögerlich am Handy.

»Hallo, Jared«, sagte die Stimme am anderen Ende, und Jared fragte sich, ob es wirklich eine Stimme war oder ob der Gehirntumor versuchte, mit ihm zu sprechen. »Ich darf Sie doch Jared nennen, oder?«

»Natürlich.«

»Wissen Sie, warum ich anrufe?«

»Kommt darauf an«, antwortete Jared. »Sind Sie real oder mein Gehirntumor?«

Die Stimme am anderen Ende der Leitung stutzte kurz.

»Nein, Jared. Ich bin kein Gehirntumor. Ich bin ein Mensch. Genau wie Sie.«

»Sie haben auch einen Gehirntumor?«, fragte Jared.

»Ähm, nein. Aber ich bin ein *Mensch*, genau wie Sie.« Jared wusste nicht, was er sagen sollte, also wartete er. »Mein Name ist Ethan. Ich weiß, dass Ihre eBay-Anzeige entfernt wurde, und glaube, dass ich Ihnen helfen kann.«

»Wie?« Jared wusste, er hätte misstrauisch sein sollen, aber in exakt diesem Moment fraß der Tumor eine Erinnerung von Jared, in der er Jackie badete, als sie noch ein kleines Mädchen war – das warme Wasser, der Seifenschaum, ihr Spielzeugboot, ihr fröhliches Lachen –, wodurch die Zirbeldrüse das beruhigend und antioxidativ wirkende Hormon Melatonin über Jareds graue Substanz ausschüttete.

Die Erinnerung war so tief in seinem Gehirn vergraben gewesen, dass Jared keinen direkten Zugang dazu hatte; als Glio sie fand und dabei die Basalganglien seines Wirts mit dem Melatonin flutete, ergab ein Nebeneffekt, dass Jared sich besser konzentrieren konnte.

»Das würde ich Ihnen gern persönlich erklären«, antwortete Ethan.

»Warten Sie.« Jared dachte einen Moment lang angestrengt nach, bevor er wusste, welche Fragen er stellen musste. »Woher haben Sie diese Nummer? Und woher wissen Sie, dass die Anzeige entfernt wurde?«

»Hannah Hinawi hat mir Ihre Nummer gegeben.«

»Die Lobbyistin? Sind Sie auch Lobbyist? Falls ja, sollten sie in meinem Büro in Salem anrufen und …«

»Hannah arbeitet für mich. Oder, um es genauer zu sagen, arbeitet sie für jemand, der für jemand arbeitet, der für jemand arbeitet, der für mich arbeitet.«

Das waren eine Menge »jemand«, die Jareds Gehirn verarbeiten musste, aber er verstand, worum es ging. »Und was wollen Sie von mir?«

»Ich kann Ihnen helfen, Ihr Leid zu lindern, und ich kann sicherstellen, dass Ihre Familie gut dafür entschädigt wird. Die Details würde ich gern, wie gesagt, persönlich mit Ihnen klären.«

Die Melatonin-Produktion ebbte ab und wurde von einem Adrenalinschub ersetzt. Jareds Herz raste und seine Konzentration ließ wieder deutlich nach. Weil er nicht wusste, was er sonst tun sollte, stimmte er einem Treffen zu.

»Fantastisch. Und wo?«

Selbst in seinem alles anderen als klaren Zustand lag die Antwort für Jared sofort auf der Hand. Der Treffpunkt war öffentlich zugänglich, gemütlich und gehörte zu seinen Lieblingsorten. Er nannte ihn Ethan und fragte dann: »Wann?«

»Jetzt gleich.«

***

Als Jackie sich am nächsten Morgen den Schlaf aus den Augen rieb, war Megan fort. Sie griff nach ihrem iPhone und sah, dass es schon Viertel vor neun war. Sie verpasste die erste Stunde. Warum hatte sie niemand geweckt?

Sie wollte gerade nach unten gehen und nach ihren Eltern schauen, als sie feststellte, dass sie eine neue Facebook-Nachricht hatte.

Es mir sehr leidtut, dass ich dich vermisst habe. Das war eine schlechte Zeit, weil ich in der Schule bin. LOL! Wirst du sein online in der Schule heute? Ich will auch reden mit dir. Ich werde suchen nach dir.

Jackie liebte es, wie Max Englisch schrieb. Sie fand, dass er dadurch sogar noch süßer wirkte als auf seinem Foto. Er hatte Jackie ein paar russische Wörter beigebracht. Ihr Lieblingswort war »nimnoschka«. Es bedeutete »ein bisschen«. Ihr gefiel der Klang.

»So wie in ›Ich mag die Schule kein einziges *nimnoschka*‹?«, hatte Jackie gefragt, als Max ihr das Wort beibrachte. So unbekümmert redete sie sonst nur mit ihrem Dad, aber bei Max fiel es ihr leicht, weil er so weit weg war. Er hatte mit »LMAO« geantwortet, und sie hatte sich gefragt, ob er wusste, dass das englische Akronym übersetzt so viel wie *Ich lach mir den Arsch ab* hieß.

Jackie steckte das Handy ein und machte sich auf den Weg nach unten. Kaum war sie aus der Tür getreten, kam ihr Vater ihr entgegen. Sie schaute auf ihre Füße hinunter und murmelte: »Hi, Daddy.«

Jared knetete nervös seine Hände und räusperte sich. »Geh doch schon mal runter, Snowflake, ja? Deine Mom und ich würden gern mit dir reden. Ich bin in einer Minute da.«

Jackie nickte. Der Weg vom zweiten Stock in die Küche fühlte sich kilometerlang an. Ihre Mutter saß am Küchentisch, eine Kaffeetasse zwischen den Händen, und starrte mit leerem Blick an die Wand. Bis auf einen braun-schwarz gesprenkelten Bodensatz war die Tasse leer.

»Mom?«

Deirdre, die nicht bemerkt hatte, dass Jackie in die Küche gekommen war, zuckte zusammen, als sie ihre Tochter hörte.

»Oh, Jax! Du hast mich erschreckt.«

»Warum hast du mich nicht geweckt?«

Deirdre wusste nicht, was sie antworten sollte. »Ich dachte, dass dir Schlafen vielleicht guttut«, sagte sie leise.

»Wegen Dad?«

»Wegen Dad.«

Was Mutter und Tochter sich damit sagten, ohne es auszusprechen, war das Wissen darum, dass in ihrem Leben nichts mehr so sein würde, wie es einmal war, und die Hilflosigkeit darüber, nicht das Geringste daran ändern zu können.

Jared kam in die Küche, tätschelte Jackie unbeholfen die Schulter und setzte sich an den Tisch. Er rang nach Worten, fand aber keine. Schließlich schüttelte er den Kopf und sagte: »Es tut mir so leid.«

Jackie verstand nicht. *Warum tut es ihm leid?* Weil sie nicht wusste, was sie sonst sagen sollte, fragte sie: »Ist das alles denn wahr?«

Jared nickte.

»Auch die Sache mit eBay?«

Jared nickte wieder.

»Gibt es nicht noch eine andere Möglichkeit?«, fragte Jackie und versuchte, nicht hoffnungsvoll zu klingen.

»Ich wünschte, es wäre so, aber die Ärztin hat gesagt, dass der Tumor unheilbar ist. Ich werde sterben.«

Jackie hatte die eBay-Anzeige gemeint und war nicht darauf vorbereitet, so unvermittelt mit der Krankheit ihres Vaters konfrontiert zu werden. In ihrer Kehle bildete sich ein Kloß, der ihre Speiseröhre hinaufkletterte und versuchte, sich aus ihrem Mund zu schieben. Sie gab einen kurzen, erstickten Laut von sich.

Deirdre, die begriff, dass Jared die Frage seiner Tochter falsch verstanden hatte, beeilte sich, die Unterhaltung in eine andere Richtung zu lenken. »Dein Vater und ich haben über die eBay-Anzeige gesprochen. Er weiß, wie sehr uns das allen zu schaffen macht. Aber das spielt jetzt keine Rolle. eBay hat die Anzeige entfernt. Anscheinend sind wir nicht die Einzigen, die es für keine gute Idee halten, ein Menschenleben zu verkaufen.« Deirdres Tonfall und der Blick, den sie Jared zuwarf, ließen keinen Zweifel zu: Sie war stinksauer. Jackie fiel es auch schwer, damit klarzukommen, aber nach allem, was sie mittlerweile wusste, konnte sie auf ihren Vater nicht sauer sein. Sie hätte ihn gern so viel gefragt – ob der Krebs wehtat, ob er Angst hatte, wie er ihr das nur antun konnte –, aber es war alles noch zu frisch, zu neu. Sie beschloss, das Thema zu wechseln.

»Wo ist Meg? Sollte sie bei diesem Gespräch nicht mit dabei sein?«

»Wir haben heute Morgen mit ihr gesprochen«, sagte ihre Mutter.

»Und?«

»Deine Schwester ist ein starkes Mädchen, egal welche Fehler sie vielleicht haben mag.« Ihre Mutter sah Jackie einen Moment aufmerksam an, bevor sie fortfuhr. »Es ist wichtig für uns, dass du jetzt auch stark bist, Jax.«

Jackie nickte, konnte sich aber nicht weiter mit dem Gedanken beschäftigen. Nichts in ihrer Welt war mehr an seinem Platz. Sie hatte das Gefühl, in einem sich rasend schnell drehenden Karussell zu sitzen, aus dem sie sofort aussteigen wollte. »Ist sie noch da?«

»Meg? Nein, ich habe sie zur Schule gefahren.«

»Kann ich auch in die Schule?«

Deirdre und Jared warfen sich einen Blick zu und schauten dann Jackie an, als hätten sie eine Fremde vor sich.

»Du *willst* in die Schule?«, fragte Jared.

»Glaub schon.« Jackie senkte den Kopf und versteckte sich hinter ihren Haaren, die ihr ins Gesicht fielen.

Ihre Eltern schwiegen einen Moment verblüfft. Jackie wusste, warum sie so überrascht waren. Bis auf den Tag, an dem sich der Kevin-Memmott-Vorfall ereignet hatte, konnte sich niemand aus der Stone-Familie auch nur an einen einzigen Tag in ihrem Leben erinnern, an dem Jackie tatsächlich in die Schule gewollt hätte.

»Natürlich, Liebes«, sagte sie. »Dein Dad wird dich fahren.«

»Klar«, sagte Jared, dann schüttelte er den Kopf, als wäre ihm etwas Wichtiges eingefallen. »Ach, nein, ich habe ja einen Termin in der Stadt. Jedenfalls glaube ich, dass ich einen habe.«

»Okay, zieh dich an, Jax. Ich bringe dich. Und, Jare«, sagte Deirdre, als sie aufstand, »mach bloß keinen Unfug, verstanden?«

Jackie war sich nicht sicher, was ihre Mutter damit meinte, war aber froh, als sie sah, dass ihr Vater lächelnd nickte.

***

Nachdem Glio fertig damit war, die kleine Jackie mit einem Schwamm zu waschen, stolperte er über etwas wirklich Bemerkenswertes. Es gab einen Teil in Jareds Großhirnrinde, der noch nie bewusst angezapft worden war – der noch bei keinem Mensch je bewusst angezapft worden war. Er gehörte zu den geheimnisvollen neunzig Prozent des Gehirns, die angeblich nie genutzt wurden. Nur dass daran nichts geheimnisvoll war, jedenfalls nicht für ein Glioblastom.

Während er immer tiefer in den Cortex eintauchte, schwamm Glio durch schimmernde Neuronen-Schleier, die sich wie Polarlichter explosionsartig in fuchsia-, indigo- und aquamarinfarbenen Blitzen entluden. Wirbelnde Intelligenzstrudel trugen ihn durch trichterförmige Denkspiralen bis zu einem starken Gefälle, wo Glio ohne Vorwarnung in ein synaptisches Meer stürzte und mit einem lauten Platschen in warmem Wasser landete.

Er paddelte durch unerforschte Seen und Kanäle und verschlang Gedankenströme, die sich wie die dunkle Materie des Universums jeder Kategorisierung oder Erklärung widersetzten, dichter und von größerer Schwerkraft, als man es mit dem Seh-, Geruchs-, Geschmacks- oder Tastsinn jemals hätte erfassen können. Es war die 4.790.523ste Stelle hinter dem Komma von Pi, das vollständige Verständnis des menschlichen Genoms und die einzige wahre Bedeutung von Liebe. Es waren die Gedanken, Vorstellungen und Wahrheiten, die das Hintergrundsummen der Menschheit bildeten, die Musik, die alle Menschen hörten, ohne es zu wissen. Es war der Treibstoff von Sehnsüchten, Ambitionen und Wissbegierde. Und das alles verlor Jared Stone Zelle für Zelle.

Diese Neuronen waren für Glio ein wahrer Energieschub, der ihn noch schneller und entschlossener vorwärtstrieb.

Mit jedem Bissen, den sich Glio von dieser ehemals unzugänglichen Ecke des Gehirns einverleibte, wurde das Funkeln in Jareds Augen ein kleines bisschen schwächer. Es war, als würde er eine Geschichte verkörpern, aus der jemand alle Adjektive, Konjunktionen und Adverbien entfernt hatte, sodass nur noch Substantive und Verben übrig blieben.

Glio schwamm weiter. Oder vielmehr, er ließ sich treiben.

***

Hazel Huck telefonierte gerade mit einem Zeitungsreporter, als sie von der abgesetzten Auktion erfuhr.

»Moment, ich schaue gerade nach …«, sagte der Reporter, »… nein, die Anzeige ist nicht mehr da.«

Der Reporter wollte die Quelle, die Hazels echte Identität preisgegeben hatte, nicht verraten, aber Hazel glaubte, dass es eigentlich nur ein Warcraft-Administrator gewesen sein konnte.

Nachdem sie einmal geoutet war, sah Hazel keinen Grund, nicht mit der Presse zusammenzuarbeiten. Vielleicht würde sie ja durch den Gang an die Öffentlichkeit die

Spendensammelaktion wieder zum Leben erwecken können.

Natürlich war Hazel klar, dass dies das Ende ihrer Online-anonymität bedeuten würde und ihre Gildenfreunde erfahren würden, dass sie bloß eine schüchterne Schülerin aus den Südstaaten war. Aber sie war der Überzeugung, dass es Dinge gab, die über dem eigenen Interesse standen.

»Können Sie mir vielleicht die Auktionsnummer nennen, damit ich noch einmal danach suchen kann?«, fragte der Reporter.

»Die Auktionsnummer?«

»Ich meinte die Artikelnummer, die am rechten Seitenrand steht.«

Hazel klappte ihren Laptop auf und ging auf die eBay-Seite. Und da sah sie es. Die Anzeige war verschwunden. Sie hatte eine Nachricht in ihrem Posteingang, laut der die Auktion abgesetzt wurde, weil sie gegen die Geschäftsbedingungen von eBay verstieß.

»Ich rufe Sie zurück«, sagte Hazel und legte auf.

***

Als Sherman Kingsborough sah, dass die Auktion abgesetzt worden war, schwankte er zwischen Erleichterung und Wut.

Wie so viele in Reichtum schwimmende Menschen war Sherman eine gebrochene Seele. Seine Jugend hatte er im Alkoholrausch verbracht, und wann immer er sich in Schwierigkeiten brachte, was ziemlich oft vorkam, haute sein Vater – oder genauer gesagt, die Anwälte seines Vaters –

ihn wieder heraus. Als der alte Mann starb, dachte Sherman tatsächlich einen Moment darüber nach, dass er vielleicht erwachsen und ein verantwortungsvolles Mitglied der Gesellschaft werden sollte. Aber um das zu tun, fehlte ihm der Bezugsrahmen. Dank mangelnder elterlicher oder amtlicher Aufsicht und einem geerbten Milliardenvermögen konnte Sherman sich seinen perversesten Trieben hingeben. Anfangs versuchte er noch dagegen anzukämpfen, aber es nützte nichts; irgendwann gab er auf und ließ sein *Es* – wie Freud den unbewussten und triebhaften Teil eines Menschen bezeichnete – die Führung übernehmen.

Egal ob es um eine sexuelle Beziehung zu einer vierzehnjährigen thailändischen Prostituierten ging oder um die Bestechung von Aufsehern eines Nationalparks, mit der er sich die Möglichkeit erkaufte, Bengalische Tiger zu jagen – er nahm sich immer wieder aufs Neue das Versprechen ab, dass es das letzte Mal sein würde. Dass er ein besseres Leben führen und sein Geld sinnvoll ausgeben würde, dass er Tai Chi praktizieren, gesund essen und in die Kirche gehen würde. Aber mit der Zeit meldete sich sein Gewissen immer seltener und leiser zu Wort. Er war schon so oft durch den Sumpf der Verdorbenheit gewatet, dass er die Fähigkeit verloren hatte, von sich selbst angekotzt zu sein.

Doch kaltblütiger Mord war ein neues und beängstigendes Terrain, das Sherman wahnsinnig aufregend fand, ihm aber auch zu denken gab. *Vielleicht wäre das selbst für mich eine Nummer zu krass,* dachte er.

Andererseits würde dieser Jared Stone sowieso sterben, und Sherman konnte ihm finanziell helfen, also war es im

Grunde ein Deal, von dem beide Seiten profitieren würden. Sherman würde schließlich nicht die Straße entlanggehen und einfach so aus Spaß einen Landstreicher umlegen. Nein, das hier hatte Hand und Fuß, es war richtig.

Seine Wut gewann zwangsläufig die Oberhand über seine Erleichterung. Er hatte sich mental darauf vorbereitet, einen anderen Menschen zu töten, und jetzt sollte ihm dieses Vergnügen verweigert werden. *Nicht das Vergnügen,* dachte er, *die Gelegenheit.*

Dass dieser Typ die Anzeige aufgegeben und dann wieder gelöscht hatte – in seinem derzeitigen Zustand spielte es für Sherman keine Rolle, dass nicht Jared Stone, sondern eBay die Auktion abgesetzt hatte –, war einfach nicht in Ordnung. *Ich sollte den Bastard verklagen,* dachte Sherman. *Oder diesen Hurensohn aufspüren und einfach trotzdem töten.*

Sherman blinzelte. Einmal. Zweimal.

Ihn aufspüren und einfach trotzdem töten. Er hielt inne, um die Idee sacken zu lassen.

Ihn einfach trotzdem töten.

Hm.

***

Als Schwester Benedict die Nachricht erreichte, dass Jareds Auktion abgesetzt wurde, hatte sie noch nicht einmal Zeit für ein »Jesus, Maria und Josef«, bevor sie das Büro des Kardinals anrief.

»Erzbistum Portland der Heiligen Römisch-Katholischen Kirche. Möge Gott den Papst und die Vereinigten Staaten von Amerika schützen. Sie sprechen mit Vater

Todd, dem Sekretär von Kardinal Trippe. Wie kann ich Ihnen helfen?«

»Ja, Vater Todd. Hier ist Schwester Benedict Joan von den Schwestern der Ewigen Anbetung. Ich muss mit Kardinal Hippie … ich meine Trippe … Kardinal Trippe sprechen. Es ist dringend.« Die Schwester ärgerte sich so über ihren Versprecher, dass sie sich auf den Fingerknöchel biss, bis es blutete.

Falls Vater Todd ihn bemerkt hatte, ließ er sich nichts anmerken. »Bitte warten Sie, Schwester. Ich sehe nach, ob er abkömmlich ist«, antwortete er höflich.

Die Schwester wartete. Die Warteschleifenmusik – »Amazing Grace«, gefolgt von »Ave Maria« und der »Battle Hymn of the Republic« – war eine alphabetische Reise durch erbauliche christliche Hymnen, aber jedes Mal, wenn ein neues Lied begann, überkam sie das Bedürfnis zu schreien. Die Schwester rief sich in Erinnerung, dass Geduld eine Tugend ist, auch wenn sie in diesem Moment nicht nachvollziehen konnte, warum.

»Schwester! Wie geht es mit unserem kleinen Projekt voran?«, sagte der Kardinal zur Begrüßung, als er endlich ans Telefon kam.

»Gar nicht, Eminenz. Deswegen rufe ich an.«

»Ich höre.«

Die Schwester gab die Nachricht von der abgesetzten Auktion an ihn weiter. »Wir müssen etwas unternehmen.«

»Verzeihen Sie, Schwester, aber ich kann Ihnen nicht ganz folgen«, erwiderte der Kardinal. »Dieser Mann versucht nicht länger, sein Leben zu verkaufen – genau das war es doch, was wir verwerflich fanden, oder? Aber wenn ich das richtig verstanden habe, ist das Problem jetzt gelöst.«

»Ich dachte«, antwortete die Schwester steif, »wir würden es verwerflich finden, diesen Mann sterben zu lassen, obwohl wir sein Leben erhalten könnten.«

»Schwester Benedict«, entgegnete der Kardinal nachsichtig. »Es sterben jeden Tag Menschen, in jeder Minute. Wenn der göttliche Plan es vorsieht, dass dieser Mann zu unserem Himmlischen Vater nach Hause berufen wird, wer sind wir, uns einzumischen? Lassen Sie es gut sein.«

»Aber, Kardinal Trippe, was ist mit der Möglichkeit, dieser Gemeinde zu Ruhm und Ansehen zu verhelf…«

»Es tut mir leid, Schwester. Die Angelegenheit ist so ausgegangen, wie wir es uns gewünscht haben. Ich bitte Sie inständig, sich Mr Stone aus dem Kopf zu schlagen. Wenn überhaupt, sollten sie vielleicht die Familie kontaktieren und ihr in dieser schwierigen Zeit Gottes tröstendes Wort anbieten.« Der Kardinal sprach einen Segen, verabschiedete sich und legte auf.

Die Schwester knallte zornig das Telefon auf den Tisch, dann bekreuzigte sie sich dreimal hastig und sprach drei Ave-Maria, um ihren Wutausbruch zu sühnen.

Mit einem Mal fühlte sie sich erschöpft. Ihr war nicht bewusst gewesen, dass sie stand, und sie ließ sich auf ihren Stuhl fallen. *Vielleicht hat der Kardinal recht,* dachte sie, *auch wenn er ein Narr ist.*

Schwester Benedict Joan hatte nicht vor, Mr Stone und seine Familie zu kontaktieren; er war noch nicht einmal ein

Mitglied der Gemeinde. Sie würde versuchen, diese leidige Geschichte zu vergessen.

***

Jackie war nicht auf die Reaktionen vorbereitet, die sie in der Schule erwarteten. Sie und Megan waren den ganzen Abend in Jackies Zimmer gewesen und hatten die Abendnachrichten, in denen das Interview mit ihren Eltern gesendet worden war, nicht geschaut. Im Gegensatz zu vielen ihrer Mitschüler, die es gesehen oder zumindest davon erfahren hatten.

Die meisten von ihnen hielten sich von Jackie fern, was nichts Neues war. Sie war es gewohnt, wie ein Geist den Flur entlangzugehen und von niemandem angeschaut zu werden.

Aber heute war es anders. Plötzlich konnte jeder sie sehen, aber alle wandten den Blick von ihr ab.

Sie schaffte es gerade noch, rechtzeitig zu ihrer morgendlichen Freistunde in der Schule zu sein, und ging sofort in den Computerraum. Ein paar Leute schauten auf, als sie hereinkam, lenkten ihre Aufmerksamkeit aber eine Spur zu schnell auf den Bildschirm zurück, so als wäre sie irgendwie körperlich entstellt. Selbst die Aufsicht habende Lehrerin vermied es, ihr in die Augen zu schauen.

Jackie fand einen freien Platz an einem der Computer und loggte sich bei Facebook ein. Ihre Miene hellte sich schlagartig auf, als sie den kleinen grünen Punkt neben Max' Namen sah. Er war online.

Sie hatte gerade angefangen, »Hallo« zu tippen, als seine Nachricht aufploppte:

Max: Solnischko!

Das war das allererste russische Wort, das Max Jackie beigebracht hatte. Es war ein Kosename und bedeutete »kleiner Sonnenschein«. Sie liebte es.

Jackie: Hi, Max.
Max: Warum du hast gestern Abend versucht, mir zu erreichen?
Jackie: Es heißt: »Warum hast du gestern Abend versucht, mich zu erreichen«, Max.

Er bestand darauf, dass Jackie sein Englisch bei jeder sich bietenden Gelegenheit korrigierte.

Max: Genau, warum hast du versucht, mich zu erreichen? Es tut mir leid, dass ich nicht online war.
Jackie: Kein Problem. Ich hab nur etwas ziemlich Schlimmes erfahren und wollte mit jemandem reden.
Max: Was hast du erfahren?

Zum ersten Mal war Jackie damit konfrontiert, mit jemandem außerhalb ihrer Familie darüber zu sprechen. Sogar es zu tippen war schwieriger, als sie es sich vorgestellt hatte.

Jackie: Es geht um meinen Vater.
Max: Deinen Vater?
Jackie: Ja. Er wird sterben.

Die Worte standen vor ihr auf dem Bildschirm, neutrale schwarze Buchstaben. Pixel ohne Bedeutung. Außer dass sie alles enthielten, was für Jackie auf dieser Welt von Bedeutung war.

Max: Ist das irgendeine amerikanische Redensart, die ich nicht kenne?

Jackie: Er hat einen Gehirntumor.

Es entstand eine lange Pause, bevor Max antwortete. Jackie füllte sie mit einer Million unangenehmer Gedanken.

Max: Solnischko, ich weiß nicht, was ich sagen soll. Ich möchte dir, wie heißt das Wort, Beileid sagen.

Jackie: Danke, Max. Tut mir leid, dass ich dich einfach so damit überfalle.

Max: Njet, dafür sind Freunde da.

Jackie: Ist das so? Ich glaube, damit kenne ich mich nicht wirklich aus.

Jackie hasste sich dafür, so pathetisch zu klingen, aber sie wusste nicht, was sie sonst tun sollte, wie sie sonst sein sollte. Der Zustand ihres Vaters wurde ihr allmählich in seinem ganzen Ausmaß und seinen unausweichlichen Folgen bewusst und sie begann zu weinen.

Zuerst lautlos, dann von hörbarem Schniefen gefolgt, das in beinahe hysterischem, verzweifeltem Schluchzen endete.

Die Lehrerin, eine liebenswürdige Frau namens Miss Onorati, kam sofort zu ihr. Sie fasste Jackie sanft am Ellbogen, half ihr aufzustehen, führte sie ins Krankenzimmer und murmelte den ganzen Weg den Gang hinunter beruhigende Floskeln. Der Facebook-Chat war nicht geschlossen worden.

Max: Solnischko?
Max: Jacquelyn?

***

Glio bemerkte einen seltsamen Geruch, der aus dem limbischen Bereich von Jareds Gehirn kam, und hielt abrupt inne. *Nein,* dachte er, *nicht seltsam, sondern gefährlich.*

Es waren elektrische Impulse, die in nahezu nicht wahrnehmbare Gerüche umgewandelt und als unbewusste Gedanken wiedergegeben wurden. Die nicht wahrnehmbaren Gerüche wurden verschlüsselt und von einem rudimentären Organ an Jareds Gehirn weitergeleitet. Es handelte sich dabei um das Jacobson-Organ, das sich zwischen Jareds Mund und Nase befand.

Seit der Homo sapiens angefangen hatte, sich in Jäger- und Sammler-Gesellschaften zu organisieren, wartete das Jacobson-Organ darauf, seiner Aufgabe nachzukommen. Vor dieser Zeit hatte dieser in der Nase sitzende kleine Pfropfen, der aus sensorischer Neuronen bestand, als eine Art olfaktorisches Radar gedient. Es warnte vor einer nahenden Gefahr, erkannte, wenn ein Tier oder ein anderer Mensch Angst hatte, und schickte dem Hypothalamus sofort ein Signal, wenn in der Nachbarschaft jemand paarungswillig war.

Allerdings war das Jacobson-Organ eigentlich gar nicht rudimentär – sprich: verkümmert –, sondern eher inaktiv; Glio verschlang Jareds Neuronen in einem so alarmierenden Tempo, dass das Organ plötzlich zum Leben erwachte und versuchte, die reduzierte Gehirnleistung seines Besitzers auszugleichen. Es griff sich jedes Pheromon in einem Umkreis von dreißig Metern und flutete den Riechkolben mit Informationen.

Der Geruch, der durch Jareds Gehirn strömte, war so stark, dass Glio übel wurde. Irgendwo in unmittelbarer Nähe war ein Angreifer, und zum ersten Mal verlor er seinen Appetit.

***

Jared roch nichts, als er Ethan Overbee die Hand schüttelte. Im Gegensatz zu Glio war Jareds erster Eindruck von Ethan positiv. Er vermutete es zumindest. Sicher war er sich nicht.

Mit seinen einen Meter achtzig war Ethan ungefähr genauso groß wie Jared. Er hatte dunkle Haare und Augen und strahlte einen jungenhaften Charme aus. Seine markanten Züge hätten die Aufmerksamkeit eines Bildhauers der Renaissance auf sich gezogen. Jared machte all diese Beobachtungen im Bruchteil einer Sekunde, ohne sich dessen bewusst zu sein. Sein Gehirn archivierte sie, um gegebenenfalls später noch einmal darauf zurückgreifen zu können – falls sie bis dahin nicht bereits seinem unwillkommenen Gast zum Opfer gefallen wären.

Jared und Ethan trafen sich in dem Café der Buchhandlung *Powell's City of Books*. Es war Jareds Lieblingsort in

Portland, und als Ethan ein Treffen vorgeschlagen hatte, war es ihm als Erstes eingefallen.

Es war nicht irgendein Gag, dass der Besitzer des Powell's seinen Laden als »Bücherstadt« bezeichnete. Die riesige Buchhandlung nahm einen ganzen Straßenblock ein und beherbergte ein halbes Dutzend Abteilungen, von denen jede einzelne für sich schon größer als ein durchschnittlicher Buchladen und einem bestimmten Thema gewidmet war. Selbst Stammkunden waren auf Hilfe angewiesen und mussten die vorne im Laden ausliegenden Karten benutzen, um die eine sprichwörtliche Nadel im überwältigenden Heuhaufen aus Wörtern zu finden.

Als Jared dort ankam, brauchte er nicht lange, um Ethan zu entdecken. Er war der einzige Mann in einem Umkreis von zwanzig Straßen, der einen Anzug trug, eine Krawatte und ein passendes Einstecktuch. Da er keinerlei Körperschmuck, Piercings oder auffällig gefärbte Haare hatte, wäre Ethan aber auch ohne den Armani-Anzug herausgestochen.

Die beiden Männer tauschten ein paar Begrüßungsfloskeln aus, bestellten jeder einen Kaffee und kamen dann sofort zur Sache.

»Sie fragen sich sicherlich, warum ich Sie treffen wollte, Jared. Ich darf Sie doch Jared nennen?«, begann Ethan.

»Ich frage mich in letzter Zeit eine Menge Dinge. Aber wenn ich mich richtig erinnere, und ich bin nicht ganz sicher, ob ich das wirklich tue, dann haben Sie mich wegen meiner eBay-Anzeige angerufen.«

»Die Anzeige, genau. Es tut mir leid, dass sie gelöscht wurde.«

»Tja. Ziemlich blöde Sache«, antwortete Jared.

»Ich muss Ihnen etwas gestehen, Jared.«

Jared wartete, dass Ethan fortfuhr.

»Ich bin dafür verantwortlich, dass die Anzeige gelöscht wurde. Ich habe die Zensur-Abteilung von eBay darauf aufmerksam gemacht. Mir war gar nicht klar, dass es dort tatsächlich so etwas gibt.«

»Wie bitte?« Jared wurde von Minute zu Minute verwirrter.

»Ich musste die Konkurrenz ausschalten.«

Jared wusste nicht, was er denken sollte. Sagte dieser Mann die Wahrheit? Hatte Jared ihn richtig verstanden? Saß er in diesem Moment überhaupt bei Powell's?

»Warum?«

»Ich könnte jetzt sagen«, begann Ethan, »dass ich den Preis kontrollieren wollte, und vielleicht entspräche das zum Teil auch der Wahrheit, aber der eigentliche Grund ist der, dass Sie und ich einander brauchen.«

»Ich brauche Sie?«

»Ja.«

Jared nahm einen Schluck von seinem Latte Macchiato und sah Ethan abwartend an.

»Ich kann Ihnen garantieren, dass Sie so schmerz- und beschwerdefrei wie möglich sterben werden, und Ihnen zusichern, dass gut für Ihre Familie gesorgt sein wird.«

»Ich nehme mal an, dass Sie mir nicht helfen können, nicht zu sterben.«

»Nein, Jared, das kann ich nicht, tut mir leid.«

»Das können Sie nicht.«

»Nein.«

»Und wie kann ich Ihnen helfen?«

»Ich arbeite für einen TV-Sender und möchte Ihr Sterben zur Primetime ins Fernsehen bringen.«

»Wie bitte?«

»Eine Realityshow. *Jareds Gehirntumor* oder so was in der Art. Wir installieren überall bei Ihnen zu Hause Kameras, filmen rund um die Uhr und schneiden das Material abends zu einer sechzigminütigen Sendung zusammen. Natürlich benötigen wir dafür die Einwilligung Ihrer Familie. Aber ich kann Ihnen versprechen, dass sie sehr gut entschädigt werden wird.«

»Eine Realityshow? Mein Leben?«

»Ich könnte Ihnen jetzt erzählen, dass Ihre Geschichte Menschen auf der ganzen Welt inspirieren würde, dass es anderen Menschen helfen würde, ihr eigenes Trauma zu verarbeiten, wenn sie sehen, wie jemand in Würde und getragen von der Liebe seiner Familie stirbt, dass es eine heilende und reinigende Wirkung auf die Menschlichkeit hätte. Und vielleicht wäre das alles sogar wahr. Aber tatsächlich würden Sie als Werbeträger fungieren. Ein extrem gewinnbringender Werbeträger.«

Diese schonungslose Offenheit war ein wesentlicher Bestandteil von Ethans Charme. Seine Fähigkeit, nicht lange drum herumzureden, sondern sofort zum Kern der Sache zu kommen, war der Schlüssel seines Erfolgs.

Als er zehn war, organisierte Ethan mit den anderen Kindern aus seiner Nachbarschaft eine Art Olympische Sommerspiele für waghalsige Freizeitsportaktivitäten. Als Neil

Sullivan beim Fahrradstunt-Wettkampf mit dem Gesicht voraus auf dem Asphalt landete, mit neun Stichen genäht werden musste und eine tausend Dollar teure Zahnarztbehandlung brauchte, übernahm es Ethan selbst, mit den Eltern des Jungen zu sprechen.

»Mr und Mrs Sullivan, ich könnte jetzt sagen, dass niemand von uns geahnt hat, dass so etwas passieren würde, dass wir nicht gedacht hätten, dass jemand verletzt werden könnte, aber das wäre gelogen. Jeder von uns – ich, Neil, alle – hat dabei mitgemacht, *weil* er wusste, dass es gefährlich war und jemand verletzt werden könnte. Genau das war der Kick. Aber uns allen, besonders mir, tut es wirklich wahnsinnig leid, was passiert ist.«

Später an diesem Abend erzählte Mrs Sullivan diese Geschichte Ethans Mutter und hatte dabei einen Kloß im Hals. Ethan schaffte es nicht nur, einer Bestrafung zu entgehen, sondern bekam als Belohnung dafür, dass er so ehrlich gewesen war, auch noch eine neue Videospielkonsole von seinen Eltern geschenkt.

»Wie hoch wäre die Entschädigung, die meine Familie dafür erhalten würde?«, fragte Jared.

»Das gefällt mir«, antwortete Ethan. »Ein Mann, der nicht lange um den heißen Brei herumredet.«

»Es ist nicht so, als hätte ich noch furchtbar viel Zeit.«

»Natürlich. Ihre Familie würde fünf Millionen Dollar erhalten.«

»Fünf Millionen Dollar«, wiederholte Jared.

»Richtig.«

Jared ließ den Gedanken sacken. Das war mehr, als er sich

mit der eBay-Anzeige hatte erhoffen können. Und vielleicht würde sein Leben dann doch nicht ganz so schrecklich enden, jedenfalls weniger schrecklich, als so ein Ende nun mal zwangsläufig war. Er sah keinen Grund, warum er das Angebot nicht annehmen sollte, obwohl er wieder dieses nagende Gefühl hatte, etwas vergessen zu haben. Leider konnte er sich nicht daran erinnern, was er auch neulich schon vergessen hatte.

»Einverstanden«, sagte Jared. »Ich mach es.« Es kam ihm noch nicht einmal in den Sinn, zu verhandeln.

***

»Bitte«, flehte Jackie die Schulkrankenschwester an, »mir geht es gut. Sie brauchen meine Eltern nicht anzurufen.« Kurz nachdem sie im Krankenzimmer angekommen waren, hatte sie es geschafft, sich wieder zu beruhigen. Jetzt wollte sie nur noch zurück in den Computerraum, um Max Bescheid zu geben, dass sie okay war.

Die Krankenschwester, eine eifrige Verfechterin von Bürokratie und Ordnung, wollte davon aber nichts hören und reichte Jackie das Telefon, nachdem sie ihre Mutter erreicht hatte.

»Jax?«

Sobald Jackie die Stimme ihrer Mom hörte, fingen die Tränen erneut an, zu strömen. Fünfzehn Minuten später war Deirdre da.

Jackie weinte auf der ganzen Fahrt nach Hause, den ganzen Weg durch den Garten bis zur Haustür, den ganzen Weg die Treppe hoch zu ihrem Zimmer, und konnte auch dann nicht aufhören zu weinen, als sie auf Facebook ging. Max war nicht mehr online, hatte ihr aber eine Nachricht hinterlassen.

Max: Solnischko, Jacquelyn, ich mache mir Sorgen. Bitte schicke mir Nachricht, wenn du wieder online bist.

Jackie begann eine Antwort zu tippen, gab es aber gleich wieder auf. Sie war einfach zu fertig. Schluchzend warf sie sich auf ihr Bett, vergrub das Gesicht in ihren Stofftieren, darunter eine fast ein Meter große Giraffe, die ihr Vater auf einem Jahrmarkt für sie gewonnen hatte und die sie aus Gründen, an die sie sich nicht mehr erinnern konnte, Twiggy getauft hatte. Sie schlug mit den Fäusten auf ihre Matratze ein und schrie in Twiggys weichen Bauch, bis jeder Kampfgeist erloschen war und sie einschlief.

***

Vielleicht war es Zufall, vielleicht auch irgendeine übergeordnete Verkettung sämtlicher Dinge des Universums, dass Glio sich genau zu dem Zeitpunkt die Erinnerung an den Tag einverleibte, an dem Jared die Riesengiraffe Twiggy gewonnen hatte, als Jackie ihren Zusammenbruch in der Schule ausschlief und Jared sich mit Ethan Overbee traf.

Die Familie war auf einem Sommerfest der hiesigen griechisch-orthodoxen Kirche, deren Parkplatz in eine Kirmes mit Fahrgeschäften, Spielbuden und Ständen mit exotischen Köstlichkeiten verwandelt worden war. Deirdre, deren vergnügtes Lächeln sich von Zeit zu Zeit in ein unbekümmertes Kichern verwandelte, aß ein vor Honig triefendes und mit gehackten Mandeln umhülltes Gebäck. Glio war ganz berauscht von dem Duft, der von diesem Ding ausging, und wollte es unbedingt probieren. Oder vielmehr wollte er, dass Jared es probierte. Aber Glio konsumierte die Erinnerungen nur und konnte ihren Verlauf nicht beeinflussen. Es frustrierte ihn, dass er darauf beschränkt war, bloß ein Zuschauer, ein Voyeur, zu sein, aber er schüttelte das Gefühl ab.

Der wundervolle Duft des Gebäcks, der sich mit bunt flirrenden Lichtern, Glockenläuten und juchzendem Kinderlachen vermischte, versetzten Glio in einen freudig erregten Zustand. Wenn es sich immer so anfühlte, auf einer Kirmes zu sein, dann wollte er dort nie wieder weg.

Glio lenkte seine Aufmerksamkeit zu seinem Wirt zurück. Jared richtete gerade so etwas Ähnliches wie eine Pistole auf den Mund eines gruseligen Clownskopfs aus Plastik. Da Glio nur über einen begrenzten Erfahrungsschatz verfügte, wurde er aus der Szene nicht schlau. Er blickte nach links und rechts und entdeckte zu beiden Seiten eine Reihe von Kindern, die alle das Gleiche wie Jared machten, manche von ihnen mit der Intensität und Konzentration eines Schachgroßmeisters, andere mit der Aufmerksamkeit einer Stechmücke.

Glio senkte den Blick und sah die vierjährige Jackie, die sich strahlend und staunend an Jareds Bein klammerte und unaufhörlich »Daddy gewinnt, Daddy gewinnt, Daddy gewinnt!« rief.

Megan, die in einem Kinderwagen saß, klatschte zu Jackies Anfeuerungsrufen in die Hände.

»Noch nicht, Jax, noch nicht«, sagte Jared.

Die dröhnende Stimme eines schnurrbärtigen Mannes, der hinter der langen Theke stand, zog die Aufmerksamkeit aller auf sich. »Okay, Leute, der Erste, der den Ballon zum Platzen bringt, hat gewonnen. Seid ihr bereit?«

Die Kinder schrien alle Ja, während Jared zu Jackie hinunterschaute und ihr zuzwinkerte.

»Auf die Plätze, fertig …« Der Mann legte eine kleine Kunstpause ein. »… LOS!«

Der Strahl aus Jareds Wasserpistole beschrieb einen hohen Bogen und landete zielgenau im Mund des Clowns, es ging kein einziger Tropfen verloren. Während der Clown trank, füllte sich ein an seinem Kopf befestigter Ballon mit Luft und blähte sich auf.

Glio war begeistert von dem rauschhaften Gefühl, das Jared erfasst hatte, und erstaunt darüber, dass sein Wirt trotzdem die Hände ruhig halten konnte und sich nicht ablenken ließ. Seine Selbstbeherrschung und Konzentration waren einfach phänomenal.

Jareds Ballon platzte schon nach wenigen Sekunden und er wurde zum Gewinner erklärt.

»Man sollte doch meinen, dass ein Erwachsener den Anstand hat, eines der Kinder gewinnen zu lassen«, murmelte eine verstimmte Mutter, als sie mit ihrem kleinen Sohn davonging, so laut, dass Glio es hören konnte. Wobei der Kleine nicht besonders bekümmert darüber wirkte, verloren zu haben.

»Okay, Sir, suchen Sie sich einen Preis aus.«

Jared hob Jackie hoch und setzte sie auf die Theke. Sie war so leicht. So zerbrechlich. So … perfekt. »Was meinst du, Jax? Wie wäre es mit dem Teddy dort?« Jared zeigte auf einen riesigen braunen Bären.

»Nein. Ich will die Giraffe.« Nur dass sie es »Graffe« aussprach. Jared beugte sich zu ihr hinunter und gab ihr einen Kuss. Bevor er sich wieder aufrichten konnte, schlang Jackie die Arme um seinen Hals und flüsterte: »Ich hab dich lieb, Daddy.« Glio konnte den Kloß spüren, der sich in Jareds Kehle bildete.

»Sie haben die junge Lady gehört«, sagte Jared. »Wir nehmen die Graffe.« Während der Mann das gigantische Stofftier herunterholte und darüber lächeln musste, wie süß Jackie war, fragte Jared seine Tochter, wie sie es nennen wollte. Jackie setzte gerade zu einer Antwort an, als Megan in ihrem Kinderwagen auf und ab wippte und »Twiggy, Twiggy, Twiggy!« rief.

Jackie stimmte achselzuckend zu; dann also Twiggy. Niemand wusste, warum, und niemand stellte es infrage. Glio erkannte am Geschmack der Erinnerung, dass dies das erste Mal in einer langen Reihe von Vorfällen war, bei denen Megan ihre Überlegenheit über ihre ältere Schwester demonstrierte. Er folgerte dieses Wissen daraus, dass Jareds Erinnerung an diese Begebenheit von einem vagen Gefühl der Verwirrung und des Bedauerns überlagert wurde.

Aber das war für Glio nicht von Bedeutung. Für ihn zählte nur, dass die Erinnerung umso köstlicher schmeckte, je komplexer und emotional verzwickter sie war. Er genoss jeden einzelnen Schluck.

***

Zurück in seinem Hotelzimmer, einer Luxus-Suite in einem der besten Hotels von Portland, ließ Ethan sich aufs Bett fallen und brach in Lachen aus.

Was für ein seltsamer Tag, dachte. Die Tatsache, dass er gerade ein Menschenleben erworben hatte, berauschte ihn einerseits, machte ihm andererseits aber auch ein bisschen Angst. Natürlich hatte er es nur im übertragenen Sinn erworben, aber Ethan war zu sehr Pragmatiker, um sich nicht darüber im Klaren zu sein, was wirklich passiert war. Er hatte ein Menschenleben gekauft. Für fünf Millionen Dollar.

Global betrachtet sind das bloß Peanuts, dachte er. *Und dieser arme Trottel hat noch nicht mal gemerkt, was für ein Schnäppchen er ist.* Er lachte laut über seinen armseligen kleinen Witz.

Tief in seinem Inneren wusste Ethan, dass diese Realityshow, die er in Gedanken bereits *Leben und Sterben* nannte, die größte in der Geschichte des Fernsehens sein würde. Größer als alle Super-Bowl-Übertragungen zusammen. Größer als die letzten Folgen von *M*A*S*H* und *Seinfeld* und größer als die Nachrichtenmeldungen am Morgen des 11. September.

Er stand auf, stellte sich vor den Spiegel in der Tür des Kleiderschranks und betrachtete sich eingehend.

»Ethan Overbee«, sagte er laut, »du bist der absolut Größte.«

***

Deirdre sagte kein Wort, nachdem Jared seiner Familie von der Fernsehshow erzählt hatte. Das einzige Geräusch im

Raum war das Schaben von Trebuchets Zunge, der sich seine Weichteile leckte.

»Warum sagt ihr denn nichts?«, fragte Jared verwirrt. Waren das keine guten Neuigkeiten? Müsste ihm Deirdre dafür nicht um den Hals fallen? »Ihr werdet euch nie wieder über Geld Sorgen machen müssen«, fügte er verunsichert und beinahe schüchtern hinzu. »Es ist wirklich keine große Sache. Bis auf ein paar Kameras im Haus wird unser Leben ganz normal weitergehen. Außerdem interessieren die sich eigentlich sowieso nur dafür, mich sterben zu sehen.«

Beim letzten Satz fing Jackie wieder an zu weinen. Ihr blonder Pferdeschwanz zuckte im Rhythmus ihres verzweifelten Schluchzens, das sie vergeblich zu unterdrücken versuchte.

»Mädchen«, sagte Deirdre zu ihren Töchtern. »Geht bitte nach oben. Ich würde gern allein mit eurem Vater sprechen.«

Wortlos standen Jackie und Megan vom Tisch auf und verließen den Raum. Beim Hinausgehen legte Megan ihrer älteren Schwester einen Arm um und schmiegte den Kopf an ihre Schulter. Die Tatsache verblüffte Deirdre. Zu sagen, die beiden wären wie Öl und Wasser, traf es nicht wirklich; meistens waren sie wie Benzin und ein brennendes Streichholz.

Als sie noch klein waren, war Jackie so in ihre kleine Schwester vernarrt, dass Deirdre ihre ältere Tochter immer wieder ermahnen musste: »Lass sie doch auch mal in Ruhe, Jackie« oder »Deine Schwester hat dich gehauen, weil sie nicht will, dass du ständig versuchst, sie zu umarmen.«

Selbst damals schon schien Megan nichts als Verachtung für Jackie übrigzuhaben. Sie konnte die Namen von allen Menschen, die in ihrem Leben eine Rolle spielten, sagen – Mama, Dada, »Teybuhschey« (für Trebuchet) und sogar Danny und Lexi (mit denen sie in den Kindergarten ging) –, bevor sie Jackie sagen konnte.

Als Megan in dieselbe Grundschule wie Jackie kam, nahm Jackie ihre kleine Schwester unter ihre Fittiche. Sie brachte sie zum Unterricht, vergewisserte sich, dass sie zu Mittag aß, und ließ sie mit dabei sein, wenn sie mit den wenigen Freundinnen zusammen war, die sie hatte.

Anfangs nahm Megan Jackies Hilfe noch als völlig selbstverständlich hin. Bis sie sich irgendwann ihr eigenes soziales Netzwerk aufgebaut hatte und ihr Jackie lästig wurde. Sie verwandelte sich von Susan Pevensies kleiner Schwester Lucy in Cinderellas böse Stiefschwester Drizella. So sah es jedenfalls Jackie, und an manchen Tagen dachte Deirdre, dass sie recht hatte.

Es ging nicht bloß darum, dass Megan keine Zeit mehr für Jackie hatte, sondern dass sie keine Gelegenheit ausließ, um sie zu schikanieren. Jackie traf dieser plötzliche Wandel so unvorbereitet, dass sie die Quälereien einfach über sich ergehen ließ, ohne sich jemals zu wehren.

Einmal versuchte Megan eine Gruppe von Freundinnen zu beeindrucken, die nach der Schule mit zur ihr nach Hause gekommen waren, und sperrte Jackie so lange in einen Schrank ein, bis sie schwor, eine Lesbe zu sein. Megan wusste damals eigentlich gar nicht, was das Wort bedeutete, und Jackie, die zwei Jahre älter war, verstand nicht, warum Megan es für eine Beleidigung hielt. Aber sie ging dabei so grausam vor, dass Jackie sehr wohl begriff, was ihre kleine Schwester damit bezwecken wollte. Als Jackie schließlich nicht mehr konnte und »Ich bin eine Lesbe, ich bin eine Lesbe!« schrie, war sie völlig hysterisch. Sie bekam nicht mit, wie Megan den Schrank aufschloss und das Zimmer verließ. Als es zwei Stunden später Zeit fürs Abendessen war, fand Deirdre sie schlafend in dem Schrank, aber Jackie weigerte sich zu erzählen, was passiert war.

(Sie verpetzte ihre Schwester zwar nicht, aber als nachts alle schliefen, ließ sie Megans Lieblings-Lipgloss verschwinden und lächelte still in sich hinein, als ihre Schwester am nächsten Tag verzweifelt das Badezimmer danach absuchte. Es war ein kleiner, aber bedeutungsvoller Vergeltungsakt für Jackie. Der Lipgloss stellte eine Art Trophäe dar, ein Beweis dafür, dass sie auch anders konnte, auch wenn sie das nicht besonders oft unter Beweis stellte. Jackie bewahrte den Lipgloss immer noch in ihrer Unterwäscheschublade auf, versteckt in einem Sockenpaar.)

Dass sie die Nähe der anderen suchten und sich gegenseitig Trost spendeten, seit sie wussten, was mit ihrem Vater los war, machte Deirdre deutlich, wie drastisch sich ihr Leben bereits verändert hatte.

Aber nur weil Jared krank war, bedeutete das nicht, dass die ganze Welt auf den Kopf gestellt werden musste. Deirdre hatte die Nase voll.

»Scheiße, Jared. Willst du mich auf den Arm nehmen? Ganz Amerika soll dabei zuschauen, wie unsere Töchter mitansehen müssen, wie ihr Vater stirbt?«

»Aber, Dee …«, begann er.

»Nichts aber. Das können wir nicht machen.«

»Ich habe schon unterschrieben. Wir sind vertraglich gebunden.«

»Nein, Jared, du bist vertraglich gebunden. Wir verschwinden von hier.« Deirdre stand auf und wollte gerade zur Tür hinaus, als Jared sagte: »Sie zahlen uns fünf Millionen Dollar.«

Sie blieb stehen.

»Ich werde sterben, Dee. Ganz egal, was wir tun, ich werde sterben. Lass uns wenigstens davon profitieren.«

Deirdre drehte sich zwar nicht um, verließ aber auch nicht den Raum.

Dritter Teil

Klappe zu, Film ab

(Freitag, 25. September)

An dem Tag, an dem die Kameras bei den Stones Einzug hielten, regnete es. Ein kühler Nieselregen, der in Portland eher typisch für Januar war als für Ende September und die Luft mit durchdringender Feuchtigkeit und Erwartung schwängerte.

Eine Gruppe von Männern lud große schwarze Kisten aus zwei auf der Straße parkenden Lastwagen und schleppte sie ins Haus. Jackie und Megan schauten von Jackies Zimmerfenster aus zu und fanden, dass die Männer wie Konzertroadies aussahen.

Deirdre stand in der Diele, als sie an ihr vorbeigingen, und fand, dass sie wie Todesengel aussahen.

Trebuchet fragte sich, ob sie Leckerlis dabeihatten.

Jared fragte sich nichts; er lag schnarchend auf dem Boden seines Arbeitszimmers.

Als das Fernsehteam sein Equipment auspackte und damit begann, im ganzen Haus Kameras und Mikrofone zu installieren, lag Glio gerade auf einem langen, schmalen Tisch und starrte in ein helles Licht hinauf. Sein Kopf wurde von einem schmalen Gurt an Ort und Stelle gehalten. Plötzlich glitt der Tisch ohne Vorwarnung in eine Art Röhre. Es machte ein paarmal *Klick,* gefolgt von einem sirrenden Geräusch, dann glitt der Tisch wieder heraus.

Eine Frau um die zwanzig mit feinen Gesichtszügen, texanischem Akzent und unter ihrem weißen Kittel keck aufgerichteten Brüsten sah Glio lächelnd an und erklärte ihm, dass der Radiologe die Ergebnisse auswerten und innerhalb von vierundzwanzig bis achtundvierzig Stunden der behandelnden Ärztin schicken würde.

Die Erinnerung, die hier mit großem Genuss verzehrt wurde, war Jareds erste Computertomografie, und Glio schwelgte in der reichen Auswahl an Emotionen, die er dabei erlebte. Die Ehrfurcht vor der Technologie, die Lust auf die Schwester, die Angst vor dem Ergebnis und natürlich Müdigkeit und Verwirrung. Es war wie ein üppiges All-you-can-eat-Büfett in einem Restaurant, und Glio genierte sich nicht, sich mehrmals Nachschlag zu holen.

***

Nachdem die Crew abends wieder weg war – überall lagen jetzt Kabel und Leitungen herum –, kam Jackie aus ihrem Zimmer und ging ins Wohnzimmer hinunter, wo sie ihre Mutter auf der Couch fand. Deirdre war schon im Schlafanzug, hatte die Füße auf den Couchtisch gelegt und ein MacBook auf dem Schoß. Jackie bemerkte die dunklen Ringe unter den Augen ihrer Mutter und die scharfen Linien, die sich seitlich ihrer Mundwinkel eingegraben hatten. Sie wirkte erschöpft und niedergeschlagen. Jackie war so mit ihren eigenen Gefühlen beschäftigt gewesen, dass sie nicht wirklich darüber nachgedacht hatte, was das alles mit ihrer Mom machte.

»Hey, Jax.« Deirdre klappte das Notebook zu und klopfte auf den Platz neben sich.

Jackie setzte sich, kuschelte sich aber nicht an sie, wie ihre Mutter es anscheinend gehofft und erwartet hatte. Stattdessen schaute sie eine Weile auf ihre Hände hinunter und atmete schließlich seufzend aus. »Warum tun wir das, Mom?« Jackie deutete auf die Kameras, die in allen vier Ecken der Wohnzimmerdecke angebracht waren und ihr wie heimtückische Augen vorkamen, die jeden Moment aufwachen konnten.

Die lange Pause, die entstand, bevor ihre Mutter antwortete, reichte mehr oder weniger aus, um Jackie zu sagen, was sie wissen musste. »Die Wahrheit?«, fragte Deirdre. Jackie nickte. »Geld.« Die Stimme ihrer Mutter war tonlos.

Jackie wusste nicht, was sie darauf erwidern sollte. Sie dachte an den Tag zurück, an dem sie den wahren Wert von Geld kennengelernt hatte.

Als sie acht war und Megan sechs, bauten sie am Rand ihrer Einfahrt einen Limonadenstand auf. Jackie konnte immer noch das erwartungsvolle Gefühl in sich wachrufen, als sie gemeinsam mit ihrer Schwester und ihrer Mutter eine Zitrone nach der anderen ausgepresst und den Saft und die Schale mit Wasser, Eis und Zucker vermischt hatte. Die Küche duftete für sie damals wie Sommer.

Weil sie bald in die dritte Klasse kommen würde und

schon schreiben konnte, wurde Jackie damit beauftragt, das Schild zu machen, auf dem »Limonade, fünfzig Cent« stand. Darunter schrieb sie den Slogan »Keep cool. Keep fresh«, den sie sich selbst ausgedacht hatte und auf den sie wahnsinnig stolz war.

Als alles fertig war, stellten sie sich mit einem Schuhkarton Wechselgeld an den Klapptisch, den ihr Vater aufgebaut hatte, und warteten. Einen Moment später hielt, genau wie Jackie es sich von ganzem Herzen gewünscht hatte, ein Wagen an. Und dann noch einer. Und noch einer. Und so ging es immer weiter.

Manche der Fahrer verzichteten auf das Wechselgeld, wodurch die Einnahmen sich noch erhöhten, und jeder von ihnen schien den Limonadenstand als glücklicher und zufriedener Kunde zu verlassen. Als Jackie jetzt daran zurückdachte, wurde ihr klar, dass die meisten »Kunden« Nachbarn und Freunde der Familie gewesen waren, die Deirdre wahrscheinlich angerufen und gebeten hatte, vorbeizukommen. Aber an diesem Tag im Juli fühlte Jackie sich wie eine richtige Unternehmerin. Am Ende hatten die Mädchen insgesamt zehn Dollar eingenommen, es blieben also für jede von ihnen fünf Dollar.

»Wisst ihr schon, was ihr mit eurem Geld anstellt?«, fragte Deirdre.

»Ich kaufe mir ein Diadem!« Schon mit sechs Jahren hatte Megan sich ein gutes Stück in Richtung der Persönlichkeit entwickelt, die sie später an den Tag legen sollte.

»Ich weiß es noch nicht«, sagte Jackie. »Vielleicht kaufe ich mir ein Buch. Aber reichen fünf Dollar dafür?«

»Wisst ihr was?«, entgegnete Jared. »Wir gehen einfach auf Diadem- und Bücher-Shoppingtour und schauen, was wir uns leisten können.«

Zwanzig Minuten später saß die ganze Familie im Wagen und jedes der Mädchen umklammerte einen Geldbeutel, in dem das neu erworbene Vermögen steckte.

»Können wir zuerst zu dem Geschäft mit den Diademen fahren?«, fragte Megan.

»Die Buchhandlung liegt näher, Peanut. Lass uns als Erstes dorthin fahren.« Jackie hatte gewusst, dass ihr Vater lieber zuerst in die Buchhandlung wollen würde. Die Familie schaute fast jedes Wochenende bei Powell's vorbei. Jackie war glücklich darüber. Megan stöhnte.

Als sie geparkt hatten und gerade durch den Eingang gehen wollten, legte Jared Jackie eine Hand auf die Schulter. »Wartet kurz.« Deirdre, Jackie und Megan folgten seinem Blick und entdeckten einen Mann, der ein paar Meter vom Eingang entfernt saß. Vor ihm standen ein Schild mit der Aufschrift »Das ist auch für mich nicht wirklich angenehm …« und ein kleines abgewetztes Körbchen, in dem ein paar Münzen und Dollarscheine lagen.

Jackie beobachtete, wie ihre Mutter unruhig wurde, als ihr Vater sich dem Mann näherte. Jared hatte erst kürzlich seine erste Wahl gewonnen und ließ keine Gelegenheit aus, um mit den Menschen aus seinem Wahlkreis in Kontakt zu treten. Jackie glaubte, dass das wohl zu seinem Job gehörte. Sie folgte ihm, während Megan und Deirdre stehen blieben.

»Hallo«, sagte Jared.

Der Mann schaute auf und begegnete Jareds Blick. Er

sah verwirrt aus. Jackie konnte nicht beurteilen, ob es ihn verwirrte, dass Jared in ansprach, oder ob er grundsätzlich verwirrt war. Aus seiner Kleidung – verdreckte Jeans, ein löchriger schwarzer Pulli, der bei den hochsommerlichen Temperaturen eigentlich zu warm sein musste, und Stiefel mit abgelaufenen Sohlen –, und dem Schild neben dem Geld-Körbchen schloss Jackie, dass dieser Mann obdachlos war. Nach allem, was sie aus dem Fernsehen und diversen Erwachsenengesprächen gelernt hatte, wusste sie, dass es auf der Welt Menschen gab, die kein Zuhause hatten, sie war sich allerdings nicht sicher, ob sie schon mal so jemanden gesehen hatte; getroffen hatte sie definitiv noch keinen.

Als der Mann schwieg, ging Jared in die Hocke, sodass sie auf Augenhöhe waren, streckte die Hand aus und sagte: »Hi, ich bin Jared Stone. Ich bin Ihr Abgeordneter im Parlament von Oregon.« Der Mann stutzte kurz und brach dann in Lachen aus. Jackie hatte ihn zuerst für einen älteren Mann gehalten, aber als sie ihn lachen hörte, dachte sie, dass er nicht viel älter als ihr Dad sein konnte. Sein Lachen war echt und ansteckend. Ihr Dad fing ebenfalls zu lachen an, worüber Jackie lächeln musste.

»Klar, das interessiert Sie wahrscheinlich nicht besonders. Sie haben mit Sicherheit ganz andere Probleme.«

»Glauben Sie mir, Mister«, erwiderte der Mann, der jetzt zum ersten Mal etwas sagte, mit rauer, aber vollkommen klarer Stimme, »ich wäre froh, wenn ich mir um so was wie Politik Gedanken machen könnte.«

Jared lächelte. »Es gibt städtische Unterkünfte, wo Sie eine anständige Mahlzeit und ein warmes Bett bekommen.«

»Ich weiß. Aber man kann dort nur eine bestimmte Anzahl von Nächten bleiben.«

»Arbeiten Sie?«

Der Mann schüttelte den Kopf und setzte zu einer Erwiderung an, doch dann fiel sein Blick auf Jackie und Megan und er schien es sich anders zu überlegen. Jackie glaubte zu verstehen, dass der Grund, warum er nicht arbeiten konnte, eine Art dunkles Geheimnis war, von dem er dachte, dass es Kindern vielleicht Angst machte. Obwohl sie erst acht war, berührte es sie, dass dieser Mann, der nichts besaß, trotzdem so viel Rücksicht auf sie nahm.

»Verstehe«, Jared zog sein Portemonnaie hervor und legte zwanzig Dollar in das Körbchen, »vielleicht ist das eine kleine Hilfe.«

Der Mann starrte einen Moment ungläubig auf den Geldschein, als fragte er sich, ob das vielleicht irgendein Trick war, bevor er ihn in einer einzigen fließenden Bewegung an sich nahm.

»Danke«, sagte er. »Es ist sogar eine große Hilfe.«

»Wie heißen Sie?«

»Richard.«

»Hat mich gefreut, Richard.« Jared streckte ihm wieder die Hand hin, und diesmal schüttelte der Mann sie. Er lächelte Jared an und nickte Deirdre, Jackie und Megan zu.

»Dann wollen wir mal reingehen«, sagte Jared und steuerte den Eingang der Buchhandlung an.

»Warte«, sagte Jackie, worauf die anderen sich zu ihr umdrehten und sahen, wie sie ihre kleine Geldbörse öffnete und den Fünf-Dollar-Schein herausnahm, den ihre Mutter ihr im Tausch für die ganzen Münzen gegeben hatte, die sie am Limonadenstand verdient hatte. »Das ist für Sie.« Sie ging vor dem Mann in die Hocke und legte behutsam und mit großer Sorgfalt den Schein in sein Körbchen.

Er schaute sie an und lächelte, sah aber seltsam traurig dabei aus. Dann schluckte er und bedankte sich lediglich mit einem Nicken. Jackie war verwirrt und fragte sich besorgt, ob sie womöglich irgendetwas Falsches gemacht hatte. Verunsichert blickte sie zu ihrer Mutter auf, die sie zärtlich anlächelte, und da wusste sie plötzlich Bescheid. Deirdre zog sie fest an sich und drückte ihr einen Kuss ins Haar.

»Passen Sie auf sich auf, Richard, und verwenden Sie das Geld meiner Tochter für etwas Sinnvolles«, sagte Jared und führte seine Familie in den Buchladen.

Jackie verstand erst Jahre später, was ihr Vater dem Mann damit sagen wollte: dass er Jackies Geld, das hart verdiente Geld einer Achtjährigen, nicht für Drogen oder Alkohol ausgeben sollte. An diesem Tag war Jackie einfach nur stolz; sie hatte das Gefühl, etwas Gutes getan zu haben. Etwas sehr Gutes.

Sobald sie in der Buchhandlung standen, verkündete Megan, die sich während der ganzen Zeit ihr eigenes Portemonnaie an die Brust gepresst hatte, dass sie ihr Geld nicht diesem komischen schmutzigen Mann geben würde. Jared schüttelte lächelnd den Kopf und schob es auf Megans Alter. Dann schwärmten sie aus und durchstöberten die Regale.

Jackie hatte zwar kein Geld mehr, bekam von ihren Eltern aber ein Buch mit dem Titel *Otherwise Known as Sheila the Great* von Judy Blume geschenkt – als Belohnung für ihr selbstloses Verhalten. Anschließend fuhren sie zu einem anderen Geschäft, wo Megan ihr Diadem kaufen konnte (ebenfalls mit der finanziellen Hilfe ihrer Eltern); Jackie konnte sich jedoch nicht daran erinnern, ihre Schwester jemals damit gesehen zu haben.

An all das dachte Jackie, als sie die knappe Antwort ihrer Mutter auf die Frage verarbeitete, warum sie sich auf den Deal mit dem Fernsehsender eingelassen hatten: *Geld*.

In diesem Zusammenhang hatte das Wort etwas Schmutziges; es löste ein extrem unbehagliches Gefühl in ihr aus. »Okay«, sagte sie, »aber ich hoffe, dass wir es für etwas Sinnvolles verwenden.«

Deirdre sah ihre Tochter an, dann nickte sie seufzend. »Komm her«, sagte sie und breitete die Arme aus. Jackie rollte sich auf ihrem Schoß zusammen. Während ihre Mutter ihr über die Haare strich, schlief sie ein.

***

Da Jareds Erinnerung an seine erste Computertomografie – und die damit einhergehende Angst und Sorge –, aus seinem System gelöscht war, machte es ihm nicht besonders viel aus, dreimal in der Woche zur Behandlung ins Krankenhaus zu müssen.

Die Bestrahlung, die Jared insgeheim »Kopf in die Mikrowelle stecken« nannte, sich jedoch nicht mehr daran erinnern konnte, warum er es so nannte, tat nicht weh. Aber sie machte ihn müde. Er spielte mit dem Gedanken, die Behandlung abzubrechen, und fragte seine Ärztin, was sie davon hielt.

»Wir hatten uns ja bereits darüber unterhalten, und die Entscheidung liegt nach wie vor ganz bei Ihnen, Jared«, sagte sie. Jared versuchte sich an die Unterhaltung zu erinnern, fand aber nirgends in seinem Kopf einen Anhaltspunkt dafür. »Die Behandlung kann Ihnen im besten Fall etwas mehr Zeit verschaffen, aber sie kann die Zeit, die Ihnen bleibt, auch weniger … weniger …«

»Lebenswert machen?«

»Weniger lebenswert, ja«, antwortete die Ärztin. »Sie sollten das mit Ihrer Familie besprechen.«

Deirdre war bereit, jede seiner Entscheidungen mitzutragen, ob er sich nun weiter der Bestrahlung unterzog oder nicht. So war sie. Eine loyale Partnerin und Verbündete bis zum bitteren Ende. Sie begleitete Jared zu allen seinen Terminen im Krebszentrum des Krankenhauses, hielt seine Hand, während er auf die Behandlung wartete, und sorgte dafür, dass zu Hause alles so normal wie möglich weiterlief, während er immer weiter abbaute. Jared liebte sie dafür nur umso mehr. Aber so großartig Deirdres bedingungslose Unterstützung auch war, half sie ihm nicht wirklich dabei, Entscheidungen zu treffen. Jared brauchte jemanden, der ihm sagte, was er tun sollte.

Ethan, der Mann vom Fernsehsender, hielt es für eine gute Idee, die Bestrahlung fortzusetzen. »Wenn ich an Ihrer Stelle wäre, würde ich keine einzige Sekunde, die mir mit meinen Kindern bleibt, verschenken wollen. Aber es ist Ihre Entscheidung, Jared.«

Jared wusste nicht, warum Ethan so an seiner Gesundheit interessiert war – er erinnerte sich noch nicht einmal mehr daran, Ethan von seinem Dilemma erzählt zu haben –, aber er fand es nett, dass er sich so viele Gedanken um ihn machte. Außerdem war er der Einzige, der klar seine Meinung dazu äußerte, also befolgte er den Rat.

Die Bestrahlung wurde fortgesetzt.

***

Glio wurde angegriffen. Glühend heiße, grelle Feuerstrahlen schnitten sich durch ihn hindurch wie das Laserschwert von Darth Vader durch Luke Skywalkers Arm. *Genau so fühlt es sich an,* dachte Glio, *ich werde mit einem Laserschwert attackiert.*

Er war mittlerweile ziemlich groß geworden und breitete sich in girlandenartigen Formationen in verschiedene Bereiche von Jareds Gehirn aus. Dem Laserschwert gelang es, kleine Stücke von ihm abzuschneiden, die abstarben, sobald sie vom Zentraltumor getrennt wurden.

Die Bestrahlung verwandelte die durch Jareds Erinnerungen verlaufenden Pfade in eine außer Kontrolle geratene Technoparty. Zuckende Blitze und dröhnende Bässe schränkten Glios Bewegungen ein; er schaffte es kaum noch, von einem Neuron zum nächsten zu gelangen, ohne vom Weg abzukommen. Seine Lage war mehr als ernst, und das nicht nur wegen der geballten Ladung ionisierter Elektronen, die auf ihn abgeschossen wurden; Jared Stones gesamtes Immunsystem lehnte sich gegen den Eindringling auf und sein Körper war in höchster Alarmbereitschaft.

Glio wurde klar, dass Jareds Gehirn zurückschlug.

Er hielt verblüfft inne, aber seine Überraschung dauerte

nicht lange an. Jareds Gehirn hatte den klassischen Fehler begangen, eine Schießerei mit einem Messer zu parieren.

Entschlossener denn je fletschte er seine metaphorischen Fangzähne und wütete mit einer Brutalität durch Jareds graue Materie, die furchteinflößender war als Hurrikane, Erdbeben, Tornados oder sonst irgendetwas zwischen Himmel und Erde. Er bekam nicht mit, wie sein Wirt dabei zu Boden ging, er achtete auch gar nicht darauf. Er war zu nichts anderem in der Lage, als seinen Appetit zu stillen.

Und genau das tat er.

***

»Eine Realityshow?«, fragte Hazel, die mit einem Headset vor ihrem Computer saß. Sie hatte sich Bluetooth-Kopfhörer zum Geburtstag gewünscht, aber ihre Eltern, die keine Möglichkeit ungenutzt ließen, die Zeit, die ihre Tochter mit Onlinespielen verbrachte, einzuschränken, hatten ihr stattdessen eine Armbanduhr geschenkt. Nachdem Hazel so getan hatte, als würde sie die feinen Chromverzierungen am Armband bewundern, vergrub sie die Uhr in ihrer Sockenschublade, sobald sie allein in ihrem Zimmer war, und hatte nach ein paar Tagen vergessen, dass sie überhaupt existierte.

»Eine Realityshow«, bestätigte die Stimme, die aus ihrem Headset kam. Hazel, oder genauer gesagt, ihr Avatar Guinevere the Glad, stand an einem spärlich bewachsenen Waldrand im Herzen von Azeroth. Sie unterhielt sich mit einem Gildenmitglied namens Kirkadelic, einem elbischen Dieb, der Level zweiundfünfzig hatte. »Sie heißt *Leben und Sterben* und läuft nächste Woche an.«

Entgegen ihrer schlimmsten Befürchtungen hatte die Enthüllung von Hazels echter Identität keinerlei Auswirkungen bei World of Warcraft gehabt. Drei andere Gildenmitglieder haben sich dadurch sogar dazu ermutigt gefühlt, ihre eigene wahre Identität preiszugeben. Mit einem Schlag wurde aus einem Polizisten ein pensionierter Lehrer, aus einem Sommelier ein Müllmann und aus einer neunzehnjährigen Meteorologie-Studentin ein siebenunddreißigjähriger Arbeitsloser.

»Und jetzt?«, fragte Hazel und klang aufgewühlter, als sie wollte. »Hocken wir alle zu Hause rum, stopfen Doritos in uns rein und trinken Coca-Cola, während wir dabei zuschauen, wie Jared stirbt?«

»Hey, mach den Boten nicht für die schlechte Nachricht verantwortlich«, antwortete Kirk, »aber ich schätze, so in der Art wird es ablaufen. Ich bin mir sicher, dass die zu den Hauptsponsoren gehören. ›Mach es dir mit einer schönen Coke gemütlich, wenn du dabei zuschaust, wie ein Mitmensch fröhlich an Hirnkrebs krepiert.‹«

»Oh Gott. Ich glaube, ich muss mich hinlegen. Bis später.«

»Willst du damit sagen, dass es tatsächlich Leute gibt, die dieses Spiel im Sitzen spielen?«, fragte Kirk, genau in dem Moment, in dem Hazel das Spiel verließ und sich ausloggte. Sie zog das Headset ab und ließ sich auf ihr Bett fallen.

»Ich werde mir diese Show auf keinen Fall anschauen«, sagte Hazel im Brustton der Überzeugung zu ihrem Deckenventilator. Sowohl Hazel als auch der Ventilator wussten, dass das eine Lüge war. Sie war wie eine Drogensüchtige, die ihrem nächsten Schuss abschwor. Funktionierte nie. Und aus Gründen, die sie nicht verstand, war Jared Stone Hazels Droge geworden.

***

Es gab nur ein TV-Gerät im Kloster der Schwestern der Ewigen Anbetung. Ein Röhrenfernseher aus den 1970er-Jahren, den die damalige Mutter Oberin erhalten hatte, als sie das erste Girokonto des Ordens eröffnete. Er hatte einen Drehknopf zum Umschalten und eine eingebaute Antenne. Das Bild war schneeig, aber man konnte problemlos die wenigen öffentlichen Sender empfangen, die es noch gab.

Die Nonnen und Novizinnen machten den Fernseher regelmäßig sauber und staubten ihn ab, so wie sie auch alles andere regelmäßig sauber machten und abstaubten; für sie war es nichts weiter als ein weiteres Möbelstück. Er stand weit weg von den Schlafräumen in einem Gemeinschaftsraum und war, soweit sie wussten, noch nie eingeschaltet worden.

Das stimmte. Außer montags bis freitags von dreiundzwanzig Uhr bis Mitternacht und ausschließlich von Schwester Benedict.

Zuerst schaute sie die Spätnachrichten, die sie über alles auf dem Laufenden hielten, was in der Welt falschlief. (Dort hatte sie auch das Interview mit Jared gesehen.) Und danach die eigentliche Versuchung des Fernsehers und das einzige Laster der Schwester: *Die Duke-Hamblin-Show*.

Als Neuzugang auf dem von Late-Night-Show-Moderatoren überfluteten Markt hatte Hamblin einen ziemlich konservativen Ansatz, der sich durch abgedroschene politische Witze äußerte, eine vorgetäuschte Verachtung für die »Hollywood-Elite« (obwohl Interviews mit Filmstars sein täglich Brot waren) und so vielen Gotteserwähnungen, dass selbst ein wiedergeborener Christ wie ein Heide neben ihm wirken würde.

Hamblin hatte gerade seinen Eröffnungsmonolog beendet, aber bevor es in die erste Werbepause ging, verlas er noch eine Ankündigung in sendereigener Sache: »Und verpassen Sie auf keinen Fall *Leben und Sterben*, die bedeutendste Realityshow in der Geschichte des Fernsehens, die in genau einer Woche hier auf ATN anläuft. Begleiten Sie Jared Stone durch sein Leben, während ein tödlicher Tumor langsam sein Gehirn zerstört. Unsere Kameras haben uneingeschränkten Zugang zu seinem Zuhause, und das rund um die Uhr. Werden Sie Zeuge, wie er und seine Familie mit der unheilbaren Krankheit und dem Tod fertigwerden. Das wird ein wahrhaft beispielloses und lebensveränderndes Fernsehereignis. Bleiben Sie dran. Wir sind gleich wieder für Sie da.«

Der dick mit Erdnussbutter bestrichene Cracker, den sich Schwester Benedict gerade in den Mund schieben wollte, fiel mit der Erdnussbutterseite auf ihren Habit und blieb einen Moment dort kleben, bevor er zu Boden glitt. Sie merkte noch nicht einmal, dass sie ihn fallen gelassen hatte.

***

Als Sherman Kingsborough die Ankündigung der Realityshow *Leben und Sterben* sah, war er betrunken. Er saß in einem der siebzehn Zimmer der achttausend Quadratmeter großen Palm-Beach-Villa, die sein Vater ihm hinterlassen hatte, und die einzige Gesellschaft, die der junge Mann hatte, war eine Flasche Marker's Mark.

In der Woche, nachdem Jareds Auktion abgesetzt worden war, litt Sherman unter schrecklichen Angstzuständen. Es entsetzte ihn, dass er nicht nur bereit, sondern geradezu begierig darauf war, einen anderen Menschen zu töten. Und trotzdem bekam er die Idee nicht aus dem Kopf.

Er war vom Haus seines Vaters in Aspen zum Haus seines Vaters in der Provence und von dort zum Haus seines Vaters in Palm Beach geflogen, um seinen kranken Gedanken zu entfliehen, aber es funktionierte nicht. Jetzt versuchte er, sie sich aus dem Kopf zu trinken. Als er in seinem betrunkenen Zustand die Ankündigung sah, fragte er sich, ob er vielleicht halluzinierte. Aber er war noch nüchtern genug, um zu wissen, dass sie real war.

Sherman dachte nur eins: *Das ist ein Zeichen. Ich muss Jared Stone töten.*

***

Bevor Jared krank geworden war, begann ein typischer Wochentag bei den Stones wie ein typischer Wochentag bei jeder anderen Mittelklassefamilie.

Megan wachte als Erste auf. Wenn das Leben es gut mit einem meint, wenn man beliebt und hübsch und voller Hoffnung und Ehrgeiz ist, dann springt man förmlich aus dem Bett. In der Regel brauchte sie eine Stunde, um sich für die Schule zurechtzumachen. Ihre Auswahl an Make-up-Produkten, Accessoires und Modemagazinen hätte man eher bei einer vierundzwanzigjährigen Fashionista erwartet als bei einer Achtklässlerin.

Deirdre, die so ziemlich dem Klischee einer Vorstadtmutter mit einem Vollzeitjob entsprach, erledigte ihre morgendliche Routine immer nach demselben Muster: duschen (nicht länger als sieben Minuten), anziehen (um Zeit zu sparen, suchte sie das entsprechende Outfit immer schon am Abend zuvor raus), Mails checken (und jedes Mal aufs Neue erstaunt darüber sein, wenn Nachrichten ihres Chefs um zwei Uhr morgens eingingen) und schließlich Jackie zum Aufstehen bewegen (was nie beim ersten, aber immer spätestens beim dritten Versuch gelang).

Wenn Jackie von ihrer Mutter geweckt worden war, blieb sie immer noch ein paar Minuten liegen und griff nach ihrem Handy. Wenn das Leben es nicht gut mit einem meint, wenn man keine engen Freunde hat, wenn man zwischen Teilnahmslosigkeit und Verzweiflung schwankt, springt man nicht aus dem Bett, sondern wälzt sich eher heraus. Während sie sich durch ihre Social-Media-Seiten wischte, saugte ihr ausgeruhtes Gehirn begierig sämtliche Neuigkeiten und Informationen auf, dann suchte sie sich so unauffällige Anziehsachen wie möglich heraus, packte ihren Rucksack und trottete in die Küche hinunter.

Wenn Jared nicht in Salem oder bei einem Kunden oder einer verfassungsgebenden Versammlung sein musste, blieb er im Pyjama – eine ausgeleierte Schlafanzughose und ein verwaschenes Trikot des Basketballteams Portland Trail Blazers – und schmierte für alle drei Stone-Frauen Pausenbrote, bevor er Frühstück machte. Er war dafür zuständig, dass alle gestärkt in ihren Tag starten konnten, und das tat er gern.

Während Megan zwischen jedem Bissen von den Pancakes, Eiern oder Jareds Spezialität Island French Toast in einer Tour plapperte, las Deirdre Zeitung und Jackie ein Buch. Danach brachte Jared die drei zur Tür, gab jeder von ihnen zum Abschied einen Kuss und schaute mit Trebuchet an seiner Seite zu, wie sie losfuhren. Dann drehten er und Trey eine Runde um den Block und zogen sich anschließend in Jareds Arbeitszimmer zurück, wo Jared sich entweder an die Fertigstellung eines Grafikdesign-Auftrags machte oder Gesetzesentwürfe bearbeitete. Trey wachte zwischendurch aus einem Nickerchen auf und stupste sein Herrchen an, um ihn dazu zu bewegen, noch eine Runde mit ihm zu drehen, oder ihn hinterm Ohr zu kraulen.

Wenn Jared keine dringenden Deadlines hatte, spielte er auf der Wii, die ihm seine Familie zu Weihnachten geschenkt hatte, gegen Tiger Woods Golf.

Wäre Norman Rockwell ein Maler des frühen einundzwanzigsten Jahrhunderts gewesen, wäre die Familie Stone eine Inspirationsquelle für ihn gewesen.

Jareds Krebserkrankung veränderte alles. Die Realityshow *Leben und Sterben* veränderte noch mehr. Die Mitarbeiter des Fernsehteams, die ständig kamen und gingen; die nicht besonders kunstvoll versteckten Kameras, Kabel, Scheinwerfer und Mikrofone; die pausenlosen Anrufe der Medien, darunter auch die *Today Show* und *Good Morning America*, die Interviews mit Jared und seiner Familie planten.

Da alle ihre Ausgaben vom Sender gedeckt wurden und Jareds Gesundheit sich immer weiter verschlechterte, ließ Deirdre sich auf unbestimmte Zeit von ihrem Arbeitgeber freistellen. Sie war nicht bereit, die Leute von ATN den ganzen Tag allein in ihrem Haus zu lassen, und wollte für ihren Mann und ihre Töchter da sein. Weil sie nicht wusste, was sie sonst mit ihrer Zeit anstellen sollte, half sie Jared im Haushalt, sprich, sie übernahm seine sämtlichen Aufgaben.

Jared brach die wenigen Projekte, die ihm noch geblieben waren, ab und versuchte das, was von seiner Aufmerksamkeit noch übrig war, der Fernsehshow zu widmen. Doch die meiste Zeit schlief er.

Die Mädchen gingen nach wie vor in die Schule, aber durch ihre plötzliche Berühmtheit verliefen ihre Tage alles andere als normal. Megan verbrachte nun jeden Morgen *zwei* Stunden damit, sich zurechtzumachen. Jackie reagierte auf das Medieninteresse an ihrer Familie mit einem Boykott ihrer Social-Media-Seiten. Vom World Wide Web – ihrem einzigen Zugang zur Welt – mehr oder weniger abgeschnitten, zog sie sich noch mehr in sich selbst zurück.

Die Stones taten ihr Bestes, sich den veränderten Umständen anzupassen und sie als ihren neuen Alltag zu akzeptieren. Ein Alltag, der nicht aus Ausflügen in die Mall und Familienspieleabenden bestand, sondern in dem rund um die Uhr ein Spotlight auf das Sterben von Jackies und Megans Vater und Deirdres Ehemann gerichtet war, bei dem die ganze Welt zuschaute. Ihr Zuhause war in ein schauriges Aquarium verwandelt worden, und sie konnten nichts anderes tun, als wie ein Fisch die Lippen zu spitzen und zu schwimmen.

***

Ethan Overbee verbrachte die Woche vor der Premiere von *Leben und Sterben* in Portland. Normalerweise überließ er die Vorbereitungen für die Produktion einer Show den Knechten – wie er die Mitarbeiter seines Teams insgeheim nannte –, aber in diesem Fall war sein persönliches und berufliches Interesse einfach zu groß, um irgendetwas dem Zufall zu überlassen.

Ethan bewegte sich mit dem Selbstvertrauen eines siegreichen Feldherrn zwischen dem Übertragungswagen und dem Haus der Stones hin und her und setzte seinen beträchtlichen Charme ein, um jeden für sich einzunehmen, der in irgendeiner Form mit der Show zu tun hatte. Egal ob es um den Regieleiter ging, die Kameraleute oder die Tontechniker, Ethan gab sich jedem gegenüber als wohlwollender Anführer, als ein Mann, der ihrem Leben eine Bedeutung geben und ihre Karriere vorantreiben würde.

Zu Jareds großer Erleichterung gelang es ihm sogar, Deirdre und Megan für sich zu gewinnen. Er beteuerte, wie ungemein wichtig das, was sie taten, war, dass es das Leid so vieler Menschen lindern würde, die selbst mit einer unheilbaren Krankheit zu kämpfen hatten. Ethan besetzte die Rolle des Helden mit sich selbst, und es funktionierte – bis auf zwei bemerkenswerte Ausnahmen.

Jedes Mal, wenn Ethan in einen Raum trat, verzog Trebuchet sich. Ethan verstand es zwar, sich sogar bei Tieren einzuschmeicheln, wenn es notwendig war, konnte sie aber in Wahrheit nicht ausstehen, und das war Trey nicht verborgen geblieben. Wie bei allen Hunden funktionierte auch Trebuchets Jacobson-Organ einwandfrei, und es empfahl ihm dringend, sich von diesem Menschen fernzuhalten. Es war nicht etwa so, dass er Ethan angeknurrt hätte, wenn er ihn sah, aber er hörte sofort auf, mit dem Schwanz zu wedeln, und suchte sich den nächstgelegenen Ausgang, um sich davonzumachen.

Die andere Ausnahme war, wenig überraschend, Jackie. Ganz egal, wie viel Mühe Ethan sich gab, es gelang ihm nicht, das Mädchen zu knacken. Sie blieb höflich sitzen und hörte zu, wenn er die Familie mit kleinen Anekdoten aus der glamourösen Film- und Fernsehwelt unterhielt. Aber sobald die Aufmerksamkeit sich verlagerte, folgte sie dem Hund aus dem Zimmer. Sie traute diesem Mann einfach nicht über den Weg. Es war, als versuchte er, ihrer Familie etwas zu verkaufen, das sie nicht brauchte.

Für Jackie war das alles nur schwer auszuhalten. Zuerst die Nachricht, dass ihr Vater unheilbar an Krebs erkrankt war, dann die eBay-Anzeige, und jetzt die Fernsehleute, die in ihr Zuhause eingedrungen waren. Jackie driftete kopfüber ins Nichts. In einen luftleeren Raum ohne Kurs und ohne Schubkraft.

Nachdem sich an der Schule herumgesprochen hatte, dass ihr Vater an einem inoperablen Gehirntumor litt, war sie wie eine Aussätzige behandelt worden. Einerseits hatte es sie verletzt, andererseits war sie froh gewesen, in Ruhe gelassen zu werden. Aber seit bekannt geworden war, dass die

Familie Stone ihre eigene Fernsehshow haben würde, stand sie auf einmal im Mittelpunkt des Interesses. Der Hashtag #LebenUndSterben und der zweiminütige YouTube-Trailer lösten einen Hype aus, den Jackie einfach nicht verstand. Was interessierte es all diese Leute plötzlich? Sie schaffte es kaum noch von einem Kurs in den anderen, ohne mit Fragen belästigt zu werden, Gerüchte über ihre Familie aufzuschnappen oder schlecht verhehlte spöttische Bemerkungen abzuwehren. Aber das Allerschlimmste war, dass ein besonders geistloses Mädchen aus der Oberstufe einen »Leben und Sterben«-Fanclub gegründet hatte und T-Shirts verteilte, die mit dem Konterfei der Familie Stone bedruckt waren. Das Foto stammte von Jareds Flickr-Account und Jackie sah darauf ganz besonders schlecht gelaunt aus. Sie fragte sich, wie irgendjemand so gedankenlos, so kaltschnäuzig sein konnte, einen Fanclub für eine Serie zu gründen, die das Sterben ihres Vaters dokumentierte.

Sie flehte ihre Eltern an, zu Hause bleiben zu dürfen, aber Deirdre bestand darauf, dass sie nicht vor dem schonungslosen Blick der Fernsehkameras kapitulieren würden, dass ihr Leben so normal wie irgend möglich weitergehen sollte. Jared schien nicht zu begreifen, wie ernst die Reaktion seiner Tochter zu nehmen war, oder er begriff es, glaubte aber nicht, dass er es *wirklich* begriff, und überließ die Entscheidung Deirdre.

Es gab nur noch einen friedlichen Moment in Jackies täglichem Spießrutenlauf, nämlich den, wenn sie morgens im Computerraum mit Max chattete. Ohne auf den Newsfeed von Facebook zu achten, um nicht über einen Post von *Leben und Sterben* zu stolpern, bewegte Jackie ihre Maus ohne Umwege zum Chat-Fenster und klickte Max' Namen an. Mit Ausnahme von Trebuchet war er die einzige unveränderliche Konstante in Jackies Leben geblieben. Zumindest im Großen und Ganzen.

Max: Solnischko, was genau bedeutet eigentlich Sterbehilfe?

Es war das Erste, was Max sie fragte, als sie nach ihrem Zusammenbruch wieder miteinander chatteten. Sie hatte ihm eine private Nachricht geschickt, ihm versichert, dass alles in Ordnung war und es ihr am liebsten sei, wenn sie nicht mehr darüber redeten und so weitermachten wie immer. Max nahm sich die Bitte zu Herzen und tat so, als wäre nichts passiert. Aber das hielt ihn nicht davon ab, andere Möglichkeiten zu suchen, wie er Jackie dazu bringen konnte, über ihren Kummer zu sprechen.

Jackie: Warum?

Max: Nur weil ich habe gelesen etwas darüber.

Jackie: »Nur weil ich etwas darüber gelesen habe«, Max.

Max: Genau.

Jackie: Das bedeutet mehr oder weniger, dass man jemandem, der krank ist und sterben wird, dabei hilft, sein Leben zu beenden.

Es dauerte einen Moment, bis Max etwas darauf erwiderte.

Max: Du meinst, man bringt ihn um?

Jackie: Na ja, irgendwie schon, aber nur, weil er wirklich krank ist.

Max: Ich weiß nicht, ob ich verstehe das.

Jackie: »Ich weiß nicht, ob ich das verstehe«, Max. Das Verb ans Ende.

Max: Okay. Aber gibt es wirklich Menschen, die das machen? Sich helfen, zu sterben?

Jackie: Ich weiß nicht. Glaube schon. Aber nur wenn sie so krank sind, dass sie sowieso sterben werden.

Max: Zum Beispiel an Krebs.

Jackie: Ja.

Das kam dem Thema, das Jackie eigentlich vermeiden wollte, verdächtig nahe, aber aus irgendeinem Grund machte es ihr nichts aus. Zum einen, weil es Max war, mit dem sie darüber sprach. Er war ungefähr eine Million Meilen weit weg. Zum anderen tat es gut, endlich darüber zu reden, ohne wirklich darüber zu reden.

Max: Das mir kommt nicht richtig vor. Ups. Das kommt mir nicht richtig vor.

Jackie: ☺

Max: Freundliches Gesicht, weil es mir nicht richtig vorkommt?

Jackie: Nein, Max, freundliches Gesicht, weil du so süß schreibst.

Ich kann nicht glauben, dass ich das gerade geschrieben habe, dachte Jackie.

Max: Das ist Musik für meine Augen!

Jackie: LOL!

Max: Warum?

Jackie: Nein, nein, alles gut, Max. Aber ich würde gern wissen, warum es dir nicht richtig vorkommt.

Max: Einem Menschen zu helfen, zu sterben?

Jackie: Ja.

Max: Weil das Leben … wie heißt das Wort? Bitte warte kurz, ich muss nachschlagen.

Es entstand eine lange Pause, in der Max offenbar sein Russisch-Englisch-Wörterbuch zurate zog.

Max: Weil das Leben heilig ist.

Jackie: Ja, das ist es. Warum soll ein Mensch also leiden, bevor er stirbt, wenn er sowieso sterben wird?

Es entstand eine weitere lange Pause und diesmal wollte Jackie das Thema wechseln. Sie fing langsam an, sich über ihre eigene Haltung zur Sterbehilfe klar zu werden, wollte Max damit aber nicht vor den Kopf stoßen.

Der Gong rettete sie.

Jackie: Ich muss in meinen nächsten Kurs, Max. Lass uns das nächste Mal über etwas Lustiges reden. ☺

Max: Alles, was du willst, Solnischko.

Jackie verließ den Computerraum und ging zu ihrem Schließfach. Jemand hatte einen Zeitungsartikel darangeklebt.

Quest für Stone

Huntsville, Alabama – Als die siebzehnjährige Hazel Huck auf die eBay-Anzeige des unheilbar kranken Jared Stone aus Oregon stieß, wurde irgendein wunder Punkt berührt.

»Ich weiß auch nicht«, sagt Hazel in einem Telefoninterview. »Es kam mir einfach nicht richtig vor, dass dieser Mann keine andere Wahl haben sollte, als sein Leben zu verkaufen.«

Bei Jared Stone, der freiberuflich als Grafikdesigner tätig ist und als Abgeordneter im Parlament von Oregon sitzt, wurde ein Glioblastom diagnostiziert, ein Gehirntumor, der in der Regel tödlich verläuft. Angeblich hat er nur noch drei oder vier Monate zu leben, weshalb er versuchte, sein Leben bei eBay an den Höchstbietenden zu verkaufen.

Huck, die die Oberstufe der Florence Nightingale School besucht, rief ihre Freunde im Cyberspace zu einer Spendenaktion auf. Die leidenschaftliche Gamerin von Rollenspielen wie World of Warcraft und Dark Age of Camelot forderte ihre Onlinefreunde auf, ihr bei einer Quest zu helfen, die das Ziel hatte, die Auktion zu gewinnen und es Jared Stone zu ermöglichen, würdevoll und im Kreis seiner Familie zu sterben.

»Es war unglaublich, wie schnell die Leute reagierten«, erzählt Hazel bescheiden. »Wir wurden alle von einer Art Jared-Fieber gepackt.«

Huck nutzte ihren World-of-Warcraft-Avatar (eine Levelfünfundsechzig-Druiden-Priesterin namens Guinevere the Glad) dazu, um innerhalb dieser Fantasy-Welt eine virale Kampagne zu starten.

»Das Ganze schlug ein wie eine Bombe. Alle fanden es einfach total cool, dass wir auch in der realen Welt gemeinsam etwas auf die Beine stellen konnten.«

Doch Hucks Bemühungen, so beeindruckend sie auch waren, scheiterten. Die Cyber-Gruppe hatte es geschafft, dreihunderttausend Dollar zu sammeln, lag damit aber immer noch siebenhunderttausend Dollar unter dem Mindestgebot von einer Million Dollar, das Stone festgesetzt hatte. Und eine Woche später wurde die Auktion schließlich abgesetzt; sie hatte gegen die Nutzungsbedingungen von eBay verstoßen.

»Es ist traurig, dass wir nicht helfen konnten«, sagt Huck, »aber ich bin froh, dass wir es versucht haben und so etwas wie Gemeinschaftssinn bewiesen haben.«

Jemand hatte mit rotem Marker »Dein Vater ist ein Freak!« über den Artikel geschrieben. Vorsichtig darauf bedacht, ihn nicht zu zerreißen, löste Jackie den Zeitungsausschnitt ab und verstaute ihn in ihrer Tasche. Kurz spielte sie mit dem Gedanken, sich irgendwo vor ihren Mitschülern zu verstecken, aber ihr fehlte die Energie dafür. Sie trottete mit hängenden Schultern zu ihrem Biologiekurs, und zum ersten Mal fand sie die Vorstellung, einen Frosch zu sezieren, gar nicht so schlimm.

***

Leben und Sterben sollte von einundzwanzig bis zweiundzwanzig Uhr gesendet werden, an sieben Abenden die Woche, so lange Jared lebte. Jede Folge würde sich aus Szenen zusammensetzen, die während der vorangegangenen vierundzwanzig Stunden aufgenommen worden waren und den Alltag der Stones dokumentierten, dazwischen würden immer wieder Interviews mit Jared und seiner Familie eingeblendet werden. Ethan wollte die ersten Folgen dafür nutzen, die Zuschauer mit den Grundsätzen der Realityshow vertraut zu machen, danach sollten die Zuschauer sich interaktiv beteiligen können und es sollten Gastauftritte von Promis folgen.

Die Verkaufsgespräche mit potenziellen Werbekunden gestaltete sich denkbar einfach: Wenn der Fernsehsender den Menschen die Erlaubnis gab, einem anderen Menschen beim Sterben zuzuschauen, würden sie scharenweise einschalten. Es war keine aggressive Verkaufsstrategie notwendig. Ob Auto- oder Waschmittelhersteller, ob Filmverleihe oder Fast-Food-Ketten – alle kauften Werbezeit und drehten entsprechende Spots. Jeder versuchte den anderen darin zu übertrumpfen, seine Betroffenheit und Anteilnahme zum Ausdruck zu bringen, dabei setzte ein Werbespot von McDonald's dem ganzen sozusagen die Krone auf. Dreißig Sekunden eisige Schwärze mit einem kleinen grauen statt goldenen McDonald's-M in der rechten unteren Ecke und in den letzten zehn Sekunden langsam eingeblendete weiße Buchstaben mit der Botschaft: »Ganz gleich, was geschieht, essen muss jeder. McDonald's, offizieller Lebensmittelsponsor von *Leben und Sterben*«.

Die erste Folge wurde an einem Donnerstagabend ausgestrahlt und die Einschaltquoten schossen förmlich durch die Decke. Fast achtzig Millionen Haushalte schauten sich die Eröffnungsszene von Jared und Deirdre an, die auf der Veranda sitzen und wie ein ganz normales, glückliches, gesundes Ehepaar wirken. Es war ein Interview, bei dem sie auf Fragen antworteten, die der Zuschauer nicht hörte. Die Antworten waren so zusammengeschnitten worden, dass das Ausmaß dieser Tragödie von Mal zu Mal deutlicher und der Zuschauer immer erschütterter wurde. Den Großteil des Redens übernahm Deirdre.

Deirdre: Wir sind seit zwanzig Jahren verheiratet.

Jared: Wir haben uns an der Uni kennengelernt [Jump Cut New York University].

Deirdre: Im Physiksaal. Wir konnten beide nicht sonderlich viel mit dem Kurs anfangen.

Jared: Eines Tages haben wir die Vorlesung ausfallen lassen und gingen Kaffee trinken. Seitdem sind wir zusammen.

Deirdre: Ich komme ursprünglich von hier [Jump Cut Portland]. Also sind wir hierhergezogen. Wir wollten in der Nähe meiner Mutter sein. Sie hat es sehr genossen, ihre beiden kleinen Enkelinnen um sich zu haben, und ich bin froh, dass die Mädchen noch genügend Zeit hatten, ihre Großmutter kennenzulernen, bevor sie starb. [Jump Cut Gallenwegkrebs].

Jared: Wir haben zwei Töchter. Jackie ist fünfzehn und Megan dreizehn.

Die Kamera fuhr heran und zeigte Jareds Gesicht in Großaufnahme, der Schmerz und die Verwirrung in seinen Augen deutlich sichtbar.

Jared: Zumindest glaube ich, dass sie so alt sind.

Dann kam der Vorspann und die Folge begann.

***

Ethan schaute sich die erste Folge von *Leben und Sterben* allein in seinem palastartigen Wohnzimmer in Malibu an. Auf der Chefetage des Senders sprach man bereits davon, dass Ethan die nächste Reality-TV-Welle ausgelöst hatte, und man wollte die Premiere und die in dieser Höhe noch nie da gewesenen Werbeeinnahmen, die sie einbrachte, mit einer Party feiern. Aber Ethan lehnte ab. Er fand, dass dies genau der richtige Zeitpunkt war, sich zurückhaltend und in sich gekehrt zu geben und damit zu beginnen, in den Köpfen der Branche die Legende von Ethan Overbee zu spinnen. *Genau wie Steve Jobs,* dachte er.

Er schaute sich die Folge auf einem maßgefertigten, achtzig Zoll großen Plasmafernseher an, ausgestattet mit Bluetooth, Videokonferenz und Raumklang, und saß in einem schweren Sessel aus poliertem Leder, ein Glas Beefeater-Gin mit einer Scheibe Zitrone und einem Spritzer Tonic Water in der Hand.

Ethan konnte selbst kaum glauben, wie gut die erste Folge angelaufen war. In einer Woche würde ganz Amerika sich das Elend des armen Jared Stone anschauen. Scheiße, sogar er wollte sehen, was als Nächstes passieren würde. Das war fesselndes, herzzerreißendes, wunderschönes Fernsehen, auch wenn es einen ein bisschen runterzog.

Schwermütige Themen waren dem Fernsehen nicht fremd, im Gegenteil. Tragödien waren für jeden Nachrichtensender in Amerika ein Fest. Wenn ein Hurrikan zuschlug, waren sie die Ersten vor Ort (und die Ersten, die wieder abzogen). Bei einem terroristischen Anschlag im eigenen Land berichteten sie rund um die Uhr. Nach einem Amoklauf in einer Postfiliale interviewten sie sämtliche Familienmitglieder der Opfer, sämtliche Angehörigen des Schützen und jeden vermeintlichen Experten, egal wie dumm seine Einschätzung oder Theorie war. Jared Stone war nichts anderes. Intern wurde sogar schon darüber diskutiert, die Show im Rahmen der Nachrichten zu senden, aber Ethan hatte nicht vor, sein Baby gehen zu lassen.

Als er den Abspann und den Teaser für den darauffolgenden Abend sah, war Ethan emotional so ergriffen, dass er feuchte Augen bekam.

***

Während die erste Folge von *Leben und Sterben* gesendet wurde, verschlang Glio Jareds Erinnerung an sein erstes Date mit Deirdre. Vielleicht weil er und Deirdre vor der Kamera von *Leben und Sterben* davon erzählt hatten. Oder es war genau andersherum und Jared erzählte deswegen davon, weil er auf irgendeiner unbewussten Ebene spürte, dass die Erinnerung bald für immer verloren sein würde.

Glio fand sich in einem Café wieder, wo er auf einen Latte Macchiato pustete, um ihn abzukühlen, und dabei Deirdre ansah. Sie hatte grüne Augen, eine Stupsnase und dunkelblonde Haare, die zu einem Pferdeschwanz gebunden waren. Ihre langen, schlanken Finger lagen um ihre Tasse – sie trank ihren Kaffee schwarz und ohne Zucker –, und rieben halb verführerisch, halb herausfordernd über das Porzellan. Glio war so nervös, als er diesen Moment miterlebte, dass er kaum mitbekam, was Deirdre sagte. Genau wie sein Wirt damals dachte er immer und immer wieder: »Sie ist eine Nummer zu groß für dich. Sie ist eine Nummer zu groß für dich.«

Nach dem Kaffee spazierten Glio und Deirdre durch den Washington Square Park Richtung SoHo und anschließend nach Greenwich Village. Im Laufe des Nachmittags spürte Glio, wie er seine Befangenheit verlor und immer selbstbewusster wurde. Er hatte sich verliebt. Jedes Mal, wenn er innehielt, um Deirdre anzusehen, setzte sein Herz einen Schlag aus; dann nahm er das Gespräch wieder auf und verlor sich in der Glücksblase, die sie umhüllte.

Als sie sich schließlich vier Stunden später vor Deirdres Wohnheim verabschiedeten, brachte Glio den Mut auf, sie zu küssen. Er war überrascht, dass die Erinnerung an Jareds ersten Kuss, die er schon verschlungen hatte, hochkam, als ihre Lippen sich trafen. Dann wurde ihm klar, dass Jared jeden ersten Kuss mit diesem allerersten Kuss verglich.

Er schaute zu, wie Deirdre in der Eingangshalle ihres

Wohnheims verschwand, dann ließ er sich sowohl in der Erinnerung als auch in Jareds Gehirn weitertreiben.

***

Sherman Kingsborough mochte den Mann nicht, der neben ihm saß. Die abgedroschenen Phrasen, die aus dem schiefen Mund des Typen kamen, strapazierten seine Geduld.

Die beiden saßen in Shermans Mercedes, der im Kurzparker-Bereich des Portland International Airport stand; aus den Boxen kam »Fuck tha Police« von N.W.A. Der Gangsta-Rap-Klassiker sollte den Eindruck vermitteln, Sherman wäre von der ganz harten Sorte. Es funktionierte nicht wirklich.

»Das wird Sie ordentlich was kosten«, sagte der Mann auf dem Beifahrersitz. Er trug Jeans, eine braune Bomberjacke aus Leder und verdreckte Arbeitsstiefel. Sein Name war Bobby – »einfach Bobby«, hatte er zu Sherman gesagt –, und er entsprach so durch und durch dem Klischee eines Kleinkriminellen, dass man ihm die Nummer fast schon nicht mehr abkaufte.

»Ich hab Ihnen gesagt, Geld spielt keine Rolle. Mich interessiert nur, wie ich in dieses Haus komme.«

Nachdem Sherman die erste Folge von *Leben und Sterben* gesehen hatte, nahm ein Plan in seinem Kopf Gestalt an. Er würde mitten in der Nacht bei Jared zu Hause einbrechen, wenn dort so gut wie nichts mehr los war, jeden ausschalten, der ihm dabei zufällig in die Quere kam, und dann würde er Jared töten und darauf achten, dass die Tat von den Fernsehkameras aufgenommen wurde, die anscheinend in jedem Raum installiert waren. Wenn er fertig war, würde Sherman seine Maske abnehmen und seine Identität preisgeben. Dann würde seine Flucht vor der Justiz beginnen.

In Shermans Leben gab es nur wenig, womit er die Grenzen seines Daseins ausreizen konnte. Mord und Flucht waren nicht nur neue Erfahrungen, sie bedeuteten aufregenden Nervenkitzel. Und das Worst-Case-Szenario, gefasst zu werden, hieß lediglich, dass Sherman noch mehr neue Erfahrungen machen würde: Verurteilung und Gefängnis. Er war zum lebenden Klischee dafür geworden, dass Müßiggang aller Laster Anfang ist. Sherman kannte sich mit beidem nur allzu gut aus.

Dank seines Lebensstils hatte er schon des Öfteren mit zwielichtigen Gestalten zu tun gehabt. Für ihn war Bobby bloß ein weiteres kleines Rädchen im Getriebe, ein Werkzeug, das man benutzte und anschließend entsorgte. Aber irgendwie belustigte ihn dieser Typ mit seinem plumpen Gangstergehabe.

»Das Haus wird wie ein Scheiß-Hochsicherheitstrakt bewacht«, sagte Bobby.

»Ich weiß. Wenn es keine Sicherheitsvorkehrungen gäbe, würde ich einfach klingeln und reinspazieren.«

»Hey, immer mit der Ruhe. Kein Grund, sich gleich so aufzuregen, Richie Rich.« Bobby lachte über seinen eigenen lahmen Witz.

»Können Sie mir helfen?«, fragte Sherman, ohne auf den Spitznamen einzugehen.

»Klar«, sagte Bobby. »Ich und meine Kumpel können dafür sorgen, dass niemand wach ist, der Sie daran hindert, in das Haus einzusteigen, und wir können außerdem dafür sorgen, dass alle Lichter im Haus ausgehen.«

»Nicht nötig. Ich will nur ungesehen reinkommen und danach so schnell wie möglich wieder verschwinden können.«

»Von mir aus. Dann sorgen wir eben bloß dafür, dass niemand sieht, wie Sie rein- und rauskommen. Was wollen Sie überhaupt da drin? Ich mein ja nur, wenn ich die Hütte schon für Sie ausbaldowere.«

Ausbaldowern?, dachte Sherman. *Gibt es tatsächlich noch Leute, die das Wort »ausbaldowern« benutzen?* »Keine Fragen«, sagte er.

»Von mir aus. Wird Sie aber ganz schön was kosten.«

»Großer Gott, ich hab doch gesagt, dass …«

»Immer cool bleiben, Mann. Wollte Sie bloß ein bisschen verscheißern. Fünfzigtausend und ich mach's.« Bobby grinste selbstzufrieden. Er glaubte Sherman ordentlich abgezockt zu haben. Sherman musste sich schwer beherrschen, Bobby nicht ins Gesicht zu lachen.

***

Die zweite Folge von *Leben und Sterben* war ein Meisterwerk der Schnitttechnik. So rapide Jareds Zustand sich auch verschlechterte, so verunsichert er in Bezug auf sich selbst auch war – im Fernsehen schien es noch sehr viel schlimmer um ihn zu stehen.

Wenn Deirdre ihm zum Beispiel eine einfache Frage wie »Muss der Hund vor die Tür?« stellte, brauchte er in der Regel ungefähr drei, vier Sekunden, um darauf zu antworten. Wenn Deirdre die Frage während der Sendung stellte, wurde fünf- oder sechsmal zwischen Jared und Deirdre hin- und hergeblendet. Der verwirrte Ausdruck auf seinem Gesicht und der schmerzerfüllte auf dem von Deirdre waren in anderen Situationen gefilmt und nachträglich zusammengeschnitten worden und hatten nichts mit der Frage zu tun, ob der Hund rausmusste. Aber so lief das nun mal in der TV-Welt. Wenn es im Fernsehen gezeigt wurde, war es auch wahr. Das war besonders für Jared schwierig. Wenn er sich die Folge abends anschaute, ging er automatisch davon aus, dass er genauso verwirrt war, wie ihn die Realityshow darstellte. Er schüttelte dann jedes Mal vor sich hin murmelnd den Kopf, wenn er versuchte, die Szene in seinem Kopf so wiederzugeben, wie sie sich tatsächlich ereignet hatte.

Jackie Stone war überhaupt nicht verwirrt; sie erkannte eine Täuschung, wenn sie sie vor sich hatte, und hier wurden eindeutig Tatsachen verdreht. Sie war außer sich vor Wut und tief in ihr drin legte sich ein Schalter um. Jackies dunkle Seite kam zum Vorschein und sie schritt zur Tat.

Um fünf Uhr morgens am Tag nach der zweiten Folge verbarrikadierte Jackie so leise wie möglich die Vorder- und Hintertür des Hauses mit diversen übereinandergestapelten Möbelstücken, dann zog sie mit einem Fläschchen schwarzem Nagellack bewaffnet durch die Räume und malte jede einzelne Kameralinse an. Das Fernsehteam brauchte fast den ganzen Tag, um den Schaden, den Jackie angerichtet hatte, wiedergutzumachen. Sie wartete den ganzen Nachmittag und Abend auf einen Tadel ihrer Eltern oder zumindest eine Standpauke des Regieleiters, aber nichts passierte.

Jackie erhielt ihre Strafe etwas später an dem Abend, als die dritte Folge von *Leben und Sterben* gesendet wurde. Ihr Sabotageakt war natürlich aufgenommen worden. Man hatte ihn mit Bildmaterial von Jared, der in seinem Arbeitszimmer auf dem Boden lag, von Megan, die mit Freundinnen telefonierte, und von Jackie, die finster auf ihrem Bett saß, zusammengeschnitten. Es wurde jeder Zentimeter von Jackies Zimmer gezeigt – einschließlich eines lächelnden Einhorns, das einen Regenbogen zwischen den Zähnen hielt; der Keramikanhänger war ein Überbleibsel aus einer früheren Phase in Jackies Leben –, während die Off-Stimme sie als schwer zugängliche Einzelgängerin beschrieb, die kaum Freunde und extreme Schwierigkeiten damit hatte, den Zustand ihres Vaters zu akzeptieren. Jackie verstand es als versteckte Botschaft des Produktionsleiters: Reiß dich zusammen und benimm dich, oder …

Der darauffolgende Montag in der Schule, wo sie abwechselnd bejubelt und verhöhnt wurde, war der längste ihres Lebens.

Jackie wünschte sich nichts mehr, als mit ihrem Vater zu sprechen, aber sie wusste, dass die Unterhaltung bloß im Fernsehen enden würde. Also zog sie sich in ihr Zimmer zurück, schaltete das Licht aus und legte sich aufs Bett. *Mal sehen, ob das gute Einschaltquoten bringt,* dachte sie. Der Produktionsleitung war es egal. Aus ihrer Sicht war Jackie unschädlich gemacht worden.

Wo sind bloß all die guten Menschen auf der Welt hin?, fragte sie sich, während sie im Dunkeln lag. Ihr fiel der Zeitungsartikel ein, der an ihrem Schließfach geklebt hatte.

Jackie machte das Licht wieder an, holte ihre Büchertasche und zog den Artikel über Hazel Huck und ihre Spendensammelaktion für Jared heraus. Sie las ihn immer und immer wieder und versuchte zu verdrängen, in was für einer Welt sie gelandet war. Sie wollte sich in dem Artikel, in der Welt, für die er stand, verlieren.

***

Gesprenkeltes Sonnenlicht fiel auf Sherman Kingsboroughs Gesicht, als er durch den Japanischen Garten von Portland spazierte. Er war enttäuscht, dass er keinen lyrischeren Namen hatte, so wie der Morikami Garden in der Nähe der Villa seines Vaters in Palm Beach, musste aber zugeben, dass er ziemlich schön war.

Sherman war einmal mit einer Buddhistin zusammen gewesen, die ihn in den Lehren des Mittleren Weges unterrichtete. Er tat alles, um sie zu verführen, einschließlich eines spontanen Trips nach Japan und einer Tour zu den buddhistischen Tempeln. Natürlich war nichts davon für Sherman von Bedeutung. Er interessierte sich genauso für Buddha, wie er sich für Gott interessierte, nämlich gar nicht. *Was ich schon so alles für ein bisschen Exotik gemacht habe,* dachte er bei sich.

Das Einzige, was von seiner Suche nach Erleuchtung – oder besser gesagt, was von dem Sex mit einer Frau auf der Suche nach Erleuchtung – geblieben war, war ein Faible für japanische Architektur und japanische Gärten. Er fand sie seltsam beruhigend.

Deswegen überraschte es nicht, dass Sherman nur wenige

Stunden vor seiner Mission, Jared Stone zu töten, in einem Japanischen Garten stand und den Anblick eines Fächerahorns und seiner burgunderroten Blätter bewunderte.

Die Buddhistin hatte ihm ein paar Entspannungstechniken beigebracht – er nannte es lieber Tricks als Techniken –, und er versuchte sie anzuwenden, während er durch den Garten streifte, aber es nützte nichts. Seine Nebenniere machte Überstunden und flutete sein System mit Unmengen an Adrenalin. Sein Geist war so fokussiert, als würden alle seine Gedanken durch ein Vergrößerungsglas gefiltert werden, und seine Muskeln waren so angespannt, dass sie jeden Moment aus seiner Haut zu platzen drohten.

Er war bereit.

***

Jared verbrachte immer mehr Zeit damit, im Dunklen in seinem Arbeitszimmer auf dem Boden zu liegen. Die wenigen Male, die er sich mit der Außenwelt beschäftigte, abgesehen von den täglichen Interviews mit der Sendeleitung von *Leben und Sterben* und seinen Besuchen bei der Ärztin, traf er sich fast ausschließlich mit Lobbyisten, die sich für das Recht auf ein selbstbestimmtes Sterben einsetzten. Er war ihr Aushängeschild und so etwas wie ein Promi in der Welt der Sterbehilfe-Befürworter geworden.

In Anbetracht seiner eigenen Situation wollte Jared, so viel er konnte, für die Lobby tun, und wenn er sich kräftig genug fühlte, vereinbarte er Telefoninterviews mit Zeitungen und Radiosendern. Außerdem schrieb er an einem Artikel für den *Oregonian*, kam aber einfach nicht weiter damit:

Würdevoller Tod: Aus der Sicht eines Insiders, von Jared Stone.

Wie die meisten Leser wissen, habe ich einen Gehirntumor. Ein inoperables Glioblastom, das mich töten wird. Das ist eine unumstößliche Tatsache; so unumstößlich eine Tatsache sein kann, wenn man nicht mehr weiß, was »Tatsache« bedeutet. Kein Medikament, keine Operation, kein Wunder kann mir noch helfen. In spätestens vier Monaten werde ich tot sein.

Ich muss Entscheidungen treffen. Soll meine Familie zusehen, wie ich leide und langsam sterbe? Oder mache ich meinem Leiden ein Ende und lasse sie früher zurück, als es mir vielleicht bestimmt ist?

Ob ich mich dazu entschließe, mein Recht auf Beihilfe zum Suizid wahrzunehmen, ist eine Entscheidung, die ich für mich, meine Familie und meine Krankenversicherung treffe. Es gibt keinen nachvollziehbaren Grund, warum der Staat sich in meine persönlichen Angelegenheiten einmischen sollte.

Das war alles, was er bisher hatte. Er wusste, was er sagen wollte, oder glaubte es zumindest, aber er hatte keine Ahnung, wie er es zu Papier bringen sollte. Er war sich noch nicht einmal sicher, mit welchem Wort der nächste Satz beginnen könnte.

Ein befreundeter Kollege aus dem Parlament, ein Co-Autor der Erweiterung des Death with Dignity Act, bot ihm an, den Artikel für ihn zu Ende zu schreiben, aber das kam ihm irgendwie nicht richtig vor. Er brauchte bloß ein bisschen mehr Zeit, in der er vernünftig denken konnte; wenn er mehr Zeit hätte, könnte er den Artikel fertigstellen. Leider wurden die klaren Momente immer weniger und immer kürzer.

Jared gab es auf und legte sich wieder auf den Boden. Sein Verstand fuhr damit fort, interessante und seltsame Anagramme zu bilden. Sein Liebling war *»Leben und Sterben«* – *»N.N., übel sterbend«* – und er hoffte, dass er sich morgen noch daran erinnern würde, um im Interview davon zu erzählen.

Er wusste, dass er seine Aufmerksamkeit auf ernsthaftere Dinge lenken sollte – seine Familie, seine Zukunft, seinen Nachlass –, aber er konnte einfach kein Interesse dafür aufbringen. In seinem Gehirn gingen immer mehr Erinnerungen verloren, sodass die Bezüge fehlten. Er wusste zum Beispiel, dass seine Tochter Jackie wütend und unglücklich war, war sich aber nicht sicher, ob er wusste, was das bedeutete. Er war sich noch nicht einmal sicher, was er fühlen sollte.

Jared lag lange so da und dachte an Jackie, als er plötzlich so eine Art Geistesblitz hatte, falls dies das richtige Wort dafür war. Er richtete sich auf einem Ellbogen auf und sagte im Dunkeln zu Trebuchet. »Weißt du was, Trey? Ich glaub, ich hab es komplett verbockt.«

Jared legte sich wieder flach auf den Rücken, schloss die Augen und schlief ein. Die Erinnerung an diesen Moment würde, noch bevor er aufwachte, verschwunden sein.

***

Bobby the Hood hatte seinen Job gut gemacht. Sherman Kingsborough konnte sich unbehelligt zwischen den Rosenbüschen vor dem Haus der Stones hindurchschleichen. Er trug einen schwarzen Ganzkörperanzug aus Elastan, der nur seine Augen freiließ. Seine sechstausenddreihundert Dollar teure Digitaluhr – wasserdicht bis zu einer Tiefe von hundert Metern, Display für alle vierundzwanzig Zeitzonen, Zeitansage (eingestellt auf eine weibliche Stimme mit neuseeländischem Akzent) per Sprachbefehl – zeigte 3:33 Uhr, und das tat sie jetzt schon seit mindestens zehn Minuten. Genervt riss Sherman die Uhr von seinem Handgelenk und trat sie in das Rasenstück unter Jareds Küche. Aus den Grashalmen drang ein dumpfes »Drei Uhr dreiunddreißig« hervor.

Sherman schlich geduckt weiter, bis er die Hintertür gefunden hatte, die auf dem Plan eingezeichnet war, den Bobby ihm besorgt hatte. Wie versprochen war sie unverschlossen und unbewacht.

Im Haus war es vollkommen dunkel. Die einzige Lichtquelle war eine Herduhr, die die korrekte Zeit anzeigte: 3:51 Uhr. Sherman zog einen in Plastik eingeschweißten Grundriss des Hauses heraus und studierte ihn unter dem roten Leuchten seiner Stiftlampe. Die Zeichnung hatte ein Mitarbeiter des Sicherheitspersonals von *Leben und Sterben* angefertigt, der genau in diesem Augenblick mit den zehntausend Dollar, die er dafür bekommen hatte und unter seiner neuen Lederjacke trug, auf dem Weg zurück nach Juárez in Mexiko war. Er hatte Bobby außerdem mit der Information versorgt, dass Jared die Nacht fast immer in seinem Arbeitszimmer verbrachte, das auf dem Plan mit einem Kreis markiert war.

Sherman kroch bäuchlings vorwärts, glitt wie eine Schlange aus der Küche und die Stufen hinauf. Er hatte das so oft auf seiner eigenen Treppe geübt, dass er sich mittlerweile bewegen konnte, als wäre sein Körper knochenlos. Oben angekommen warf er erneut einen prüfenden Blick auf den Grundriss und stellte fest, dass er sich genau vor der Tür zu Jareds Arbeitszimmer befand. Er war so nah, dass er mit der Stirn fast das Holz berührte.

Er zog ein dreißig Zentimeter langes Jagdmesser aus der Scheide, die an seinem Gürtel befestigt war, schloss die Finger um den Griff und dachte daran, wie er stundenlang trainiert hatte, die Klinge in einen lebensgroßen Dummy zu stoßen, den er sich extra dafür gekauft hatte. Der Dummy war eigentlich dafür gedacht, Wachhunde zu trainieren, hatte seinen Zweck aber erfüllt. Sherman hatte alles getan, um sich mental und psychisch auf diesen Moment vorzubereiten. Sämtliche Ereignisse in seinem noch relativ kurzen Leben hatten ihn, so glaubte er, an diesen Ort, zu diesem Moment geführt, und ihn dazu bestimmt, sich dieser ultimativen Erfahrung zu stellen: dem Akt, Gott zu spielen.

Plötzlich hielt er inne.

Wer bin ich, dass ich entscheide, wer leben und wer sterben soll?, fragte er sich. Eine ganze Weile lag er einfach so da, unfähig, sich vor- oder zurückzubewegen. *Vielleicht bleibe ich einfach hier und warte, bis die Sonne aufgeht und die Stones mich finden*, dachte er. *Vielleicht können sie mir helfen*. Aber die Gefühlsregung ging vorüber.

»Wer bin ich, dass ich entscheide, wer leben und wer sterben sollte?«, fragte er sich noch einmal, diesmal im Flüsterton. »Ich bin Sherman Kingsborough, verdammt noch mal. Yo, Bitch, genau der bin ich.« Womit ein für alle Mal bewiesen wäre, dass uneingeschränkte Macht einen Menschen durch und durch verdirbt.

Entschlossen griff Sherman nach der Türklinke und drückte sie behutsam herunter. All die Zeit und Mühe, die er darauf verwendet hatte, körperlich in Topform zu bleiben, die Erfahrungen, die er bei der Besteigung des Mount Everest, beim Segeln, Drachenfliegen und Bungee-Springen gesammelt hatte, und all die Stunden, die er gezielt auf diese Nacht hin trainiert hatte, zahlten sich nun aus. Sherman Kingsborough drang wie ein Geist in Jared Stones Arbeitszimmer ein und schloss lautlos die Tür hinter sich. Sein Moment war gekommen.

***

Während Jared schlief, war Glio damit beschäftigt, sich etwas einzuverleiben, was Jared einmal als eine transzendentale Erfahrung beschrieben hatte. Sie ereignete sich im Ski-Resort *Big Sky*, als er auf einem der beiden Gipfel des Resorts vor der Berghütte neben der Sesselliftstation auf einem Holzklotz saß.

Träge vorbeitreibende Schneeflocken blieben an seinen Handschuhen, seiner Mütze und seinen Wimpern hängen, während er an seiner heißen Schokolade nippte und Marshall Tuckers Song »Can't You See« lauschte, der aus den Außenlautsprechern der Hütte kam. Es war einer der wenigen Augenblicke in Jareds Leben, in dem er vollkommen im Hier und Jetzt war. Jared, und jetzt auch Glio, war vollkommen in seiner Mitte. *Das,* dachte Glio, *bedeutet es, zu leben.*

Jared war in den Semesterferien mit zwei Freunden nach Montana gefahren. Deirdre, mit der er damals schon seit fast einem Jahr zusammen war, war nicht mitgekommen. Der Gedanke an sie holte ihn aus seiner Versunkenheit. Und das war der Moment, in dem er wusste, dass er sich nicht mehr vollständig fühlte ohne sie. Sobald er wieder in New York war, würde er – Jared, Glio, sie beide – Deirdre bitten, seine Frau zu werden. Dieser Gedanke, dieses Wissen, war einer der glücklichsten Momente in seinem Leben.

Mitten in diesen Augenblick höchstmöglicher Zufriedenheit hinein explodierte ein gellender Schrei in Glios Kopf, oder wäre dort explodiert, wenn Glio einen Kopf gehabt hätte.

***

Während Sherman Kingsborough lautlos in Jared Stones Arbeitszimmer glitt, machte sich Hazel Huck, deren Ortszeit zwei Stunden später betrug, für die Schule fertig. Wie der Großteil ihrer amerikanischen Landsleute hatte sie *Leben und Sterben* geschaut. Und wie der Großteil ihrer amerikanischen Landsleute war sie davon fasziniert.

Nachdem Hazel so viel Energie darauf verwendet hatte, Geld für Jared zu sammeln, fand sie es besonders bewegend, ihn und seine Familie im Fernsehen zu sehen. Er war nicht so, wie sie erwartet hatte, andererseits wusste sie nicht so genau, was sie eigentlich erwartet hatte.

Hazel mochte Jared, Deirdre, Jackie, Megan und Trebuchet. Sie waren eine nette Familie. Besonders gut gefallen hatte ihr Jackies Trotzaktion mit den schwarz lackierten Kameralinsen. Sie war sich sicher, dass sie dasselbe getan hätte, denn wenn sie ehrlich sein sollte, hinterließ irgendetwas an der Realityshow einen üblen Nachgeschmack bei ihr. Jared Stone schien bestens versorgt zu werden, und sie ging davon aus, dass er seiner Familie eine stattliche Summe Geld hinterlassen würde, aber sie hatte den Eindruck, dass so eine Art Ausverkauf mit ihm betrieben wurde, dass es noch eine bessere Möglichkeit geben musste, um zu sterben.

Wenn sie die Familie Stone im Fernsehen sah, beschlich sie jedes Mal das Gefühl, dass sie sie im Stich gelassen hatte. Dass sie etwas tun sollte, um sie zu retten. Aber es war müßig, sich darüber den Kopf zu zerbrechen. Sie hatte es sowieso nicht in der Hand.

Hazel schlüpfte aus ihrer Schlafanzughose, tapste ins Badezimmer und versuchte die Familie Stone aus ihren Gedanken zu verbannen, wenigstens bis zur nächsten Folge am Abend.

***

Während die Tür zu Jareds Arbeitszimmer leise ins Schloss gedrückt wurde, lag Schwester Benedict schlaflos in ihrem Bett. In drei Stunden würden sich ihre Streitkräfte in Bewegung setzen. Mit dem Segen des Kardinals hatte die Schwester eine kleine Armee gottesfürchtiger Mitstreiter zusammengestellt, um vor dem Haus der Stones gegen die groteske Fernsehshow, die dort gedreht wurde, zu protestieren.

Die Schwestern der Ewigen Anbetung wurden von drei anderen ortsansässigen Ordenshäusern unterstützt – die Schwestern der Heiligen Gnade, der Orden der Heiligen Bräute der Umkehr und die Schwestern des gekreuzigten Jesu – sowie von Dutzenden Gemeindemitgliedern. Wenn sie es geschickt anstellte, und wenn der Herr sie mit genügend Medienaufmerksamkeit segnen würde, dann war Schwester Benedict sich sicher, dass ihre Bemühungen sich verselbstständigen und gute und fromme Katholiken aus der ganzen Region anziehen würden.

Schwester Benedict brauchte keinen Schlaf. Sie war durchdrungen von der Macht Gottes.

***

Tausend Meilen weiter südlich saß Ethan Overbee auf seiner Terrasse in Malibu, blickte auf die weißen Schaumkronen der dunklen Wellen, die tosend über den Strand rollten, und schwenkte ein Glas mit dem spanischen Kräuterlikör Hierbas Ibicencas in der Hand. Ethan schlief selten mehr als drei oder vier Stunden pro Nacht, und er wusste, dass er in dieser Nacht wahrscheinlich gar keinen Schlaf finden würde. Er war restlos zufrieden damit, in der kühlen Nachtluft zu sitzen und nachzudenken.

In nur zehn Stunden würde der Vorstand von ATN zusammenkommen. Ethan hatte vor, das politische Kapital zu nutzen, das ihm der Erfolg von *Leben und Sterben* einbrachte, und damit das Ende von Thaddeus St. Claire einzuleiten. Er würde es langsam angehen lassen und dieses erste Meeting dafür nutzen, die Aufmerksamkeit auf Thads Skepsis gegenüber der Show zu lenken. In den darauffolgenden Monaten würde er Thad dann Stück für Stück demontieren und ein Bild von ihm zeichnen, das ihn als Relikt aus den Zeiten der Sitcoms und Dramedies zeigte, als einen, der ausgedient und eine goldene Armbanduhr, eine Abfindung und vielleicht noch eine Kreuzfahrt verdient hatte.

Ethan döste auf seinem Terrassenstuhl ein. Seine Träume von Macht und Reichtum vermischten sich mit dem Meeresrauschen, das ihn in eine schlafähnliche Trance wiegte. Er konnte seinen Namen in den sich unaufhörlich brechenden Wellen hören.

»Ethan … Ethan … Ethan …«

***

Deirdre, Jackie und Megan, die nichts von dem Eindringling in ihrem Haus ahnten, schliefen tief und fest.

***

Sherman Kingsborough lag auf dem Boden von Jareds Arbeitszimmer und umklammerte das Messer. Es war stockdunkel in dem Raum, und Sherman bereute es, keine Nachtsichtbrille mitgenommen zu haben. Er wartete darauf, dass seine Augen sich an die Dunkelheit gewöhnt hatten, aber die Schwärze war schier undurchdringlich.

Dann hörte er jemanden atmen.

Jared Stone.

Sherman kroch langsam auf das Geräusch zu, es klang wie Sirenengesang, der ihn seinem Schicksal zuführte. Das Gefühl der Vorfreude und Aufregung war so intensiv, wie er es sich erhofft hatte. Als würde er noch einmal den Everest besteigen.

Kurz vor dem auf dem Boden liegenden Körper hielt er inne; er war so nah, dass er den Atem an seiner Stirn spüren konnte. Jared schlief offenbar auf dem Rücken, den Kopf zur Seite gedreht. *Sein Atem riecht faulig,* dachte Sherman.

Vorsichtig darauf bedacht, Jared nicht zu berühren und aufzuwecken – so kurz vor dem Ziel wurde ihm klar, dass er es nicht zu einem Kampf kommen lassen wollte –, hob Sherman das Messer über seinen Kopf, schätzte ab, wo Jareds Brust war, hielt erneut inne, um seine Entschlossenheit zu überprüfen, und stieß zu.

Die Klinge drang in sein Opfer ein; Fleisch und Knochen leisteten mehr Widerstand, als Sherman erwartet hatte. Aber er besaß die muskulösen Arme eines dreiundzwanzigjährigen, durchtrainierten jungen Mannes auf Speed, die so kraftvoll zugestoßen hatten, dass sie das Messer bis in den Boden rammten.

In dem Moment, in dem die Klinge in ihrer Vorwärtsbewegung gestoppt wurde und Shermans Arme den Rückstoß auffingen, ertönten zwei Laute, die ihn so aus der Fassung brachten, dass er erstarrte. Der erste war ein erschütterndes, unmenschliches Aufheulen, in dem Schmerz, Verblüffung und Todesqual lagen. Sherman war nicht darauf vorbereitet. Alles in ihm lehnte sich auf und wollte nur noch eines: das Messer herausziehen und die Zeit zurückdrehen. *Ich kann bestimmt die Zeit zurückdrehen,* dachte er. *Ich bin Sherman Kingsborough, verdammt noch mal. Yo, Bitch.* Aber die Kraftausdrücke »verdammt« und »Bitch« hatten jede Aggressivität verloren. Sein Gehirn fügte sogar ein »Stimmt doch, oder?« hinzu.

Der zweite Laut klang verwirrt. »Was ist passiert?«

***

Der neunzehnjährige James Wynn war der Erste, der nach Shermans Angriff das Arbeitszimmer von Jared erreichte. Der Produktionsassistent, der sehr schnell gelernt hatte, dass seine Arbeitsplatzbeschreibung »Du übernimmst jede verdammte Aufgabe, die wir dir geben« lautete, war mit dem diensthabenden Sendeleiter im Übertragungswagen, als er sah, wie Sherman Kingsborough in den stockdunklen Raum glitt.

»Wer zum Teufel ist das?«, sagte der Sendeleiter, ein fünfundzwanzigjähriger Absolvent der University of California, der den Job seinem beim Sender beschäftigten Onkel zu verdanken hatte. Er deutete auf einen Monitor, der das Bild einer mit Nachtsichtfilter ausgestatteten Kamera zeigte.

»Hat der Typ ein Messer?«, murmelte James vor sich hin, als er näher an den Bildschirm heranging.

»Scheiße!«, schrie der Sendeleiter. »Schau nach, was da los ist!« Er griff nach seinem Handy und wählte den Notruf. James, der einen Meter dreiundsiebzig groß war, wuchtete seine zweihundertfünfzig Kilo aus dem Ü-Wagen, ohne darüber nachzudenken, in was er da womöglich hineinlief. Er stürmte über den Rasen durch die Vordertür und war halb die Treppe oben, als er das Heulen hörte. Ihm gefror das Blut in den Adern, aber er schaffte es trotzdem, noch schneller zu laufen. Er erreichte die Tür zum Arbeitszimmer, kurz bevor Deirdre und Megan dort ankamen.

James hielt einen Moment inne und holte tief Luft, dann schob er die Tür auf, tastete nach dem Schalter und machte das Licht an.

Er brauchte einen Augenblick, um das, was er sah, zu verarbeiten. Deirdres Schrei, gefolgt von dem von Megan, beschleunigten den Vorgang. Er hörte, wie Mrs Stone ihre Tochter auf den Gang hinausschob.

Dort, in der Mitte des Arbeitszimmers, saßen Sherman Kingsborough und Jared Stone auf dem Boden und hoben beide die Hände vors Gesicht, um ihre Augen vor der plötzlichen Helligkeit abzuschirmen. Und links von Sherman sah er Trebuchet, der in einer Blutlache lag und seine letzten Atemzüge tat.

»Was ist passiert?«, fragte Jared noch einmal. Er griff sich an die Schläfen und rollte sich zur Seite.

James war, genau wie Sherman, sprachlos.

Trebuchet gab ein letztes Wimmern von sich, bevor er sein Leben aushauchte. Dann wurden aus der Ferne Polizeisirenen laut.

Vierter Teil

Hausarrest

(Dienstag, 13. Oktober)

Maxim Andreevich Vasilcinov mochte Jackie Stone. Er mochte sie sehr. Um genau zu sein, war sie die einzige Freundin, die er hatte.

Max war der pummelige, picklige Sohn und das einzige Kind einer alleinerziehenden Mutter. Das Foto für sein Facebook-Profil hatte er im Netz gefunden – ein Ergebnis seiner Recherche nach »süße Jungs« – und heruntergeladen. Er hatte bisher noch nicht einmal die Hand eines Mädchens gehalten, und er war nicht sonderlich gut in Sport; nichts an der Person, die er Jackie präsentierte, war echt.

Als Max das erste Mal von dem Social-Media-Austauschprogramm hörte, hatte er frustriert geseufzt und gedacht: *Dann kann ich mich ja bald auf zwei Kontinenten von anderen Kids verspotten lassen*. Als er seiner Mutter sagte, dass er nicht mitmachen wolle, hob sie sein Kinn an und sah ihm fest in die Augen. »Solnischko«, sagte sie, »vielleicht ist das eine gute Sache. Vielleicht ist das eine Chance, neu anzufangen und die Person zu sein, die du gern sein würdest.«

Es war, als würden sich die Wolken über Max' kantigem Kopf lichten, und er nahm sich den Rat zu Herzen.

Er kaufte sich ein kleines Heftchen, auf dessen Seiten er den neuen Max Vasilcinov entwarf: ein hübscher und beliebter Junge aus einer intakten Familie. Der Vater arbeitete für das Bildungsministerium, die Mutter blieb zu Hause, um sich um ihn und seine jüngere Schwester Sasha zu kümmern. Er hatte in der Schule viele Freunde und war dort einer der schnellsten Läufer. Er brachte sich auf einer alten E-Gitarre, die sein Vater in einem Secondhandladen gekauft hatte, selbst das Spielen bei. Am liebsten spielte er Songs von Green Day und Nirvana. Und er hatte in seinem Leben schon drei Mädchen geküsst.

Es war alles gelogen.

Je tiefer Max in seine imaginäre Welt eintauchte, desto mehr verinnerlichte er den erfundenen Max, bis er für ihn fast schon real war. Seinen Mitschülern fiel nicht auf, dass der Gang des alten Max' ein bisschen aufrechter und beschwingter geworden war, seit es den neuen Max gab. Für sie würde er immer »malo mudak« bleiben, was so viel wie *kleiner Fettarsch* bedeutete. Aber das war ihm egal, oder es machte ihm zumindest nicht mehr so viel aus wie früher.

Als schließlich der Tag kam, an dem er seinen neuen Facebook-Freund kennenlernen sollte, war er bereit. Max hatte jedes Detail seines neuen Lebens abgespeichert und verschiedene Formulierungen geübt, er würde mutig und draufgängerisch und all das sein, was das echte Leben aus ihm herausgeprügelt hatte. Seine Lehrerin, eine polnische Immigrantin namens Miss Loskywitz, verlor kein Wort darüber, als sie sah, dass Max nicht sein eigenes Bild für sein Profil benutzte. Sie fand, dass er ein netter Junge war, der eine Chance verdient hatte.

Max hielt Jackie für einen Jungen, als sie sich das erste Mal online trafen. (Jackies Profilbild war ein Foto von Trebuchet.) Als ihm klar wurde, dass Jackie ein Mädchen war, glaubte er, dass alles umsonst gewesen sei. Davon abgesehen, dass er sein erfundenes Leben auf einen amerikanischen Jungen zugeschnitten hatte, hatte er nicht die leiseste Ahnung, wie er überhaupt mit einem Mädchen reden sollte.

Aber das spielte keine Rolle. Weil Jackie es ihm einfach machte. Weil mit ihr alles einfach war.

Schon bald erzählte Max ihr von seiner Leidenschaft für Filme und von den großen Regisseuren, die er verehrte und über die er alles verschlang, angefangen bei dem sowjetischen Filmemacher Sergei Eisenstein und seinem Stummfilm *Panzerkreuzer Potemkin* bis hin zu den Werken von David Fincher. Seine Mutter hatte ihm sogar eine billige Videokamera zu seinem vierzehnten Geburtstag geschenkt, und Max verbrachte die meisten Abende damit, Sequenzen aus Videoportalen hochzuladen und mithilfe der Raubkopie einer Videoschnittsoftware zu bearbeiten. Sein größter Traum war es, eines Tages nach Los Angeles, New York oder London auszuwandern und Filme zu machen. Die Facebook-Freundschaft zu einem amerikanischen Mädchen – besonders zu einem so netten Mädchen wie Jackie – schien ein guter erster Schritt zu sein.

Mittlerweile war Max klar, dass Jackie in ihrem Leben genauso unglücklich war wie er in seinem. Er war sogar kurz davor gewesen, ihr die Wahrheit über sich zu erzählen, hatte es dann aber doch nicht gekonnt. Er hatte einfach zu viel in den neuen Max investiert. Außerdem hatte er das Gefühl, dass Jackie vielleicht jemanden wie den neuen Max in ihrem Leben brauchte. Sie verdiente etwas Besseres als den echten Max.

Er wollte es zwar nicht zugeben, aber Max hatte sich rettungslos in seine neue Brieffreundin verliebt.

***

Jackie träumte von Max, als Megans Schrei sie aufweckte. Reflexartig sprang sie aus dem Bett und lief zur Tür, aber als sie schon die Hand auf der Türklinke hatte, hielt irgendein tief aus ihren Eingeweiden kommendes Gefühl sie plötzlich zurück. Keuchend und mit panisch klopfendem Herzen stand sie da.

Geh nicht weiter, befahl ihr ihr Gehirn, *bleib hier.*

Sie hörte den Tumult am Ende des Flurs, wo das Arbeitszimmer ihres Vaters lag, die laut und hysterisch durcheinanderredenden Stimmen.

Bleib hier.

Sie ging zu ihrem Bett zurück, setzte sich auf die Kante und faltete die Hände im Schoß. Was immer dort draußen vor sich ging, würde schon von allein den Weg zu ihr finden.

Jackie, die anderthalb Jahre älter war als Trebuchet, fühlte sich wie die große Schwester des Labradors. Zu ihren allerersten Erinnerungen gehörten die, wie sie Trebuchet streichelte und die Finger tief in seinem Fell vergrub und daran zerrte, während er geduldig stillhielt, sich nie dagegen wehrte, knurrte oder nach ihr schnappte.

Die beiden wuchsen zusammen auf, und es entstand eine dieser einzigarten Verbindungen zwischen ihnen, wie es sie nur zwischen einem Menschen – oder in diesem Fall, einem kleinen Mädchen – und einem Hund gibt. Sobald sie alt genug war, begleitete Jackie Jared und Trebuchet auf ihren täglichen Spaziergängen, bei denen ihr Vater sie die Leine halten ließ und der Hund wusste, wann er nicht so stark ziehen durfte.

Es klopfte leise an die Tür.

Jackie murmelte ein kaum hörbares »Ist offen« und Megan steckte den Kopf herein. Jackie sah die Angst, die in den Augen ihrer Schwester stand, sagte aber kein Wort.

Megan trat ins Zimmer, schloss die Tür hinter sich und setzte sich neben sie. Im Gegensatz zu Jackies Händen, die völlig reglos waren, konnte Megan ihre nicht stillhalten.

Die besondere Beziehung, die Jackie und Trebuchet hatten, hatte immer gemischte Gefühle in ihr ausgelöst. Zum einen war sie eifersüchtig gewesen, weil der Hund nicht sie auserkoren hatte, zum anderen erleichtert, weil sie nicht glaubte, dass sie mit der Verantwortung klargekommen wäre, die so eine bedingungslose Zuneigung mit sich brachte.

Wenn sie sah, wie der Hund morgens vor Jackies Tür saß und geduldig darauf wartete, dass sie aufwachte, schüttelte sie meist verwundert den Kopf, und auch wenn sie die Verbundenheit der beiden nicht bis ins Letzte verstand, wollte sie ihre Schwester unbedingt vor dem Anblick im Arbeitszimmer ihres Vaters bewahren. Die Wahrheit konnte sie ihr jedoch nicht ersparen.

»Es ist … jemand bei uns … eingebrochen«, stammelte Megan und suchte nach den richtigen Worten. Sie wirkte durcheinander; aus ihrem Gesicht war alle Farbe gewichen.

»Was ist passiert?« Jackies Stimme war tonlos. Sie atmete tief ein, dann fragte sie: »Ist etwas mit Daddy?«

»Nein, mit Trey«, sagte Megan.

***

Nachdem Trebuchet weggebracht und Sherman in Handschellen abgeführt worden war, nachdem die ganzen anderen Leute endlich Jareds Arbeitszimmer verlassen hatten, waren er und Deirdre allein.

»Was ist hier eigentlich gerade passiert?«, fragte er verwirrt.

»Kannst du dich nicht erinnern?«, entgegnete Deirdre besorgt.

»Doch, Dee, aber das, woran ich mich erinnere, kann nicht wirklich passiert sein.«

»Es ist passiert, Jare.«

»Sherman Kingsborough, der milliardenschwere Erbe, ist in unser Haus eingebrochen, um unseren Hund zu töten?«

»Nein, Schatz, Sherman Kingsborough, der milliardenschwere Erbe, ist in unser Haus eingebrochen, um dich zu töten. Er hat Trebuchet im Dunkeln mit dir verwechselt.«

Jared wusste nicht, was er sagen sollte.

»Die Polizei meinte, dass er der Typ ist, der dir auf eBay diese Nachricht geschickt hat und wissen wollte, wie fit du körperlich noch bist«, fügte sie hinzu.

»Hm«, machte Jared nur.

»Wie geht es deinem Kopf?«

»Er hat einen Gehirntumor.«

Deirdre warf ihm einen Blick von der Seite zu.

»War nur ein Witz. Sorry. Es geht ihm besser, seit alle weg sind. Die Ärztin hat gesagt, dass es sich bei Stress verschlimmert.«

Deirdre nahm Jareds Hand. »Das ist das erste Mal seit Wochen, dass du einen Witz gemacht hast.«

»Im Ernst?«

»Im Ernst.«

»Und was jetzt?«, fragte er.

»Ich weiß es nicht. Die Produktionsleitung hat gesagt, dass sie ein paar Tage warten wollen, bevor sie die nächste Folge senden.«

»Wo sind die Mädchen?«

»In Jackies Zimmer.«

»Haben sie gesehen, was passiert ist?«

»Megan, ja.«

Jared nickte. Er stand auf, verlor aber sofort das Gleichgewicht und kippte um.

»Vorsicht«, sagte Deirdre und half ihm auf den Futon. »Jare?«

»Ich bin okay. Ich glaube, ich muss mich nur ein bisschen ausruhen.« Er ließ den Kopf ins Kissen sinken und schloss die Augen.

Deirdre wandte sich zum Gehen.

»Dee?«, sagte er, ohne die Augen zu öffnen.

»Ja?«

»Es tut mir leid.«

»Was tut dir leid?«

»Alles.«

***

In der Regel blieb Hazel Huck in der Schule für sich. Ihre engsten Freunde aus dem Mathe-Club, dem Schach-Club und dem Leistungskurs Europäische Geschichte waren im Grund nicht mehr als gute Bekannte. Sie *besuchte* die Schule. Sie *besuchte* den Unterricht. Aber sie lebte in Azeroth.

»Das mit dem Mann tut mir echt leid, Hazel.« Paula Lake war ein nettes Mädchen mit schlimmer Akne und Mundgeruch, das keinerlei gesellschaftliche Umgangsformen besaß. Sie spuckte die Worte Hazel mehr oder weniger vor die Füße, als sie sich zwischen der sechsten und siebten Stunde im Flur begegneten.

Hazel hatte keine Ahnung, wovon sie redete, aber weil Paula so oft fertiggemacht wurde, nickte Hazel lächelnd.

»Ich weiß, wie sehr du dich dafür eingesetzt hast, Geld für ihn zu sammeln und sein Leben zu retten. Ich bin ein Magier aus Level zwanzig, und ich hab überall die »Rettet Jared«-Shirts gesehen. Irgendwann hab ich dann mitgekriegt, dass das deine Idee war, und wollte dir schon länger mal sagen, wie cool ich das finde.«

»Danke«, sagte Hazel zurückhaltend. »Wir haben unser Bestes gegeben, aber für ihn ist es wahrscheinlich trotzdem ganz gut ausgegangen. Der Fernsehsender zahlt ihm bestimmt sehr viel mehr Geld. Ich bin mir sicher, dass er mit allem versorgt wird, was er braucht.«

»Hast du denn nicht mitgekriegt, was passiert ist?«, fragte Paula.

»Was meinst du?«

»Oh, krass.« Paula gab ein kurzes Schnauben von sich. Dann erzählte sie ihr, was vorige Nacht geschehen war, und redete dabei so schnell, dass Hazel kaum mitkam.

Es dauerte einen Moment, bis Hazel das Gehörte verarbeitet hatte. Die Nachricht traf sie wie ein Schlag ins Gesicht. Da sie Hunde so sehr liebte, ging ihr Trebuchets Schicksal besonders nah. Sie bedankte sich bei Paula, machte ihr Schließfach zu und ging nach Hause. Dreißig Minuten später war sie in Azeroth.

***

Schwester Benedict stand in aller Herrgottsfrühe auf und verrichtete ihre übliche Morgenroutine – auf die Toilette gehen, Zähne putzen, Haare kämmen, anziehen. Sie hatte am Abend davor ein Bad genommen und fühlte sich nun durch und durch gereinigt und bereit, den Kampf aufzunehmen.

Ihre Novizinnen, die spürten, wie wichtig dieser Tag für die Mutter Oberin war, versammelten sich im Innenhof des Konvents und traten nervös von einem Bein aufs andere, ein paar von den jüngeren flüsterten und kicherten. Die meisten waren noch keine dreiundzwanzig Jahre alt, und da sie sich vom Rest der Gesellschaft und ihren weltlichen Verlockungen fernhielten, wirkten sie sehr viel jünger und ähnelten eher einer Schar katholischer Schülerinnen als streng gläubigen Schwestern der Ewigen Anbetung.

Schwester Benedict schritt so forsch in die Morgensonne

hinaus wie General George S. Patton und hielt sich so aufrecht, dass sie förmlich über den Innenhof zu gleiten schien.

Was für ein herrlicher Tag, dachte sie, und sie hatte recht. Wie es für das Wetter in Portland typisch war, machte es genau das Gegenteil von dem, was vorhergesagt wurde. Laut Wetterbericht hätte es kühl werden und regnen sollen, aber statt Niederschläge zu bringen, hatte der Wind einen strahlend blauen Himmel mit weißen Schäfchenwolken und einer leichten Brise hinterlassen.

»Also, Mädchen«, rief sie gebieterisch. »Was wird heute unsere Aufgabe sein?«

»Ein Leben retten«, antworteten sie im Chor, wobei ihre Begeisterung nicht so richtig durchklingen wollte.

»Also bitte«, entgegnete Schwester Benedict. »Noch mal: Was wird heute unsere Aufgabe sein?«

»Ein Leben retten«, wiederholten die Novizinnen, diesmal mit deutlich mehr Schwung.

»Schon besser. Und jetzt reiht euch auf.«

Die Mädchen stellten sich gehorsam ihrer Größe nach auf – die kleinsten vorne, die größten hinten – und versuchten genauso stramm und aufrecht zu stehen wie ihre Anführerin. Dann warteten sie.

Schwester Benedict schaute immer wieder auf ihre hässliche, klobige Armbanduhr, die eindeutig nicht als Schmuck angeschafft worden war, sondern lediglich, um ihren Zweck zu erfüllen, und die ihr Handgelenk noch männlicher wirken ließ, als es sowieso schon war. Der Bus, den sie für die Fahrt zum Haus der Stones organisiert hatte, war spät dran. Es brachte ihr Blut zum Kochen.

»Pünktlichkeit«, sagte sie und drehte sich zu den Mädchen in der ersten Reihe um, »kommt gleich nach Sauberkeit, und wir wissen auch, was direkt davor kommt, nicht wahr?«

»Gottesfurcht«, antworteten ein paar von ihnen halbherzig. Schwester Benedict ging kopfschüttelnd davon. Der Morgen entwickelte sich nicht so glorreich, wie sie es sich vorgestellt hatte.

Sie kehrte ins Ordenshaus zurück, um den Busfahrer anzurufen, einen gottesfürchtigen Mann mit einem eigenen Limousinen-Unternehmen, der die Schwestern oft umsonst irgendwohin fuhr.

»Mr Jenkins«, Schwester Benedict spuckte die Worte förmlich ins Telefon, »sosehr ich Ihre Bereitschaft, uns einen Bus zu Verfügung zu stellen, auch als einen Akt der Nächstenliebe und Großzügigkeit ansehe, entschuldigt es nicht die Tatsache, dass Sie bereits über fünfzehn Minuten zu spät sind.

»Tut mir leid, Schwester«, antwortete Mr Jenkins. »Aber ich dachte, Sie wüssten Bescheid.«

»Worüber?«

»Die Straße, in der die Familie Stone wohnt, ist komplett abgeriegelt worden.«

»Wie bitte?«

»Es ist überall in den Nachrichten. Jemand ist in Mr Stones Haus eingebrochen und hat seinen Hund getötet. Die Serie wird vorläufig abgesetzt.«

***

Jackie hörte reglos zu, als ihre Schwester ihr von dem Mord an Trebuchet berichtete. Megan erzählte ihr alles, was sie gesehen und gehört hatte, aber es war so viel, dass Jackie es nicht verarbeiten konnte.

»Bist du okay?«, fragte Megan so zaghaft, dass es kaum zu hören war. Sie hatte damit gerechnet, dass ihre große Schwester in Tränen ausbrechen oder schreien oder sonst irgendetwas tun würde. Stattdessen saß Jackie bloß da wie ein Baum in einer windstillen Nacht. Was für Megan noch viel schlimmer war.

»Weiß nicht«, sagte Jackie tonlos.

»Ich hab Angst, Jax.«

Als Jackie den Blick hob und Megan anschaute, sah sie ihre Schwester als das, was sie war: Ein dreizehnjähriges Mädchen, deren Leben genauso schnell zusammenbrach wie ihr eigenes. Es löste Jackies Beschützerinstinkt aus, so wie damals, als sie noch klein waren.

»Ich weiß, Meg, ich auch.«

»Was passiert jetzt? Und was passiert mit Daddy?« Jackie wusste, dass sie und Megan am Morgen wieder zu ihrer gewohnten Rollenverteilung – sie die Unterwürfige, Megan die Dominante – zurückkehren würden, aber jetzt musste sie für ihre kleine Schwester da sein.

»Es tut mir so leid, Meg«, Jackie nahm Megans Hand und schaute ihr in die Augen, »aber Daddy ist … Daddy wird …«

Megan nickte. »Ich weiß«, flüsterte sie, »aber wie schnell?«

»Ich weiß es nicht.« Jackie schwieg einen Moment und dachte darüber nach, wie sehr ihr Vater sich verändert hatte. Nicht nur was seine Vergesslichkeit anging, sondern auch körperlich. Er hatte so viel abgenommen und seine Haut wirkte fast grau. Er fing an, wie ein Geist auszusehen. »Bald, glaube ich.«

Die beiden Schwestern blieben noch lange so sitzen und redeten über alles, was passiert war und was es mit ihrem Leben machte, bis sie irgendwann in Jackies Bett einschliefen.

Jackie hatte seltsame Träume von mittelalterlichen Kämpfern, die Drachen töteten, die sich in schwarze Labradore verwandelten, deren Brustkörbe von flammenden Schwertern durchbohrt waren. Als sie aufwachte, drang Licht durch die Schlitze der Jalousien und malte ein Fernsehtestbildmuster auf ihre Decke.

Megan war weg. Wahrscheinlich unten bei ihren Eltern. Jackie wusste, sie sollte ebenfalls nach unten gehen und nach ihrem Vater schauen und herausfinden, was passiert war, aber sie war noch nicht bereit dafür.

Sie griff nach ihrem Handy und rief Facebook auf. Das Erste, was sie dort sah, war ein Bild von Trebuchet, der im Arbeitszimmer ihres Vaters in einer Blutlache lag, und ihr Dad saß hinter ihm auf dem Boden und presste sich die Handflächen an die Schläfen. Das Foto war von einem der Entertainment-Blogs gepostet worden, die Jackie verfolgte.

Sie fing an zu schreien und ließ das Handy fallen.

»Jax?«, fragte ihr Vater einen Moment später und klopfte an die Tür. »Alles okay? Kann ich reinkommen?«

Jackie schaffte es nicht, ihn jetzt zu sehen. Sie räusperte sich und wollte ihm gerade irgendeine Ausrede zurufen, als er die Tür öffnete und hereinkam.

»Hey, Snowflake«, sagte er. »Ist alles okay?«

Jackie liebte es, dass ihr Vater sie immer noch Snowflake nannte. Der Kosename war bei einem Skiurlaub im Kaskadengebirge entstanden, als sie sechs war.

»Aber ich falle bestimmt hin und tu mir weh«, hatte sie zu ihren Eltern gesagt, während ihre Mutter ihr die dicken, unförmigen Stiefel zugebunden hatte. Allein die Vorstellung, auf Skier zu steigen, hatte Panik in ihr ausgelöst.

»Und was glaubst du, wem das mehr wehtut, dir oder den Schneeflocken, Snowflake?«, entgegnete ihr Vater. Jackie musste kichern, also sagte es Jared noch mal und brachte sie noch mehr zum Kichern. Sie wollte immer noch nicht auf die Skier, aber ihr Vater nannte sie weiter Snowflake, bis ihr Widerstand schließlich schmolz und sie es versuchte.

»Daddy«, sagte Jackie jetzt und zeigte zu den Kameras, »lieber nicht.«

Jared schaute auf seine Hände hinunter, als würde er die verzweigten Linien in seinen Handflächen studieren, als wartete er darauf, dass sie etwas sagten.

Das Schweigen machte die Anspannung deutlich, die sich zwischen Vater und Tochter aufgebaut hatte und die es zuvor nie gegeben hatte. Jackie hätte sich am liebsten in seine Arme geworfen, den Kopf an seiner Brust vergraben und ihm ihr Herz ausgeschüttet. Sie wollte ihm sagen, wie sehr sie die Realityshow und Ethan Overbee hasste; sie wollte ihm von Max erzählen und dass sie und Megan die ganze Nacht geredet hatten; sie wollte ihm sagen, wie leid es ihr wegen Trebuchet tat. Aber vor allem wollte sie ihm sagen, wie traurig sie war, dass er Krebs hatte, und wie viel Angst ihr das machte.

Aber sie konnte es nicht. Niemals. Nicht wenn sie dabei beobachtet wurden.

»Nur weil hier Kameras sind, Liebes«, sagte ihr Vater, als könnte er ihre Gedanken lesen, »bedeutet das nicht, dass wir nicht reden können.« Jackie wollte ihm glauben, sie wollte nichts mehr, als ihm zu glauben. »Die TV-Show und der, der ...«

Jackie war sich nicht sicher, ob ihr Vater es nicht über sich brachte, das Wort auszusprechen, oder ob er sich nicht daran erinnern konnte. »Krebs«, sagte sie. »Der Krebs.«

»Ja, der Krebs. Diese Dinge bedeuten nicht, dass wir nicht mehr Snowflake und Daddy-Man sind ...«

»... bereit, das Universum zu retten«, beendete Jackie den Satz gemeinsam mit ihrem Vater. Es war ihr kleiner Running Gag.

Ihr Vater sah sie lächelnd an und mehr brauchte es nicht. Jackie schmiegte sich in seine Arme und hielt ihn so fest, als wollte sie ihn nie wieder loslassen. Vor ihrem inneren Auge sah sie, wie sie ihren Vater an sich presste. Dann holte ihr Gehirn einen Fernsehbildschirm dazu. Sie ließ ihn los. Die Anwesenheit der Kameras war einfach zu übermächtig.

»Es tut mir leid, Daddy, alles. Aber ich will nicht, dass sie uns so sehen.« Sie hielt den Blick auf ihren Vater gerichtet.

Er wirkte einen Moment verwirrt, dann seufzte er tief. »Du hast recht.« Jared schaute zu der Kamera in Jackies Zimmer hoch und tätschelte ihr Knie. »Komm runter, wann immer du so weit bist. Ich mache dir Frühstück.« Jackie griff nach dem Arm ihres Vaters und küsste ihn auf die Wange.

***

Glio schaute zu, wie Jared und die sechsjährige Jackie Superhelden spielten. Die Erinnerung war von einem diffusen Gefühl des Bedauerns durchzogen, dass Jared und Deirdre nur Töchter aufzogen, und den Hauch eines schlechten Gewissens, dass Jared in seiner Sehnsucht nach einem Sohn einen kleinen Wildfang aus Jackie gemacht hatte. Aber die Empfindungen waren flüchtig, so wie die vage Andeutung eines Klaviers in einem überproduzierten Popsong.

Jared und Jackie hatten alle Polster und Kissen von der großen schokoladenfarbenen Samtcouch im Wohnzimmer genommen und daraus eine Burg gebaut. Jared war gerade dabei, unter Jackies Anweisungen ein Dach aus Wolldecken zu spannen, und robbte anschließend bäuchlings aus der Kissenburg.

Im Zimmer nebenan hörte Glio Megan spielen; sie unterhielt sich mit einer imaginären Freundin, die anscheinend eine Prinzessin war. Jared hörte sie auch, und Glio spürte den schuldbewussten Stich, den es Jared versetzte, dass er sich nicht genügend mit seiner jüngeren Tochter beschäftigte. Erstaunt beobachtete er, wie sein Wirt das Gefühl in einer Art mentalen Wiedervorlagemappe ablegte, so wie wenn man einen Ordner ins Regal stellt, wohl wissend, dass man ihn später wieder hervorholen sollte, die Angelegenheit aber nicht so wichtig findet, dass man sich später auch tatsächlich daran erinnert, es zu tun.

»Und jetzt, Snowflake?«, fragte Jared.

»Jetzt müssen wir die bösen Männer aufhalten«, flüsterte Jackie. »Sie sind genau vor der Burg. Erst sind sie abgehaut, aber als wir hier rein sind, sind sie zurückgekommen.«

»Erst sind sie abgehau*en*«, korrigierte Jared.

»Sie sind abgehauen und dann zurückgekommen!« Glio sah, wie Jared ehrfurchtsvoll über die blühende Vorstellungskraft seiner Tochter staunte, und bekam zum ersten Mal eine Ahnung von der enormen Tragweite des Verlustes, der der Familie Stone bevorstand. Aber als Jared sein eigenes schlechtes Gewissen beiseiteschob, folgte Glio seinem Beispiel.

»Dann sind wir also so was wie Superhelden?«, raunte Jared, der vollkommen in dem Spiel aufging.

»Ja! Wir sind Superhelden!«, flüsterte Jackie begeistert.

»Wie heißen wir?«

»Du bist … du bist … du bist Daddy-Man!« Glio wurde von einer warmen Flut des Hormons Oxytocin durchdrungen. Es fühlte sich wunderbar an und er wollte unbedingt mehr davon.

»Das gefällt mir«, flüsterte Jared. »Und wer bist du? Jackie-Girl?«

»Nein, du Dummie«, antwortete sie leise kichernd. »Ich bin Snowflake! S-N-O-W-F-L-A-K-E.« Jackie hatte gerade erst gelernt, das Wort zu buchstabieren, und seitdem tat sie es jedes Mal, wenn sie es laut aussprach. Glio bekam den nächsten Schuss Oxytocin.

Er erkannte, dass dies eine von Jareds kostbarsten Erinnerungen war. Immer wenn sein Wirt sie hervorrief, löste sie Freude, Wärme und Geborgenheit aus. Glio hatte fast ein schlechtes Gewissen, als er jedes kleinste Fitzelchen davon seiner stetig wachsenden Masse einverleibte.

***

Ethan Overbee zog ein ungläubiges Gesicht, als der Vorsitzende des Aufsichtsrats von ATN ihm einen Anpfiff erteilte, der sich gewaschen hatte. Thaddeus St. Claire saß links des Vorsitzenden und schüttelte besorgt den gebeugten Kopf. Das Versagen seines Schützlings schmerzte ihn.

Der gottverdammte Heuchler, dachte Ethan. *Sollen wir vielleicht alle glauben, dass er nichts damit zu tun hatte?*

ATN hatte nach dem Public-Relations-Debakel, den der Mord an Jared Stones Hund darstellte, eine ordentliche Medienschelte über sich ergehen lassen müssen, und der Aufsichtsrat ließ seinen Unmut darüber an Ethan aus.

»Wir müssen dafür den Kopf hinhalten, Overbee«, sagte der Vorsitzende, »und ich höre schon, wie die ganzen Aasgeier da draußen sich zum Festmahl versammeln. Wie zum Teufel konnte dieser Mann in Mr Stones Haus gelangen? Wo war die Security?«

»Das war nicht irgendein Mann, Roger.« Ethan war der einzige Mitarbeiter im ganzen Sender, der den Vorsitzenden bei seinem Vornamen nannte. Alle anderen sprachen ihn mit Mr Stern oder einfach »Sir« an. Ethan hatte von Anfang an das Gefühl gehabt, es sei wichtig, sich auf Augenhöhe zu positionieren, und Roger Stern, ein siebenundfünfzigjähriger, für Magengeschwüre anfälliger, übergewichtiger, ständig schlecht gelaunter Choleriker (von seinen Untergebenen nur Jabba der Strenge genannt), tolerierte es. »Wir sprechen hier von Sherman Kingsborough. Denken Sie nur an die Publicity.«

»Die Publicity?«, wiederholte Stern fassungslos.

»Wenn wir morgen Abend wieder auf Sendung gehen,

wird jeder Mensch in Amerika einschalten. *Leben und Sterben* wird die Realityshow mit den höchsten Einschaltquoten in der Geschichte des …«

»Wir werden morgen nicht wieder auf Sendung gehen, Ethan.« Thad St. Claires Stimme war sanft, aber bestimmt.

»Wie bitte?«

»Sie haben richtig gehört, Overbee«, sagte Stern. »Wir müssen die Show ein paar Tage absetzen, damit die Familie um ihren Hund trauern und Amerika Luft holen kann. Mir wurde heute von drei verschiedenen Geschäftsführern mitgeteilt, dass ihre Werbespots erst wieder gesendet werden dürfen, wenn der Aufruhr sich gelegt hat.«

Ethan atmete erleichtert auf. Einen Moment lang hatte er befürchtet, der Aufsichtsrat wolle die Show komplett absetzen.

»Okay, Roger«, begann Ethan erneut, vorsichtig darauf bedacht, den Vorsitzenden direkt anzusprechen und nicht Thad. »Ich verstehe. Aber lassen Sie uns wenigstens einige Interviews mit der Familie führen. Wir brauchen Filmmaterial über den Vorfall, wenn wir wieder auf Sendung gehen.«

Stern sah Thad an, der zustimmend nickte. Es verletzte Ethan mehr als alles andere. Er hatte das Ruder nicht länger in der Hand, falls es überhaupt je so gewesen war.

»Ach so, und, Ethan?« Stern beugte sich vor.

»Ja, Roger?« Selbst Ethan schrumpfte unter dem finsteren Blick des Tycoons etwas zusammen.

»Sorgen Sie dafür, dass so eine Scheiße nicht noch mal passiert.«

Ethan nickte und vermerkte in Gedanken, dass wahrhaft

mächtige Menschen es nicht nötig hatten, ihrer Drohung ein »sonst« hinzuzufügen.

***

Nachdem ihr Vater gegangen war, holte Jackie ihr Handy wieder hervor, ignorierte den Newsfeed auf Facebook und klickte sofort auf das Chatfenster. Max wartete schon auf sie.

Max:	Solnischko, es tut mir so leid. Ich weiß nicht, was ich sagen soll.

Max wusste also schon, was passiert war, aber es überraschte Jackie nicht.

Jackie:	Wie hast du es erfahren?
Max:	Es steht überall im Internet.
Jackie:	Das war ja klar. Hätte mich auch gewundert, wenn nicht.
Max:	Solnischko, sage ich etwas Falsches?

Bis zu diesem Moment hatte Jackie sich völlig erschlagen gefühlt. Aber jetzt kroch an den Rändern ihrer Resignation Wut hoch.

Jackie:	Nein, Max. Es liegt nicht an dir. Das ist nur alles ein bisschen viel.
Max:	Wie lange wird die Sendung abgesetzt?
Jackie:	Was?

Abgesetzt? Das war Jackie neu.

Max: Im Internet steht, dass *Leben und Sterben* »auf Eis gelegt wird«. Ich musste nachschlagen.

Jackie: Max, ich hab mein Zimmer nicht verlassen, seit es passiert ist. Du weißt also mehr als ich. Was steht noch dort?

Max: Du möchtest es wissen?

Jackie: Ja.

Max: Der Mann, der das hat deinem Hund angetan, ist ein sehr reicher Mann. Milliardär. Sherman Kingsborough. Ich habe den Namen schon mal gehört.

Jackie hatte den Namen auch schon mal gehört, aber sie wusste nicht viel über ihn. Irgendetwas von wegen auf den Mount Everest geklettert und in irgendeinem asiatischen Land Ärger mit der Polizei gehabt.

Jackie: Ich habe die ganze Sache so satt, diese ganze blöde TV-Show. Ich wünschte, es wäre einfach Schluss damit.

Es entstand eine weitere lange Pause. Jackie, die an Trebuchet dachte, starrte bloß auf den Bildschirm und hoffte, Max würde etwas sagen, damit sie sich besser fühlte.

Max: Sag mir, Solnischko, bist du nicht gern im Fernsehen?

Jackie: Nein.

Max: Aber will nicht jeder in Amerika ins Fernsehen?

Jackie: Nicht jeder, Max. Aber darum geht es nicht. Sondern um diese Show. Sie ist schrecklich. Die schneiden alles so zusammen, dass mein Dad noch verwirrter wirkt, als er in Wirklichkeit ist, und … und in der Schule ist es seitdem die Hölle. Ich wünschte, ich wäre tot.

Max: Nein, Solnischko, du darfst nicht sagen so etwas. Nie wieder.

Jackie bedauerte sofort, was sie gesagt hatte. Sie wollte, dass Max sie mochte, aber irgendwie schaffte sie es, alles dafür zu tun, nicht gemocht zu werden.

Jackie: Du hast recht. Tut mir leid.

Max: Nein. Du musst mir versprechen. Du musst sagen: »Max, ich verspreche, dass ich nie wieder sage so etwas.«

Jackie: Okay, Max. Ich verspreche es.

Max: Gut. Das ist sehr gut.

Jackie: Aber das hilft mir nicht. Ich stecke immer noch hier fest.

Max: Wenn du ihre Show nicht magst, du machst deine eigene.

Jackie: Wie meinst du das?

Max hatte das eigentlich gar nicht schreiben wollen, aber jetzt, wo er es getan hatte, nahm eine Idee in seinem Kopf Gestalt an, eine teuflische Idee, die Jackie helfen und sie beide einander noch näherbringen würde.

Jackie spürte förmlich, wie seine achttausend Meilen entfernten Finger über die Tasten rasten. Sie konnte spüren, wie seine Aufregung wuchs, und wurde selbst ganz aufgeregt.

Als sie ihren Chat beendeten, hatte das Schicksal eine unerwartete Wendung genommen, und Jackie ertappte sich tatsächlich dabei, wie sie lächelte.

***

Sherman Kingsborough wachte im Gefängnis auf und musste sich erst einmal orientieren. Er war der einzige Insasse einer kleinen Zelle mit einer Pritsche, einem Waschbecken und einer Toilette. Er konnte sich nicht erinnern, wohin er gebracht worden war oder wie er dort gelandet war. Dieses Gefühl war dem jungen Milliardär nicht fremd. Das Einzige, was er mit Sicherheit wusste, war, dass seine Blase gleich platzte.

Nachdem er sich erleichtert und ein bisschen Wasser ins Gesicht gespritzt hatte, setzte Sherman sich auf die Pritsche und rekonstruierte die Ereignisse des vergangenen Abends. Jedes Mal, wenn er den armen Hund vor sich sah – er hatte immer noch sein gequältes Jaulen im Ohr –, stieg in seiner Kehle Galle auf. Sherman mochte Hunde. Er mochte sie sehr.

In gewisser Weise war er froh, dass er Jared Stone nicht getötet hatte. Und er war froh, dass er im Gefängnis saß. Der Albtraum, zu dem seine mörderische Mission geworden war, hatte endlich ein Ende. Er verglich die Erfahrung mit dem, was unter Bodybuildern »Roid Rage« genannt wurde – eine gesteigerte Aggressivität, die durch den Missbrauch von Anabolika hervorgerufen wird. Nur dass Sherman keine Anabolika nahm. Er wusste nicht genau, was er von der ganzen Sache halten sollte, aber wenigstens war es vorbei.

Er erinnerte sich vage daran, mit einem Bezirksstaatsanwalt und einem Verteidiger gesprochen zu haben, bevor er in die Zelle gesteckt worden war. Er wusste, dass er wegen versuchten Mordes, Einbruch, Hausfriedensbruch und Tierquälerei angeklagt wurde. Und dass der Staatsanwalt mit seinem Antrag, ihn nicht auf Kaution freizulassen, sehr wahrscheinlich Erfolg haben würde. Sein Reichtum in Verbindung mit der Niederträchtigkeit seiner Taten stellte ein stark erhöhtes Fluchtrisiko dar.

Aber Leute mit viel Geld, so glaubte er, fanden immer eine Möglichkeit, sich Probleme vom Hals zu schaffen.

Wie auf ein Stichwort trat ein Wärter an seine Zelle.

»Raus mit dir, Hundemörder«, sagte er.

»Ist mein Anwalt hier?«

Der Wärter schnaubte verächtlich. »Anwalt? Wie ich gehört hab, will noch nicht mal der Pflichtverteidiger deinen Fall übernehmen, aber dem armen Schwein bleibt ja nichts anderes übrig. Nein, wir verlegen dich bloß an einen sichereren Ort wegen der Morddrohungen.«

»Morddrohungen?«

Der Wärter schnaubte wieder und schloss die Zellentür auf. »Du bist nicht unbedingt das, was man einen beliebten Mann nennen würde, Shermy«, sagte er.

Und damit wurde Sherman Kingsborough für immer aus seiner Gefängniszelle in Portland und dem Leben der Familie Stone geschafft.

***

Jared löffelte stumpfsinnig seine Cheerios. Sein Verstand hatte, von den Ereignissen der letzten Stunden überwältigt, mehr oder weniger seine Funktion eingestellt. Das, was von Jareds Gehirn noch übrig war, hatte seine bewusste Tätigkeit aufgegeben. Immer noch am Tisch sitzend, fiel Jared das Kinn auf die Brust und sein Atem wurde ruhig und gleichmäßig.

Für Glio war es wie ein sonniger Sonntagmorgen, an dem man mit einem guten Buch und einer Tasse Oolong-Tee auf der Veranda saß. Es gab für ihn nichts Schöneres, als sich die Träume seines Wirts anzuschauen und zu durchleben.

Wie es oft bei unbewussten Gedanken der Fall ist, scheint auch der Traum eine defekte Reproduktion der echten Welt zu sein. Es erinnerte Glio an ein Picasso-Bild, das er sich einmal einverleibt hatte, als er die Erinnerung an einen Nachmittag verschlang, den Jared und Deirdre im Museum of Modern Art in New York verbracht hatten. Alle Puzzleteile lagen auf dem Tisch, aber sie waren völlig falsch zusammengesetzt worden und stellten ein groteskes Bild dar, das die Realität zu verspotten schien.

In dem Traum erzählte Jared seiner Familie, dass er Krebs hatte.

Im echten Leben – in den Erinnerungen, die Glio schon konsumiert hatte – führten Jared und Deirdre zwei getrennte Gespräche: eines mit Jackie, eines mit Megan. Während Jackie stoisch, still und verstört gewesen war, hatte Megan total aufgelöst reagiert und etliche Fragen gestellt. »Wie fühlt sich Krebs an? Kann die Ärztin ihn sehen? Können sie es nicht einfach aus dir herausoperieren? Was wird aus mir werden? Wird Mommy wieder heiraten?« Bei der letzten Frage musste Jared lachen und Deirdre fing an zu weinen.

Glio war erstaunt gewesen, dass er nicht nur Jareds Anspannung und Angst fühlen konnte, sondern auch die seiner Familie. Als würden irgendwelche Alphawellen von seiner Frau und seinen Töchtern ausgehen, mit denen sie nonverbal Emotionen zum Ausdruck bringen konnten. Es war faszinierend.

Aber das war die Realität.

In dem Traum wurden die beiden Szenen miteinander vermischt und auf den Kopf gestellt. Dort war es nicht Jared, der Krebs hatte, sondern Jackie. Sie saß völlig gefasst da, das Gesicht wie von einem oscarprämierten Kameramann ausgeleuchtet, und lächelte. »Die Ärztin hat mir mitgeteilt, dass ich nur noch vier Monate zu leben habe. Aber ihr müsst euch keine Sorgen machen, alles wird gut werden, glaubt ihr nicht auch?« Jared spürte ein Hämmern in seiner Brust, von dem er sicher war, dass jeder es hören konnte. Er schaute entsetzt zu Deirdre und Megan, die jedoch vollkommen stumm dasaßen. Während er sie ansah, verschwanden ihre Gesichter – zuerst ihre Münder, dann ihre Nasen und Augen – aus seinem Blickfeld.

»Ich werden sterben, Daddy. Was löst das für ein Gefühl in dir aus?« Jackie sah ihren Vater spöttisch an. Jareds Herz klopfte jetzt so laut, dass er nur jedes dritte Wort verstand. »Ist … zum Totlachen … sterben? … das ist … werde nicht … ohne …?« Dann lachte Jackie. Deirdre und Megan lösten sich weiter auf, während Jackie lachte. Der Jared im Traum schrie den Jared aus dem Hier und Jetzt wach. Er atmete keuchend und weinte und verschüttete seine Cheerios und die Milch über den ganzen Tisch.

Glio hörte auf zu essen. Er hatte einfach keinen Appetit mehr. Die Emotionen hatten den Hunger überwältigt.

***

Ethan Overbee saß im Flieger nach Portland und kochte vor Wut, als er auf seinem Platz in der erste Klasse darüber nachdachte, was passiert war. Alles, was er jemals gewollt hatte, hatte in seiner Hand gelegen, und dieser geisteskranke Kingsborough hatte es ihm weggenommen.

Nein, dachte er, *das stimmt nicht. Nicht Kingsborough hat es mir weggenommen. Das war mein Team. Mein gottverdammtes Team! Wie zum Teufel konnte das passieren?*

Als Ethan auf dem Set von *Leben und Sterben* ankam, war die komplette Crew versammelt und wartete auf ihn. Was er nicht verstand, war, warum alle, bis auf eine Person, lächelten.

Die Mitarbeiter hatten sich um den Sendeleiter, der in jener Nacht die Polizei gerufen hatte, und den Assistenten James, der als Erster vor Ort gewesen war, versammelt. Sie wirkten wie eine stolze Großfamilie bei der Highschool-Abschlussfeier.

Was soll die Scheiße, dachte Ethan. *Bilden die sich etwa ein, ich wäre hier, um ihnen einen verdammten Orden zu verleihen?*

»Was soll die Scheiße?«, sagte er und versuchte, jedem seiner Knechte kurz in die Augen zu schauen. »Bildet ihr euch etwa ein, ich wäre hier, um euch einen verdammten Orden zu verleihen?« Er spürte, wie er jedem von ihnen den Wind aus den Segeln nahm.

Die darauffolgenden dreißig Minuten verbrachte er damit, sie verbal in Grund und Boden zu stampfen. Er sprach vom beispiellosen Versagen der Security, von mangelnder Sorgfaltspflicht, von den traumatischen Konsequenzen für die Familie Stone, von den Hoffnungen der amerikanischen

Bürger, dass *Leben und Sterben* ihnen half, ihre eigenen Wunden zu heilen, und davon, wie sie, die Mitarbeiter seines Teams, ihr Land enttäuscht hatten, wie sie den Sender enttäuscht hatten, wie sie ihn enttäuscht hatten.

Als er fertig war, hörte man mindestens zwei Mitglieder seines Teams schluchzen. Nicht etwa, weil ihre Gefühle verletzt worden wären, sondern weil sie Ethan Overbee, den stellvertretenden Programmleiter von ATN, enttäuscht hatten. So verdammt gut war er.

Als er mit der Crew fertig war, bat Ethan die Stones, sich mit ihm im Wohnzimmer zusammenzusetzen. Er hatte den ganzen Flug von L.A. hierher darüber nachgedacht, wie er dieses Gespräch am besten führen sollte. Er brauchte ihre Zustimmung zu dem, was er vorhatte.

»Deirdre. Jared. Jackie. Megan.« Er sprach ihre Namen mit Bedacht aus, schaute dabei jedem von ihnen in die Augen, brannte ihnen mit seinem eindringlichen Blick ein Loch in die Seele. »Es tut mir so unendlich leid, was mit Trebuchet passiert ist. Alle im Sender sind völlig fassungslos und erschüttert. Roger Stern hat mich gebeten, Ihnen persönlich sein tief empfundenes Mitgefühl zum Ausdruck zu bringen.«

Die Familie Stone war der atmende Inbegriff ihres reg- und sprachlosen Nachnamens. Irgendwo in der Nähe zirpte eine Grille. Ethan fuhr in ernstem Ton fort.

»Selbstverständlich werden wir die Show ein paar Tage absetzen. Wir brauchen alle eine Verschnaufpause, um uns zu sammeln, und vor allem natürlich, damit Sie in aller Stille und für sich trauern können. Wir werden in der Zwischenzeit ein paar Interviews mit Ihnen führen, sie aber so kurz wie möglich halten.«

»Ethan?«

»Ja, Deirdre?«

»Was ist, wenn wir die Show nicht fortsetzen wollen?«

Ethan hatte damit gerechnet und sich entsprechend vorbereitet. »Wenn Sie das wirklich wollen, können wir darüber reden«, antwortete er, ohne zu zögern. »Aber ich möchte Sie bitten, gründlich darüber nachzudenken, Deirdre, und sich vorzustellen, wie es wäre, wenn Ihre Familie auf der anderen Seite des Bildschirms säße, wenn Sie und Ihre Töchter jeden Abend *Leben und Sterben* einschalten würden. Glauben Sie nicht auch, dass es Ihnen nach diesem tragischen Vorfall ein geradezu persönliches Anliegen wäre, zu erfahren, wie es der Familie geht, und aus ihrem Mund zu hören, wie sie mit alldem klarkommt?«

Deirdre antwortete nicht. Sie schaute Ethan nur an. Jackie schaute auf ihre Hände und Jared, dessen Aufmerksamkeit abgedriftet war, schaute aus dem Fenster. Es war Megan, die leise, aber aus tiefstem Herzen »Ja« flüsterte.

Ethan lächelte. Er lächelte nicht wie ein Sieger, sondern wie ein älterer Bruder. Deirdre deutete nur ein Nicken an, um zu signalisieren, dass ihre Frage sich erledigt hatte.

»Ich möchte Ihnen außerdem versichern«, fuhr Ethan, dem klar war, dass er jetzt zum eigentlich kritischen Punkt kam, fort, »dass wir nicht zulassen werden, dass so etwas noch mal passiert.« Er schwieg einen Moment, bevor er weitersprach, so wie er es auf dem Rücksitz des Wagens, mit dem er hierhergekommen war, einstudiert hatte. »Dazu werden wir als Allererstes die Sicherheitsvorkehrungen verschärfen.«

Jared und Megan atmeten erleichtert aus.

»Das sind gute Neuigkeiten, Ethan«, sagte Jared. »Danke.«

Deirdre schwieg. Sie blinzelte ein paarmal und wirkte seltsam verloren.

»Was meinen Sie mit verschärfen?«, fragte Jackie.

Niemand hatte damit gerechnet, dass Jackie etwas sagen würde, weshalb sich alle zu ihr umwandten. Sie wurde rot und sagte: »Ich habe mich bloß gefragt, was das genau bedeutet, nichts weiter.«

»Nein, nein, schon gut, Jackie«, sagte Ethan. »Das ist eine ausgezeichnete Frage. Das bedeutet, dass jeder durchsucht wird, bevor er das Haus betritt, auch der Cast.«

»Aber der Cast, das sind doch wir, oder?« Jackies Stimme klang zögernd.

»Ganz richtig. Wir müssen dafür sorgen, dass die Show keinen Schaden nimmt, dass deiner Familie nichts zustößt, dass nichts in einem Rucksack oder einem Geldbeutel verschwindet. Das dient sowohl eurer Sicherheit als auch der aller anderen.«

»Aber der Mann, der bei uns eingebrochen ist, dieser Kingsborough, war kein Mitglied der Crew oder des Casts«, sagte Deirdre.

»Gut beobachtet, Deirdre. Nun, zum Schutz gegen einen weiteren Mr Kingsborough –«, Ethan malte Anführungszeichen in die Luft, »werden wir um Ihr Haus eine Absperrung errichten.«

»Eine Absperrung?«, fragte Deirdre.

»Ja, einen zwei Meter hohen Zaun, der Ihr komplettes Grundstück umgibt. Auf diese Weise wird niemand, der sich nicht ordentlich ausweisen kann, hineingelangen.«

»Oder hinaus«, murmelte Jackie mit gesenktem Kopf.

»Entschuldigung, wie war das?«, fragte Ethan.

»Ein zwei Meter hoher Zaun?«, warf Deirdre ein, um zu verhindern, dass es zwischen Jackie und Ethan zu einer Konfrontation kam. »Ist das nicht ein bisschen übertrieben?«

»Es klingt schlimmer, als es ist«, antwortete Ethan. »Wir werden den Zaun zu beiden Seiten mit Büschen bepflanzen, damit es freundlicher aussieht.«

»Trotzdem …«

»Denken Sie doch nur an den armen Trebuchet«, sagte Ethan, der hoffte, damit seinen Trumpf auszuspielen.

Kaum war Trebuchets Name gefallen, stand Jackie wortlos auf und verließ das Zimmer. Niemand hielt sie davon ab, und Ethan war es nur recht; dieses Mädchen hatte von Anfang an nichts als Ärger gemacht. Seinen eigentlichen Trumpf, nämlich dass der Vertrag, den Jared unterschrieben hatte, dem Sender mehr oder weniger erlaubte, zu tun und zu lassen, was er wollte, hielt er noch zurück. Wie sich jedoch zeigte, brauchte er diese Karte nicht auszuspielen.

»Tja, wahrscheinlich«, begann Deirdre widerstrebend und klang wie jemand, der in einen Kinofilm geschleppt wurde, den er eigentlich gar nicht sehen wollte, »ist es für uns alle das Beste so.«

Jared tätschelte ihre Hand und sagte: »Ich muss mich hinlegen.«

Und einfach so, ohne weiteren Widerstand, war die Diskussion beendet.

Es wurde noch am selben Nachmittag mit dem Bau des Zauns begonnen, den jeder, der irgendwie damit zu tun hatte, insgeheim nur »Die Mauer« nennen würde. Ethan hatte die Lage allmählich wieder unter Kontrolle.

***

Max' Plan war einfach. Er und Jackie würden ihre eigene Version von *Leben und Sterben* erschaffen und auf YouTube stellen. Sie würde mit ihrem iPhone Videos aufnehmen und an Max weiterleiten. Er würde das Filmmaterial entsprechend bearbeiten und hochladen. Das Ganze sollte »klammerheimlich« ablaufen, wie Max es nannte, damit sie so lange wie möglich unentdeckt blieben.

Jackie: Es heißt »*klamm*heimlich«, Max. Aber warum sollten wir so was überhaupt machen? Denkst du wirklich, dass sich irgendjemand dafür interessieren würde?

Max: Solnischko, ist dir denn nicht klar, dass du ein Fernsehstar bist?

Jackie wusste nicht, was sie darauf antworten sollte. Im Grunde ihres Herzens war ihr klar, dass Max recht hatte, wollte es aber nicht zugeben. Allerdings wurde es immer schwieriger, diese Tatsache zu leugnen.

In der Woche, in der die erste Folge ausgestrahlt worden war, hatte Jackie fünfzigmal so viel Post bekommen wie in ihrem ganzen bisherigen Leben zusammen.

»Fanpost«, sagte die Sendeleiterin, als sie den Packen Briefe auf Jackies Bett fallen ließ. Er war so schwer, dass er eine Kuhle in die Tagesdecke grub.

»Für mich?«, fragte Jackie mit großen Augen.

»Natürlich, für wen sonst«, antwortete sie.

Jackie hatte den Packen ungeöffnet in die hinterste Ecke ihres Kleiderschranks gestopft – zusammen mit den fünf, die noch dazugekommen waren. Jetzt fragte sie sich, ob sie die Briefe vielleicht doch lesen sollte.

Als sie vier war, schrieb Jackie mithilfe ihrer Mutter einen Fanbrief an Steve von *Blue's Clues – Blau ist schlau* und fiel fast aus allen Wolken, als sie nicht nur eine Antwort, sondern auch noch ein signiertes Foto von Steve, Blue, Tickety Tack und der kleinen Schublade erhielt. Mittlerweile war ihr klar, dass der Brief und das Foto vorgefertigt gewesen waren und Steve die Antwort nicht selbst geschrieben hatte. Aber das spielte keine Rolle; an diesem einen Tag in ihrem vierjährigen Leben war die Welt vollkommen gewesen.

Jackie nahm sich vor, den Packen Briefe durchzugehen. Zudem wusste sie, dass die Regie es sterbenslangweilig finden würde, ihr beim Briefeöffnen zuzuschauen, und das bedeutete, dass Jackie in der nächsten Folge keine besonders große Rolle spielen würde.

Sie konzentrierte sich wieder auf Max.

Jackie:	Meinst du, sie erlauben mir überhaupt, sie zu filmen?
Max:	Erzähle ihnen einfach, dass es für ein Projekt in der Schule ist.
Jackie:	Oh, gute Idee!

Jackie, die noch nie etwas Verschwörerisches ausgeheckt hatte, stellte fest, dass die Sache anfing, ihr Spaß zu machen.

Jackie: Und wie nennen wir unsere Show?

Max: Darüber ich habe auch schon nachgedacht. Wie findest du »Die echte Stone-Familie aus Portland, Oregon«? Das soll sein Witz über schreckliche Serie, die hier in Russland läuft und die übersetzt ungefähr heißt »Die echten Hausfrauen von Orange County«. Ich hoffe, das ist nicht zu, wie heißt Wort, taktfrei?

Jackie: LOL. Das Wort heißt taktlos, Max, und nein, ich finde den Titel toll. Aber können wir »Stone-Familie« vielleicht in »Familie Stone« ändern?

Max: Natürlich. Man sagt besser so in Englisch?

Jackie: Nein, aber mein Großvater hat früher gern eine Band gehört, die »Sly and the Family Stone« hieß, und wir haben bei uns zu Hause immer Witze darüber gerissen.

Max: *Da.* Kein Problem. »Die echte Familie Stone aus Portland, Oregon.« Dann lass uns sofort an Arbeit gehen.

***

Jared war nach dem Gespräch mit Ethan so erschöpft, dass er Mühe hatte, es auf den Futon in seinem Arbeitszimmer zu schaffen. Kaum lag er dort, schlief er ein. Es gab immer weniger Erinnerungen, die sein Gehirn abrufen konnte, weshalb auch immer weniger Neuronen tätig waren; es waren nur noch die Nervenzellen aktiv, die für die Kontrolle der grundlegendsten Körperfunktionen notwendig waren. Jareds Schlaf war so friedlich und tief wie der Kratersee des Vulkans Mount Mazama im Süden von Oregon.

Das war der Moment, in dem Glio den Tiefpunkt seiner Existenz erreichte und sich über Jareds bewusstseinskonstituierende Erinnerung hermachte. Dieses jedem Menschen innewohnende Bewusstsein definiert, wer man ist und wer man sein wird. In der Regel bildet es sich im Alter von vier oder fünf Jahren, wenn das Gehirn genügend Denkvermögen entwickelt hat, um die Welt zu begreifen, die emotionale Leistungsfähigkeit aber noch zu eingeschränkt ist, um die neuen Gedanken, die entlang der synaptischen Pfade fließen, zu verarbeiten. Bei Menschen, die unter weniger glücklichen Umständen aufwachsen und es schaffen, diese zu überwinden, bildet es sich erst später heraus.

Jareds Ichbewusstsein entstand kurz nach seinem vierten Geburtstag.

Der Himmel war so blau wie das Karibische Meer und die Sonne wärmte Jareds Haut, während er im Garten im Gras saß und einen Spielzeugbetonmischer hin und her schob. Sein Vater saß ein paar Meter weiter weg in einem Liegestuhl und war in ein Buch vertieft.

Plötzlich fing der kleine Jared wie aus dem Nichts zu weinen an. Sein Vater sprang sofort auf und lief zu ihm, aber in Jareds Erinnerung bewegte er sich wie in Zeitlupe und brauchte ein ganzes Zeitalter, um über die Terrasse zu seinem aufgelösten Sohn zu gelangen.

»Was hast du denn, Jared?«, fragte sein Vater aufrichtig, aber nicht übermäßig besorgt.

»Krabbeltier!«, schluchzte Jared laut und zeigte auf einen Grashüpfer, der auf seinem Betonmischer gelandet war. »Krabbeltier!«

»Keine Sorge, das haben wir gleich«, sagte sein Vater.

Glio rechnete damit, dass Jareds Vater den Grashüpfer verjagen würde, umso verblüffter war er, als er sah, wie der Vater das kleine Insekt vorsichtig zwischen Zeigefinger und Daumen nahm und seinem Sohn hinhielt, damit er es sich anschauen konnte.

»Siehst du«, sagte sein Vater zu ihm, »alles, wovor du Angst hast, hat wahrscheinlich noch viel mehr Angst vor dir.«

Jared war gerade alt genug, um dieses Konzept zu begreifen, und dachte einen Moment darüber nach.

»Wirklich, Daddy?«, sagte er schließlich.

»Wirklich«, erwiderte sein Vater. »Schau dir diesen kleinen Grashüpfer doch nur mal an. Du bist zehnmal größer als er.«

Jared lächelte.

»Nein, warte, du bist hundertmal größer als er.« Jareds Lächeln verwandelte sich in ein fröhliches Kichern. Sein Vater machte daraus tausendmal größer, zehntausendmal größer, hunderttausendmal größer und eine Million Mal größer, bis der kleine Jared sich vor Lachen krümmte.

Es hatte danach noch eine Menge Dinge gegeben, vor denen er Angst gehabt hatte, aber die Angst war nie wieder so groß gewesen, dass er vor Schreck wie gelähmt gewesen wäre. Dieser Moment hatte Jared geholfen, die Welt auf eine Weise zu sehen, von der er sicher war, dass sie so gesehen werden sollte. Die Lektion begleitete ihn unbewusst durch den Rest seines Lebens und formte den Charakter, der einmal festlegen würde, wer er war.

Als Glio die Erinnerung verschlungen hatte, schwamm er durch ein Meer von Psychosen, das durch die Schmerzmittel, die Jared nach der Bestrahlung verschrieben bekommen hatte, fast spiegelglatt dalag. Von dort aus bestieg er Berge des Bedauerns und genoss, nachdem er mühelos ihre zerklüfteten Gipfel erklommen hatte, den Ausblick in eine Art Tal der Glückseligkeit, in dem fröhliche und unbekümmerte Erinnerungen herumtollten.

Aber trotz alledem merkte Glio, dass irgendetwas nicht stimmte. Der Wind trug einen fauligen Hauch herüber; der stechende Geruch von Krankheit. Glio wusste, was das bedeutete. Er wusste, dass er, oder genauer gesagt, dass seine physische Existenz sterben würde.

Glio, der nun eine Identität und Erinnerungen besaß, wünschte sich nichts mehr, als weiterzuleben. Ihm war klar, dass der Tod, im Gegensatz zu dem Grashüpfer, keine Angst vor ihm hatte. Dennoch tröstete ihn die Erinnerung an diesen Tag mit Jareds Vater auf eine Art und Weise, von der er nicht geglaubt hätte, dass es möglich wäre.

Glio wurde zu Jared Stone. Gleichzeitig wusste er, dass Jared Stone sterben würde und er dringend etwas dagegen unternehmen musste, auch wenn er keine Ahnung hatte, wie.

Fürs Erste würde er sich einfach weiter den Bauch vollschlagen.

***

Zwei Tage bevor *Leben und Sterben* fortgesetzt werden sollte, begann Jackie kleine Videosequenzen zu drehen. Max hatte ihr geraten, nie mehr als zwanzig Sekunden am Stück zu filmen.

»Entschuldigung«, sagte sie jedes Mal, wenn sie ein Mitglied des Fernsehteams aufnehmen wollte, »ich mache ein Schulprojekt über die Show. Darf ich Sie vielleicht bei der Arbeit filmen?«

Da die gesamte Crew an einer Mischung aus schlechtem Gewissen und posttraumatischem Stress wegen Trebuchets Mord litt, hätte sie so ziemlich alles für die Familie Stone getan. Sie rissen sich förmlich darum, Jackie dabei zu helfen, Bildmaterial hinter den Kulissen zu sammeln. Sie zeigten ihr, wie man ein Set beleuchtet, brachten ihr die 180-Grad-Regel für Aufnahmen bei und gaben ihr Tipps, wann sie lieber ein Close-up machen sollte statt eine Totale.

Anfangs alberten sie noch vor ihrer Kamera herum, sahen sie lächelnd an oder machten eine scherzhafte Bemerkung. Aber mit der Zeit vergaßen sie, dass Jackie da war. Die Ironie, die darin lag – dass die Crew am Ende genauso reagierte, wie man es im besten Fall von den Protagonisten von *Leben und Sterben* oder *Big Brother* oder *Survivor* oder jeder andere Realityshow erwartete, und die Anwesenheit der Kameras komplett ausblendete –, blieb Jackie nicht verborgen. Das Filmprojekt gab ihr das belebende Gefühl, subversiv und rebellisch zu sein.

***

Jared starrte ungläubig auf die Anzeige der Badezimmer-Waage. Er hatte im vergangenen Monat knapp achtzehn Kilo abgenommen. Er hob den Kopf und schaute in den

Spiegel: die Haut unter seinen Augen war dunkelbraun – wenn sie noch dunkler werden würde, würde er wie ein dürrer Footballspieler aussehen, der zum Schutz gegen reflektierendes Sonnenlicht einen schwarzen Fettstift benutzt –, seine Wangen waren eingefallen und seine Haare wurden dünner. Jetzt *sah* man es ihm an, dass er bald sterben würde.

Er fragte sich, ob es ein Teil der Nebenwirkungen war, die die Bestrahlung laut seiner Ärztin hervorrufen konnte.

Die Behandlung war irgendwie seltsam. Er musste sich jedes Mal flach auf einen Tisch legen, der ihn an einen OP- oder Obduktionstisch erinnerte, und bekam dann eine individuell angefertigte Bestrahlungsmaske über seinen Kopf und sein Gesicht gestülpt, die für eine stabile Lagerung sorgte.

»Wenn ich Sie nur einen Hauch zu weit links fixiere«, hatte ihm die medizinisch-technische Assistentin bei seiner ersten Behandlung erklärt, »frittiere ich Ihre Fähigkeit zu blinzeln. Ein bisschen zu weit rechts und ich lasse Sie wie ein Huhn gackern.«

Jared, der dachte, dass es vielleicht witzig gemeint war, lachte höflich.

»Das war nur ein Scherz«, fügte sie prompt hinzu und bestätigte seine Vermutung, »aber wir müssen sicherstellen, dass der Tumor dort bleibt, wo wir ihn haben wollen.«

»Mir wäre es lieber, wenn ich ihn nicht in meinem Kopf hätte«, versuchte Jared selbst einen Witz zu machen.

Wenn die Gesichtsmaske erst einmal angepasst war, verlief der Rest der Behandlung beinahe friedlich. Dann lag er ganz still da und versuchte, den Kopf freizubekommen. Vierzig Minuten ungestörte Auszeit, dreimal die Woche. Auf die Nebenwirkungen hätte er allerdings verzichten können.

Nach der dritten Behandlung begann er unter starker Übelkeit zu leiden. Er versuchte alles Mögliche, um seinen Magen zu beruhigen: Pepto-Bismol, Silbernitrat, von seiner Ärztin verschriebene Opiumpräparate, sogar Brombeer-Brandy und Ginger Ale. Das Einzige, was ihm half, sich ein bisschen besser zu fühlen, war Erbrechen. Aber irgendwann ließ die Übelkeit nach oder er hatte sich vielleicht auch einfach nur daran gewöhnt.

Als er jetzt im Badezimmer stand, fiel es ihm schwer, das alles richtig einzuordnen.

Vielleicht sind es nicht nur die Nebenwirkungen, dachte er. *Vielleicht sieht man auch ohne Bestrahlung so aus, wenn man dabei ist, zu sterben.* Er versuchte sich an Freunde, Verwandte und Kollegen zu erinnern, die er über die Jahre an Krebs verloren hatte, aber ihm fiel niemand ein. Das konnte nicht sein. Es musste doch jemanden geben.

Das Einzige, was Jared mit Sicherheit wusste, war, dass er müde war. So unglaublich müde.

***

Leben und Sterben wurde genau eine Woche nach dem Sherman-Kingsborough-Fiasko fortgesetzt. Die Folge begann mit einer Warnung in fetten weißen Buchstaben auf schwarzem Hintergrund:

Die ersten fünf Minuten der heutigen Folge von *Leben und Sterben* beinhalten Szenen physischer Gewalt, die nicht für die Augen von Kindern und Jugendlichen bestimmt sind.

Die Warnung wurde ganze zwanzig Sekunden eingeblendet, bevor aus dem Off eine Stimme zu sprechen begann.

Es war Jackies Stimme. Sie stammte aus einem Interview, das die diensthabende Sendeleiterin am Tag nach Trebuchets Tod mit Jackie geführt hatte. Die Sendeleiterin, eine junge, attraktive Frau mit dem unglückseligen Namen Andersona (dieselbe Frau, die Jackie die Fanpost gebracht hatte), hatte sich wie eine gute Freundin zu Jackie aufs Bett gesetzt, um eine Art vertrauliches Gespräch von Frau zu Frau zu führen, bei dem Jackie ihr ihr Herz ausschütten konnte. Aber der Interview-Mitschnitt war nicht zu sehen, als aus dem Off Jackies Stimme zu sprechen begann.

Die Zuschauer sahen und hörten Folgendes:

JACKIE: »Natürlich habe ich ihn geliebt. Er war mein bester Freund.« (Ihre Stimme bricht.)

ÜBERBLENDUNG von der Warnung vor Szenen physischer Gewalt zu einem grobkörnigen Bild von Trebuchet, wie er auf dem Boden von Jareds Arbeitszimmer in einer Blutlache liegt.

JACKIE: »Dieser Mann, dieser Mr Kingsborough, er wollte meinem Vater etwas antun.«

ÜBERBLENDUNG zu Sherman Kingsborough, der wie benommen wirkt und in Handschellen aus dem Haus der Stones abgeführt wird.

JACKIE: »Ich verstehe nicht, warum uns irgendjemand etwas antun wollte. Ich verstehe es einfach nicht.«

ÜBERBLENDUNG zu Jared, der auf dem Boden seines Arbeitszimmers liegt und sich gequält die Hände an die Schläfen presst. Neben ihm der blutdurchtränkte Teppich, auf dem Trebuchet erstochen wurde.

JACKIE: »Ja, ich glaube, er ist im Himmel. Bei meiner Grandma.

ÜBERBLENDUNG zu Jared, Deirdre, Jackie und Megan, die Trebuchet im Garten beerdigen. Die Szene ist eindeutig ohne ihr Wissen mit versteckter Kamera von einem in der Nähe stehenden Baum gefilmt worden.

DÜSTERE MUSIK setzt ein und schwillt an.

JUMP CUT zu Jackie und der Sendeleiterin auf Jackies Bett. Jackie weint herzerweichend.

JACKIE: »Können wir bitte aufhören? Ich kann nicht mehr.« (Jackie vergräbt das Gesicht in den Händen. Das Geräusch ihres verzweifelten Schluchzens wird langsam ausgeblendet und vermischt sich mit der Musik.)

SCHWARZER BILDSCHIRM. VORSPANN.

***

Am darauffolgenden Vormittag saß Deirdre auf dem Futon in Jareds Arbeitszimmer und las ein Buch. Jared lag mit geschlossenen Augen auf dem Boden. Das hatte es in der Zeit vor dem Krebs, vor den Kameras, so nie gegeben.

Deirdre wusste, dass Jared den Begriff »Höhle« nicht ausstehen konnte, aber genau das war Jareds Arbeitszimmer für sie. Es war sein Rückzugsort, sein Königreich, und sie hatte sich immer gehütet, ihn dort zu stören.

Aber jetzt, da sie wusste, dass seine Zeit begrenzt war, wollte sie jede freie Minute mit ihrem Mann verbringen. Zum einen, damit sie in der Nähe war, falls er Hilfe brauchte, aber vor allem, um einfach mit ihm zusammen zu sein. Zeit mit Jared zu verbringen, auch wenn er dabei meistens schlief, war das Einzige, was die überwältigende Traurigkeit lindern konnte, die sich tief in ihr eingenistet hatte.

Von unten drangen laute Stimmen. Das war nichts Ungewöhnliches. Es gab oft kleine Auseinandersetzungen zwischen den Mitgliedern des Fernsehteams – meistens ging es dabei um solche Dinge wie Licht- oder Kameraeinstellungen –, und sie hatte gelernt, es auszublenden. Aber das hier klang anders.

»Wie sind Sie überhaupt durch das Tor gekommen?«, hörte sie jemanden fragen.

»Alles okay?« Jared hatte es ebenfalls gehört. »Was ist das für ein Lärm?«

»Könnten Sie Lärm bitte näher beschreiben, Sir?« Das war ein Zitat aus *The Breakfast Club*, einem von Deirdres und Jareds heimlichen Lieblingsfilmen, das sie öfter scherzhaft benutzt hatten, als die Mädchen noch jünger und wilder waren. Aber jetzt sah Deirdre kein wissendes Leuchten in den Augen ihres Mannes.

»Der Lärm unten«, antwortete er.

»Ich geh mal nachschauen«, sagte sie, während ein neuer Tropfen Verzweiflung den See vergrößerte, der sich in ihrem Inneren bildete. *Krebs,* dachte sie, *ist ein Tod auf Raten.* Sie stand auf.

»Ich komme mit.« Jared stand ebenfalls auf.

»Nicht nötig, Schatz, ich kümmere mich schon.«

»Ich hab doch sonst nichts zu tun, Dee. »

Sie sah ihn an und nickte.

Als sie unten am Fuß der Treppe angekommen waren, sahen sie, wie einer der neuen Security-Männer von ATN, ein stämmiger Mann in einem schlecht sitzenden schwarzen T-Shirt, mit jemandem an der Tür sprach.

»Das hier ist ein Privatgrundstück, Zutritt für Unbefugte ist hier verboten. Ich muss Sie auffordern, auf der Stelle das Grundstück zu verlassen, sonst bin ich gezwungen, Sie mit Gewalt zu entfernen.« Die Stimme des Security-Mannes klang vollkommen neutral, aber die schiere Masse seines Körpers ließ keinen Zweifel daran, dass er seine Androhung ohne Zögern wahrmachen würde.

»Was ist hier los?«, fragte Deirdre.

»Oh, Mr und Mrs Stone.« Der Wachmann wirkte nervös. »Tut mir leid für die Störung. Die Arbeiten an der Mauer sind noch nicht ganz abgeschlossen und jemand hat es geschafft, bis an die Haustür zu kommen. Möchten Sie, dass wir die Polizei verständigen?«

Deirdre wollte gerade antworten, als Jared ihr eine Hand auf den Arm legte. »Kommt darauf an«, sagte er. »Wer ist es denn?« Deirdre wandte sich ihrem Mann zu und sah, dass der Politiker in ihm seinen Weg zurück an die Oberfläche gefunden hatte. So wach und lebendig hatte sie ihn nicht mehr gesehen, seit sie auf dem Boden von Jareds Arbeitszimmer miteinander geschlafen hatten. Sie erlaubte sich ein selten gewordenes Lächeln und hakte sich bei ihm unter.

»Genau, wer ist es denn? Womöglich will uns nur einer unserer Nachbarn einen kleinen Besuch abstatten, da wäre es doch sehr unhöflich, wenn Sie ihn vom Grundstück werfen.«

»Es ist eine Frau, die behauptet, von der Hospiz-Stiftung Portland zu sein.«

Deirdre und Jared warfen sich einen Blick zu, dann sagte Jared: »Lassen Sie die Dame bitte rein.«

»Aber Mr Overbee hat uns angewiesen …«

»Wenn Mr Overbee die Raten für dieses Haus abzahlt, kann er entscheiden, wer dieses Haus betreten darf und wer nicht. Bis dahin würden wir das ganz gerne selbst tun.«

Der Wachmann stand seit dem Vorfall mit Sherman Kingsborough genauso unter Druck wie der Rest der Crew. Er hatte die strikte Anweisung erhalten, niemanden auf das Grundstück zu lassen, der nicht dazu befugt war, und gleichzeitig war ihm eingeschärft worden, der Familie Stone in jeder nur erdenklichen Hinsicht entgegenzukommen. Hätte er gewusst, dass die Übernahme der Hypothek vertraglicher Bestandteil zwischen Jared und ATN war, hätte er vielleicht anders gehandelt. Aber er hatte keine Ahnung davon, und Jared, der sich ganz einfach nicht an dieses Detail erinnerte, klärte ihn nicht darüber auf. Und so kam es, dass der Wachmann den Eindringling passieren ließ.

Es war eine große, schlanke Frau mittleren Alters. Sie hatte lockige Haare, die schon so grau waren, dass man die ursprüngliche Haarfarbe nicht mehr erkennen konnte; sie trug einen schwarzen Hosenanzug über einer cremefarbenen Bluse und hatte einen Kurzmantel über dem Arm. Um ihre Schuhe zu beschreiben, gab es nur ein einziges Wort: praktisch.

»Mr und Mrs Stone«, sagte sie und streckte die Hand aus, »ich bin Joanne Stark. Ich leite die Hospiz-Stiftung Portland. Hätten Sie vielleicht eine Minute Zeit für mich?«

Deirdre und Jared gaben ihr nacheinander die Hand und baten sie ins Wohnzimmer. Deirdre bemerkte, wie die Frau über die ganzen fernsehtechnischen Geräte staunte, die im Raum verteilt waren.

»Davon ist im Fernsehen nichts zu sehen, oder?«, sagte sie.

»Nein«, bestätigte Deirdre. »Es würde die Illusion von Realität zerstören. Kann ich Ihnen einen Kaffee oder einen Tee anbieten?«

»Nein, vielen Dank. Ich möchte keine Umstände machen.«

»Das macht überhaupt keine Umstände. Wie Sie sich

wahrscheinlich denken können, bekommen wir in letzter Zeit nicht besonders oft Besuch.« Sie spürte, wie zwischen ihr und Joanne ein stilles Einvernehmen entstand.

»Ich möchte Sie wirklich nicht lange aufhalten. Ich wollte nur über die Möglichkeiten mit Ihnen sprechen, die Sie in Bezug auf Mr Stones Zustand haben.«

Als sie zu dritt auf der Couch Platz nahmen, sah Deirdre, wie der Wind in Jareds Segeln wieder abflaute. Der kleine Energieschub von gerade eben forderte seinen Preis. Der wache Ausdruck in seinen Augen erlosch.

»Bitte«, sagte Deirdre, »Jared und Deirdre reicht vollkommen.«

»Danke. Als Erstes würde ich Sie gern fragen, was sie über die Arbeit in einem Hospiz wissen?«

»Eigentlich eine ganze Menge«, antwortete Deirdre. »Meine Mutter hat ihre letzten Tage in einem Hospiz verbracht.«

»Und wie ist es Ihnen damit gegangen?«

Deirdre mochte Joanne. Genau wie die Hospizmitarbeiter, die sie während des langen und schmerzhaften Abschieds ihrer Mutter kennengelernt hatte, schaffte es diese Frau, aufrichtiges Mitgefühl zu vermitteln, ohne dabei ein Blatt vor den Mund zu nehmen. Sie scheute sich nicht davor, ihr Gegenüber mit der Wahrheit zu konfrontieren, war sich aber darüber bewusst, welchen Kummer diese Wahrheit verursachte.

»Ich habe es als eine sehr positive Erfahrung empfunden, aber wie Sie sehen können, ist die Situation hier eine etwas andere.«

»Ist das so? Wie sieht es mit der pflegerischen Versorgung aus? Haben Sie …«

»Bitte«, unterbrach Deirdre sie. »Ich schätze das, was Sie tun. Hospizarbeit ist etwas, wovon ich zutiefst überzeugt bin, und ich hoffe, dass Ihr Besuch in unserem kleinen Zirkus hier sich als gute Plattform dafür erweist, Werbung dafür zu machen.« Joanne, der klar wurde, dass sie entlarvt war, musterte Deirdre mit einer Mischung aus Resignation und Bewunderung.

»Aber was unsere Situation betrifft«, fuhr Deirdre fort, »haben wir die Entscheidungen nicht mehr wirklich selbst in der Hand. Außerdem hat das alles hier …«, sie machte eine ausholende Geste, die die Fernsehkameras und all das, wofür sie standen, einschloss, »… mir die Möglichkeit gegeben, zu arbeiten aufzuhören und mich rund um die Uhr um Jared zu kümmern. Ich kann jetzt für ihn da sein.«

»Nun«, sagte Joanne, die immer noch ihren Mantel über dem Arm hatte, und erhob sich, »dann danke ich Ihnen, dass Sie sich die Zeit genommen haben, und …«

»Was hält die Hospiz-Stiftung vom Gesetz des Staates Oregon über das Sterben in Würde?« Beide Frauen reagierten erstaunt über Jareds unerwartete Frage. Er hatte sie leise gestellt und dabei auf seine Hände gestarrt, als versuchte er sich an die Worte zu erinnern, die er sagen wollte.

»Wir lehnen es ab«, antwortete Joanne sachlich und ließ sich auf die Couch zurücksinken.

»Warum?«

»Kennen Sie den Grund, der am häufigsten für die vorzeitige Beendigung eines Lebens genannt wird, Jared?« Deirdre beobachtete, wie ihr Mann nach einer Antwort suchte. Sie war sich sicher, dass er sie einmal gewusst hatte, aber jetzt war sie für immer vergessen. Sie hätte heulen können, als er verneinend den Kopf schüttelte.

»Die meisten möchten für die Menschen, die sie lieben, keine Belastung sein.«

»Jared ist keine Belastung für uns«, warf Deirdre sofort ein.

»Natürlich nicht, und genau das ist der Punkt. Sie empfinden es nicht als Belastung, Ihr Mann dagegen schon. Habe ich recht, Mr Stone?«

Jared wusste nicht, ob sie recht hatte oder nicht. Das, was in seinem Kopf vor sich ging, war viel komplexer und zugleich viel weniger greifbar. Er konnte nicht sagen, ob der Tumor oder etwas anderes dafür verantwortlich war.

»Es heißt ›Gesetz über das Sterben in Würde‹«, sagte er und legte die Betonung auf das Wort *Würde*. »Ist Würde nicht etwas ganz Persönliches? Ist es nicht an mir, zu entscheiden, was würdevoll ist und was nicht?«

Deirdre sah ihren Mann an und spürte, dass sich etwas verändert hatte, oder im Begriff war, sich zu verändern, und das machte ihr Angst. »Vielen Dank für Ihren Besuch, Joanne.« Sie stand auf und bat ihren Gast mit einem flehenden Blick, nicht weiter nachzuhaken. Joanne verstand und stand ebenfalls auf.

»Ich danke Ihnen beiden und wünsche Ihnen und Ihren Töchtern im Namen der Stiftung alles Gute.« Und damit ging sie.

Später an diesem Abend, nachdem Ethan den Security-

Mann gefeuert und zusätzliche Arbeiter herbeordert hatte, um die Mauer fertigzustellen, wurde die Unterhaltung über das Sterbehilfe-Gesetz zum Kernstück von *Leben und Sterben*. Was nicht gezeigt wurde, waren die Situation an der Tür, Deirdres leise Kritik an der im ganzen Haus präsenten Fernsehausrüstung und Jareds kurzer Moment der Klarheit. Übrig blieben ein verwirrt aussehender Jared und eine angespannt wirkende Deirdre, die sich mit einer Hospizmitarbeiterin über die Vorteile der Sterbehilfe unterhielten.

Amerika war so klug wie zuvor.

***

Die erste Folge von *Die echte Familie Stone aus Portland, Oregon* ging zwei Abende nach der Wiederaufnahme von *Leben und Sterben* online. Das YouTube-Video versuchte in neun Minuten und dreißig Sekunden die verborgenen Schattenseite von *Leben und Sterben* zu zeigen.

Es begann mit einer Aufnahme von Jared, der laut aus seinem Lieblingsbuch vorlas, während Deirdre mit dem Kopf in seinem Schoß lag. Das war nicht der geschwächte, verwirrte Jared, den das Fernsehen zur Primetime präsentierte. Er sah schmal aus, gealtert, aber lebendig. Es folgten ein paar kurze Szenen, in denen zu sehen war, wie das Fernsehteam mit den kilometerlangen Kabeln und Dutzenden von Kameras herumhantierte, die sich wie eine Silberfischinvasion im Haus der Stones breitgemacht hatten. Der Zuschauer konnte nun mitverfolgen, dass es dort nicht mehr wie im Zuhause einer Familie zuging, sondern eher wie auf einem Filmset, wo jeder Schauspieler seine Rolle spielte. Jackie hatte es sogar geschafft, im Übertragungswagen zu filmen – »Klar, Süße, komm ruhig rein« –, als die Regie das Filmmaterial vom Vortag sichtete. »Wenn wir hier einen Jump Cut zu dieser Einstellung machen«, sagte einer der Cutter, »kriegen wir es hin, dass er noch verwirrter wirkt.« Und Max zoomte im Nachhinein näher heran, damit man sehen konnte, dass die manipulierten Aufnahmen Jared zeigten.

Die echte Familie Stone aus Portland, Oregon enthüllte Max' noch ungeschliffenen, aber talentierten Blick für Regiearbeit. Der kurze Film war genau das, was er und Jackie sich erhofft hatten: eine wahre Geschichte.

Nachdem Max das Video hochgeladen hatte, saßen sie beide da und warteten. Vierundzwanzig Stunden später warteten sie immer noch. Es hatte nur siebzehn Aufrufe, sechzehn davon stammten von ihnen selbst. Jackie war am Boden zerstört. Max nicht.

Jackie: Ich hab es dir ja gleich gesagt, Max. Niemand interessiert sich dafür.

Max: *Njet*, Solnischko, *njet*. Es hat nichts damit zu tun, dass sich niemand interessiert. Es liegt daran, dass keiner davon weiß. Es werden sich sehr viele Leute dafür interessieren.

Jackie: Wer denn?

Max: Die vielen Leute, die euch im Fernsehen sehen.

Jackie: Aber woher sollen wir wissen, wer diese vielen Leute sind?

Und dann dämmerte es Jackie.

Jackie:	Warte. Ich glaube, ich kann mir die Frage selbst beantworten.
Max:	?
Jackie:	Geh nicht weg. Ich bin gleich wieder da.

Zwei Minuten später, schickte Jackie Max ein Foto von dem Stapel mit ihrer Fanpost.

***

Schwester Benedicts Pressekonferenz war für elf Uhr angesetzt. Die meisten von den Reportern, die sich angekündigt hatten, waren noch nicht da – wie es, nach Meinung der Schwester, bei diesem Berufsstand nicht anders zu erwarten gewesen war –, aber darauf konnte keine Rücksicht genommen werden, ein Zeitplan war ein Zeitplan. Sie wollte gerade das Podium betreten, als sie eine leichte Berührung an der Schulter spürte und sich unwillig umdrehte. Vor ihr stand Kardinal Trippe und lächelte sie nachsichtig an.

»Lassen Sie uns doch noch ein paar Minuten warten«, sagte er.

»Pünktlichkeit kommt gleich nach Sauberkeit, Eminenz«, entgegnete die Schwester, »und Sie wissen ja, was …«

»Natürlich, Schwester. Aber wäre dem übergeordneten Ziel, das wir verfolgen, nicht besser mit mehr statt mit weniger Presse geholfen?«

Die Schwester biss so fest die Zähne aufeinander, dass ihre Nackenmuskulatur steif wurde, nickte aber.

»Und Sie sind sich sicher, dass Sie sich dieser Aufgabe gewachsen fühlen?« Der Kardinal deutete mit dem Kopf auf das Rednerpult. Das war nun schon das dritte Mal, dass er ihr diese Frage stellte und sie dabei mit seinem blendend weißen Lächeln ansah. Die Schwester fing an, dieses Lächeln zu hassen.

»Sicher scherzen Euer Eminenz nur«, antwortete sie in einem Tonfall, der deutlich machte, dass die Schwestern der Ewigen Anbetung es nicht leiden konnte, wenn man sie aufzog.

»Ganz und gar nicht, Schwester. Es ist nur so, dass einen der Druck, vor einer breiten Öffentlichkeit zu sprechen, regelrecht lähmen kann, wenn man es noch nie vorher getan hat.«

»Ich kündige Sie lediglich an, Eminenz. Mehr nicht.«

Mittlerweile waren drei weitere Reporter eingetroffen und Schwester Benedict tippte mit einem mahnenden Blick in ihre Richtung auf ihre Uhr.

Kardinal Trippe schüttelte lächelnd den Kopf und nahm der Schwester sanft die Karteikarten aus der Hand. »Bitte, Schwester, fangen Sie an.« Schwester Benedict stieß den Atem aus und betrat das Podium.

»Meine Damen und Herren«, begann sie. Der schroffe, unmodulierte Klang ihrer Mikrofonstimme erwischte sie völlig unvorbereitet, und sie erstarrte, genau wie der Kardinal es vorhergesagt hatte. *Dieser unerträgliche Narr hat sich in meinen Kopf geschlichen,* dachte sie panisch. Die Schwester blickte zum Kardinal, der sie mit einem ermutigenden Nicken aufforderte, fortzufahren. Und zum ersten Mal empfand sie seine Anwesenheit als seltsam tröstend, ja beinahe beglückend, und spürte, wie sie ihr Selbstbewusstsein zurückgewann.

»Begrüßen Sie bitte Kardinal Matthew Trippe.« Sie kam mit dem Mund so nah ans Mikro, dass ein kurzes Rückkopplungsgeräusch entstand, zwang sich aber, den Kopf aufrecht zu halten, als sie vom Podium hinuntertrat und der Kardinal ihren Platz einnahm.

»Meine lieben Freunde«, sagte er und stellte mit jedem der Reporter vor ihm Blickkontakt her. Die Schwester war erstaunt, mit welcher Leichtigkeit er den Saal beherrschte. *Vielleicht,* sagte sie sich, *ist er doch nicht so nutzlos, wie ich dachte.* »Wir sind heute hier, um die Öffentlichkeit auf einen schweren Verstoß gegen die Würde des Menschen aufmerksam zu machen, der hier in unserer Gemeinde begangen wird. Ich spreche von der Realityshow *Leben und Sterben*.«

In den nächsten dreißig Minuten seiner Rede arbeitete Kardinal Trippe sich durch die Karteikarten, die Schwester Benedict für ihn vorbereitet hatte und deren Inhalt von Mal zu Mal aufrührerischer wurde. *Leben und Sterben* und der Fernsehsender American Television Network wurden mit sämtlichen negativen Attributen betitelt, die es unter der Sonne gab. Zwei der Karten steckten so voller Galle und Hass, dass der Kardinal sie zum großen Leidwesen der Schwester unter den Tisch fallen ließ.

Trotzdem war Schwester Benedict, die sich von ihrer schwachen Performance am Mikro wieder erholt hatte, regelrecht euphorisch. Endlich hatte sie das Gefühl, dass etwas unternommen wurde, und – was noch viel wichtiger war – tief in ihrem Herzen wusste sie, dass dies erst der Anfang war. Schwester Benedict Joan war davon überzeugt, dass ihre Rolle in der Stone-Affäre noch nicht beendet war.

***

Ethan Overbee saß an seinem vier Meter langen und zwei Meter breiten, massiven Eichenschreibtisch in Los Angeles, als sein Handy den Eingang zweier Nachrichten verkündete. Die eine war ein Tweet, die andere eine SMS. Der Schreibtisch, der tatsächlich die Größe eines Konferenztischs hatte, vibrierte mit jeder eingehenden Nachricht.

Ethan hatte zwei Twitter-Accounts, einen fürs Berufliche und einen für private Zwecke, den nur wenige Menschen kannten. Der Tweet, der jetzt versuchte, seine Aufmerksamkeit auf sich zu ziehen, stammte von seinem privaten Account.

Auf dem Display tauchte eine Nachricht von @spandau auf. Heloise Spandau war seine Stellvertreterin in der Programmabteilung und eine nüchterne und ganz in ihrer Arbeit aufgehende Frau, die etwas gegen Dummköpfe hatte. Einmal hatte sie bei einem voll besetzten Abteilungs-Meeting einen jungen Angestellten als »beschränkt« bezeichnet und ihm an den Kopf geworfen, dass die Luft, die er atmete, für etwas Besseres benutzt werden könnte. Es war nicht so, dass sie unrecht hatte – der junge Angestellte war beschränkt und verschwendete kostbare Luft –, trotzdem hatte Ethan danach mit Heloise sprechen und versuchen müssen, ihr klarzumachen, dass man mit Honig mehr Fliegen fängt. Das war sechs Monate her; der junge Angestellte hatte den

Sender mittlerweile verlassen, Spandau war immer noch Ethans Stellvertreterin.

»Katholischer Kardinal übt scharfe Kritik an *Leben und Sterben*« http://bit.ly/110LEiz

Ethan öffnete den Link, der Auszüge der von Kardinal Trippe abgehaltenen Pressekonferenz enthielt. Er musste lächeln. *Lernen es diese Leute denn nie? Je mehr sie protestieren, desto mehr Zuschauer kriege ich.*

Die zweite Nachricht war eine SMS von Roger Stern: »Was zum Teufel ist das?« Daneben befand sich ein Link zur ersten YouTube-Folge von *Die echte Familie Stone aus Portland, Oregon.*

Ethan, der nichts von Jackies russischem Komplizen wusste, stellte rasch fest, dass er erst der zwanzigste User war, der den Link aufrief. Roger überreagierte. Außerdem war der Inhalt des Videos ziemlich harmlos.

Ethan vermerkte in seiner Evernote-App, dass er Jackie über die Verstöße bei der Verwendung von Behind-The-Scene-Bildmaterial aufklären musste.

Danach vergaß er die Angelegenheit wieder.

***

Deirdre sah, dass Jared immer mehr abbaute. Nach der Begegnung mit Joanne Stark von der Hospiz-Stiftung zog er sich in sein Arbeitszimmer zurück und schlief vier Stunden durch. So viel Kraft hatte ihn das kurze Gespräch gekostet.

Deirdre saß in der Küche, als er wieder wach war und

herunterkam. Sie stand auf und machte ihm ungefragt einen Latte Macchiato.

»Danke, Dee«, murmelte Jared. Sie rang sich ein Lächeln ab und drückte im Vorbeigehen sanft seine Schulter. Ihr war so schwer ums Herz, als wäre es kein Muskel, sondern ein Knochen. »Wir müssen über meinen letzten Willen sprechen«, fiel er mit der Tür ins Haus. Deirdre nickte und setzte sich.

»Womit willst du anfangen?«, fragte sie.

»Na ja, als Erstes, ähm … habe ich schon ein Testament?« Es kam immer häufiger vor, dass Jared solche Fragen stellte.

»Nein, Schatz. Wir wollten es immer machen, sind aber irgendwie nie dazu gekommen.«

»Okay«, sagte er, »was du heute kannst besorgen, das verschiebe nicht auf morgen.« Er stockte kurz und fügte dann hinzu: *»Ach, wo du versagst, nicht kannst, sorgen sie für Häme und Ebbe.«*

»Wie bitte?«

»Das ist ein Anagramm für ›Was du heute kannst besorgen, verschiebe nicht auf morgen‹. *Ach, wo du versagst, nicht kannst, sorgen sie für Häme und Ebbe.*« In Deirdres Kopf gingen sämtliche Alarmglocken an. »Habe ich früher auch schon Anagramme gebildet? Ich mache das in letzter Zeit ziemlich oft.«

Deirdre konnte nur stumm den Kopf schütteln.

»Das dachte ich mir. Ich frage mich fast, ob der Tumor versucht, durch die Anagramme mit mir zu sprechen.«

»Ich habe ehrlich gesagt keine Ahnung, was ich dazu sagen soll, Jared. Wie lange geht das schon?«

»Ich weiß es nicht.«

»Hast du mit deiner Ärztin darüber gesprochen?«

Jared ließ den Kopf hängen. »Das weiß ich auch nicht«, murmelte er.

»Ach, Liebster.«

»Lieber sacht.«

»Was?«

»Noch ein Anagramm.«

»Das ist verblüffend, ehrlich gesagt.«

Jared hielt inne und schaute dann zu der Kamera hoch, die nicht besonders sorgfältig zwischen den Küchenschränken versteckt war. »Ich glaube, das wird heute Abend für gute Einschaltquoten sorgen.« (Jared sollte recht behalten. Der Videoclip, wie er mit Deirdre Anagramme bildet, wurde am nächsten Tag öfter aufgerufen als jeder andere Clip auf der offiziellen Webseite von *Leben und Sterben*. ATN konnte einen lukrativen Werbevertrag mit einem Verlag für Wörterbücher abschließen.

»Worüber haben wir gerade gesprochen?«, fragte Jared.

»Über dein Testament.«

»Oh, ich verstehe.«

Deirdre war sich nicht sicher, wie sie die Antwort deuten sollte, und fragte sich, ob es vielleicht ein weiteres Anagramm war, hielt es aber, genau wie alles andere in dieser Unterhaltung, für besorgniserregend. Die Zeichen waren eindeutig – sie waren in eine Art Endphase eingetreten. Deirdre versuchte sich vorzustellen, wie es wohl ausgehen würde. Würde Jared einfach sterben? Würde er noch monatelang so vor sich hin vegetieren? Das Einzige, was sie mit

Sicherheit wusste, war, dass Jared den Punkt überschritten hatte, an dem es kein Zurück mehr gab. So war es auch bei ihrer Mutter gewesen.

Ihre Gedanken kehrten immer wieder zu dem Gespräch mit Joanne Stark von der Hospiz-Stiftung zurück und wie Jared das Thema Sterbehilfe angesprochen hatte. Deirdre hatte ihren Gedanken bis jetzt noch nicht erlaubt, diese Richtung einzuschlagen, aber nun fragte sie sich, ob Jared vielleicht schon darüber nachgedacht hatte. Sie hätte ihn gern gefragt, aber das konnte sie nicht tun, wenn sie dabei von einer Kamera gefilmt wurde. Vielleicht ergab sich eine Gelegenheit bei einem ihrer nächsten Arztbesuche.

Als sie wieder aus ihren Grübeleien auftauchte, war Jared eingenickt.

Ohne sich anmerken zu lassen, was in ihr vorging, stand sie auf, weckte ihn behutsam und half ihm ihn sein Arbeitszimmer zurück.

***

Jackie und Max wollten die zweite Folge von *Die echte Familie Stone aus Portland, Oregon* eine Woche, nachdem Jackie »Operation Fanpost beantworten« in die Tat umgesetzt hatte, hochladen.

Gemeinsam mit Max hatte Jackie ein sogenanntes Promo-Sheet für ihre Serie entworfen. Es enthielt ein etwas schräg anmutendes Schwarz-Weiß-Foto, auf dem Jared, Deirdre, Jackie und Megan auf der Couch sitzen und fernschauen. Das Motiv war ein Abbild dessen, womit die Mehrheit der amerikanischen Mittelklassenfamilien Abend für Abend ihre Zeit verbrachte; ein ganz alltäglicher Anblick und gerade deshalb so bemerkenswert. Die Überschrift lautete: »*Die echte Familie Stone aus Portland, Oregon:* Die Wahrheit hinter der beliebtesten Reality-TV-Show – demnächst auf YouTube«.

Jackie druckte das Promo-Sheet dreihundertzweiundvierzigmal aus (eines für jeden Fanbrief, den sie beantworten wollte) und legte eine am Computer geschriebene persönliche Nachricht bei:

> Vielen Dank für deinen Brief! Wenn du wissen willst, wie wir wirklich leben, schau dir meine Videoserie auf YouTube an. Die nächste Folge geht heute in einer Woche online!

Das Datum und ihre Unterschrift setzte sie anschließend von Hand darunter.

Dann tütete Jackie alles ein und frankierte die Umschläge.

Anschließend druckte sie noch ein weiteres Promo-Sheet für Hazel Huck aus. Ihre Adresse herauszukriegen war nicht sonderlich schwer gewesen – es gab in Huntsville nur vier Familien mit dem Namen Huck, und nachdem sie ein bisschen im Netz recherchiert hatte, wusste sie auch, welche die richtige war. Jackie legte Hazel diesen handgeschriebenen Brief bei:

Hi Hazel,
wir kennen uns nicht, aber ich wollte mich bei dir bedanken, dass du dich so dafür eingesetzt hast, meinem Vater zu helfen. Ich habe davon in der Zeitung gelesen. Es macht mich froh, dass es auf der Welt immer noch nette Menschen gibt. Außerdem dachte ich, dass du vielleicht mal in meine neue Videoserie schauen willst. Es wäre toll, wenn du allen deinen Freunden davon erzählen könntest.
Alles Liebe,
Jackie Stone

Andersona, die ATN-Sendeleiterin, die im Auftrag von Ethan versucht hatte, sich mit Jackie anzufreunden, war begeistert, als sie erfuhr, dass ihr Schützling die Fanpost beantwortete. Sie schickte Ethan eine Nachricht, um zu berichten, dass das »Stone-Mädchen endlich mit an Bord« war.

Andersona besorgte Jackie die Umschläge und Briefmarken und bot an, sie zur Post zu bringen. Sie erlaubte Jackie sogar, sie für ihr »Schulprojekt« zu filmen. Zwischen dem Mädchen und ihr, das fühlte sie genau, entstand allmählich eine innige Beziehung.

Für Jackie und Max lief alles nach Plan.

***

Der Regieleiter von *Leben und Sterben*, ein Veteran des Reality-Fernsehens namens Nigel, wurde zunehmend besorgter. Jackie und Deirdre blieben größtenteils für sich, und Megan lud zwar regelmäßig ihre Freundinnen nach Hause ein, doch leider beschäftigten die Mädchen sich hauptsächlich damit, sich für die Kameras in Szene zu setzen, sodass das Filmmaterial nicht wirklich zu gebrauchen war. Aber das Schlimmste war, dass Jared fast nur noch schlief. Nichts davon eignete sich dafür, gutes Fernsehen zu machen. Nigel sprach mit der Produktionsleitung, die wiederum mit Ethan sprach, der daraufhin den ersten Auftritt eines Promis in die Wege leitete.

Die Zuschauerzahl von *Leben und Sterben* blieb zwar unverändert hoch, aber der Vorfall mit Sherman Kingsborough und Trebuchet hatte im ganzen Land einen kollektiven üblen Nachgeschmack hinterlassen, sodass niemand von den sendereigenen Stars mit der Show in Verbindung gebracht werden wollte. Am Ende musste man sich mit einer Darstellerin aus einer Sitcom namens *Oh, Charlie* begnügen. *Oh, Charlie* war eine nach Schema F produzierte Familienserie, die sich um einen Teenager namens Charlie drehte, der sich ständig in Schwierigkeiten brachte und seine Heldentaten anschließend online postete; ein Abklatsch der Jugendserie *iCarly* für Jungs. Die besagte Darstellerin aus der Sitcom, die für den Promi-Auftritt verpflichtet wurde, war Jo Garvin, die in der Serie Charlies Tante Kelley spielte.

Die Familie Stone wurde beim täglichen morgendlichen Briefing darauf vorbereitet. Jared wurde dazu ermuntert, viel zu schlafen und sich auszuruhen, damit er in »Bestform« war, wenn der Stargast kam; den Mädchen wurde nahegelegt, ihre besten Sachen anzuziehen und »viel zu lächeln«; Deirdre wurde gebeten, sich um das Abendessen zu kümmern. Der Eifer, mit dem jeder von ihnen sich fügte, variierte: Jackie verdrehte die Augen, Deirdre zuckte mit den

Achseln und Jared sagte einfach »okay«. Nur Megan, die von der Aussicht, einen echten TV-Star kennenzulernen, begeistert war – ohne sich der Tatsache bewusst zu sein, dass sie viel berühmter war als Jo Garvin –, strahlte übers ganze Gesicht.

Als ihr Gast schließlich erschien, zeigten sich alle Stones, sogar Jackie, von ihrer besten Seite. Deirdre und Jared bereiteten Jo einen herzlichen Empfang an der Tür und luden sie ein, für die Vorspeise im Wohnzimmer Platz zu nehmen, bevor sie sie für den Hauptgang ins Esszimmer führten. Es gab mit Shake 'N Bake der Marke Kraft Food paniertes Hühnerfleisch und als Beilage Stove Top Cornbread, ebenfalls von Kraft Food, grüne Bohnen von Green Giant, Weißbrot von Wonder Bread und zum Nachtisch Streuselkuchen von Entenmann's. Dazu wurden Softdrinks von Coca-Cola gereicht und zum Dessert Kaffee von Folgers, allerdings nur für die Erwachsenen. Die gesamte Mahlzeit bescherte ATN Werbeeinnahmen in Höhe von fast einer Million Dollar.

Die Unterhaltung plätscherte an der Oberfläche. Jared und Deirdre erzählten von ihrem Alltag zu Hause, ihrem Kampf mit Jareds Krebs und Jareds Zeit als Abgeordneter. Megan redete über die Schule und Jungs und ihre Lieblingsserien, darunter auch *Oh, Charlie*, was Jo natürlich die Gelegenheit gab, die nächste Folge zu bewerben. Sie hatte es sogar einrichten können, einen dreißig Sekunden langen Trailer mitzubringen, für den die Familie das Abendessen unterbrechen musste. Jackie sagte während der ganzen Zeit so gut wie gar nichts.

Nach dem Essen brachte die Familie Jo zur Tür und verabschiedete sich von ihr. Jo, die darauf bestand, dass die Mädchen sie »Tante Jo« nannten, küsste Megan sogar auf die Stirn, bevor sie ging.

Als die Folge am darauffolgenden Abend ausgestrahlt wurde, sah Amerika natürlich eine gänzlich andere Version der Ereignisse. Dank der Magie der Schnitttechnik hing jedes Mitglied der Familie Stone, selbst Jackie, an den Lippen von Jo. Nur Jared – der ein höflicher, wenn auch etwas distanzierter Gastgeber gewesen war – schien kein Teil der Unterhaltung zu sein. Die Cutter schafften es, ihn völlig verwirrt aussehen zu lassen. Sie hatten eine Reihe von ganz normalen Grimassen eingefangen, die er während der Unterhaltung gemacht hatte, und daraus das Bild eines Mannes zusammengeschnitten, der große Schmerzen litt.

Als Jo nach dem Abendessen in einem provisorisch im Vorgarten errichteten Studio von Andersona interviewt wurde, gelang es ihr, in Tränen auszubrechen, als sie darüber sprach, wie sehr Jared und seine Familie sie berührt hatten und was für eine wirklich grauenhafte Krankheit Krebs doch war.

»Schätzchen«, sagte Andersona, als die Kameras aus waren, »dafür wirst du einen Emmy kriegen.«

Jo umarmte Andersona und zwinkerte dann Jackie zu, die, auf Andersonas Einladung hin, in einer Ecke gesessen und die gesamte Szene mit ihrem iPhone gefilmt hatte.

***

Zuerst hielt Hazel Huck den Brief von Jackie für eine Art Scherz. Aber das YouTube-Video der ersten Folge von *Die echte Familie Stone aus Portland, Oregon* gab es tatsächlich. Es hatte eher etwas von einem Homevideo als von einer Fernsehserie, trotzdem war es faszinierend, Jared Stone und seine Familie hinter den Kulissen zu sehen.

Sie schrieb Jackie eine kurze Antwort, in der sie sich für den Brief bedankte und ihr sagte, wie sehr sie sie für das, was sie tat, bewunderte. Zum Schluss fügte sie noch ihre E-Mail-Adresse hinzu.

Zehn Minuten später war Hazel in Azeroth und teilte den Link *Die echte Familie Stone aus Portland, Oregon* mit allen zweihundert Mitgliedern ihrer Gilde.

***

Am Tag nach Jo Garvins Besuch glitt Jared auf dem Futon in seinem Arbeitszimmer in einen unruhigen Schlaf. Glio, der mit jedem Tag immer weniger Gehirntumor und immer mehr zu Jared wurde, setzte den unaufhaltsamen Angriff auf seinen Wirt fort.

Als er von der reichhaltigen Auswahl an Erinnerungen aus Jareds früheren Jahren so gut wie alles verschlungen hatte und von den aktuelleren Angeboten gelangweilt war, lenkte Glio seine Aufmerksamkeit von den Erinnerungen auf andere Gehirnareale und schwamm vom Hippocampus zum Kleinhirn, das unter anderem für Jareds Motorik und diverse Körperfunktionen zuständig war.

Als Erstes kostete er die Neuronen, die die Kontrolle über Jareds Darm und seine Blase steuerten; dann machte er sich über eine Zellgruppierung her, die Jareds Blutdruck regelte; und schließlich probierte er ein kleines Stück von der komplexen Neuronen-Struktur, die Jareds Gleichgewicht überwachte.

Glio fand das alles zwar ganz interessant, aber nicht wirklich befriedigend. Er schwamm zum Hippocampus zurück und warf sich Erinnerungen an Jareds Lieblingsfilme ein, als wären sie gesalzenes Popcorn.

***

Als Jared von seinem Mittagsschlaf aufwachte, stellte er fest, dass er ins Bett gemacht hatte. Es war das erste Mal, dass so etwas passierte, und er wusste, dass es ein Zeichen dafür war, wie weit die Krankheit mittlerweile schon von ihm Besitz ergriffen hatte. Er stand auf, um ins Badezimmer zu gehen und sich zu waschen, kippte jedoch sofort um.

»Was zum Teufel«, murmelte er benommen.

Er versuchte sich, so gut er konnte, zu sammeln, stemmte sich auf Hände und Knie und kroch zum Badezimmer, wo er erneut zusammenbrach. Jared wusste, dass er Deirdre rufen sollte, aber er schämte sich zu sehr.

»Krebs«, sagte er laut, »ist ein Arschloch.«

Die kühle Bodenfliese an seiner Wange beruhigte ihn und gab ihm Kraft; er zog sich am Rand des Waschbeckens hoch und hielt sich daran fest. Es dauerte fünfzehn erbarmungswürdige Minuten, bis er sich aus seinen Sachen gekämpft, sie notdürftig ausgewaschen und sich selbst abgeduscht hatte. Danach war er wieder sauber und fühlte sich ein bisschen besser. Ihm war immer noch schwindelig und jedes Mal, wenn er sich aufrichtete, begann sein Herz zu rasen, aber das Schlimmste lag hinter ihm.

In einem schier übermenschlichen Kraftakt schaffte er es ins Schlafzimmer, wo er seine nassen Sachen unter das Bett schob und dann mit dem Gesicht ins Kissen fiel und einschlief.

Jareds Geheimnis blieb fünf Stunden gewahrt, exakt so lange, bis an dem Abend *Leben und Sterben* ausgestrahlt wurde. Die Kameras hatten alles festgehalten – von dem Spruch »Krebs ist ein Arschloch« bis zu dem Moment, in dem er die Badezimmertür schloss. Der Mitschnitt wurde noch vor dem Vorspann gezeigt.

Nach der ersten Werbepause füllte Deirdres Gesicht den Bildschirm aus und Andersonas Stimme fragte aus dem Off: »Was haben Sie gedacht, als Sie gesehen haben, wie Jared zum Badezimmer kroch?«

Deirdre kamen die Tränen. »Ich mach da nicht mit.« Sie stand auf, nahm das Mikro ab und ging.

Als sie abends zusammen auf der Couch saßen und sich die Folge anschauten, vermied Deirdre es, ihren Mann anzusehen. Sie griff nach seiner Hand, ohne den Blick vom Fernseher zu nehmen. Als Jared ihre Finger mit seinen umschloss, spürte er, wie sie ihm eine Nachricht zusteckte.

Schweigend schauten sie sich den Rest der Folge an. Dann gab Deirdre ihm einen Kuss auf die Wange, stand auf und ging zu Bett. Jared suchte den einzigen geschützten Ort im Haus auf – das Badezimmer – und las ihre Nachricht.

»Jare, halte so etwas nie wieder vor mir geheim. Wir sollten einen Termin bei deiner Ärztin machen. Und vergiss nie, dass sie uns immer beobachten. Je langweiliger wir sind, desto schneller verschwinden sie.«

Aber Jared wusste, dass das nicht stimmte. Er wusste, dass ATN wortwörtlich nur über seine Leiche aus ihrem Leben verschwinden würde.

***

Die zweite Folge von *Die echte Familie Stone aus Portland, Oregon* war viel ausgeklügelter als die erste. Max hatte Jackies neues Bildmaterial – vom Fernsehteam, von den Stones, vom Haus – so bearbeitet, dass daraus eine meisterhafte Imitation von *Leben und Sterben* geworden war. Er schnitt verschiedene Gesprächsfetzen so zusammen, dass der Eindruck entstand, sie würden aus ein und derselben Unterhaltung stammen, und legte eine Tonaufnahme, bei der Jackie eine Geschichte aus einem Buch vorlas, über verschiedene Szenen, die dem Zuschauer vorgaukelte, sie wäre in einem seltsamen Albtraum gefangen. Den krönenden Abschluss bildete das Interview mit Jo Garvin. Dazu bediente sich Max der Split-Screen-Technik und stellte das Filmmaterial, das ATN gezeigt hatte (Jo, die in Tränen ausbricht), und das von Jackie (Jo, die Jackie bei dem Gedanken an ihren Emmy vergnügt zuzwinkert) einander gegenüber. Die zugrundeliegende Wahrheit war unmissverständlich: Die Zuschauer von *Leben und Sterben* waren, zumindest in diesem Interview, hinters Licht geführt worden. Es war dokumentarische Filmarbeit vom Feinsten.

Die Folge wurde zwei Tage, nachdem Amerika zugeschaut hatte, wie Jared auf allen vieren ins Badezimmer kriecht, online gestellt. Dank Jackies Briefkampagne, dank der sozialen Medien und dank Hazel, die die Kunde in Azeroth verbreitet hatte, erhielt *Die echte Familie Stone aus Portland, Oregon* tausend Klicks in der ersten Stunde, zwölftausend bis zum darauffolgenden Morgen und einhundertfünfzigtausend bis zum Abend desselben Tages.

Das Video hatte sich viral verbreitet.

***

Der Zufall wollte es, dass Ethan Overbee bereits in Portland war, als die zweite Folge von *Die echte Familie Stone aus Portland, Oregon* ihr Debut gab. Während Amerika Jareds sich rapide verschlechternden Gesundheitszustand beklagte, dachte Ethan schon zwei Schritte weiter. Er wusste, dass der Star und das Herzstück seiner Show – der meistgesehenen Realityshow in der Geschichte des Fernsehens – auf Kollisionskurs mit einem Krankenhaus war, und wenn Jared erst einmal aus dem Haus war, würde es schwierig, die Kontrolle zu behalten.

Ethan war ebenfalls klar, dass es praktisch einem Mord gleichkäme, Jared die notwendige medizinische Versorgung zu verweigern; es würde zwar weiterhin für hohe Einschaltquoten sorgen, den Sender aber Werbekunden kosten. Wenn er also nicht zulassen konnte, dass Jared stationär in einem Krankenhaus aufgenommen wurde, würde er das Krankenhaus zu Jared bringen müssen. Er machte sich daran, sich einen Überblick über die medizinischen Einrichtungen in Portland und Umgebung zu verschaffen, als er plötzlich eine Eingebung hatte.

Die einzige Religion, der Ethan sich verbunden fühlte, war die Anbetung und Verehrung von Macht. Ein häufiger Irrtum war, dass es Menschen wie Ethan um Geld ging. Was sie nämlich eigentlich wollten, war Kontrolle. Wer die Kontrolle hatte, zu dem kam das Geld von ganz allein. Die breite Mehrheit der amerikanischen Mittelschicht glaubte, es würde genau andersherum funktionieren. Dass Geld Macht einbringen würde. Aus dem Grund träumten sie davon, über Nacht reich zu werden, statt davon, über Nacht mächtig zu werden. *Hinterwäldler,* dachte Ethan jedes Mal, wenn er sich die Mühe machte, über die Mittelschicht nachzudenken, was ziemlich selten der Fall war.

Ethan ging davon aus, dass Kardinal Trippe, der Ethan in dem bescheidenen Büro seine Diözese empfing, derselben Überzeugung war. Kein Mensch schaffte es ohne den Einsatz seiner Ellbogen bis ganz nach oben, ganz gleich, was für einer Organisation er angehörte. Macht war Macht, egal wo sie ausgeübt wurde. Ethan verstand nur nicht, warum diese streitsüchtige und extrem unangenehme Nonne mit dabei war.

»Mr Overbee«, sagte Schwester Benedict gerade, »Ihre Realityshow ist ein Verstoß gegen die Würde des Menschen. Sie …«

»Bitte, Schwester«, unterbrach der Kardinal sie. »Ich bin sicher, Mr Overbee hat unsere Pressekonferenz gesehen.«

»Genau genommen, Eure Eminenz« – Monique hatte Ethan über die korrekte Ansprache eines katholischen Kardinals gebrieft – »ist das der Grund, warum ich heute hier bin. Ich glaube, wir können einander behilflich sein.«

»Eminenz«, versuchte Schwester Benedict in ihrer eigenen Agenda fortzufahren, verstummte jedoch, als der Kardinal väterlich wohlwollend, aber bestimmt ihr Handgelenk tätschelte. *Ja,* dachte Ethan, *das ist Macht.*

»Wie Sie wissen«, sprach Ethan weiter, »ist Mr Stone schwer krank. Sein Zustand wird bald einen Punkt erreicht haben, an dem er in ein Krankenhaus eingewiesen werden muss.«

»Was schlecht für Ihre Fernsehshow wäre«, sagte der Kardinal.

»Richtig. Also habe ich mir gedacht, was, wenn wir das Krankenhaus zu ihm nach Hause bringen? Ich habe ein wenig recherchiert, allem Anschein nach ist das St. Ignatius die beste medizinische Einrichtung in der ganzen Stadt, und wenn ich richtig informiert bin, ist sie in kirchlicher Trägerschaft.«

»Interessant. Aber sagen Sie, Mr Overbee, warum sollten wir Ihnen angesichts unserer offiziellen Haltung zu Ihrer Show helfen wollen?«

»Genau, warum sollten wir so etwas tun?«, echote Schwester Benedict, die nicht anders konnte, als sich wieder in das Gespräch einzubringen.

»Erstens, weil das Seelenheil dieses Mannes damit in Ihre Hände gelegt wird.« Ethan hatte sich diesen Satz aufgeschrieben und ihn auswendig gelernt. »Zweitens, weil Sie sein Leben so lange erhalten können, wie Ihre Ärzte dazu in der Lage sind. Und drittens«, an dieser Stelle legte Ethan seine Hände auf den Tisch und beugte sich vor, »weil die Publicity für Ihre Gemeinde beispiellos sein wird.«

Der Kardinal schüttelte den Kopf. »Mr Overbee, ich weiß, warum Sie hier sind. Sie müssen Werbedollars verkaufen und mit diesem Plan könnten Sie zwei Fliegen mit einer Klappe schlagen – uns als Gegner ausschalten und gleichzeitig Ihrer Show helfen. Richtig?« Ethan, der gegen so etwas normalerweise immun war, war von Kardinal Trippe fasziniert.

»Ja, Eure Eminenz, so etwas in der Art.«

»Für uns ist alles Leben heilig, nichts läge uns jedoch ferner, als uns in die Pläne Gottes einzumischen. Es ist allein die Entscheidung unseres himmlischen Vaters, wann er Mr Stone zu sich beruft, und nicht die unserer Kirche oder Ihres Fernsehsenders.« Ethan sah, wie die Schwester bei diesen Worten unwillig das Gesicht verzog. »Und genauso wenig«, fügte der Kardinal hinzu, »kümmert uns die Publicity, die Ihre Show uns einbringen würde.« Ethan begann sich einzugestehen, dass er sich anscheinend verkalkuliert hatte und in eine Sackgasse gelaufen war.

»Ich bin allerdings bereit«, fuhr der Kardinal fort, »alles Notwenige in die Wege zu leiten, um Mr Stone zu Hause medizinisch versorgen zu lassen und damit sein Leid zu lindern und ihm den Abschied von dieser Welt so erträglich wie möglich zu machen. Daran sind jedoch Bedingungen geknüpft.«

Ethan spürte, wie er wieder festen Boden unter den Füßen hatte. Er war auf vertrautes Terrain zurückgekehrt. »Ohne unhöflich sein zu wollen, Kardinal Trippe, aber – wie viel?«

Der Kardinal zog so überrascht die Brauen hoch, dass sie beinahe in seinem Haaransatz verschwanden, dann lachte er. »Sie haben mich missverstanden, Mr Overbee. Uns geht es nicht um Geld. Uns geht es darum, dass Ihre Show sich sowohl das spirituelle als auch das physische Wohlergehen von Mr Stone zu Herzen nimmt.«

»Sie wollen kein Geld?«, hakte Ethan verdutzt nach.

»Wir wollen, dass Ihre Zuschauer sehen, wie Mr Stones Seele auf die Reise ins Jenseits vorbereitet wird. Wir wollen die Religion in die amerikanischen Wohnzimmer bringen.«

Ethan hätte am liebsten gelacht. Er hätte diesen blöden Pfaffen und seine hässliche Nonne am liebsten umarmt und sich dafür bedankt, dass sie ihm seinen Glauben an all die Dinge wiedergegeben hatten, die ihm heilig waren. »Natürlich, Eure Eminenz. Wir können jeden Abend einen kleinen Beitrag zeigen, in dem sich ein Priester um Mr Stones ... wie haben Sie es noch gleich genannt ... spirituelles Wohlergehen kümmert.«

»Ausgezeichnet«, antwortete der Kardinal. »Allerdings habe ich dabei nicht an einen Priester gedacht.« Ethan folgte dem Blick des Kardinals, der nun auf Schwester Benedict ruhte. Zuerst machte die Nonne ein Gesicht, als wäre sie geohrfeigt worden, dann strahlte sie plötzlich, als hätte sie im Lotto gewonnen.

Ethan musterte sie von Kopf bis Fuß. Sie erinnerte ihn an *E.T.* Ihm war sofort klar, dass ihre Beliebtheitswerte unterirdisch sein würden, aber das war kein Problem. Amerika hatte gern jemanden, gegen den es geifern konnte. *Ja,* dachte er, *das könnte funktionieren.* Er schenkte ihr ein durchtriebenes Lächeln. »Willkommen im Cast von *Leben und Sterben*, Schwester.«

Da war es nur noch ein Problem, dachte Ethan.

***

Jackie wurde von einem Klopfen an ihrer Tür geweckt. Sie glaubte zu wissen, wer auf der anderen Seite stand.

Drei Stunden zuvor war sie in der Küche von Andersona in die Mangel genommen worden. Die Sendeleiterin von *Leben und Sterben* arbeitete sich bei ihrem verbalen Angriff auf Jackie an einer nicht gerade kleinen Anzahl ihrer ganz persönlichen Probleme ab. Sie schrie so laut und so lange herum, dass sie von einem anderen Mitglied des Fernsehteams gebremst werden musste. »Wie konntest du diesen Scheiß online stellen?«, brüllte sie, während sie weggezogen wurde. »Ich hab dich meine Freundin sein lassen, du mieses kleines Dreckstück!«

»Das werden sie garantiert nicht im Fernsehen zeigen«, murmelte Jackie, während sie die Treppe hochging und sich in den Schutz ihres Zimmers flüchtete. Ihre Eltern hatten einen Termin bei der Ärztin und Megan war nicht zu Hause, Jackie saß also mehr oder weniger in der Falle.

Als sie sich online mit Max traf, war er völlig aus dem Häuschen.

Max: Solnischko! Hast du gesehen, wie viele Leute sich unser Video angeschaut haben?

Jackie: Hi, Max. Ja, Hab ich. Das ist ziemlich gut.

Max: Ziemlich gut? Mehr als hunderttausend Leute, und sie sagt, ziemlich gut.

Jackie: Du hast recht, tut mir leid. Das ist toll. Die Folge ist dir echt gut gelungen.

Max: Nein, Jacquelyn, UNS. Sie ist uns gut gelungen. Freust du dich nicht?

Jackie: Doch, schon, aber Andersona ist ziemlich sauer gewesen. Ich hab irgendwie ein schlechtes Gewissen.

Max: Nein, Solnischko, Andersona ist Feind. Sie ist eine von denen, die macht, dass dein Vater schlecht aussieht. Sie baut ein Gebäude aus Lügen.

Jackie: Sind wir wirklich besser?

Max: Ja, wir zeigen Wahrheit. *Prawda*!

Jackie wusste, dass Max recht hatte, und fühlte sich ein bisschen besser. Trotzdem war sie sich sicher, dass es Konsequenzen nach sich ziehen würde, und nicht zu wissen, wie diese Konsequenzen aussehen würden, war nur schwer auszuhalten. Sie sagte es Max.

Max: Was für Konsequenzen?

Jackie: Keine Ahnung. Aber ich bin mir sicher, dass sie mich noch dafür bestrafen.

Max: Du meinst, deine Eltern bestrafen dich?

Jackie: Nein, der Sender.

Das musste Max erst einmal verarbeiten und war einen Moment still. Jackie, die am Vormittag neues Filmmaterial gesammelt hatte (Andersonas Ausbruch hatte sie leider nicht filmen können), verband ihr Handy mit dem Laptop, um die Aufnahmen herunterzuladen.

Sie und Max chatteten noch eine Weile und sprachen vor allem darüber, welche Aufnahmen sie für die nächste Folge ihrer YouTube-Serie machen sollte, dann verabschiedeten sich. In Russland war es schon sehr spät, Max musste schlafen. Weil sie nicht wusste, was sie sonst machen sollte, legte Jackie sich auf ihr Bett und döste ein.

Bis es schließlich an ihrer Tür klopfte.

Sie stützte sich auf die Ellbogen. »Wer ist da?«

Ethan öffnete die Tür und steckte den Kopf ins Zimmer. »Darf ich reinkommen?«

Jackie zuckte mit den Achseln.

Ethan trat ein und setzte sich auf den einzigen Stuhl im Raum. Er schaute sich im Zimmer um und nickte in Richtung des *Girls-Club*-Posters.

»Toller Film«, sagte Ethan.

»Ich weiß, warum Sie hier sind, Mr Overbee«, entgegnete Jackie.

»Das glaube ich nicht.« Er sah sie geradewegs an und schaffte es, dass sie unter seinem Blick zusammenzuckte.

»Sie sind nicht hier, um mich anzuschreien? Wegen des Films auf YouTube, meine ich?«

»Würde das irgendetwas bringen?«

Jackie antwortete nicht. Sie hatte kein gutes Gefühl bei dieser Unterhaltung, und da war etwas in Ethans Verhalten, das sie sogar noch unangenehmer fand als sonst.

»Vielleicht sollten meine Eltern bei dem Gespräch lieber dabei sein«, sagte Jackie.

»Vielleicht. Aber sie sind nicht zu Hause, richtig?«

Wieder antwortete Jackie nicht.

»Dir sollte klar sein«, begann Ethan, »dass du wahrscheinlich Jo Garvins Karriere zerstört hast. Wusstest du, dass sie zwei Kinder hat?«

Das wusste Jackie nicht, aber sie fand, dass Jo ihre Kinder, wenn sie sie wirklich lieb hatte, bei dem Abendessen zumindest hätte erwähnen können.

»Es hat nie ein Schulprojekt für deine Videoaufnahmen gegeben, habe ich recht?«

Jackie starrte auf ihre Hände.

»Du möchtest nichts dazu sagen, nein? Okay, wie du willst, es geht auch ohne. Was mich allerdings noch interessieren würde, ist, wie du es geschafft hast, so erfolgreich die Identität deines YouTube-Accounts zu schützen.«

Er wusste nichts von Max. Jackie durchzuckte ein Adrenalinstoß; sie war im Besitz einer Information, die dieser Mann, der alles zu wissen schien, nicht hatte.

»Egal«, sagte Ethan und stand auf. »YouTube-Account hin oder her, ohne das hier kannst du sowieso keine Videos mehr drehen.«

Ethan stöpselte ihr iPhone aus und steckte es ein.

»Hey!«, schrie Jackie.

»Sorry, Kleine, aber dieses Privileg hast du dir verspielt.«

»Das ist mein Handy.«

»Das *war* dein Handy, Jackie«, sagte Ethan und öffnete die Tür. »Ab jetzt gehört alles in diesem Haus, alles auf diesem Set, mir. Und, Jackie?« Er wartete einen Moment, um sich zu vergewissern, dass er ihre volle Aufmerksamkeit hatte. »Sollte noch eine Folge deiner kleinen Serie online gehen, werde ich noch etwas viel Schlimmeres tun, als dir dein Handy wegzunehmen.«

Und damit drehte er sich um und ging.

***

Als Jackie abends ihrer Mutter erzählte, was passiert war, war Deirdre außer sich. Sie schrie den Regieleiter an, bis er sich bereit erklärte, Ethan ans Telefon zu holen.

»Aber, aber, Deirdre«, versuchte Ethan sie zu beruhigen, »Jackie reagiert völlig übertrieben. Ja, ich habe ihr Handy konfisziert, aber Sie verstehen sicherlich, warum der Sender nicht zulassen kann, dass noch mehr unautorisiertes Filmmaterial, das Einblicke hinter die Kulissen gibt, verbreitet wird. Sie als ihre Mutter würden gut daran tun, ihr das noch einmal einzubläuen.«

»Mr Overbee«, begann Deirdre, die ihre Krallen ausgefahren hatte wie eine Löwenmutter, die ihr Junges verteidigt, »ich versichere Ihnen …«

»Ach, und noch etwas, Deirdre«, unterbrach Ethan sie, als hätte er sie gar nicht gehört.

Deirdre drehte es den Magen um.

»Gemäß den Vertragsbedingungen zwischen ATN und Ihrem Mann wird der Sender in Abstimmung mit dem St.-Ignatius-Krankenhaus in Portland ab morgen die Verantwortung für Jareds medizinische Versorgung übernehmen.«

»Was? Aber Sie können doch nicht …«

»Gute Nacht, Deirdre. Ich werde diese Woche am Set sein, Sie können mich jederzeit ansprechen, wenn Sie noch Fragen haben.«

Die Verbindung wurde beendet.

***

Schwester Benedict Joan trat durch die Tür, als würde sie schon ihr ganzes Leben bei den Stones ein und aus gehen. Verblüfft stellte sie fest, dass das Haus praktisch in ein Filmset umgewandelt worden war. Im Fernsehen sah es wie ein ganz normales Haus aus. Aber genau so funktionierte diese Scheinwelt nun mal; über die Jahre hinweg hatte die Schwester immer mal wieder einen flüchtigen Einblick in andere Reality-TV-Shows bekommen – hauptsächlich von Gästen der *Duke Hamblin Show* gezeigte Ausschnitte aus *Real World* oder *Big Brother* oder *The Amazing Race* – und jetzt fragte sie sich, ob überhaupt irgendetwas im Fernsehen echt war.

»Wer sind Sie?«

Die Schwester drehte sich um und sah ein engelsgleiches junges Mädchen mit rosigen Wangen, rotblonden Zöpfen und den größten und blauesten Augen, die sie je gesehen hatte, vor sich stehen. Da sie sich bis jetzt jede Folge von *Leben und Sterben* angeschaut hatte, wusste sie, dass es sich um Megan Stone handeln musste.

»Ich bin Schwester Benedict Joan, junges Fräulein, aber Schwester reicht.«

»Okay, Schwester, was haben Sie in unserem Haus zu suchen?«

Schwester Benedict hatte gehofft, die Familie Stone wäre über ihr Kommen informiert worden. »Ist deine Mutter oder dein Vater da?«

»Nein, sie haben einen Termin bei einem Anwalt. Es geht um irgendwas mit Daddys Ärzten.«

»Ah, ich verstehe. Nun, Megan, ich bin hier, um zu helfen, deinen Vater zu versorgen, und wo ich schon mal dabei bin, werde ich mich auch mit um dich und deine Schwester kümmern. Sieh mich einfach als so etwas wie eine gute Freundin.« Schwester Benedict lächelte.

Der Kardinal hatte die Schwester gebeten, sich der Familie gegenüber zuvorkommend zu zeigen und alles in ihrer Macht Stehende für das Wohlergehen der Stone-Mädchen zu tun. »Sie machen eine entsetzliche Zeit durch, Schwester. Sie brauchen jetzt unsere Liebe und Unterstützung.«

Schwester Benedict war an der Annunciation School zwar eine ganz passable Lehrerin und strenge Erzieherin, aber freundlich und nett zu Kindern zu sein, entsprach nicht ihren Fähigkeiten. Ihr Lächeln wirkte eher Angst einflößend.

»Also«, fuhr sie fort, »ist Jacquelyn zu Hause?«

»Nein. *Jackie*«, sagte Megan mit Betonung auf der bevorzugten Namensabkürzung ihrer Schwester, »bleibt heute länger in der Schule, um noch ein bisschen im Computerraum zu arbeiten.«

»Sehr gut. Es ist wichtig, dass junge Frauen moderne Fertigkeiten erlernen.«

Hinter der Schwester marschierte eine Gruppe von Arbeitern ins Haus, die ein Krankenhausbett und andere medizinische Gerätschaften trugen. »Wohin damit, Schwester?«, fragte ein stämmiger Mann mit einem Klemmbrett in der Hand.

»Megan«, sagte die Schwester, »zeig diesen Gentlemen bitte den Weg zum Arbeitszimmer deines Vaters.«

»Klar. Da lang.«

»Achte auf deinen Umgangston, Megan Stone. Junge

Damen sollten nicht so schnodderig sprechen.« *Wie ich sehe,* dachte die Schwester, *wartet hier eine Menge Arbeit auf mich.*

Megan zuckte bloß mit den Schultern und führte die Männer nach oben.

***

Glio überwand einen sinnbildlichen Abgrund. Bis zu diesem Punkt seines kurzen Daseins war er ausschließlich damit beschäftigt gewesen, Jareds Gehirn von innen heraus zu zerstören. Natürlich hätte Glio es nicht als zerstören bezeichnet. Er erfüllte lediglich den ihm vorbestimmten Zweck und hatte in dieser Sache genauso wenig eine Wahl wie die Gezeiten. Hätte Glio innegehalten und über die Vor- und Nachteile des freien Willens nachgedacht, hätte er sich entschieden für das Prinzip der Vorbestimmung ausgesprochen.

Aber die Dinge veränderten sich. Nachdem er Jareds interessanteste Erinnerungen aufgebraucht hatte, von seinen motorischen Fähigkeiten gekostet und den Vorhang, hinter dem sich die dunkelsten Geheimnisse von Jared Stones Gehirn verbargen, wieder zugezogen hatte, brauchte Glio etwas anderes. Er musste die Welt jenseits davon sehen.

Sein erster Vorstoß dorthin geschah mehr oder weniger durch Zufall. Während Jared und Deirdre in den Büroräumen von Morrison, Murphy und O'Connor saßen, einer angesehenen Anwaltskanzlei in Portland, machte Glio sich zu einer kleinen Erkundungstour zu Orten auf, an denen er noch nie zuvor gewesen war. Sie führte ihn über Jareds Frontal-, Partial- und Schläfenlappen zum Gehörnerv hinunter, wo er einen seiner langen, girlandenartigen Fortsätze um die Ohrschnecke wand und zu seiner Überraschung feststellte, dass er die Unterhaltung in Echtzeit verfolgen konnte. Es war faszinierend.

»Es tut mir leid, Deirdre«, sagte die Stimme eines älteren Mannes, »dieser Vertrag, den Sie unterzeichnet haben, ist hieb- und stichfest. Selbst wenn wir alles in unserer Macht Stehende versuchen würden, um dagegen vorzugehen, würden die Anwälte des Senders nach der Taktik der verbrannten Erde verfahren und gnadenlos zurückschlagen.«

»Tut mir leid, Dan, aber ich verstehe nicht, was das heißen soll.« Es war die Stimme einer Frau, die Glio sofort als die von Deirdre erkannte.

Wie seltsam, Erinnerungen in dem Moment zu hören, in dem sie entstehen, dachte Glio. Er war froh, dass Deirdre nachgehakt hatte, weil er ebenfalls nicht verstand, was der Anwalt mit »verbrannter Erde« meinte. Er hätte gern gewusst, ob er in der Lage gewesen wäre, die Frage selbst zu stellen, wenn Deirdre es nicht getan hätte. Hätte Glio einen Weg gefunden, mit diesem Anwalt zu sprechen? Und wenn ja, hätte es irgendeinen Unterschied dazu gemacht, wenn Jared mit dem Anwalt gesprochen hätte?

»Das soll heißen, dass sie Sie in einen langwierigen Rechtsstreit zwingen würden, der sie so viel kosten würde, dass sie bankrott wären, bevor es überhaupt zu Ausgleichsgesprächen käme.«

»Und wenn wir uns einfach verweigern würden?«

»Verzeihung?«

»Wenn wir einfach ausziehen und nicht mehr wiederkommen würden?«

»Davon würde ich Ihnen dringend abraten, Deirdre. Sie hätten keinerlei finanzielle Unterstützung und bekämen eine Unterlassungsklage an den Hals, von der Sie sich Ihr Leben lang nicht mehr erholen würden. Davon abgesehen, weiß ich nicht, wie Jared das durchstehen würde.«

Glio spürte, dass alle im Raum ihn, oder besser gesagt Jared, ansahen, wobei er sich nicht länger sicher war, ob er noch zwischen ihnen beiden unterscheiden konnte. Von dieser völlig neuen und aufregenden Erfahrung, sich seiner selbst bewusst zu sein, erfüllt, zog er sich aus Jareds Ohr zurück und machte sich wieder zu sichereren Orten auf, um seinen nächsten Ausflug in die Außenwelt zu planen.

Er wollte *sehen*.

***

Jackie: Ich muss bald los, Max. Meine Eltern kommen gleich, um mich abzuholen.

Max: Okay, Solnischko. Filmst du heute Abend wieder, wenn du das neue Handy hast?

Jackie: Auf jeden Fall.

Deirdre hatte versprochen, Jackie ein neues iPhone zu besorgen, bevor sie sie von der Schule abholten, und ihr zu helfen, es unbemerkt ins Haus zu schmuggeln.

Max: Gut. *Do zavtra.*

Jackie: Ja, bis morgen, Max.

Als Jackie aus dem Schulgebäude kam, warteten ihre Eltern bereits auf dem Parkplatz auf sie.

»Wie ist es bei den Anwälten gelaufen?«, fragte sie, während sie hinten einstieg.

»Nicht so gut, Liebes«, sagte Deirdre. »Ich fürchte, wir kommen fürs Erste nicht aus der Sache raus.«

Jackie nickte nur.

»Aber ich habe etwas für dich.« Ihre Mutter reichte ihr eine Apple-Store-Tasche.

»Ist schon alles eingerichtet?«

»Jep.«

Jackie beugte sich zwischen den Sitzen vor und gab ihrer Mutter und ihrem Vater einen Kuss auf die Wange.

Jared, der bis dahin schweigend und reglos dagesessen hatte, sagte: »Oh, hey, Jax.« Er schien erst jetzt zu bemerken, dass seine Tochter mit im Auto war. Als er nach ihrer Hand griff und sie drückte, spürte Jackie, wie dürr die Finger und das Handgelenk ihres Vaters geworden waren. Sie konnte jeden einzelnen Knochen in seiner Hand spüren.

»Mach einfach mit diesen Filmen weiter, Jackie«, sagte Deirdre. »Die sind super.«

»Danke, Mom, aber ich hatte jede Menge Hilfe.«

»Von wem?«

»Ähm … das ist ein Geheimnis«, antwortete Jackie, und als Deirdre wissend lächelte, fügte sie hinzu: »Nicht was du denkst, Mom. Ich hab keinen Freund.«

»Okay, okay … aber wer immer es ist, hört nicht auf mit euren Videos. Ihr macht eure Sache wirklich großartig.«

Als sie zu Hause ankamen, öffnete ihnen ein Wachmann

das Tor in der Mauer. Der zwei Meter hohe Zaun, der die Stones vom Rest der Welt abschirmte, war trotz gegenteiliger Versprechungen Ethans alles andere als »freundlich«. Jackie hatte sich die Mauer ursprünglich als großen weißen Zaun vorgestellt, der beschützend und zugleich einladend wirkte. Das, worauf sie jetzt stattdessen schaute, war ein mit Stacheldraht bewehrter Maschendrahtzaun. Zwar hatte der Sender Wort gehalten und eine Hecke pflanzen lassen, aber die war gerade mal einen Meter fünfzig hoch. Dadurch sah der über die Büsche ragende Zaun sogar noch beklemmender aus und wirkte wie ein Motiv aus einem apokalyptischen Science-Fiction-Film.

Jackie schob die Apple-Tasche unter die Rückbank und steckte das Handy in ihren Stiefel, als der Wagen in die Einfahrt bog.

Deirdre hielt vor der Garage, über die jetzt das Fernsehteam die Kontrolle hatte, dann stiegen sie, Jared und Jackie aus und gingen ins Haus. Direkt hinter der Eingangstür war eine Art Sicherheitsschleuse errichtet worden, und als sich zwei Mitarbeiter des Securitypersonals, ein Mann und eine Frau, daranmachten, Deirdres Tasche und Jackies Rucksack zu durchsuchen, trat Ethan vom Wohnzimmer in die Diele.

»Hallo zusammen«, sagte er und sah dann die beiden Wachleute an. »Janet, durchsuchen Sie bitte auch Jackies Stiefel. Und, Gunther, nehmen Sie Deirdres und Jareds Handys an sich.«

»Wie bitte?«, rief Deirdre mit sich überschlagender Stimme.

»Keine Sorge, Deirdre.« Ethan Stimme triefte vor falscher Freundlichkeit, »Sie bekommen sie wieder, wenn Sie das nächste Mal das Haus verlassen.«

Unschlüssig, was sie tun sollte, zog Jackie ihre Stiefel aus, während Jared Ethan sein Handy hinstreckte. »Danke, Jared, geben Sie es Gunther«, sagte Ethan und schob Jareds Hand in Richtung des Wachmanns. Jackie fiel auf, dass weder Gunther noch Janet ihnen in die Augen schauen konnten.

»Das geht entschieden zu weit, Ethan.«

»Tut mir leid, Deirdre. Diese Fernsehshow ist ein äußerst wichtiger Vermögenswert für den Sender, den es zu schützen gilt.«

»Vermögenswert? Das ist unser Zuhause!«

»Mr Overbee?«, mischte Jackie sich leise ein.

»Ja, Jackie?«

»Woher haben Sie gewusst, dass das Handy in meinem Stiefel ist?«

Als Ethan lächelte, kannte Jackie die Antwort. Der Ausdruck auf dem Gesicht ihrer Mutter verriet ihr, dass sie ebenfalls begriffen hatte. »Sie haben eine Kamera in unserem Wagen installiert?«, fragte sie.

Ethans Lächeln wurde breiter, aber er antwortete nicht. »Kommen Sie mal alle mit. Ich habe eine Überraschung.«

Die drei folgten Ethan wie in Trance die Stufen zu Jareds Arbeitszimmer hinauf. Als er die Tür öffnete, stellten sie fest, dass der kleine Raum in ein komplett funktionsfähiges Krankenzimmer umgewandelt worden war, inklusive Bett, Infusionsständern und einer Reihe kompliziert aussehender Maschinen mit blinkenden Lichtern und digitalen Anzeigen. Neben dem Bett stand weder ein Arzt noch eine Krankenschwester, sondern eine Nonne.

Beim Anblick der Frau musste Jackie unwillkürlich an die kleine Figur aus ihrem Lieblingskinderbuch *Der Lorax* von Dr. Seuss denken: »Ziemlich klein, ziemlich alt, ziemlich braun, ziemlich behaart.«

Bevor irgendjemand etwas sagen konnte, stieß Jared einen erleichterten Seufzer aus, stolperte durch den Raum, kroch ins Bett und schlang die Arme um das Kissen.

»So ist es gut, Mr Stone, ruhen Sie sich aus. Ab jetzt werden sich die Schwestern der Ewigen Anbetung um Sie kümmern.«

Jackie drehte sich um und rannte in ihr Zimmer.

***

Die Eröffnungsszene, mit der die am Abend ausgestrahlte Folge von *Leben und Sterben* begann, zeigte, wie Jared ins Bett kroch und Schwester Benedict sich um ihn kümmerte. Anschließend folgten Interviews mit der Schwester, Kardinal Trippe und dem Ärzteteam des St.-Ignatius-Krankenhauses.

Was fehlte, waren die täglichen Interviews mit den Stones. Stattdessen hatte man Filmmaterial aus einer früheren Folge genommen und zu einer Art Stellungnahme der Familie zusammengeschnitten, aber davon abgesehen kamen die Stones, bis auf den in seinem Krankenbett liegenden Jared, so gut wie nicht vor.

Nachdem Ethan ihre Handys konfisziert und sie Schwester Benedict vorgestellt hatte, berief Deirdre ein Familientreffen im Badezimmer im ersten Stock ein. Es war der einzige Raum, in dem es angeblich keine Mikros und Kameras gab. Möglicherweise hatte Ethan auch diese Grenze überschritten, aber Deirdre blieb keine andere Wahl.

»Ihr hört mir jetzt gut zu«, sagte sie zu ihren Töchtern. »Ab sofort tun wir nichts mehr, um das Fernsehteam bei ihrer Arbeit zu unterstützen. Wir kommen den Verpflichtungen nach, zu denen wir vertraglich gezwungen sind, beschränken uns dabei aber auf das Minimum. Wenn sie uns Fragen stellen, antworten wir nur mit Ja oder Nein. Wenn es einen Gastauftritt gibt, ziehen wir uns mit einer Entschuldigung zurück. Wenn wir nichts anderes zu tun haben, lesen wir ein Buch, schauen fern oder benutzen das Badezimmer. Habt ihr verstanden?«

Jackie war schon mit an Bord gewesen, bevor Deirdre ihren ersten Satz zu Ende gesprochen hatte. Megan nicht.

»Aber, Mom, wir sind doch jeden Tag im Fernsehen!«, protestierte sie, als wäre damit alles gesagt und würde keiner weiteren Erklärung bedürfen. Deirdre beeindruckte das Argument nicht, worauf Megan einen kleinen Tobsuchtsanfall bekam. Sie stampfte mit den Fuß auf, schlug gegen den Duschvorhang und schrie herum, bis Deirdre die Beherrschung verlor.

»Es reicht, Megan«, fuhr sie ihre Tochter an. »Du tust, was ich gesagt habe, verstanden?«

Megan hielt wie ein Geier den Kopf gesenkt und nickte widerstrebend.

Dieser Akt des zivilen Ungehorsams, zu dem Deirdre ihre Töchter aufgerufen hatte, stellte ein neues Problem für

Ethan dar. Mit nackter Aggression, mit gnadenlosem Kapitalismus konnte er umgehen, aber nicht damit. Wenn die Serie nicht bald interessanter wurde, würde sie Zuschauer verlieren, und er wusste, dass dies das Ende seiner Karriere wäre. Er musste einen Weg finden, seinen Cast zur Mitarbeit zu motivieren.

***

Jared war klar gewesen, dass ihm irgendwann die Haare ausfallen würden, aber wie so viele Krebspatienten war er nicht darauf vorbereitet. Der ganze andere Mist, den der Tumor mit ihm anstellte – die Kopfschmerzen, die Verwirrung, die Gedächtnislücken, die Übelkeit, die Müdigkeit, sogar der Gewichtsverlust –, war irgendwie eine persönliche Angelegenheit, von der niemand etwas mitkriegen musste. Fast so, als könnte er das alles besiegen, wenn er sich nur genügend anstrengte.

Der Haarausfall war etwas anderes. Es war ein für alle Welt sichtbarer Beweis dafür, dass Jared todkrank war. Natürlich wusste Jared das bereits. Aber jetzt, wo es auch für jeden, der ihn ansah, ersichtlich war – wobei der Haarausfall, wenn er sich selbst gegenüber ehrlich war, nur die Krönung seines unaufhaltsamen körperlichen Zerfalls war –, schien der Ausgang unausweichlich zu sein.

Jared war eigentlich kein eitler Mann. Hätte ihn jemand nach seinem Kleidungsstil gefragt, hätte er ihn wahrscheinlich als »ganz normal« beschrieben. Trotzdem war sein erster Gedanke, sich ein Toupet zuzulegen. Ethan redete es ihm wieder aus.

»So ein Ding wollen Sie nicht tragen, Jared, glauben Sie mir.«

»Warum?«

»Weil jeder den Schwindel sofort erkennen würde. Sie haben doch bestimmt schon mal gehört, dass man vor der Kamera fünf Kilo schwerer wirkt, oder?«

Jared blickte an seinem ausgemergelten Körper hinunter. »Das kann ich in meinem Fall nur hoffen.«

»Tja, also …« Ethan zögerte, wusste nicht, wie er auf den Galgenhumor reagieren sollte. »Bei einem Toupet ist es noch viel schlimmer. Das erkennt man schon im echten Leben auf den ersten Blick, aber im Fernsehen sieht es wie ein schlecht verlegter Teppich aus.«

Jared dachte einen Moment darüber nach. Er wollte gerade mit den Achseln zucken und es dabei belassen, als er sich an etwas erinnerte. »Einer Ihrer Sendeleiter hat mir erzählt, dass es viele Schauspieler gibt, die mit natürlichem Haarausfall zu kämpfen haben, und dass ein guter Maskenbildner wahre Wunder wirken kann, ohne dass danach noch irgendjemand etwas bemerkt. Heißt es von John Travolta nicht, dass er in Wirklichkeit eine Glatze hat?«

»Aha«, sagte Ethan. Jared wusste nicht, was das heißen sollte, glaubte aber einen verstimmten Unterton in Ethans Stimme zu hören. »Ich verstehe. Tja, Jared, leider sind dem Sender hier vertraglich die Hände gebunden. Unsere Vereinbarungen sehen vor, dass sich unsere Unterstützung ausschließlich auf die medizinisch notwendige Versorgung beschränkt.«

»Oh.«

»Aber es steht Ihnen natürlich frei, sich jederzeit selbst ein Toupet zu besorgen«, fügte Ethan hinzu. »Ich glaube nur nicht, dass Sie damit besonders glücklich wären.«

Genau wie bei der Frage, Strahlentherapie ja oder nein, versicherte Deirdre Jared, dass sie jede Entscheidung unterstützte, die er in Bezug auf seine Haare treffen würde. Was erneut keine große Hilfe war.

Unsicher, was er machen oder auch nur denken sollte, entschied Jared sich am Ende für den Weg des geringsten Widerstands. Amerika sah ihm dabei zu, wie er seine Haare verlor.

Der *Leben und Sterben*-Blog auf der Webseite der *People* vermerkte, dass Jared nicht mehr nur »krank, sondern todgeweiht« aussah.

Zum Glück las Jared die *People* nicht.

***

Jackie, die zwar kein Handy mehr, aber immer noch ihren Laptop hatte, loggte sich bei Facebook ein, aber wie befürchtet war Max, bei dem es gerade mitten in der Nacht war, nicht online.

Um sich mit etwas anderem zu beschäftigen, setzte Jackie sich hin und ging den neuesten Packen Fanpost durch. Es waren größtenteils sehr nette Briefe, es gab aber auch welche, die total widerlich waren. In einem hatte ihr ein Mann, der schon ziemlich alt war, mindestens dreißig, ein Nacktfoto von sich geschickt. Er war fett und behaart wie ein Affe. Jackie wusste, dass sie es jemandem sagen sollte, aber sie hatte Angst, dass sie dann auch noch anfangen würden, ihre Post zu kontrollieren, und sie damit, von der Schule abgesehen, ihre einzige Verbindung zur echten Welt verlieren würde. Sie fühlte sich wie ein Vogel mit einem verletzten Flügel, unfähig zu fliegen, zu müde, um zu Fuß zu gehen.

Sie las einen Brief nach dem anderen, von denen jeder ihr »Liebe« oder »Unterstützung« oder »Freundschaft« anbot, bis die Buchstaben anfingen, vor ihren Augen zu verschwimmen. Jackie war gerade dabei einzudösen, als sie Hazel Hucks Absender auf einem Umschlag sah.

Liebe Jackie,

vielen Dank, dass du mir geschrieben hast. »Die echte Familie Stone aus Portland, Oregon« hat mir megagut gefallen. Ich finde es schrecklich, dass ATN die Realityshow so rücksichtslos für seine eigenen Zwecke benutzt, ohne sich darum zu kümmern, was deiner Familie damit angetan wird. Ich kann mir noch nicht einmal vorstellen, wie es wäre, keine Privatsphäre zu haben, vor allem in einer so schwierigen Zeit. (Aber es wäre gelogen, wenn ich sagen würde, ich hätte die Serie nicht geschaut.)

Mach unbedingt mit diesen Videos weiter.

Wenn du mir antworten willst, schreibe mir lieber ein Mail an: gtglad@bellsouth.net.

Deine Freundin,

Hazel Huck

Jackie setzte sich sofort an ihren Laptop.

Von: jaxouttathebox@gmail.com
An: gtglad@bellsouth.net
Betreff: Gefangen!

Hi, Hazel,

vielen Dank, dass du mir zurückgeschrieben hast! Ich habe mich so über deinen Brief gefreut. Der Produktionsleiter von ATN – ein extrem fieser Typ namens Ethan – hat gestern mein Handy beschlagnahmt, damit ich keine Videos mehr drehen kann. Meine Mom hat mir danach sofort ein neues gekauft und ich habe versucht, es in meinem Stiefel ins Haus zu schmuggeln, aber das hat er mir auch weggenommen, weil er nämlich ein Mikro in unserem Auto versteckt hat und so Bescheid wusste. Meine Mom hat beschlossen, dass wir jetzt streiken und nichts mehr tun oder sagen, was für die Kameras interessant sein könnte. Ich erzähle dir das alles, weil ich einfach nicht weiß, wem ich es sonst erzählen soll. Danke fürs Zuhören.

Deine Freundin,
Jackie Stone

Zwei Minuten, nachdem Jackie die Nachricht abgeschickt hatte, erhielt sie auf Facebook eine Freundschaftsanfrage von GtGlad. Kaum hatte sie auf das »Akzeptieren«-Feld geklickt, öffnete sich ein Chatfenster.

Hazel: Jackie?
Jackie: Hazel?
Hazel: LOL. Ja.
Jackie: Wie hast du mich gefunden?
Hazel: Deine E-Mail-Adresse ist ziemlich einzigartig.

Jackie fiel auf, dass Hazel über vierhundert FB-Freunde hatte. Sie selbst kam auf gerade mal lächerliche zwanzig, von denen die meisten bloß Bekannte waren, die wahrscheinlich nur aus Mitleid mit ihr bei Facebook befreundet waren.

Hazel: Hör zu, ich glaube, ich habe eine Idee, wie ich dir helfen kann.

Jackie: Wie?!?!?

Hazel: Hast du schon mal World of Warcraft gespielt?

Fünfter Teil

Aufstand

(Samstag, 24. Oktober)

Megan Stone mochte es, bekannt zu sein. Sie mochte es sehr.

Natürlich war es schrecklich, dass ihr Dad so schwerkrank war, aber wenn ihre Familie schon von einem so unfairen Schicksalsschlag geprüft wurde, dann doch wenigstens im Fernsehen, wo sie reich und berühmt werden würde. Es gab mit Sicherheit viele Kinder, deren Väter an Krebs erkrankten, aber Megan war sich sicher, dass keines von ihnen jemals die Chance kriegte, ins Fernsehen zu kommen.

Und jetzt machte ihre Mutter alles kaputt.

Welches Mädchen konnte schon von sich behaupten, die größten und professionellsten Fernsehkameras der Welt, die wichtigsten Produzenten und die reichsten Sponsoren bei sich zu Hause zu haben, die nur eines wollten, nämlich sie, Megan Stone, zu filmen. Okay, vielleicht nicht sie im Speziellen, aber trotzdem. Und jetzt sollte sie nicht mehr mit ihnen reden dürfen? Das war so was von ungerecht. Megan wusste, dass Jackie und ihre blöde YouTube-Aktion daran schuld waren.

Sie verstand ihre Schwester einfach nicht. Wenn Jackie sich nur mal ein bisschen schminken und die Haare offen tragen würde, wäre sie hübsch. War hübsch zu sein nicht viel besser, als klug zu sein? Was war so toll daran, eine Intelligenzbestie zu sein? Waren das nicht genau die Kids, die ständig gemobbt wurden? Hatten diese Leute nicht ein total trauriges Leben? Nicht dass Megan schlecht in der Schule sein wollte – das war sie nicht –, sie wusste nur, dass es im Leben wichtigere Dinge gab.

Wenn Megan nicht mit den Fernsehleuten sprechen durfte, wenn sie vor laufender Kamera nichts sagen durfte, dann war sie aus der Serie raus. Was würden die Leute in der Schule denken, wenn sie nicht mehr im Fernsehen war? Sie würden denken, dass sie eine Loserin war, das würden sie denken. Sie würde ein Niemand werden. Und für ein Mädchen wie Megan Stone gab es nichts Schlimmeres.

Bevor sie an dem Tag, an dem ihre Mom ihnen verboten hatte, noch weiter mit den Verantwortlichen von *Leben und Sterben* zusammenzuarbeiten, abends zu Bett ging, machte sie etwas, was sie schon seit einer Ewigkeit nicht mehr getan hatte. Sie kniete sich hin und betete.

»Lieber Gott, bitte mach, dass meine Mom einsieht, wie falsch das ist, was sie von uns verlangt. Daddy wollte, dass diese Realityshow über uns gedreht wird, und wir sind es ihm schuldig, die Sache bis zum Schluss durchzuziehen. Bitte schick mir ein Zeichen, damit ich weiß, was richtig ist.«

Als Megan am darauffolgenden Montag aus dem Schulgebäude kam und die Limousine sah, die auf sie wartete –

als alle ihre Freundinnen sahen, dass die Limousine auf sie wartete –, wusste sie, dass ihr Gebet erhört worden war.

***

Die Zusammenkunft in Azeroth, ein von der allmächtigen Guinevere the Glad einberufener Kriegsrat, dauerte drei Tage. Sie wurde in einem gotischen Palast in der Qua'a-Ebene abgehalten. Das aus massivem Marmor bestehende Bauwerk war mit etlichen animierten, sprechenden Wasserspeiern mit schaurigen Fratzen bestückt und von einem virtuellen Burggraben umgeben, in dem unaussprechliche virtuelle Gräuel lauerten. Die beiden hoch aufragenden Zwillingstürme waren der Londoner Westminster Abbey nachempfunden. Es war ein erhabener und Ehrfurcht gebietender Ort, der den Ernst der in seinen Gemäuern stattfindenden Zusammenkunft unterstrich.

Die Kunde des Kriegsrats verbreitete sich bis in den letzten Winkel des Reiches und alle wollten daran teilnehmen. Ein Avatar nach dem anderen fand sich am Palast ein, vor dessen Toren es wie auf einem Jahrmarkt zuging. Händler boten ihre Waren feil, Helden kämpften gegen Ungeheuer und natürlich trat ein Gamer nach dem anderen zu Duellen mit seinen Mitspielern an. Es war eine Art mittelalterliches Open-Air-Festival, bloß ohne Bands.

Nur wer eine Einladung hatte, durfte den Burggraben überqueren. Die Auswahl war auf Gamer beschränkt worden, die in Portland lebten oder sich in den Bereichen Informatik, Fernsehen und/oder Medizin auskannten. Es war das erste Mal, dass eine Warcraft-Gilde die Teilnehmer einer Versammlung dazu aufforderte, ihren echten Namen, ihren Beruf und ihre Adresse preiszugeben. Die Senior-Gildenmitglieder, denen die Aufgabe übertragen worden war, sämtliche Bewerber zu überprüfen, lehnten weit mehr ab, als sie passieren ließen.

Es war nicht einfach für Jackie gewesen, Einlass zu erhalten. Sie hatte sich die Kreditkarte ihrer Mutter »geliehen« und über fünf Stunden damit verbracht, World of Warcraft auf ihren Laptop herunterzuladen, mit dem sie sich in ihrem Zimmer an die einzige Stelle gesetzt hatte, von der sie wusste, dass sie für die ATN-Kameras nicht einsehbar war.

Nach einer Weile steckte eine der Mitarbeiterinnen der Regie, die sich wunderte, wo Jackie abgeblieben war, den Kopf ins Zimmer. Als sie sie dort im Schneidersitz mit ihrem MacBook im Schoß auf dem Boden sitzen sah, schüttelte sie den Kopf und ging wieder. Zwanzig Minuten später, und nur wenige Minuten, bevor Jackie endlich in Azeroth eingetroffen war, kam ein Techniker herein und installierte eine neue Kamera an der Decke, die direkt auf Jackies Ecke gerichtet war. Er hatte einen schuldbewussten Ausdruck im Gesicht und murmelte ein leises »Sorry«, bevor er das Zimmer wieder verließ. Für Jackie machte es keinen Unterschied; was sich auf ihrem Computerbildschirm abspielte, konnten sie trotzdem nicht sehen.

Jackie hatte sich einen männlichen Zwergen-Krieger als Avatar ausgesucht und ihn in Anspielung auf Hazels Avatar Gerald the Generous genannt. Bei ihrer oder genauer gesagt Geralds Ankunft in Azeroth befand er sich auf einem kleinen Platz im Freien, der von umhergehenden, -rennenden und -springenden Avataren bevölkert war. Das Setting war mittelalterlich oder entsprach vielmehr einer elektronisch erzeugten mittelalterlichen Fantasiewelt.

Eine hoch aufragende, grünhäutige weibliche Elfe stand vor Jackies Zwerg und winkte mit ihren virtuellen Armen. Als Jackie mit ihrer Maus über den Avatar fuhr, sah sie, dass es Guinevere the Glad, sprich Hazel, war. Jackie hatte keine Ahnung, was sie als Nächstes machen sollte, und so standen die beiden ein paar Minuten lang einfach nur so da.

Als sie schon kurz davor war, aufzugeben, entdeckte sie links unten auf dem Bildschirm ein kleines Chat-Fenster.

GtGlad: Kannst du mich hören?

GtGen: Dich hören?

GtGlad: Ja, hast du dein Headset auf?

GtGen: Ich habe kein Headset. Außerdem landet alles, was ich laut sage, im Fernsehen.

GtGlad: Ach ja, stimmt. Okay, dann machen wir's auf die altmodische Art und tippen.

In der nächsten Stunde folgte Gerald the Generous Guinevere the Glad von einer virtuellen Lichtung zur anderen. Jackie lernte, ihren Avatar zu bedienen, gegen Monster zu kämpfen, mit anderen zu kommunizieren, Gegenstände aufzuheben und fallen zu lassen, sich einer Gruppe anzuschließen und so weiter. Ihr gefiel, dass man sich völlig in diesem Spiel verlieren konnte.

Als sie und Hazel den Palast erreicht und eine Zugbrücke überquert hatten, trafen sie vor dem gigantischen steinernen Eingang auf zwei Wächter, die einem muskelbepackten männlichen Menschen-Krieger den Einlass verwehrten. Im Gegensatz zu Jackie hörte Hazel, worüber die drei diskutierten.

»Ich habe Einladung«, sagte der Krieger.

»Tut mir leid, Neuling«, antwortete einer der Wächter. »Zutritt nur für Gildenmitglieder ab dem fünfzigsten Level.«

»Was geht hier vor, Farsifal?«, fragte Guinevere.

»Der Neuling hier hat sich verirrt«, antwortete er. »Wir versuchen gerade, ihm zu erklären, warum wir ihn nicht passieren lassen können.«

»*Njet*!«, widersprach der Krieger. »Jackie hat mich eingeladen.«

»Was ist hier los?«, tippte Jackie in das Chat-Fenster.

»Irgendein Gamer, der behauptet, dich zu kennen«, antwortete Guinevere. »Ich glaube, er ist Russe.«

»Max?«, tippte Jackie.

»Solnischko! Bitte sag ihnen, dass ich bin einer von den Guten.«

»Hast du jemanden eingeladen, Jackie?«, fragte Guinevere. »Ich weiß nicht, ob das so eine tolle Idee war.«

»Keine Sorge, das ist Max. Es ist wichtig, dass er mit dabei ist. Du kannst ihm vertrauen.«

Zehn Minuten später schlug Guinevere the Glad ihren Schwertknauf auf den steinernen Versammlungstisch und rief den Rat zur Ordnung. Das Stimmengewirr verstummte.

Jackie, die von Hazel vorgewarnt worden war, dass die

Kommunikation zunächst über Sprache stattfinden würde, wartete währenddessen.

»Diese Gilde hat im Reich von Azeroth mehr glanzvolle Taten vollbracht als jede andere«, begann Hazel.

Es ertönte zustimmendes Gemurmel.

»Wir haben mächtige Gegner ausgelöscht.« Das Gemurmel schwoll an. »Wir haben großen Reichtum erworben!« Es schwoll weiter an. »Und wir haben denen geholfen, die in Not waren.«

Die Versammelten brachen in laute Jubelrufe aus.

Jackies Facebook-Messenger leuchtete auf.

Max: Solnischko, was ist das für eine komische Art zu reden?

Jackie: Ich kann nicht hören, was gesagt wird, Max, aber ich glaube, bei Rollenspielen reden die Leute immer ein bisschen komisch. Versuch einfach, so gut du kannst, mitzukommen.

Max: Ich versuche meine beste Mühe.

Jackie: Entweder »Ich versuche mein Bestes« oder »Ich gebe mir alle Mühe«, Max.

»Wir alle wissen, warum wir uns heute hier versammelt haben«, fuhr Hazel fort. »Jackie Stone, die Tochter von Jared Stone, braucht unsere Hilfe. Sie wird uns jetzt ihre Geschichte erzählen.«

Hazel hatte Jackie auf diesen Moment vorbereitet und ihr sogar eine kleine Einleitung geschrieben, die sie nun kopierte und einfügte.

»Gütiges Volk von Azeroth, ehrwürdige Gildenmitglieder, ich wende mich in großer Not an euch und ersuche euch, mich anzuhören.« Danach schrieb Jackie in ihrer eigenen Art zu reden weiter, und schon bald kehrten alle zur Sprechweise des frühen einundzwanzigsten Jahrhunderts zurück. Sie erzählte ihnen von ihrem Vater und seiner Krankheit und bedankte sich, dass sie Geld für die eBay-Anzeige gesammelt hatten. Sie erzählte ihnen, wie es war, auf dem Set einer Fernsehshow zu leben. Sie stellte ihnen Max vor und erklärte, wie sie *Die echte Familie Stone aus Portland, Oregon* gemacht hatten. Und sie erzählte ihnen von Ethan Overbee; wie er ihr Zuhause in ein Gefängnis verwandelt und ihr Handy konfisziert hatte und Jackie und ihre Familie rund um die Uhr beobachten ließ.

»Wir müssen sie von dort befreien«, sagte jemand. Einige andere stimmten ihm zu.

»Nein«, entgegnete Hazel. »Jackie hat eine ziemlich einfache Bitte. Wir sollen ihr eine Kamera besorgen.«

Während der nächsten Stunde – und den darauffolgenden beiden Abenden – diskutierte die Gilde verschiedene Möglichkeiten, Jackie eine Kamera zu organisieren, und einigte sich schließlich auf die, die am einfachsten durchzuführen war: ihr eine über die Mauer zu werfen.

Jackie fiel aus allen Wolken, als sie erfuhr, dass der Ritter, der für die Aufgabe ausgewählt wurde, ihr schüchterner, mit Akne gestrafter Mitschüler Jason Sanderson war – der Junge, der ihr vor all diesen Jahren gesagt hatte, wie hübsch sie in ihrem Osterkleid aussah.

Es erstaunte sie nicht, dass Jason in dieser Welt lebte. Wenn die echte Welt einen wie Dreck behandelt, warum soll man sich dann nicht eine bessere Welt suchen, eine, in der es keine Vorurteile und kein Mobbing gibt? Sie war nur ein bisschen traurig, dass sie diese Welt nicht schon viel früher für sich entdeckt hatte.

Jason war in Azeroth schlicht als G. Ranger bekannt und galt in der Gilde als tapferer Held.

***

Ethan wusste, dass das jüngere Stone-Mädchen ein leichtes Opfer sein würde. Das hätte so ziemlich jeder in Amerika gewusst, der sie schon einmal in den Interviews und kurzen Einspielern gesehen hatte, die jeden Abend gesendet wurden. Megan strengte sich einfach zu sehr an. Sie buhlte förmlich um die Aufmerksamkeit der Kameras, strich sich ständig die Haare aus dem Gesicht und sprach den jeweiligen Sendeleiter übertrieben oft mit Namen an. Amerika sah im Großen und Ganzen darüber hinweg, weil sie noch so jung war – Megan war süß, und das wusste sie auch –, aber Blitzumfragen, die sich nicht um Feinheiten kümmerten, sondern sich auf das Wesentliche beschränkten, hatten ergeben, dass ihre Beliebtheitswerte sanken; immer mehr Zuschauer hielten Megan für ein arrogantes und selbstsüchtiges kleines Biest.

Natürlich verschwieg man diese Umfragewerte der Familie, damit ihre Performance nicht darunter litt. Aber Ethan kannte die Zahlen. Er baute sogar darauf.

»Guten Tag, Megan«, sagte er, als sie zu ihm in die Limousine stieg. Überwältigt von so viel Reichtum, brachte Megan nur ein kaum hörbares Hallo heraus. »Darf ich dir vielleicht etwas zu trinken anbieten?« Ethan zeigte auf die

Bar, die mit Wasser, diversen Säften und Milch bestückt war. »Wie wäre es mit einem Nantucket-Nectar-Saft? Das ist Jo Garvins Lieblingssaft.« Ethan hatte keine Ahnung, welchen Saft Jo Garvin am liebsten trank, es war ihm auch völlig egal. Aber er hatte beobachtet, wie Megan Jo angehimmelt hatte, und schlachtete dieses Wissen genüsslich aus.

»Oh ja, bitte, Mr Overbee. Ein Saft von Nantucket Nectars wäre wirklich *toll.*«

Nicht einmal hier kann sie damit aufhören, dachte Ethan.

»Die arme Jo«, sagte er und reichte ihr die Flasche. »Es ist wirklich eine Schande.«

»Warum? Was ist passiert?« Megans Sorge war nicht gespielt, wie Ethan zufrieden feststellte.

»Ich spreche von dem YouTube-Video deiner Schwester, Megan. Es hat wahrscheinlich Jos Karriere beendet.«

Megan seufzte. In diesem einzigen kleinen Laut steckte ihr ganzer lebenslanger Frust über Jackie, all die Wut darüber, dass ihre Schwester so ein Freak sein musste. »Ihre Karriere beendet?«, hakte Megan fassungslos nach.

»Jackies Video hat Jo zum Gespött der Nation gemacht, und wer sich zum Narren halten lässt, fällt in Amerika schnell in Ungnade.« Nach Ethans Auffassung traf keine der beiden Aussagen tatsächlich zu. Jo war hart im Nehmen, sie würde sich von dem Rückschlag erholen. Und Amerika war ein Land wiederkäuender Höhlentrolle.

Es tat Megan unglaublich leid für Jo – sie war immerhin ein Star –, aber ihr war nicht so ganz klar, was das alles mit ihr zu tun hatte. »Sie haben Jackie das Handy doch abgenommen, oder?«

»Schon, aber Jackies Video ist nicht das einzige Problem.«

»Wie meinen Sie das?«

»Ich weiß, dass deine Mom etwas gegen die Show hat. Dass sie etwas gegen mich hat.« Ethan beugte sich vor, senkte die Stimme und machte Megan so zu seiner Komplizin. Megan hatte diesen Trick selbst schon unzählige Male bei Jackie angewendet, merkte aber nicht, dass diesmal sie das Opfer war.

»Kann es vielleicht sein«, Ethan beugte sich noch weiter vor, »dass sie dich und Jackie gebeten hat, nicht mehr mit uns zusammenzuarbeiten?«

Megan schwieg unbehaglich. Sie wünschte sich nichts mehr, als wieder ihren Platz in der Show einzunehmen, wollte ihre Mutter aber auch nicht in Schwierigkeiten bringen. Es wäre Megan nie in den Sinn gekommen, Ethan zu fragen, woher er wusste, dass ihre Mom sie und Jackie dazu aufgefordert hatte, nicht mehr mit dem Fernsehteam zu kooperieren. Nicht dass er ihr von den Kameras erzählt hätte, die heimlich in beiden Badezimmern installiert worden waren. Ethan hatte die strikte Anweisung gegeben, dass die Regie das Bildmaterial der beiden Kameras unter keinen Umständen benutzen oder gar anschauen durfte. Es war die Regel, gegen die am Set am häufigsten verstoßen wurde; diverse männliche Mitglieder des Teams schauten regelmäßig zu, wenn Deirdre – oder ihre Töchter – unter der Dusche standen.

»Ich weiß selbst, wie schwierig es ist, sich seiner Mutter zu widersetzen«, sagte Ethan, der anscheinend Megans Gedanken lesen konnte. »Ich bin mal in einer ganz ähnlichen Situation gewesen, als ich in deinem Alter war.«

»Sie?«

»Ich ging damals in die achte Klasse. Bist du nicht auch in der Achten?« Natürlich kannte Ethan die Antwort bereits. Megan nickte. »Dann wirst du mich bestimmt verstehen. Meine Mutter und mein Vater mochten die Leute, mit denen ich befreundet war, nicht besonders. Du wirst es vielleicht nicht glauben können, aber sie waren ihnen zu brav.«

»Zu brav?«

»Die Jungs waren wirklich nett, nur … wie soll ich sagen … heute würde man sie wahrscheinlich als Nerds bezeichnen. Jedenfalls war einer von ihnen so verrückt nach Filmen, dass er uns davon überzeugte, unsere eigenen Filme zu drehen. Er hatte einen Camcorder und …«

»Einen was?«

»Na ja, das waren die 1980er-Jahre, bevor es die ganze digitale Technologie gab. Ein Camcorder ist eine Videokamera mit eingebautem Videorekorder. Für uns gab es damals nichts Cooleres. Es machte einen Riesenspaß, unsere eigenen Filme zu drehen, und natürlich trat auch jeder von uns darin auf. Wir veranstalteten sogar kleine Videovorführabende mit den Kids aus der Nachbarschaft und verlangten dafür Eintritt. Meine Eltern fanden es schrecklich. Sie waren der Meinung, dass ich lieber etwas mit Jungs machen sollte, die Football oder Basketball oder so was spielten.«

»Die meisten von den Jungs, mit denen ich befreundet bin, treiben Sport«, sagte Megan kleinlaut.

»Und das ist auch gut so. Aber meine Freunde von damals, wir waren wie ein Team, eine Bruderschaft. Weißt du, was eine Bruderschaft ist?«

Megan nickte wieder.

»Jedenfalls habe ich nicht auf meine Eltern gehört und mich weiter mit ihnen getroffen. Das war nicht immer einfach für mich. Mein Vater war Colonel bei der Air Force und ein ziemlich furchteinflößender Kerl.«

»Und was ist dann passiert?«, fragte Megan.

»Die Wahrheit ist, dass diese Jungs der Grund dafür sind, warum ich zum Fernsehen ging. Ich wäre nicht der, der ich heute bin, wenn ich auf meine Eltern gehört und mir andere Freunde gesucht hätte.«

Ethans Geschichte war erstunken und erlogen. Sein Vater war im mittleren Management einer Bank tätig gewesen, Ethan selbst hatte in seinem ganzen Leben noch nie einen Camcorder berührt und genau wie Megan immer nur Freunde gehabt, die in der Beliebtheits-Hierarchie ganz oben standen. Er hätte sich niemals mit den Freaks vom Videoclub erwischen lassen. Aber die Story, die aus einem Manuskript stammte, das über seinen Schreibtisch gegangen war, hatte ihren Zweck erfüllt. Megan sah ihn mit großen, staunenden Augen an. Ethan hatte beinahe ein schlechtes Gewissen, als ihm klar wurde, wie jung man mit dreizehn noch war. Aber nur beinahe.

»Wie ist es mit dir, Megan? Bist du ebenfalls bereit, das Richtige zu tun, selbst wenn es bedeutet, gegen den Wunsch deiner Eltern zu handeln?«

»Ich … ich glaube schon«, stammelte sie.

»Gut«, sagte er und tätschelte ihr Knie. Megan zuckte instinktiv zurück, aber Ethan bemerkte es nicht. »Ich würde dich nämlich gern um etwas bitten.«

***

Schwester Benedict fügte sich relativ mühelos in den Rhythmus des stoneschen Alltags ein.

Ihre einzigartige Mission bestand darin, Jared so lange am Leben zu erhalten, wie es Medizin und Technologie erlaubten. Wo die Pflegekräfte und die Kirche bei Terri Schiavo versagt hatten, würde Schwester Benedict bei Jared Stone Erfolg haben. Die Ärzte warnten die Schwester davor, die beiden Fälle miteinander zu vergleichen. Ein Gehirntumor hatte nichts mit einem bei einem Herzinfarkt durch Sauerstoffmangel geschädigten Gehirn zu tun. Aber die Schwester, die herzlich wenig Ahnung von Medizin hatte, legte ihr Schicksal in Gottes Hände. Er hätte sie nicht den ganzen Weg bis hierher geführt, hätte ihr nicht Einlass in dieses Haus gewährt, wenn er damit nicht einen Plan verfolgen würde.

Außerdem hatte Kardinal Trippe dem medizinischen Versorgungsteam zu verstehen gegeben, dass Schwester Benedict auf dem Set so etwas wie seine Abgesandte war und in seinem Namen sprach. Die Schwester wusste, dass sie nicht unbedingt den Wünschen des Kardinals folgte, wenn sie die Ärzte anwies, alles in ihrer Macht Stehende zu tun, um das Leben dieses Mannes zu erhalten, aber sie war in der Lage, es plausibel zu begründen. *Manchmal,* dachte sie, *heiligt der Zweck eben doch die Mittel.*

Über die Fürsorge für ihren Patienten hinaus versuchte

die Schwester nach Kräften, jede Verbindung zur Fernsehshow zu vermeiden. Natürlich schlug niemand bei den Stones sein Lager auf, ohne freiwillig oder unfreiwillig in der Serie mitzuwirken.

Zähneknirschend fügte sie sich der Anordnung des Kardinals, an den täglichen Interviews teilzunehmen und sich nahezu ununterbrochen von den vielen »versteckten« Kameras filmen zu lassen. Als sie sich in der an dem Abend nach ihrem Einzug bei den Stones ausgestrahlten Folge von *Leben und Sterben* zum ersten Mal im Fernsehen sah, war sie erschüttert.

Wann bin ich so alt geworden?, dachte sie und griff sich unwillkürlich an ihr faltiges Gesicht. *Das ist also aus mir geworden?*

Sie hing dem Gedanken noch einen Moment nach und schüttelte dann den Kopf. Was hatte ihre erste Mutter Oberin immer gesagt? »Die Fähigkeit, sich abzuschotten, ist der Faden, aus dem das Gewand der Unbesiegbarkeit jeder guten Nonne gewebt sein muss.« Ein Rat, den Schwester Benedict beherzigte, seit sie ihn als junge Novizin Angela Marie bekommen hatte. Nonne zu sein bedeutete, sich in einem ständigen Konflikt zu befinden. Disziplin und Gehorsam prallten mit Mitgefühl und Vergebung aufeinander, selbst auferlegte Armut war in einer materialistisch orientierten Gesellschaft Auslöser für Hohn und Spott, und Keuschheit und Verlangen konnten nie miteinander in Einklang gebracht werden.

Die Schwester glaubte, über solche Instinkte wie Verlangen oder Materialismus erhaben zu sein, aber letztlich war sie auch nur ein Mensch, und es gab Tage, an denen sie der Verlockung nur schwer widerstehen konnte. Als junge Novizin hatte sie jeden sündigen Gedanken gebeichtet, aber ihr war stets dieselbe Buße auferlegt worden – ein paar Ave-Maria, ein paar Vaterunser, und ihre Seele war wieder rein. Mittlerweile war sie erfahren genug, sich ihre eigene Buße aufzuerlegen, und behielt ihre dunkelsten Gedanken für sich.

Als die Schwester ihr gealtertes Gesicht mit dem verkniffenen Mund, den kleinen, stechenden Augen und dem Damenbart auf dem Fernsehschirm sah, bekannte sie sich der Sünde der Eitelkeit schuldig, schaltete *Leben und Sterben* aus und betete ein »Gegrüßet seist du, Maria, voll der Gnaden« nach dem anderen herunter.

Wie immer nach so einem Anflug von Schwäche kam die Schwester ihrer christlichen Verantwortung umso energischer nach.

Am nächsten Morgen scheuchte sie als Erstes Jared Stone aus dem Bett und bestand darauf, dass er ein paar leichte Übungen machte. »Ein starker Geist braucht einen starken Körper, Mr Stone«, sagte sie.

»Aber ich bin so müde, Schwester.« Jared war zu schwach und zu verwirrt, um die Schwester daran zu erinnern, dass seine Ärzte – ihre Ärzte – ihm strikte Bettruhe verordnet hatten. Die Mitarbeiter im Übertragungswagen, die das alles wie die böse Hexe aus *Der Zauberer von Oz* beobachteten, wussten, dass Jared im Bett bleiben sollte. Aber zu zeigen, wie Jared die Schwester anflehte und schließlich versuchte, ein paar Dehnübungen und Liegestütze zu machen, war für die Zuschauer wesentlich unterhaltsamer, als nur dabei zuzusehen, wie der Mann vor sich hin vegetierte.

Als Jared wieder im Bett lag, vor Anstrengung keuchend und zitternd, bis er einschlief, marschierte die Schwester durch den Rest des Hauses, um herauszufinden, wo sie sonst noch mit anpacken konnte.

***

Glio erkundete Jareds gesamtes peripheres Nervensystem. Vom Armgeflecht aus arbeitete er sich zum Muskel-Haut-Nerv, zum Speichennerv, zum Ellennerv und zum Mittelarmnerv in Jareds Fingerspitzen und berauschte sich an der weichen Kühle von Jareds Kissen. Er stieß sich vom primären gustatorischen Cortex ab, durchquerte den Nervenpfad, der zu den dicht an dicht sitzenden pilzförmigen Papillen auf Jareds Zunge führte, und platzte beinahe vor Freude, als er den Geschmack von Haferflocken kennenlernte. Anschließend flirtete er ein bisschen mit den Grenzen der Galaxie von Jareds körperlichem Dasein und wagte sich auf den Nervenbahnen in Jareds Nasenöffnung bis zur Außenwelt vor, wo er kurz von einem stechenden Geruch nach Krankheit und Tod abgestoßen wurde und erst einmal nicht realisierte, dass er selbst die Ursache dafür war.

So wie einst Magellan bei seiner Weltumseglung fremde Länder erforscht hatte, hatte Glio Jared von dessen Kopfhaut bis zu den Spitzen seiner rosa Zehen erkundet. Blieb nur noch ein Ort übrig, an dem er noch nicht gewesen war: der Sehnerv.

Glio, der von Emotionen aus Jareds Erinnerungen durchdrungen war, hatte Angst. Die Welt zu hören, sie zu berühren, zu schmecken und zu riechen war nicht dasselbe, wie die Welt zu sehen, davon war er überzeugt. Aber die Neugier war stärker.

Er tastete sich vom verlängerten Rückenmark zum visuellen Cortex und gelangte von dort zum seitlichen Kniehöcker. Jetzt gab es kein Zurück mehr. Glio war genauso eingeschüchtert wie ein kleines Kind, das oben auf einer großen Wasserrutsche steht, als er den Sehnerv vor sich hatte; ein gewundener Strang Ganglien, die sich in das hellste Licht schraubten, das er je gesehen hatte. Es war zu spät, um jetzt noch zu kneifen.

Er sprang hinein.

Einen Moment später schaute Glio in ein grelles rotes Licht, das er zuerst nicht identifizieren konnte, bis ihm klar wurde, dass er auf das Innere von Jareds geschlossenem Augenlid blickte. Die Membran des Gewebes war so dick, dass sie seinen Wirt vor Lichteinfall schützte. Aber für ein Wesen wie Glio, das bis jetzt in völliger Dunkelheit gelebt hatte, war es papierdünn.

Glio wollte unbedingt die Welt *dahinter* sehen, doch da Jared sich gerade ausruhte, stellte das Augenlied, so dünn es auch war, ein unüberwindbares Hindernis dar. Glio musste sich etwas einfallen lassen.

Nach all den Monaten, die er nun schon in Jareds Kopf verbracht hatte, kannte er jede Windung, jede Kurve und jede Falte im Gehirn seines Wirts. Hinzu kam, dass Glio unglaublich gewachsen war. Was die Ärzte für vierundzwanzig verschiedene Tumore hielten, war in Wirklichkeit ein einziger großer Organismus, dessen scheinbar unterschiedliche Geschwulste durch Stränge mikroskopisch kleiner Zellen miteinander verbunden waren. Während Glio seine Aufmerksamkeit auf den Sehnerv konzentrierte, breitete er sich gleichzeitig wie eine Qualle, die ihre Tentakel ausfährt, in alle Richtungen aus. Er würde die Augenlider zwingen, sich zu öffnen.

Mit einer Drehung seines metaphorischen Handgelenks aktivierte Glio eine Neuronengruppe, die einen Würgereiz bei Jared auslöste. Er spürte, wie der Körper seines Wirts sich verkrampfte, kurz darauf öffneten sich Jareds Augen.

Das Licht war so intensiv, dass Glio ein ganzes Stück zurückweichen musste. Es war eine schmerzhafte und zugleich beglückende Erfahrung. Langsam bewegte er sich Zentimeter für Zentimeter wieder nach vorn, bis er endlich die Welt sehen konnte.

Der erste Blick hinaus war schlicht überwältigend: Die Beschaffenheit der Bilder, die er mit »eigenen« Augen sah, war ganz und gar anders und erheblich befriedigender als die Erinnerungen und Träume, die er zu sich genommen hatte. Glio fand sich einer Person gegenüber, die Jared in Gedanken »die Nonne« nannte. Auf ihrem wettergegerbten Gesicht lag ein Ausdruck, der verärgert und gleichzeitig traurig wirkte; sie versuchte wohl, eine beruhigende Miene aufzusetzen, stattdessen fürchtete man sich einfach nur vor ihr.

»Mr Stone«, sagte sie, »ist alles in Ordnung?«

»Ich glaube nicht. Ich kann nichts sehen.«

Glio wusste, dass er selbst für Jareds gestörtes Sehvermögen verantwortlich war, aber er hatte nicht vor, lange zu bleiben.

Als er sich an das Licht gewöhnt hatte, sah Glio, dass er sich in dem provisorischen Krankenhauszimmer befand, das einmal Jareds Arbeitszimmer gewesen war. Er fand es sehr schade, dass er das Zimmer nicht gesehen hatte, bevor all die medizinischen Gerätschaften darin aufgebaut worden waren. Glio wusste, dass das Arbeitszimmer von zentraler Bedeutung für den Charakter seines Wirts war. Und da Glio den Wesenskern von Jareds Charakter in sich zusammenfasste, war es auch für ihn von zentraler Bedeutung geworden.

»Versuchen Sie, die Augen eine Weile zu schließen«, sagte die Nonne zu Jared.

Jared schloss die Augen, aber Glio stupste noch einmal die entsprechende Neuronengruppe an, die Jared zwang, sie wieder zu öffnen.

»Ich kann nicht«, sagte Jared.

»Seltsam«, entgegnete die Nonne. »Sie warten hier und ich gehe den Arzt holen.«

»Klar«, sagte Jared. »Ich ›warte hier‹.«

Glio war kein Fan von Ärzten. Sie hatten Jared schon zweimal mit Morphin vollgepumpt und beide Male war Glio davon extrem benommen gewesen. Die Medikamente verlangsamten ihn, das gefiel ihm ganz und gar nicht, und er hatte keinerlei Bedarf daran, eine weitere Dosis abzukriegen. Eilig zog er sich ins Zentrum des Gehirns zurück und beschäftigte sich mit einer Erinnerung an den Abend, an dem Jared seine erste Wahl gewonnen hatte. Dabei schmiedete er jedoch schon Pläne für einen noch viel bedeutungsvolleren Auftritt.

***

Megan versuchte es zwar nicht offen zu zeigen, aber sie war sauer auf Ethan.

Sie hatte gehofft, dass er sie in seiner Limousine abgeholt hatte, um ihr zu sagen, dass der Sender sie, Megan Stone, zum Star von *Leben und Sterben* machen wollte, zumindest vorübergehend. Jetzt wo ihr Dad so gut wie nichts mehr tun konnte und ihre Mutter und ihre Schwester streikten, war ihre Chance gekommen, ins Rampenlicht zu treten.

Aber darum ging es überhaupt nicht.

»Ich würde dich gern um etwas bitten«, hatte er gesagt. »Behalte Jackie für mich im Auge und gib mir Bescheid, wenn sie wieder versucht, einen Film zu drehen.«

Ein ungutes Gefühl beschlich sie.

Sie und Jackie waren enger zusammengerückt, seit ihr Vater krank geworden war. Ihr war klar, dass das nicht so bleiben würde, dass Jackie nicht plötzlich aufhören würde, ein Freak zu sein, dass die Dinge irgendwann wieder zur ihrer natürlichen Ordnung zurückkehren würden, trotzdem fand sie es irgendwie schön, dass sie und Jackie miteinander sprachen. Außerdem wäre ihre Mutter mit dem, worum Ethan sie bat, bestimmt nicht einverstanden, was ihr nicht sonderlich behagte.

Megan sah Ethan an und wartete, dass er fortfuhr.

»Megan«, sagte Ethan, der ihre Enttäuschung spürte, »ich gebe dir mein Wort, persönlich dafür zu sorgen, dass du alles bekommst, was du dir wünschst. Teurere Kleider, teureres Make-up, teurere Spielsachen.«

Teurere Spielsachen?, dachte Megan.

»Sag mir einfach, was du möchtest.«

Als sie immer noch nichts sagte, redete Ethan weiter auf sie ein und versicherte ihr, dass es zum Wohle der Show wäre und ihre Familie es letztlich verstehen würde.

»Also … ich …«, begann Megan zögernd und kam sich dumm vor, es laut auszusprechen, »ich dachte, Sie würden vielleicht wollen, dass ich mehr Auftritte in der Show habe.«

Ethan lehnte sich zurück und lächelte. »Ach, darum geht es? Nichts leichter als das, Kleines.« Er atmete tief durch. »Wenn du uns hilfst, verspreche ich dir, dass du jede Menge Bildschirmzeit bekommst. Genau so funktioniert Hollywood nämlich.« Dies war der Satz, der den Handel für Megan besiegelte. Sie war jetzt eine Insiderin, sie wusste Bescheid. Sie war Hollywood.

»Davon abgesehen«, fügte Ethan hinzu, »befindet sich der Rest deiner Familie sowieso im Streik. Wenn du die Einzige bist, die mit uns spricht, dann bist du auch die Einzige, die uns Filmmaterial liefert.«

Am Ende siegte in Megan das Böse über das Gute und sie schaffte es, sich selbst davon zu überzeugen, dass Jackie es nicht anders verdient hatte, warum hatte sie auch dieses schreckliche Video drehen müssen. Das war jedenfalls das, was Ethan gesagt hatte.

Megan nickte und schüttelte die Hand, die Ethan ihr entgegenstreckte.

Am nächsten Nachmittag, direkt nachdem sie das ausführlichste, pathetischste und zuckersüßeste Interview in der Geschichte des Fernsehens gegeben hatte (»Oh, Andersona, ich war *so* am Boden zerstört wegen dem, was unserem armen Trebuchet angetan wurde. Er war für uns alle so was wie ein Seelenverwandter«), setzte Megan »Operation Nancy Drew« in die Tat um. Den Namen hatte sich Ethan ausgedacht, und obwohl Megan gar nicht so genau wusste, wer Nancy Drew war, spielte sie bereitwillig mit.

Megan bezog ihren Beobachtungsposten am Küchenfenster, als Jackie von der Schule nach Hause kam, und machte sich über alles Notizen, was ihr große Schwester trieb, und was sie so trieb, war wirklich ziemlich seltsam.

Jackie, die sonst immer gleich ins Haus kam, Trebuchet begrüßte (oder begrüßt hatte, als er noch lebte) und sich danach in ihr Zimmer verzog, um Hausaufgaben zu machen, ging stattdessen in den Garten hinterm Haus. Dort steuerte sie schnurstracks die Mauer an und begann scheinbar wahllos Steine, die am Fuß des Zauns lagen, aufzuheben und zu schütteln. Der Ausdruck auf ihrem Gesicht war ernst und konzentriert, so als würde sie nach etwas Wichtigem suchen. Einen kurzen Moment später hob Jackie einen großen, seltsam gefärbten Stein auf, schüttelte ihn und lächelte. Dann schaute sie sich verstohlen um, als wollte sie sich vergewissern, dass niemand sie beobachtete, und trug den Stein ins Haus.

Ihn unter ihrem Shirt verbergend, schlüpfte Jackie durch die Hintertür, ohne zu bemerken, dass Megan sich hinter der Birkenfeige im Esszimmer versteckte, lief die Treppe hoch und verschwand im Badezimmer. Megan schlich sich zur Tür und hörte, wie der Duschvorhang sich bewegte, so als würde Jackie unter die Dusche steigen.

Megan, die jedes kleinste Detail in ihrem Notizbuch festhielt, ging den Flur bis vor Jackies Zimmer zurück und wartete. Es vergingen volle fünf Minuten, bis Jackie schließlich wieder auftauchte.

»Hey«, sagte sie zu Megan.

»Hey«, sagte Megan. »Was machst du da?« Sie versuchte so beiläufig wie möglich zu klingen, sah aber an Jackies Gesichtsausdruck, dass es nicht funktioniert hatte.

»Nichts«, antwortete Jackie bloß, ging in ihr Zimmer und schloss die Tür hinter sich.

Megan lief zum Badezimmer und schaute sich darin um. Von dem Stein fehlte jede Spur; alles, was sie fand, war ein Stück zerschnittene Pappe im Abfalleimer. Sie hielt auch dieses Detail in ihrem Notizbuch fest, dann ging sie in ihr Zimmer, setzte sich aufs Bett und grübelte darüber nach, was ihre Schwester wohl ausheckte. Nach einer Weile schweiften ihre Gedanken ab; sie döste ein und träumte davon, wie es sein würde, wenn sie ein berühmter Star war. Sie glaubte nicht, dass hinter dem, was sie beobachtet und aufgeschrieben hatte, irgendetwas steckte, was für Ethan aufschlussreich oder wichtig sein könnte, weshalb sie ihm die Notizen nie gab.

Als sich die Stones abends um Jareds Krankenhausbett versammelten, um *Leben und Sterben* zu schauen, fiel es Megan schwer, ihre Aufregung zu verbergen. Da der Rest der Familie im Streik war, drehte sich die komplette Folge ausschließlich um sie – wie es in der Schule gewesen war, was sie anhatte, welche Gefühle die Krankheit ihres Vaters in ihr auslöste. Mit Ausnahme von Jareds kurzzeitiger und unerklärlicher Erblindung, auf die zu Beginn jeder Werbepause mit dem Teaser »Und gleich bei *Leben und Sterben* …« hingewiesen wurde und die der Sender sich für den Schluss aufgehoben hatte, gehörte die Folge ganz Megan.

Sie hatte gehofft, dass Ethan recht haben und ihre Mutter einsehen würde, dass es richtig von Megan war, mit dem Fernsehteam zusammenzuarbeiten, doch diese Hoffnung zerstörte sich bereits in der ersten Werbepause, als niemand aus ihrer Familie sie auch nur eines Blickes würdigte. »Mom?«, sagte Megan. Aber Deirdre schwieg.

Bis zur zweiten Werbepause war Jared eingeschlafen. Während der dritten Werbepause verließ Jackie kopfschüttelnd das Zimmer. Danach schauten Megan und ihre Mutter die Folge allein zu Ende.

Als der Abspann in eine Werbepause überging, nahm Deirdre die Fernbedienung und schaltete den Fernseher aus. Sie unterdrückte ein Schluchzen und sagte: »Es ist okay, Schatz, ich verzeihe dir«, dann ging sie ebenfalls aus dem Zimmer.

»Mir verzeihen?«, sagte Megan, die nun mit ihrem schlafenden Vater allein war, laut in die Stille. Sie versuchte, verwirrt zu klingen, aber in ihr drin zog sich vor Scham alles zusammen. Megan schaute sich die Folge noch einmal auf TiVo an und wich ihrem Vater dabei nicht von der Seite. Als zum zweiten Mal an diesem Abend der Abspann lief, hatte sie das Gefühl, sich übergeben zu müssen.

***

Max konnte es kaum glauben. Der Plan hatte tatsächlich funktioniert. Deirdre hatte Jackies konfisziertes Handy wiederbekommen, als sie das Haus verließ – »Wenn sie es nicht benutzen darf, dann lassen Sie mich wenigstens versuchen, mir das Geld zurückzuholen«, hatte sie zu Andersona gesagt und es Jackie in die Schule gebracht. Jackie wiederum gab das Handy an Jason Sanderson weiter, der es in einer Steinattrappe versteckte, die er sich aus der Theaterrequisite der Schule »geliehen« hatte. Als dann abends ganz Amerika, einschließlich der Stones, *Leben und Sterben* schaute, fuhr Jason mit dem Rad zu Jackie und warf die Steinattrappe über den zwei Meter hohen Zaun in den Garten, wo Jackie sie am nächsten Tag abholte.

Und jetzt hatte Max fünfzehn Minuten brandneues Filmmaterial vor sich. Ihm war ganz schwindelig vor Aufregung.

Da das Fernsehteam die strikte Anweisung hatte, Jackie unter allen Umständen davon abzuhalten, weitere Videos zu drehen, war es sehr viel schwieriger geworden, an Filmmaterial zu kommen, die eingeweihten Gildenmitglieder aus Azeroth hatten das jedoch vorausgesehen. Unter ihnen befanden sich zwei Fernsehredakteure von der Ostküste – einer arbeitete für den Kabelsender Lifetime, der andere für TLC. Mithilfe eines Grundrisses vom Haus der Stones, den Jackie ihnen besorgt hatte, analysierten die beiden Redakteure fünf Folgen von *Leben und Sterben* und notierten die Kameraeinstellungen und den Schnitt, um die toten Winkel zu bestimmen, an denen Jackie, ohne gesehen zu werden, filmen konnte.

Das Filmmaterial war nicht so gut oder brisant wie das

der ersten beiden Folgen und zudem in einem ziemlich kurzen Zeitfenster aufgenommen worden, aber es genügte Max, um etwas daraus zu machen. Die eigentliche Magie lag in der Off-Stimme.

Jackie und Max schrieben den Text gemeinsam, anschließend sprach Jackie ihn im Computerraum in der Schule auf. Es war ein berührender Appell Jackies an die amerikanischen Zuschauer, ihren Vater in Würde sterben zu lassen:

Es sind nicht nur die Kameras und Mikrofone. Würden sie die Wahrheit aufnehmen, wäre es vielleicht weniger schlimm. Man könnte jetzt zu Recht sagen, dass meine Eltern sich freiwillig zu alldem verpflichtet haben, als sie den Vertrag mit ATN unterschrieben. Aber sie haben nicht unterschrieben, dass man uns völlig verzerrt und falsch darstellt.

Der Fernsehsender möchte nicht, dass Sie sehen, wie es wirklich bei uns zu Hause ist. Er möchte, dass Sie meinen Vater in seinem schlechtesten Zustand sehen; er möchte, dass Sie denken, meine Mutter, meine Schwester und ich wären vollkommen hilflos; er möchte, dass Sie glauben, wir würden uns einen Scheiß für Jo Garvin interessieren.

(Jackie hatte den Kraftausdruck eigentlich nicht benutzen wollen, weil es auch sonst nicht ihre Art war, aber Max überzeugte sie, dass es in diesem Fall wichtig war.)

Nichts davon ist echt. Im Fernsehen ist nichts echt. Es ist alles erfunden. Die einzige Wahrheit dieser Realityshow ist die Tatsache, dass mein Vater sterben wird und dass ihm – dass uns – die Privatsphäre und Würde geraubt wird. Versuchen Sie es sich vorzustellen. Wie wäre es, wenn Ihr Vater oder Ihre Mutter oder Ihre Schwester oder Ihr Bruder bald sterben würde? Wenn es um Ihren Sohn ginge? Was würden Sie wollen?

Wenn es Ihnen wirklich am Herzen liegt, was mit meinem Vater passiert, wenn es Ihnen wirklich am Herzen liegt, was mit unserer Familie passiert [an der Stelle hatte Max Jackie ganz nah herangezoomt, während sie in die Kamera sprach], dann bitte ich Sie, sich nicht länger die Lüge, die Leben und Sterben *ist, anzuschauen. Ich verspreche, Sie auf YouTube auf dem Laufenden zu halten, aber bitte, sorgen Sie dafür, dass diese verdammten Kameras aus meinem Zuhause verschwinden.*

Die dritte Folge von *Die echte Familie Stone aus Portland, Oregon* wurde um drei Uhr morgens online gestellt. Nur zwölf Stunden, nachdem Jackie die Aufnahmen gemacht hatte. In London hielt sich ein Team von Gildenmitgliedern aus Azeroth bereit. In der Minute, in der die Folge gepostet wurde, starteten sie eine Social-Media-Kampagne, die ihr Erscheinen bekannt gab.

Die ersten beiden Folgen hatten über eine Woche gebraucht, um die Eine-Million-Aufrufe-Marke zu knacken. Die dritte Folge schaffte es in weniger als zwölf Stunden. *Die echte Familie Stone aus Portland, Oregon* war nicht mehr bloß eine virale Social-Media-Kampagne, sie war zu einem viralen Phänomen geworden.

***

Ethan, der mittlerweile zurück in Kalifornien war, schlief in seinem Strandhaus in Malibu und träumte von einem Mädchen, das er vor vielen Jahren gekannt hatte. Aus irgendeinem Grund kam jedes Mal, wenn das Mädchen den Mund öffnete, um etwas zu sagen, ein lautes, summendes Geräusch aus ihrer Kehle. Das Ganze folgte einem rhythmischen Muster – Mund geschlossen, Mund offen, summen, Mund geschlossen, Mund offen, summen. Es hatte etwas Hypnotisches, fast wie ein …

Das Handy, das auf dem Nachttisch vibrierte, holte Ethan aus dem Traum. Er ging ran und murmelte ein schlaftrunkenes »Was gibt's?«

»Verflucht großen Ärger, Overbee, das gibt's!« Beim Klang von Roger Sterns wutentbrannter Stimme wurde Ethan hellwach.

»Roger? Wie spät ist es? Was ist passiert?«

»Zeit spielt keine Rolle.« Es war einer von Sterns Lieblingssprüchen, allerdings wusste niemand so genau, was er eigentlich damit sagen wollte. »Zu ihrer zweiten Frage – checken Sie Ihre E-Mails, dann wissen Sie es. Ich erwarte einen vollständigen Bericht darüber, wie Sie gedenken, dieses Problem noch vor heute Abend in den Griff zu bekommen.« Dann legte er auf.

Noch vor heute Abend?, dachte Ethan benommen. *Ich weiß ja noch nicht einmal genau, welcher Tag heute ist.*

Ethan nahm sein Handy, um seine Mails zu checken, und sah sofort, worum es ging. In seinem Posteingang war ein Link zu einer neuen Folge von *Die echte Familie Stone aus Portland, Oregon*. Er hielt eine Sekunde inne, dann schleuderte er das Handy an die Wand gegenüber. Die Wucht des Aufpralls lies das Glas des Displays springen und hinterließ eine Kerbe unter dem echten, gerahmten Warhol, der dort hing. Es war vier Uhr dreißig. Fünfeinhalb Stunden später landete er in Portland.

***

Sämtliche Abläufe im Haus der Stones wurden von der Nachricht des neuesten YouTube-Beitrags beherrscht. Der Regieleiter, der während seiner Frühschicht um vier Uhr fünfundvierzig lokaler Zeit einen Anruf von Ethan erhalten hatte, war angewiesen worden, mit seinem Team sämtliche Aufnahmen der letzten drei Tage durchzugehen, um herauszufinden, wie und wann Jackie es geschafft hatte, an neues Filmmaterial zu kommen.

Zwar fieberten immer mehr Mitarbeiter aus dem Fernsehteam heimlich mit Jackie mit, trotzdem hielt jeder von ihnen vor allem seinem Gehaltsscheck die Treue. Davon abgesehen hatten sie viel zu große Angst vor dem Schaden, den Ethan ihrer Karriere zufügen könnte, wenn sie ihn hintergingen, weshalb sie machten, was ihnen gesagt wurde.

Es dauerte nicht lange, um in den Aufzeichnungen die Stellen zu finden, in denen Jackie den Stein im Garten aufhebt, ihn ins Haus trägt und im Badezimmer das Pappmaché aufreißt. Danach konnte man genau verfolgen, wie sie immer wieder in einem toten Winkel verschwand und zwanzig Sekunden später wieder von dort auftauchte. Man brauchte nicht Sherlock Holmes zu sein, um sich einen Reim darauf zu machen. Man musste nur richtig hinschauen.

Andersona sorgte dafür, ebenfalls auf Anweisung von Ethan, dass keiner von den Stones das Haus verließ und auch sonst niemand rein- oder rauskam. Während Megan, der die Familie die kalte Schulter zeigte, in ihrem Zimmer blieb, kroch Jackie mit ihrem Laptop zu ihrer Mom ins Bett. Sie schaute, ob Max online war, aber da er die ganze Nacht durchgearbeitet hatte, um das Video fertigzustellen, war er schon früh schlafen gegangen.

Als Jackie hörte, dass Ethan angekommen war, spielte sie kurz mit dem Gedanken, sich zu verstecken, aber ihr war klar, dass es nichts gebracht hätte. Sie schaute zu der Kamera hoch, die im Schlafzimmer ihrer Eltern an der Decke angebracht war – eine unglaubliche Verletzung der Privatsphäre, wie ihr bewusst wurde –, und sagte: »Ihr könnt ihm ausrichten, dass ich gleich unten bin.«

»Soll ich mitkommen?«

»Nein, Mom, ist schon okay. Außerdem kannst du es dir heute Abend sowieso im Fernsehen anschauen.«

Deirdre lächelte immer noch über den Witz, als Jackie, den Laptop unter den Arm geklemmt, das Zimmer verließ.

Ethan saß allein im Wohnzimmer. Er begann langsam zu klatschen, als Jackie hereinkam. »Du bist ein kluges Mädchen«, sagte er, »aber du hast keine Ahnung, wie viel Ärger du damit anrichtest.« Jackie lächelte zufrieden, als sie das hörte. »Gib mir das Handy.«

Sie hatte damit gerechnet, dass Ethan nach ihrem Handy fragen würde, und wusste, es wäre zwecklos, sich dagegen zu sträuben. Sie zog das iPhone aus ihrer Hosentasche und schleuderte es durch den Raum. »Den Laptop auch.«

»Was?«

»Den Laptop, Jackie.« Ethans Stimme klang leise und bedrohlich. »Wir haben entschieden, dass du dich mehr in die Show einbringen solltest. Den ganzen Tag die Nase in den Computer zu stecken sorgt für keine gute Fernsehunterhaltung. Wenn ich also bitten darf?«

Jackie rührte sich nicht von der Stelle. Kopfschüttelnd stand Ethan auf, ging zu ihr und nahm ihr den Laptop ab. Sie versuchte nicht, ihn davon abzuhalten.

»Du hast die Leute dazu aufgefordert, sich die Show nicht anzuschauen«, sagte Ethan, als er zur Couch zurückgekehrt war.

»Stimmt«, erwiderte Jackie. »Und das war richtig so.«

»Ich weiß nicht genau, ob es mich wirklich interessiert, aber ich bin trotzdem neugierig. Warum?«

»Sie haben tatsächlich keine Ahnung, oder?«

»Nein.«

»Dann würden Sie es wahrscheinlich auch dann nicht kapieren, wenn ich versuchen würde, es Ihnen zu erklären.«

Ethan zuckte mit den Achseln. »Macht nichts. Deine Flügel sind gestutzt. Ab sofort wirst du dich unterordnen und tun, was wir dir sagen, und zwar ab heute Abend. Du wirst allen dort draußen erzählen, dass es mit dir durchgegangen ist, weil du wegen deinem Vater so traurig bist.«

»Nein, das werde ich nicht.«

»Du wirst *was* nicht?«

»Ich werde den Leuten da draußen nicht erzählen, dass ich es nur deswegen gemacht habe, weil ich wegen meinem Vater so traurig bin. Ich werde weiter alles dafür tun, dass die Zuschauer erfahren, wie falsch und verlogen Sie und diese Fernsehshow sind.«

»Sei dir da nicht so sicher, Jackie. An mir haben sich schon ein paar der härtesten Leute aus dem Showbusiness die Zähne ausgebissen. Da werde ich mir wohl kaum von einer Fünfzehnjährigen ans Bein pinkeln lassen.«

Seine Überheblichkeit gab Jackie genau die Stärke, die sie brauchte.

Als Andersona später an diesem Nachmittag versuchte, ein Interview mit ihr zu führen, in dem sie eingestand, was für ein großer Fehler es gewesen war, die neue Folge von *Die echte Familie Stone aus Portland, Oregon* zu posten, beantwortete Jackie jede einzelne Frage mit Schimpfwörtern.

ANDERSONA: »Es muss unglaublich hart für dich sein, mit anschauen zu müssen, was dein Vater durchmacht.

JACKIE: »Verfickt, Scheiße, Pisse.«

ANDDERSONA: »Und in deiner hilflosen Wut ist es dann mit dir durchgegangen und du hast das Video auf YouTube gestellt, oder?«

JACKIE: »Schwanz, Titten, Schlampe.«

So ging es ganze fünf Minuten weiter. Als Andersona ihren Fragenkatalog abgearbeitet hatte, stand sie auf und verließ wortlos das Zimmer.

Jackie blieb sitzen und fing an zu lachen. Schließlich übermannten sie die Gefühle und das Lachen verwandelte sich in Schluchzen. So saß sie da, weinte, bis keine Tränen mehr kamen, dann ging sie auf ihr Zimmer und las ein Buch.

***

Die an diesem Abend ausgestrahlte Folge von *Leben und Sterben* war eine einzige Abrechnung mit Jackie.

In der Eröffnungsszene wurde ihr Appell aus *Die echte Familie Stone aus Portland, Oregon* gezeigt, in dem sie darum bat, die Show nicht anzuschauen. Direkt danach wurde Jackie eingeblendet, wie sie zuhörte, als Andersona sie fragte: »Und in deiner hilflosen Wut ist es dann mit dir durchgegangen und du hast das Video auf YouTube gestellt, oder?«

Die Einstellung wechselte auf einen Punkt über Jackies Schulter und zeigte eine besorgt schauende Andersona. Jackies Stimme kam aus dem Off; was sie sagte, war ein Zusammenschnitt aus ihrer Unterhaltung mit Ethan, der so bearbeitet war, dass der Eindruck entstand, es wäre die Antwort auf Andersonas Frage: »Stimmt. Ich habe es nur deswegen gemacht, weil ich wegen meinem Vater so traurig bin. Das war falsch.« Nur die erfahrensten Cutter hätten den Betrug bemerkt.

»Wie geht es dir jetzt damit?«, fragte Andersona. Es wurde zu Jackie übergeblendet, die mit einem Schwall Schimpfwörter antwortete, über die ein Pfeifton gelegt worden war. Dann wieder Schnitt zu Andersona, die die Frage erneut stellte. Diesmal schwenkte das Bild zu Jackie, die weinend auf dem Interviewstuhl saß.

Cut. Vorspann.

Wie sich nach der Werbepause zeigte, schickte Ethan

auch Megan, auf die er stinksauer war, weil sie ihn nicht darüber informiert hatte, dass Jackie irgendwie an ein Handy gekommen war, eine kleine Botschaft. Es wurde ungekürzt gezeigt, wie Megan Jackie hinterherspionierte, und sogar eine verfälschte Version der Unterhaltung, die sie mit Ethan in der Limousine geführt hatte, hinzugefügt. Darin wendet sich Megan an Ethan und bietet von sich aus an, Jackie zu bespitzeln, wenn man im Gegenzug sie, Megan, häufiger in der Show auftreten ließe. In einer nachgestellten Situation lehnt Ethan dieses Angebot ab.

Die Handlungen der Stone-Mädchen waren so zusammengeflickt worden, dass das Bild einer Familie entstand, die unter dem emotionalen Druck, den der nahende Tod des Vaters auslöste, auseinanderbrach. Jackie und Megan wurden als durchtriebene, aber bedauernswerte Figuren gezeigt, mit Ethan und Andersona in der Rolle der mitfühlenden Wohltäter.

***

Jared schaute sich die Folge mit seiner Frau und seinen Töchtern an, wie er es immer machte, aber nichts darin ergab irgendeinen Sinn. Er wusste, dass es zwischen seiner Familie und den Verantwortlichen der Show Probleme gab, er verstand nur nicht, worum es dabei ging. Und was noch viel schlimmer war, es schien ihm egal zu sein. Jared wollte einfach nur schlafen. Es kam ihm sogar so vor, als würde noch nicht einmal der Schmerz in seinem Kopf ihn noch irgendetwas angehen.

Er ertappte sich dabei, wie er sich die seltsamsten Dinge

fragte. Dinge wie: Was hatte eine Nonne bei ihm zu Hause zu suchen? Oder: War das überhaupt sein Haus? Die regelmäßigen Besuche von Deirdre, Jackie und Megan ließen darauf schließen, aber vielleicht hatte der Fernsehsender für die Show eine Kopie von seinem Haus gebaut. Vielleicht waren sie in Los Angeles. Der Gedanke war schrecklich. Er wollte nicht in L.A. sterben.

Jared war sich immer deutlicher der Tatsache bewusst, dass er sterben würde, und dass es eher früher als später passieren würde. Er wusste, dass er die Dinge in Ordnung bringen sollte. Aber welche Dinge und welche Ordnung, war ihm ein Rätsel.

Es war noch dreimal vorgekommen, dass sein Sehvermögen verschwommen oder ganz weg gewesen war; das Gleiche geschah mit seinem Gehör, das unerklärlich aussetzte und dann wieder funktionierte.

Jared Stone war im Begriff, auszuchecken, und er wusste es. Er hatte nur noch einen Fuß in dieser Welt; mit dem anderen stand er schon in der nächsten, was und wo das auch immer sein mochte.

Während er sich mit dem Wenigen, was von seinen geistigen Fähigkeiten noch übrig geblieben war, seine Gedanken machte, traf er eine Entscheidung. Es war der letzte lichte Moment in seinem Kopf, und er musste es jemanden sagen, bevor er wieder weg war. Er rief Deirdre zu sich.

»Dee«, sagte er, als sie neben ihn trat, »komm näher.«

»Ich bin hier, Jare«, antwortete sie und neigte ihr Ohr an seinen Mund.

»Ich möchte dem ein Ende machen«, flüsterte er. Sie antwortete nicht und Jared schloss die Augen. Als sie sich wieder aufrichten und gehen wollte, fügte er hinzu: »Bitte hilf mir.«

Und damit drehte Jared sich auf die Seite und schlief ein. Deirdre küsste ihn auf die Stirn und sagte: »Natürlich, Liebster. Natürlich.«

***

Als Max die neueste Folge von *Leben und Sterben* sah, wusste er sofort, was passiert war. Er hatte in den letzten Wochen so viel über Schnitttechniken dazugelernt, dass er den Cuttern von ATN ziemlich schnell auf die Schliche kam.

»*Pizdet!*«, schimpfte er immer wieder, als er sich am darauffolgenden Tag nach der Schule auf der Website von ATN anschaute, wie Ethan Overbee Jackie auseinandernahm. Ein kalter, nasser Regen, der nach Winter roch, prasselte gegen sein Fenster.

Max hätte am liebsten sofort mit Jackie gesprochen und ihr gesagt, dass er wusste, was der Sender ihr angetan hatte, dass sie gemeinsam dafür sorgen würden, dass alle Welt davon erfuhr. Aber wenn es in Westrussland Nachmittag ist, ist es im Bundesstaat Oregon mitten in der Nacht, und Jackie war nicht online. Doch Max hatte das dringende Bedürfnis, mit jemandem zu reden, irgendetwas zu tun, und zwar sofort.

Seit den Versammlungen in Azeroth waren Max und Hazel auf Facebook befreundet. In dem Wissen, dass es in Alabama bereits halb sieben Uhr morgens war, schickte er ihr eine Nachricht.

Max:	Hazel, hast du gesehen gestern die Fernsehshow? Du darfst nichts glauben davon! Die haben mit Schnitttechnik getrickst, damit Jackie wie Idiot dasteht. Wir müssen etwas unternehmen. Komm zu Palast, ich warte dort.

Fünf Minuten später war er vor dem Hauptquartier der Gilde in Azeroth.

Hazel:	Hi, Max.
Max:	Oh, gut! Du bist da. Hast du die neue Folge gesehen?
Hazel:	Hab ich, und ich hab nichts davon geglaubt. Jackie hat mir erzählt, wie krass die Aufnahmen bearbeitet werden, damit am Ende das rauskommt, wovon der Sender sich die höchsten Einschaltquoten verspricht. Das ist total krank, aber ich weiß nicht, was man dagegen unternehmen soll.
Max:	Ich mache mir viele Sorgen um unsere Freundin.
Hazel:	Ich auch, Max. Aber vielleicht sind sie einfach zu groß und zu mächtig für uns.
Max:	*Njet*! Bei amerikanischen Siedlern das ist nicht so gewesen, bei russischen Bolschewisten das ist nicht so gewesen, und ich kann nicht glauben, dass so ist bei Jackie Stone. Sie ist kein Mädchen, das aufgibt. Sie wird sie schlagen Schritt für Schritt. Bei uns es gibt Sprichwort: »*Ispodvol' i ol'khu sognyosh.*« Man kann eine Erle beugen, wenn man es macht Stück für Stück.

Die beiden waren einen Moment lang still.

Hazel: Okay. Lass uns über das Problem nachdenken. Wir wissen, sie manipulieren ihr Filmmaterial, um Jackie mundtot zu machen.

Max: Was heißt mundtot machen?

Hazel: Sorry. Das heißt, dass sie es Jackie sehr schwer machen, etwas gegen sie unternehmen. Sie sorgen dafür, dass sie nichts tun kann.

Max: *Da.*

Hazel: Wir wissen, dass sie ihr das Handy weggenommen haben. Wahrscheinlich nehmen sie ihr auch den Computer weg.

Max: Ja, ich glaube auch.

Hazel: Also kann Jackie uns kein Filmmaterial mehr schicken, zumindest so lange nicht, bis wir herausgefunden haben, wie wir eine Kamera in ihr Haus schmuggeln können.

Max: *Da.*

Hazel: Das heißt, wir brauchen eine andere Möglichkeit, um eine neue Folge zu machen.

In diesem Moment leuchtete über Max' Kopf eine Glühbirne auf. Eine echte, keine sprichwörtliche. Seine Mutter war hereingekommen und hatte das Licht angemacht, um das dämmrige Grau des Tages zu vertreiben.

»Ach, Maxi, ich wünschte, du würdest nicht so viel Zeit vor diesem Computer verbringen«, sagte sie, bevor sie weiter den Flur hinunterging.

Er bekam kaum etwas davon mit. Die echte Glühbirne hatte nämlich Gesellschaft von einer sprichwörtlichen bekommen.

Max: Ich habe Idee. Und ich werde brauchen deine Hilfe dafür.

***

Als Jackie am nächsten Morgen vor der Schule ankam, rutschte ihr das Herz in die Hose.

Auf dem Lehrerparkplatz standen drei riesige ATN-Trucks. Die anderen Schüler gafften sie an, als wären es Taylor Swifts Tourbusse. Jackie wusste schon, was los war, bevor der Schulleiter – schüttere Haare, zerknitterter Anzug, zwei unterschiedliche Socken, eingetrockneter Ketchup-Fleck auf der Krawatte – am Eingang auf sie zugelaufen kam.

»Guten Morgen, Miss Stone!«, rief er eine Spur zu überschwänglich. »Ist das nicht großartig? Ihre Fernsehshow ist zu uns in die Schule gekommen!«

Jackie ballte die Hände zu Fäusten. »Geht das überhaupt so einfach? Ich meine, müssen Sie dafür nicht erst mal die Erlaubnis der Eltern einholen oder so was?«

»Offenbar hat die Rechtsabteilung von ATN die Nacht durchgearbeitet, um das Juristische zu klären, jedenfalls haben wir grünes Licht bekommen. Die wenigen Schüler, die nicht teilnehmen wollen, wechseln an eine andere Highschool, bis die ganze Sache vorbei ist.«

Jackie sah den Direktor fassungslos an. Als ihm die brutale Bedeutung seiner Worte klar wurde, presste er sich wie ein schlechter Schauspieler, der Überraschung und Bedauern vortäuscht, die Hand auf den Mund.

Jackie schüttelte den Kopf und schob sich an ihm vorbei. Sie wollte jetzt einfach nur zu ihrem Schließfach.

»Aber verstehen Sie denn nicht?« Er trat ihr in den Weg und versuchte wieder die Oberhand zu gewinnen. Sein Blick wanderte zu der über ihnen hängenden Kamera hinauf, als wäre er der Hauptdarsteller einer Soap Opera. »Der Sender wird uns eine neue Turnhalle bauen, und das haben wir ganz allein Ihnen zu verdanken, Miss Stone!« Er hob einen Arm und hielt ihr die Handfläche hin.

Will er etwa, dass ich ihn abklatsche?, dachte sie. *Gott!* Dieses Mal drängte sie sich mit Gewalt an ihm vorbei und lief ins Schulgebäude.

Egal, um welche Ecke Jackie bog, überall waren Kameras, überall wurde sie von ihren Mitschülern angestarrt. Vor ihrem Schließfach hatte sich eine Gruppe von Mädchen versammelt, die der It-Clique der Schule angehörten.

»Hi, Jackie«, sagte eine von ihnen. Sie wirkten wie Klone – gleicher Style, gleiche Frisur, gleiche Gesichtsbemalung, gleiche affektierte Art zu sprechen; Jackie hatte Schwierigkeiten, sie auseinanderzuhalten, und war sich nicht sicher, welche von ihnen sie überhaupt angesprochen hatte. »Ist das nicht total aufregend? Jetzt ist uns klar, wie besonders du dich jeden Tag fühlen musst!«

»Ach wirklich? Wird dein Vater auch bald sterben?« Jackie konnte nicht anders. Sie wusste, dass es klüger wäre, den Kopf einzuziehen und den Mund zu halten, aber das hier war einfach zu viel. Ethan zog alle Register, um seine Macht zu demonstrieren, und sie kochte innerlich vor Wut.

Bevor das verdutzte It-Cliquen-Mädchen etwas erwidern konnte, rief eine sich überschlagende, leicht nasal klingende

Stimme: »Zur Seite, lasst mich durch!« Kurz darauf schob Jason Sanderson sich zwischen den anderen zu Jackie durch.

»Hi, Mädels«, sagte er und zog grinsend die Augenbrauen hoch.

»Verschwinde, du Freak«, zischte das Mädchen.

»Herzlichen Glückwunsch, Brie«, sagte Jackie, der endlich eingefallen, welche der Bienenköniginnen sie vor sich hatte. »Du hast dich gerade in der beliebtesten Reality-TV-Show des Landes als arrogante Zicke geoutet.« Jackie deutete auf die Kamera, die genau auf ihr Schließfach ausgerichtet war.

Bries Wangen nahmen dieselbe Farbe an wie ihr Kirsch-Lipgloss, bevor sie wortlos davonstürmte. Die anderen suchten ebenfalls das Weite und folgten ihr.

»Danke, Jason«, sagte Jackie. »Dich hat echt der Himmel geschickt.«

Jason wurde rot, dann schüttelte er den Kopf und kam direkt zur Sache. »Hast du es schon gesehen?«

»Hab ich was schon gesehen?«

»Du wirst es nicht glauben!«, sagte er. »Komm mit!«

Jackie folgte Jason zum Computerraum.

»Hallo, Miss Onorati«, sagte Jason.

»Mr Sanderson, Miss Stone«, antwortete die Lehrerin lächelnd.

»Jason«, raunte Jackie und zog ihn am Arm, »wir dürften eigentlich gar nicht hier sein. Ich hab jetzt Geschichte. Und du auch!«

»Das ist schon okay, Miss Stone«, sagte Ms Onorati. »Ich habe vor ein paar Minuten mit Mr Egloff gesprochen. Er hat vollstes Verständnis dafür, dass Sie den Geschichtskurs heute Morgen möglicherweise ausfallen lassen müssen.«

Jackie schaute von Jason zu ihrer Lehrerin. »Was soll das heißen?«

»Das soll heißen«, sagte Ms Onorati, »dass der edle junge Ritter hier eine kostbare kleine Gabe für Gerald the Generous hat.«

»Was?« Jackie betrachtete ihre Lehrerin etwas genauer. Sie war eine hübsche Frau, schien sich dieser Tatsache aber nicht bewusst zu sein. Ihre langen braunen, von den ersten silbrigen Fäden durchzogenen Haare waren zu einem lässigen Knoten hochgesteckt, die strahlenden haselnussbraunen Augen wirkten hinter der für ihr schmales Gesicht viel zu wuchtigen Brille noch größer, und die feine, lange Nase saß über einem vollen, lächelnden Mund. Sie sah wie eine kleinere, zerzauste Doppelgängerin von Angelina Jolie aus.

»Überrascht?«, fragte Ms Onorati.

Jackie war so überrascht, dass sie nur nicken konnte.

»Ich bin eine einundvierzigjährige, alleinstehende Informatiklehrerin, Jackie. Jetzt müssen Sie nur noch eins und eins zusammenzählen.«

»Ihr WoW-Name ist Onan der Arbar«, sagte Jason beinahe ehrfürchtig. »Ist das nicht der Hammer?«

»Sind Sie bei den Gilden-Versammlungen gewesen?«, fragte Jackie.

»Nein, aber wenn man als Gamerin schon so lange dabei ist wie ich, dann entgeht einem so gut wie nichts. Ich bin hier, weil ich gern alles tun würde, was in meiner Macht steht, um euch zu helfen.«

»Aber was ist mit denen da?« Jackie deutete auf die Kamera an der Decke.

»Was mit denen ist?«, sagte Ms Onorati. »Sollen sie ruhig zuschauen. Sie wollen bestimmt auch gern sehen, was Jason für dich hat.«

»Komm mit zu meinem Computer, dann zeige ich es dir«, sagte Jason einen Tick zu laut. Jackie begriff, dass alles, was bei ihr passiert war – was bei ihr *passierte* –, etwas Gutes für Jason hatte. Es gab ihm das Gefühl, dazuzugehören und gebraucht zu werden. Es war ein kleiner Trost, aber Jackie versuchte, sich daran festzuhalten.

Sie setzte sich mit Jason und Ms Onorati, die sich hinter sie stellten, an den Rechner. Jason griff an ihr vorbei nach der Maus und klickte auf dem Bildschirm einen YouTube-Link an – das Video, das daraufhin geladen wurde, hieß: *Die echte Familie Stone aus Portland, Oregon: Episode IV, Eine neue Hoffnung*.

Jackie wusste, dass der Titel eine Hommage an *Star Wars* war. Was sie nicht wusste, war, wie es überhaupt eine neue Folge von *Die echte Familie Stone aus Portland, Oregon* geben konnte.

»Was hat das alles zu bedeuten?«

»Schauen Sie einfach«, sagte Ms Onorati und legte Jackie sanft eine Hand auf die Schulter.

Das Video begann mit Filmmaterial, das Jackie vor mehr als einer Woche für die zweite Folge aufgenommen hatte. In einem vierunddreißig Sekunden langen Clip wurde der Interviewausschnitt mit Jo Garvin gezeigt, in dem Jo das traurige Schicksal der Stones beweint und dann im Anschluss auf Andersonas Bemerkung »Schätzchen, dafür wirst du einen Emmy kriegen« Jackie zuzwinkert. Genau hier stoppte das Bild, dann wurde es schwarz und aus dem Off ertönte eine Stimme.

»Das ist unbearbeitetes Filmmaterial gewesen; wir haben das gezeigt, was sich tatsächlich ereignet hat.« Jackie kannte die Stimme nicht, glaubte anhand des unverkennbaren Südstaaten-Singsangs aber trotzdem zu wissen, wem sie gehörte.

»Die Aufnahmen wurden in keiner Weise manipuliert«, fuhr die Stimme fort. »Sie stammen von Jackie Stones mittlerweile konfisziertem iPhone. Es liegt nicht in unserer Absicht, damit Ihre Meinung über Jo Garvin zu beeinflussen. Wir möchten Ihnen nur die Wahrheit zeigen.

Hätten wir gewollt, dass Sie Jo Garvin mögen, hätten wir Ihnen vielleicht das hier gezeigt.«

Es wurde eine Szene eingeblendet, in der Andersona jemanden interviewt. Jackie, die sich noch gut daran erinnern konnte, diese Szene an dem Tag aufgenommen zu haben, an dem sie das erste Mal mit ihrem Handy gefilmt hatte, wusste, dass die Schulter, über die die Kamera schaute, ihrer Mutter gehörte. Der Ausschnitt war so gewählt, dass man nur ein kleines Büschel von Deirdres Haaren sehen konnte. Ohne den entsprechenden Kontext war es also unmöglich zu sagen, wer hier interviewt wurde.

»Welchen Einfluss hat das auf Ihre Karriere genommen?«, fragte Andersona.

Es folgte ein nahtloser Schnitt zu Jo Garvin, der bereits Tränen über die Wangen liefen. Die einzige logische Schlussfolgerung, die man als Zuschauer aus dieser Szene ziehen konnte, war, dass Jo Garvin über das Ende ihrer Karriere als Fernsehschauspielerin verzweifelt war.

Max hatte so gute Arbeit geleistet, dass selbst Jackie zweimal hinschauen musste und sich tatsächlich kurz dabei ertappte, wie Jo ihr leidtat.

»Haben Sie gesehen?«, fuhr die Stimme fort. »Haben Sie gesehen, wie einfach es ist, Sie für dumm zu verkaufen? Aber nicht Sie sollten sich dumm vorkommen, sondern *sie*.« Die Off-Stimme legte ihre ganze Verachtung in dieses »sie«.

»Womit wir beim Kern der heutigen Folge von *Die echte Familie Stone aus Portland, Oregon* wären. Jackie Stone hat sich nie entschuldigt; sie hat nie klein beigegeben. Alles, was Sie gestern Abend in *Leben und Sterben* gesehen haben, war eine Lüge. Ganz Amerika … nein … nicht nur Amerika. Die ganze Welt«, die Stimme schwoll unheilvoll an, »ist betrogen worden.

Jackie und ihre Familie werden vom Sender in ihrem eigenen Haus wie Gefangene gehalten. Es liegt an Ihnen, sie zu befreien. Schauen Sie sich die Show nicht länger an. Unterstützen Sie nicht länger die Sponsoren. Befreien Sie Jackie Stone.«

Der Bildschirm wurde schwarz.

Jackie lehnte sich im Stuhl zurück und versuchte, das alles zu begreifen. Ihr Blick fiel auf den rechten unteren Bildschirmrand. Das YouTube-Video hatte bereits 1 340 006 Aufrufe.

»Wann ist das online gestellt worden?«, fragte sie ohne aufzuschauen.

Jason lächelte. »Vor einer Dreiviertelstunde.«

Sechster Teil

Beschluss

(Donnerstag, 29. Oktober)

Glio war so weit. Er wollte aufs Ganze gehen. Vollgestopft mit nahezu allen Erinnerungen Jareds und beflügelt von den Erfahrungen, die er bei seinen Vorstößen in die Außenwelt gemacht hatte, war es für den Tumor an der Zeit, zum Wirt zu werden.

Der Plan war, seine Masse gleichzeitig in alle der Sinneswahrnehmung dienenden Hirnzentren Jareds auszudehnen und die Gesamtheit des Wissens, das er gesammelt hatte, zu benutzen, um mit der Außenwelt in der ersten Person zu interagieren. Glios Ziel stand bereits fest. Er wollte mit dieser Nonne sprechen.

Alles in Jareds Erinnerungen hatte Glio beigebracht, Nonnen zu fürchten und zu respektieren – in dieser Reihenfolge. Er wusste, dass sie ihr Leben Gott gewidmet hatten, dass sie sich weltlicher Freuden enthielten, aber er verstand nicht, warum. Glio hatte in relativ kurzer Zeit einiges über die weltlichen Freuden gelernt. Sie zu verschmähen kam für ihn einer Art Selbstmord an der Seele gleich. Nicht dass Glio wirklich begriff, was eine Seele war. Aber es war das Wort, das Jared benutzt hätte.

Es gab eine ganz bestimmte Erinnerung aus Jareds Jugend, die seine Ansichten über Nonnen geprägt hatte. Jared hatte sein erstes Highschool-Halbjahr auf der Jungenschule St. Leonard's Catholic Academy verbracht. (Die Ironie dessen, dass der heilige Leonhard als Schutzpatron der Gefangenen galt, blieb den Schülern nicht verborgen. Die Mitglieder des Schulsportteams, die offiziell Scarlet Knights hießen, wurden intern nur »die Sträflinge« genannt.) Jared hasste jede einzelne Minute dort. Er hasste die Schuluniform. Er hasste den religiösen Unterricht. Er hasste das komplette Nichtvorhandensein von Mädchen. Aber vor allem hasste er Schwester Louisa.

Die meisten der an der Schule unterrichtenden Nonnen waren engagierte und gut ausgebildete, wenn auch nicht sonderlich ansehnliche Lehrerinnen. Schwester Louisa war ein Kapitel für sich. Sie hing, genau wie Schwester Benedict, einem veralteten Weltbild an. Es war an der St. Leonard's keine ungewöhnliche Praktik, seine Zöglinge mit dem Zollstock – angewendet auf den Fingerknöcheln Regeln übertretender Schüler – zu disziplinieren. Aber Schwester Louisa ging noch einen Schritt weiter und damit einen Schritt zu weit.

Über die an Highschools üblichen Verstöße hinaus – während des Unterrichts Kaugummi kauen oder sich unterhalten, nicht gemachte Hausaufgaben, zu spät kommen –, bestrafte Schwester Louisa auch selbstständiges Denken; sie konnte es nicht leiden, wenn Schüler Fragen stellten. Eine

Haltung, die die meisten Schulen im Fach Geschichte als geradezu verhängnisvoll ansehen würden.

Als einer von Jareds Mitschülern fragte, warum die Gründerväter die Sklaverei nicht schon zur Zeit der Revolution abgeschafft hätten, verblüffte Schwester Louisa mit ihrer Antwort die gesamte Klasse.

»Weil«, sagte sie, »die Sklaverei erst sehr viel später eine Sünde wurde.«

Es entstand eine kurze Pause, die die Schwester nutzte, um schnell zum nächsten Punkt im Lehrplan überzugehen.

»Aber, Schwester Louisa«, meldete sich ein anderer Junge, »wie kann das gehen? Ich meine, wie kann etwas an einem Tag in Ordnung sein und am nächsten eine Sünde? Wusste man nicht, dass es falsch war?«

Als der Junge die Wut in Schwester Louisas Augen auflodern sah, flehte er um Gnade, aber es war zu spät. Sie machte sich mit dem sadistischen Blick eines Hannibal Lecter über ihn her und genoss es regelrecht, ihn zu züchtigen. Ihr Zollstock verfehlte die Knöchel des Jungen und schlug ihm stattdessen seitlich ins Gesicht. Später behauptete sie, es sei ein Versehen gewesen, aber jeder Schüler, der damals in der vierten Stunde in amerikanischer Geschichte saß, wusste es besser.

Obwohl Schwester Louisa nach dem Vorfall fristlos entlassen wurde, flehte Jared seine Eltern an, nach den Weihnachtsferien auf eine staatliche Schule wechseln zu dürfen. Sie willigten ein.

Exakt diese Erinnerung schaute sich Glio immer und immer wieder an, als er sich auf seinen Trip in die Außenwelt vorbereitete.

Er ließ es behutsam angehen, bewegte sich an den Nervenenden entlang langsam zu Jareds Extremitäten hinunter mit dem Ziel, zunächst mit Jareds Zehen zu wackeln und mit seinen Fingern zu tippen. Er streckte sich bis zu den Grenzen seines Seins aus, fand die Kontaktstellen und … und …

Nichts passierte.

Er versuchte es noch mal.

Nichts.

Irgendetwas stimmte nicht.

Glio probierte es mit Jareds anderen Sinnen. Wieder nichts. Kein Geschmack. Kein Geruch. Kein Geräusch. Er versuchte es bei den Augen, aber sie waren zu, und egal wie sehr er Jareds Augenbewegungsnerv auch reizte, sie blieben weiter zu.

Glio zog sich in den Temporallappen des Gehirns zurück, um über seine Zwickmühle nachzudenken. Jareds Gehirn funktionierte zwar noch, aber nur sehr eingeschränkt. Als er die Lage eingehender betrachtete, entdeckte Glio, dass die Medulla oblongata Probleme damit hatte, Signale an Jareds Lungen zu senden, was bedeutete, dass weniger Sauerstoff in Jareds Blut gelangte, was wiederum zur Folge hatte, dass Jareds Gehirn unterversorgt war. Ihm war klar, dass dies der Beginn einer unumkehrbaren Abwärtsspirale war.

In dem sehnlichen Wunsch, seine Reise zu vollenden und zu Jared zu werden, versuchte Glio die vollständige Kontrolle über Jareds Gehirn zu erlangen, um die Körperfunktionen seines Wirts dazu zu zwingen, ihre Arbeit wiederaufzunehmen. Er zog alle Register und nutzte jede

Möglichkeit, die ihm in seinem Waffenarsenal zur Verfügung stand – massierte, pulsierte, zündete Neuronen –, aber es war zwecklos. Obwohl klinisch noch nicht tot, existierte Jared Stone nicht mehr.

Glio wusste aus Jareds Erinnerungen, was die Menschen von Krebs hielten, was sie von Tumoren hielten, was sie von ihm hielten. Er wusste, dass sie nicht verstanden, warum es ihn überhaupt gab, und er wusste, dass er und seinesgleichen zu den meistgehassten Dingen auf dieser Erde gehörten. Aber bis zu diesem Moment hatte Glio mit seinem ganzen metaphorischen Herzen geglaubt, dass er wie eine Raupe war, die darauf wartete, sich als etwas Schönes und Neues zu entpuppen, in seinem Fall – als Jared. Nur dass Glio nun, wo er am Ende angelangt war, die Tragödie seines Lebens, die Tragödie allen Lebens erkannte.

Und zum ersten Mal tat es Glio leid. Aufrichtig und furchtbar leid. Vielleicht wäre alles in Ordnung gewesen, wenn er Jared geworden wäre, aber jetzt, da er der Wahrheit gegenüberstand, begriff er, was jeder Tumor irgendwann begriff:

Das Leben – sein Leben, Jareds Leben – ist für das Leben selbst nicht von Bedeutung. Es ist einfach da. Das Leben ist, wie ihm nun klar wurde, nur das, was man daraus macht. Und auch wenn er wusste, dass er nichts dafür konnte, hatte Glio sein Leben als Dieb und Mörder verbracht. Die Erkenntnis war überwältigend.

Glio heulte gequält auf und zog sich in sich selbst zurück.

***

»Mr Stone?« Schwester Benedict schüttelte Jared vorsichtig an der Schulter. Er reagierte nicht. »Mr Stone?«, sagte sie noch einmal und schüttelte ihn ein bisschen fester. »Zeit, aufzuwachen. Es gibt Frühstück.« Erneut keine Reaktion.

Sie sah Schwester Nadine an, eine der Novizinnen, die ihr dabei halfen, sich um Jared zu kümmern. »Geh und hol den Arzt.«

Nachdem die junge Frau das Zimmer verlassen hatte, kniete Schwester Benedict sich hin und betete.

»Bitte, Vater, segne die Seele dieses Mannes und gib ihm die Kraft, weiterzukämpfen. Erleichtere sein Leid und hilf ihm, sich zu erholen, um für seine Familie da zu sein.«

Obwohl die Schwester sich alle Mühe gab, konnte sie nicht aufhören, an all die im Raum verteilten Kameras zu denken, die auf sie und Jared Stone gerichtet waren und sie dabei beobachteten, wie sie betete. Die Szene würde später im Fernsehen gezeigt werden. Ihr Gebet würde an einem einzigen Abend mehr Zuschauer haben als die *Duke Hamblin Show* in einem Monat.

Vielleicht lädt er mich ja als Gast in seine Show ein, dachte sie.

Sie schob den Gedanken beiseite und setzte ihre Unterhaltung mit Gott fort.

Einen Moment später kam der Arzt, warf einen Blick auf die Monitore, die Jareds Vitalfunktionen anzeigten, und begann unverzüglich zu handeln.

»Sofortige Reanimation, Schwester«, sagte er ruhig, aber mit Nachdruck.

Die Schwester erhob sich von den Knien und ging zum Telefon. Sie war mit dem Prozedere vertraut. Rasch wählte sie die Nummer, sagte »Reanimation«, als am anderen Ende der Leitung abgenommen wurde, und legte wieder auf.

Exakt fünfundvierzig Sekunden später flogen die Türen eines Rettungswagens auf – der vom Sender finanziert mit allem notwendigen Gerät in der Einfahrt stand –, und ein Team von Ärzten und medizinischen Fachleuten schwärmte aus.

Exakt fünfundvierzig Sekunden danach wurde Jared Stone an eine Herz-Lungen-Maschine, einen Dialyse-Apparat und ein Narkose-Gerät angeschlossen. Er lebte, aber nur in klinischer Hinsicht.

Nur dank der Maschinen.

***

Wenn Ethan Overbee ein Unglück passierte, was nicht besonders oft der Fall war, dann kam es auch bei ihm selten allein, sondern meistens paarweise.

In der zweiten Klasse wurde Ethan von seinen Eltern dabei erwischt, wie er das eine Ende eines Seils um ihre Katze Taffy band und das andere am Wagen seines Vaters befestigte. Seine Eltern kamen zwar gerade noch rechtzeitig dazu, um die Katze vor dem Schlimmsten zu bewahren, erteilten ihrem Sohn jedoch zwei Tage Fernsehverbot. Es war eines der wenigen Male in Ethans Kindheit, dass er – ein von seinen Eltern verhätschelter und vergötterter Junge – bestraft worden war, und die Erinnerung daran war ihm geblieben. Als er später an diesem Tag noch einen draufsetzte und mit Rita Fitzsimmons, dem kleinen Nachbarsmädchen, eine aggressive »Doktor«-Variante spielte, hörten ihre Eltern sie weinen, warfen Ethan aus dem Haus und riefen seine Mutter an. (Da sie Ethan bereits für die Tierquälerei bestraft hatten, beschlossen seine Eltern, ihn nicht auch noch für sexuelle Belästigung auf Grundschulniveau zur Rechenschaft zu ziehen.)

Als Ethan an seinem siebzehnten Geburtstag durch die Führerscheinprüfung flog, machte noch am selben Abend seine Freundin mit ihm Schluss. Sie warf ihm eine Menge Wörter an den Kopf, die wie aus dem Vokabelteil eines Uniaufnahmetests klangen – er sei narzisstisch, pedantisch und trivial –, wodurch er zu dem Schluss kam, dass sie ihm sowieso viel zu sehr Streberin war, aber es tat trotzdem weh.

Als er während seines ersten Semesters am College erfuhr, dass er in der von der Hochschule geplanten Aufführung des Musicals *Toll trieben es die alten Römer* keine Rolle bekommen hatte, riefen am selben Tag seine Eltern an, um ihm zu sagen, dass Taffy gestorben war. Er hatte die Katze nie wirklich leiden können, begann aber ein gewisses Muster zu erkennen. Wenn eine Sache schiefging, dauerte es garantiert nicht lange, bis die nächste Hiobsbotschaft kam.

Als Ethan erfuhr, dass Jared Stone, der Star seiner Reality-TV-Show, ins Koma gefallen war, überraschte es ihn nicht, Roger Sterns Namen auf dem Display seines Handys zu sehen. Er ließ die Mailbox drangehen.

Für Ethan war Jareds Zustand Fluch und Segen zugleich. Ihm standen acht Stunden zur Verfügung, in denen er die Welt mit Teasern zu *Leben und Sterben* überschwemmen konnte, um die Zuschauer wissen zu lassen, dass das Ereignis, auf das sie gewartet, dem sie mit morbider Faszination entgegengefiebert hatten, endlich eintreten würde. Und dann waren da natürlich noch die Ärzte und diese Nonne – Letztere hatte sich als nützlichere Verbündete erwiesen, als er sich hätte träumen lassen –, die dafür sorgen würden, dass Jared so lange wie möglich klinisch am Leben blieb. Nach allem, was sie ihm berichtet hatten, würde er also noch wochenlang so weitermachen können.

Da Jared – dessen geistiger und physischer Zerfall für ausgesprochen gute Fernsehunterhaltung gesorgt hatte – jedoch keinen aktiven Part mehr in dem Drama hatte und seine Familie sich nach wie vor weigerte, zu kooperieren, würden die Einschaltquoten leiden. Ethan wusste, dass er sich etwas einfallen lassen musste, dass er für mehr Promi-Auftritte sorgen und die Show interaktiver gestalten musste. Die entsprechenden Pläne dafür hatte er bereits in der Tasche. Jetzt musste er sie nur noch in die Tat umsetzen.

Ethan war in seinem Büro in der ATN-Zentrale, als ihn die Nachricht erreichte. Er besprach sich kurz mit Andersona, um sicherzustellen, dass das Ärzteteam vor Ort war und dass sie alles hatten, was sie brauchten. Als Nächstes rief er in der Werbe- und Marketingabteilung an, die dafür zuständig war, so viele Zuschauer wie möglich für die Show zu generieren. Wie Andersona ihm erzählt hatte, besaßen sie unglaubliche Aufnahmen von Schwester Benedict, die neben Jareds Bett kniete und betete, als die Ärzte hereingestürmt kamen. Sie würden nonstop den Äther damit fluten.

Zufrieden damit, dass die Situation unter Kontrolle war, hörte er Rogers Nachricht ab. Sie bestand aus nur drei knappen Worten: »Rufen Sie zurück.«

Bevor Ethan der Aufforderung nachkommen konnte, tauchte eine Textnachricht auf. Sie stammte von Thad St. Claire und enthielt einen Link zur vierten Folge von *Die echte Familie Stone aus Portland, Oregon*.

***

Als Jackie von der Schule nach Hause kam, stand die Welt Kopf. Was erstaunlich war, da sie eigentlich schon seit Wochen Kopf stand. *Bedeutet das, dass die Welt jetzt richtig herum steht?,* fragte sie sich. Nein, die Antwort lautete eher, dass die Welt ein Möbiusband war. Den Begriff hatte sie im Mathematikunterricht gelernt. »Warum geht das Huhn über das Möbiusband?«, hatte der Lehrer gefragt und den Witz gleich selbst beantwortet: »Um auf dieselbe Seite zu gelangen.« Jackie und ihre Mitschüler hatten unterdrückt gestöhnt, aber als sie jetzt in das Irrenhaus kam, in das ihr Zuhause sich verwandelt hatte, fand sie ihn aus irgendeinem Grund doch lustig.

Überall wimmelte es vor ärztlichem Personal. Männer und Frauen, die sie noch nie gesehen hatte, tranken Kaffee in ihrer Küche, telefonierten in ihrem Wohnzimmer, standen rauchend in ihrem Garten. (Beim Anblick der rauchenden Ärzte fragte Jackie sich, ob es vielleicht doch nicht so gesundheitsschädlich war.) Und natürlich drängten sie sich in dem Raum, der früher einmal das Arbeitszimmer ihres Vaters gewesen war und jetzt als Nebenstelle des St.-Ignatius-Krankenhauses diente.

Als Deirdre über Jareds Zustand informiert wurde, fuhr sie sofort los, um ihre Töchter von der Schule abzuholen und nach Hause zu bringen. Noch in derselben Sekunde, in der Jackie ihre Mutter im Büro des Direktors sah, wusste sie, dass es schlechte Neuigkeiten gab. Ihr erster Gedanke war, dass der Sender womöglich die neueste Folge von *Die echte Familie Stone aus Portland, Oregon* gesehen hatte und sie alle ins Gefängnis kommen würden. Oder dass vielleicht ihr Vater gestorben war.

Das Koma war irgendwie schlimmer.

Wenn ihr Vater gestorben wäre, wäre es vorbei gewesen. Sein Leiden hätte ein Ende gehabt und Jackies Leben hätte wieder zu so etwas wie Normalität zurückfinden können. Als sie das erste Mal von der Krankheit ihres Vaters erfuhr, war sie sicher gewesen, dass die Lücke, die er hinterlassen würde, sie verschlingen würde. Aber wenn sie in der Lage war, Ethan Overbee und American Television Network zu überleben, konnte sie mit Sicherheit auch alles andere überleben.

Niemand sprach auf der Fahrt nach Hause. Als Megan etwas sagen wollte, brachte Jackie sie sofort zum Schweigen. »Denk dran, dass sie uns auch hier drin zuhören.«

Jede von ihnen versuchte, die vielen fremden Leute, die Gerätschaften und den Lärm zu ignorieren, als sie durchs Haus gingen. Jackie schaute ein- oder zweimal zu den Kameras hinauf, die jeden ihrer Schritte überwachten. Sie tat ihr Bestes, nicht an sie zu denken, und folgte ihrer Mutter und ihrer Schwester in das Arbeitszimmer ihres Vaters.

Als sie den Raum betraten, schien alles innezuhalten. Die Luft war durchdrungen von den Anstrengungen und Ausdünstungen des Pflegepersonals, des Fernsehteams und der

Nonnen und roch nach Tod. Jackie fühlte sich, als versuchte sie durch eine Art faul schmeckenden Milchshake zu waten.

Der leitende Arzt brachte Deirdre auf den neuesten Stand, während Jackie und Megan zuhörten. Jared war ins Koma gefallen und würde mit ziemlicher Sicherheit nicht wieder daraus erwachen. Er wurde künstlich beatmet und bekam Morphium, um auszuschließen, dass er Schmerzen hatte, mehr konnten sie nicht mehr für ihn tun.

»Wie lange noch?«, fragte Deirdre.

Der Arzt schaute zu Schwester Benedict, die jede seiner Bewegungen zu verfolgen schien.

»Das ist schwer zu sagen, Mrs Stone. Wir tun alles in unserer Macht Stehende, um ihn noch so lange wie möglich am Leben zu erhalten.« Wieder schaute der Arzt zur Schwester, die seinen Blick lächelnd erwiderte. Jackie sah ebenfalls zu Schwester Benedict und stellte sich dabei vor, die Nonne mit einem World-of-Warcraft-Zauber von sich windenden Ranken umschlingen zu lassen und ihr mit einem anderen den Kopf vom Körper zu trennen.

»Okay«, sagte der Arzt in die Runde, »geben wir der Familie etwas Zeit für sich.« Einer nach dem anderen verließ den Raum. Selbst die Schwester kam der Aufforderung nach und warf beim Hinausgehen einen langen Blick über die Schulter auf den Scherbenhaufen zurück, der vom Leben der Familie Stone übrig geblieben war.

Megan griff nach der Hand ihrer Mutter. Deirdre nahm sie wie ferngesteuert und zeigte immer noch keinerlei Gefühlsregung. Jackie glaubte zuerst, dass ihre Mutter geistig abwesend war. Dass sie um ihren Mann trauerte, um den Vater ihrer Kinder. Aber da war noch etwas anderes; Deirdre wirkte wie eine Gefangene, die ihre Flucht plante.

Jackie wandte ihre Aufmerksamkeit ihrem Dad zu. Er sah so schmal und zerbrechlich aus. Seine Haut hatte dieselbe Farbe wie der Himmel über Portland: grau, verschleiert, Unheil verkündend. In seiner Nase, seinem Mund und seiner Brust steckten Kabel und Schläuche. Das elektrische Summen der neben seinem Bett aufgebauten Apparate machte Jackie Gänsehaut.

»Mom?«, sagte Jackie. Aber ihre Mutter schüttelte den Kopf und ließ kurz den Blick zur Decke wandern.

»Stimmt«, antwortete Jackie. Sie hatte sofort verstanden.

»Was sollen wir denn jetzt machen?«, fragte Megan und sprach damit mehr oder weniger aus, was Jackie dachte.

Deirdre hielt einen Moment inne, bevor sie antwortete. »Mädchen«, sagte sie, »lasst uns irgendwo zu Mittag essen gehen.«

***

Ethan musste sich die neueste Folge von *Die echte Familie Stone aus Portland, Oregon* dreimal anschauen, um das, was er sah, zu glauben. Jackie Stone arbeitete nicht allein. Er wusste, er hätte nicht überrascht sein sollen, war es aber trotzdem. *Cleveres kleines Miststück,* dachte er.

Während er sich immer wieder die abschließende Bitte anhörte, »Jackie zu befreien«, fragte er sich, ob er die ganze Sache nicht völlig falsch angepackt hatte. Er hatte eine Schülerin unwillentlich zu einer Märtyrerin gemacht, und wenn es eines gab, was auf dieser Welt unumstößlich war, dann die Tatsache, dass die Menschen Märtyrer liebten. Von Jesus bis zu Gandhi, Märtyrer waren verdammte Superstars. Vielleicht war es Zeit, auszusteigen.

Der Gedanke, aufzugeben, geisterte zwar durch Ethans Kopf, konnte dort aber nirgends andocken. Es war zu spät für ihn und Jackie, noch zu einer Übereinkunft zu finden. Außerdem funktionierte seine Taktik. Ethan wusste, dass die zwei Millionen Aufrufe, die das YouTube-Video bekommen hatte, es nicht mit den zig Millionen Zuschauern der TV-Show aufnehmen konnten. Die Zahlen gaben ihm recht: Jackies Umfragewerte waren seit der letzten Folge um ganze zehn Punkte gesunken. Er musste die Sache durchziehen.

Als er nach seinem Handy griff, um Roger Stern zurückzurufen, hatte er das Selbstvertrauen, das er brauchte, um seinen Boss davon zu überzeugen, dass alles unter Kontrolle war. Es klingelte fünfmal, bevor Rogers Mailbox ansprang. Ethan wollte gerade eine Nachricht hinterlassen, als die Tür zu seinem Büro aufflog und so heftig gegen die Wand knallte, dass die gerahmten Fotos wackelten, auf denen Ethan mit den wichtigsten Stars des Senders posierte. Er fuhr erschrocken zusammen.

Roger kam, eine unangezündete Zigarre zwischen den Zähnen, in den Raum marschiert. Seine massige Gestalt warf einen Schatten auf Ethan wie die brennende Hindenburg auf die panischen Rettungskräfte am Boden. Er blieb vor Ethans Schreibtisch stehen, stützte sich mit beiden Händen auf der Tischplatte ab und sah ihm direkt in die Augen. Ethan konnte sich unerklärlicherweise nicht von der Stelle rühren.

»Overbee«, begann Roger, »ich habe gerade mit Tim Cook und Steve Easterbrook telefoniert.« Ethan war gut mit beiden Männern bekannt. Cook war der Kopf von Apple, Easterbrook der CEO von McDonald's. »Wollen Sie wissen, was sie gesagt haben?«

»Hören Sie, Roger«, entgegnete Ethan. »Ich weiß von diesem Video. Die Kleine hat Komplizen, die mit ihr zusammenarbeiten. Aber sie selbst ist in dem Video gar nicht aufgetaucht. Sie wurde ein für alle Mal außer Gefecht ge...«

»Sie haben gesagt«, unterbrach Roger ihn, »dass sie der Show mit sofortiger Wirkung ihre Unterstützung entziehen.«

»Das können sie nicht«, sagte Ethan. »Sie haben Verträge unterzeichnet.«

Roger stieß einen tiefen Seufzer aus und schüttelte den Kopf. »Sicher«, sagte er. »Drohen wir zweien der wichtigsten Werbekunden, die der Sender hat, einfach damit, sie zu verklagen. Gut mitgedacht. Es hat jedes bisschen diplomatisches Fingerspitzengefühl gebraucht, das ich habe, um Cook davon abzuhalten, *uns* zu verklagen.«

»Uns zu verklagen? Weshalb?«

»Weil wir gegen die Grundrechte im Ersten Zusatzartikel verstoßen haben, als wir das gottverdammte iPhone von diesem verfluchten Balg konfisziert haben. Haben Sie überhaupt irgendetwas davon rechtlich absichern lassen?«

Das hatte Ethan nicht. »Geben Sie mir kurz Zeit, meine Kontaktpersonen anzurufen, die ich in beiden Unternehmen sitzen habe, Roger. Vielleicht finde ich einen Weg, um ...«

»Zu spät. *Variety* und *Entertainment Weekly* haben schon in ihren Blogs darüber berichtet. Die PR-Abteilung wird es so hindrehen, dass ständig Werbekunden kommen und gehen, aber der Schaden ist angerichtet.«

»Okay, und was soll ich jetzt machen?«, fragte Ethan.

»Was Sie machen sollen? Sie sorgen gefälligst dafür, dass in diesem Haus und in dieser Familie wieder Ordnung herrscht. Wie Sie das anstellen, ist mir egal. Ich will eine trauernde Familie sehen, die sich einträchtig um das Krankenbett versammelt, und ich will, dass die Mutter und die beiden Töchter innerhalb der nächsten vierundzwanzig Stunden wieder mit uns kooperieren. Sonst ...«

Damit drückte Stern sich in eine aufrechte Position zurück und wandte sich zum Gehen.

Ethan, der überrascht war, dass sein Boss die Drohung diesmal ausgesprochen hatte und er vielleicht einer der gewaltigsten Fehleinschätzungen seiner nahezu perfekt kalkulierten Karriere aufgesessen war, fragte: »Sonst was?«

Roger Stern hielt einen Moment inne, ohne sich umzudrehen, dann ging er weiter und verließ den Raum.

***

Von dem Moment an, in dem die erste Folge von *Leben und Sterben* ausgestrahlt wurde und Deirdre sah, wie viel Fanpost sie nach Hause geschickt bekamen – darunter auch an ihre Töchter gerichtete Briefe von Perversen und Pädophilen –, schirmte sie ihre Mädchen von der Außenwelt ab. Sie brachte Jackie und Megan zur Schule, oder wohin sie sonst mussten, und holte sie anschließend wieder ab; konnte sie selbst einmal nicht, sprang jemand vom Fernsehteam für sie ein. Je länger die Serie lief, desto seltener verließen sie außerplanmäßig das Haus.

Seit der ganze Wahnsinn angefangen hatte, waren Deirdre, Jackie und Megan nicht mehr in die Mall oder zur Post oder zum Supermarkt gefahren, ganz zu schweigen davon, irgendwo zu Mittag zu essen.

Aber die Umstände hatten sich geändert. Zu Hause war es mittlerweile gefährlicher als draußen.

Während Deirdre aus der Einfahrt fuhr, setzten sich noch drei andere Wagen – einer ebenfalls von der Einfahrt, die beiden anderen von der anderen Straßenseite – in Bewegung und folgten ihr.

»Seid ihr angeschnallt?«, fragte sie ihre Töchter, und als beide mit Ja antworteten, fügte sie hinzu: »Okay. Dann haltet euch jetzt gut fest.«

»Mom?«, sagte Jackie, die sich fragte, was ihre Mutter vorhatte.

»Wir werden verfolgt, Jackie. Und ich habe genug davon.«

»Was macht das schon?« Jackies Stimme klang resigniert. »Sie können doch sowieso alles sehen und hören, was hier drin passiert.«

»Stimmt, das hatte ich tatsächlich für einen Moment vergessen. Such nach der Kamera.«

»Was?«

»Du hast mich schon richtig verstanden. Fang an.«

Jackie, die auf dem Beifahrersitz saß, begann den vorderen Innenraum abzusuchen. Zuerst überprüfte sie das

Handschuhfach und die Sonnenblenden; dann tastete sie die Flächen um die Gangschaltung und das Radio ab und schaute sogar unter ihrem und dem Sitz ihrer Mutter nach. Als sie schon aufgeben wollte, entdeckte sie plötzlich etwas.

»Mom, war an deinem Innenspiegel schon immer dieses Ding da dran?« Jackie zeigte auf einen kleinen Schiebeschalter, mit dem der Spiegel sich in den Abblendmodus verstellen ließ. Deirdre, die gezwungen war, weiter die Straße im Auge zu behalten, musste dreimal hinschauen, bis sie sah, was Jackie meinte. Ihr seit Wochen zu einer angespannten Linie zusammengepresster Mund verzog sich zu so etwas wie einem Lächeln. Sie griff nach dem Spiegel und zog daran, aber er ließ sich nicht von der Stelle bewegen.

»Versuch's du mal, Jax.«

Jackie zog, so fest sie konnte, daran, aber er saß bombenfest. »Mein Gurt ist im Weg, ich komme nicht richtig dran.«

»Dann leg ihn ab.« Jackie warf ihrer Mutter einen verblüfften Blick von der Seite zu. »Ist schon in Ordnung, Schatz, dir wird nichts passieren.«

Jackie löste ihren Gurt und hängte sich dann mit ihrem ganzen Gewicht an den Spiegel, doch wieder ohne Erfolg. Sie versuchte, mit der Faust dagegenzuschlagen.

»Benutz deinen Schuh«, sagte Deirdre. Jackie nickte und zog einen ihrer Wanderstiefel aus. Diesmal klappte es. Beim dritten Hieb löste sich der Spiegel und landete mit einem dumpfen Aufprall auf dem Armaturenbrett. Jackie verlor das Gleichgewicht und schlug leicht mit dem Kopf gegen die Windschutzscheibe.

»Alles okay, Schatz?«, fragte Deirdre.

»Glaube schon.«

»Gut gemacht. Und jetzt schnall dich wieder an.«

Deirdre benutzte ihren Außenspiegel, um die drei Wagen, die ihnen nach wie vor folgten, im Auge zu behalten. Als sie ein paar Meter weiter einen Supermarktparkplatz sah, der vier Ein- und Ausfahrten hatte, wusste sie, dass wahrscheinlich keine bessere Gelegenheit mehr kommen würde.

»Jackie, Megan. Haltet euch gut fest«, sagte sie und ließ ihr Fenster herunter.

Den letztmöglichen Moment abwartend, riss Deirdre das Lenkrad herum und bog scharf links auf den Parkplatz ab. Dann schleuderte sie den Innenspiegel aus dem Fenster.

Nur einer der drei Wagen schaffte es, ebenfalls abzubiegen, kollidierte jedoch mit dem durch die Luft fliegenden Innenspiegel, der mit voller Wucht in seine Windschutzscheibe krachte. Der Sprung im Glas breitete sich über die ganze Fläche aus, der eigentliche Schaden entstand jedoch, als der Fahrer, ein Paparazzo, der mit der Überwachung der Stones beauftragt worden war, auf die Bremse trat und damit einen kleinen Auffahrunfall mit den Fahrzeugen verursachte, die direkt hinter ihm gewesen waren. Deirdre blieb genügend Zeit, ungehindert auf der anderen Seite des Parkplatzes wieder herauszufahren und zu entkommen.

Zwanzig Minuten später saß sie mit Jackie und Megan in einem verschlafenen kleinen Diner am Stadtrand von Portland. Außer ihnen waren nur noch zwei andere Gäste in dem Lokal, von denen keiner aufgeschaut hatte, als sie hereingekommen waren. Selbst die Kellnerin, die jetzt an ihren Tisch geschlurft kam, schenkte ihnen keine besondere Beachtung.

»Was kann ich euch zu trinken bringen?«, fragte sie im Tonfall einer Schauspielerin, die für den Rest ihres Lebens dazu verdammt war, tagein, tagaus denselben Monolog vorzutragen.

Es überraschte Deirdre, dass sie nicht von einem Mob schaulustiger Leute belagert wurden und niemand versuchte, auf irgendeine groteske Art und Weise ihre Privatsphäre zu stören. Nachdem sie so lange im Vakuum der Fernsehshow gelebt hatten, hatte sie vergessen, dass das Leben hier draußen genauso weiterging wie immer. Klar gab es eine Menge Leute, die sich die Serie anschauten, aber es gab viel mehr Leute, die sie sich nicht anschauten. Sehr viel mehr.

Es war eine ernüchternde Erinnerung daran, dass die Welt ein gespaltener Ort geworden war. Zu Zeiten ihrer Eltern schauten alle die Talkshow von Johnny Carson und die Abendnachrichten mit Walter Cronkite. Und selbst wenn nicht, wusste zumindest jeder, wer die beiden waren. Heute zog der lange Schwanz der Fernsehindustrie dreihundert Millionen Amerikaner in eine Million unterschiedliche Richtungen.

Deirdre gewann ihre Fassung wieder und bestellte. »Einen Kaffee bitte, und ein Omelett mit grüner Paprika.« Die Mädchen entschieden sich jede für ein überbackenes Käse-Sandwich und einen Schoko-Milchshake.

Nachdem die Kellnerin ihre Getränke gebracht und sie wieder allein gelassen hatte, saßen sie eine ganze Weile einfach nur schweigend da.

Deirdre nippte an ihrem Kaffee und genoss den bitteren Geschmack. Es war das erste Mal seit Wochen, dass sie sich ein so einfaches Vergnügen wie eine Tasse Kaffee gönnte. *Das ist vielleicht der beste Kaffee, den ich je getrunken habe,* dachte sie.

Aber dann musste sie an den Kaffee bei ihrem ersten Date mit Jared denken. Sie konnte immer noch das Aroma des Latte Macchiato riechen, das sie beide wie ein warmer Kokon eingehüllt hatte. Deirdre wurde klar, dass sie noch kein einziges Mal wirklich hatte trauern können, seit dieser Albtraum begonnen hatte. Ihr Jared würde sterben. Er war bereits tot.

Sie fing an zu weinen.

Jackie und Megan warfen sich einen erschrockenen Blick zu.

»Mom«, sagte Megan. »Alles okay?«

Deirdre nickte, konnte aber nicht aufhören zu weinen. »Ich bin bloß traurig wegen eurem Vater, das ist alles.«

Einen Augenblick später saßen sie alle drei in ihrer Sitzecke und weinten leise. Die Kellnerin schaute ein- oder zweimal zu ihnen rüber, ließ sie aber in Ruhe. Als das Essen kam, rissen sie sich zusammen und aßen schweigend.

»Und was machen wir jetzt?«, fragte Jackie, als sie fertig waren.

Deirdre sah ihre Töchter einen Moment lang prüfend an, bevor sie antwortete.

»Ich habe eurem Vater etwas versprochen, und ich muss dieses Versprechen halten und ihm helfen.« Deirdre sah, dass Jackie sofort begriff. Daraufhin schauten sie beide Megan an und hofften, sie würde auch von selbst darauf kommen, aber sie erwiderte ratlos ihren Blick.

»Wie meinst du das, du musst Daddy helfen?«, fragte sie.

Deirdre setzte gerade zu einer Antwort an, aber Jackie kam ihr zuvor. »Ihm helfen, dass er nicht mehr leiden muss, Meg.«

Deirdre sah Jackie an. Sah ihre beiden Töchter an, die ihr gerade in Erinnerung gerufen hatten, dass Kinder es immer wieder schafften, ihre Eltern zu überraschen. Jedes Mal, wenn man glaubte, sie in- und auswendig zu kennen, wenn man glaubte, verstanden zu haben, wer sie waren, zeigten sie wieder eine neue Seite von sich. Sie fragte sich, ob das je aufhören würde.

»Richtig, Schatz«, sagte sie ruhig.

»Aber was ist, wenn Daddy aufwacht?«, fragte Megan. »Schwester Benedict hat gesagt, dass das möglich wäre.«

»Es gibt auf der ganzen Welt nichts, was ich mir mehr wünsche, als dass Schwester Benedict recht hat«, antwortete Deirdre, »aber die Ärzte wissen besser Bescheid als eine Nonne. Daddy ist sehr, sehr krank, meine Kleine, er kann nicht mehr geheilt werden. Aber das Schlimmste für ihn, das Schlimmste für uns wäre, dabei zuzuschauen, wie er langsam vor sich hin vegetiert, bis nichts mehr von ihm übrig ist.« Deirdre griff über den Tisch nach den Händen ihrer Töchter. »Es war sein letzter Wunsch, dass wir das nicht zulassen.«

»Ich helfe dir, Mom«, sagte Jackie.

»Ich auch«, flüsterte Megan.

Deirdre setzte sich zurück und atmete aus.

»Aber vorher muss ich mich noch um etwas anderes kümmern, Mom«, fügte Jackie hinzu.

»Natürlich, Liebes, worum geht's?«, antwortete Deirdre.

»Können wir irgendwo zu einer Bibliothek fahren? Ich brauche Zugang zu einem Computer.«

***

Glio sonnte sich im Glanz eines funkelnagelneuen »Schnee-Boots«. Der Schlitten war wunderschön – makellos, formvollendet und so leuchtend rot wie das Cabrio, das manche Männer sich in der Midlife-Crisis zulegen.

Glio war wieder ein kleiner Junge. Er umklammerte die gelbe Schnur des Schlittens und führte einen Freudentanz auf, der hauptsächlich daraus bestand, lachend auf der Stelle zu rennen. In diesem Moment wusste er noch nicht, dass man ihn draußen im Schnee benutzte, aber das machte nichts. Für ihn zählte vor allem, dass er riesig war und ihm gehörte. Es war ein Gefühl purer, ungetrübter Freude.

Aber Moment mal, hier stimmte irgendetwas nicht. Das alles hatte er doch schon mal gesehen und gefühlt.

Glio kostete von seiner Umgebung. Er erlebte sein erstes Date mit Deirdre, sang der neugeborenen Jackie im Krankenhaus ein Lied vor, gewann auf dem griechisch-orthodoxen Kirchengemeindefest Twiggy, die Giraffe. Alles Orte, an denen er schon gewesen war, alles Dinge, die er schon getan hatte. Was war hier los?

Er tastete jeden letzten Winkel von Jareds Gehirn ab und fand nichts als totes, nutzloses Gewebe. Glio war in einem auf Kohlenstoff basierenden Sarkophag gefangen. Die Erinnerungen, die er verschlungen hatte, waren nun ein Teil von ihm.

Glio fraß sich selbst auf.

***

Schwester Benedict Joan verabscheute die Frauen der Familie Stone. Sie verabscheute sie zutiefst.

Sie war mit ein paar Mitarbeitern des Fernsehteams im Übertragungswagen und schaute zu, wie Deirdre, Jackie und Megan um Jareds Krankenbett standen, nachdem der leitende Arzt alle dazu aufgefordert hatte, die Familie einen Moment allein zu lassen. Es machte sie fassungslos, mit anzusehen, wie wenig sie um den Mann zu trauern schienen, der für sie gesorgt hatte, der sie ernährt hatte, der ihnen Ehemann und Vater gewesen war.

Und dann sagte diese Frau auch noch: »Mädchen, lasst uns irgendwo zu Mittag essen gehen.« Einfach widerlich. Selbst wenn sie nichts empfanden, war ihnen denn nicht klar, dass die Kameras sie beobachteten? Kümmerte es sie nicht, was Amerika und die Welt von ihnen halten würden?

Die Schwester, der die stets wachsamen Augen der ATN-Kameras anfangs ein Gräuel gewesen waren, hatte sie mittlerweile zu schätzen gelernt. Wenn man rund um die Uhr beobachtet wurde, blieb kein Platz für Sünden. Sie nahm sich vor, beim Kardinal einen Finanzierungsantrag einzureichen, um im Ordenshaus Kameras zu installieren.

Sie vermutete, dass sie den Stone-Mädchen keine Schuld geben sollte; sie waren schließlich noch Kinder. Aber so sehr sie sich auch anstrengte, sie konnte keine Milde in ihrem

Herzen finden. Besonders Jacquelyn war ein liederliches kleines Biest. So voller Hass und Zorn. Was für ein Mann war Jared Stone bloß gewesen, nein, was für ein Mann *war* Jared Stone bloß, korrigierte sie sich, dass die Mädchen, die er großgezogen hatte, solche hasserfüllten kleinen Monster waren. Aber das spielte keine Rolle. Die Schwester war davon überzeugt, dass die Hauptschuld bei der Mutter lag. *Und jetzt werden diese armen Mädchen auch noch der alleinigen Obhut dieser Frau überlassen*, dachte sie. *Tragisch*.

Vielleicht könnte sie ja versuchen, der Jüngeren dabei zu helfen, die Wege Gottes zu verstehen, und sie eines Tages dazu bringen, dem Orden beizutreten. Oh, daraus könnte man bestimmt eine wunderbare Realityshow machen.

Zurück im Krankenzimmer, ließ sie sich die Idee durch Kopf gehen, während sie Jareds Stirn mit einem kühlen Tuch abtupfte. *Ich frage mich*, dachte sie und schaute zur Kamera hoch, *welches wohl meine Schokoladenseite ist?*

★★★

Hazel war so erleichtert, Jackies Namen im Facebook-Messenger auftauchen zu sehen, dass sie sämtliche Luft in ihren Lungen ausstieß und nervös kicherte.

Hazel: Jackie! OMG! Alles okay bei dir? Wo bist du?

Jackie: Hi, Hazel. Alles okay. Meine Mom hat es geschafft, uns aus dem Haus zu schmuggeln. Ich bin in einer Bibliothek. Mein Dad liegt im Koma.

Hazel: Ich weiß. Sie machen schon die ganze Zeit Werbung für die Folge heute Abend und haben angekündigt, dass etwas

Großes passiert ist, und auf einer der Seiten, die über die Serie bloggen, stehen Insiderinformationen, die jemand aus dem Fernsehteam ausgeplaudert haben soll. Es tut mir so leid, Jax.

Sie waren beide einen Moment still.

Hazel: Hast du die letzte Folge von der *echten Familie Stone* gesehen?

Jackie: Hab ich! War das deine Stimme?

Hazel: ☺

Jackie: Ihr habt das so super gemacht. Der Sender wird komplett ausrasten.

Hazel: Das ist er schon.

Jackie: Was?

Hazel: Oh! Du weißt es noch gar nicht! Es steht überall im Netz. Apple und McDonald's haben ihre Werbeverträge mit der Show gekündigt.

Jackie: ☺☺☺☺☺☺☺☺☺☺☺☺☺☺☺☺☺!!!!

Hazel: Kannst du dich später mit Max und mir in WoW treffen?

Jackie: Nein. Wir fahren gleich nach Hause zurück, damit wir bei meinem Dad sein können, und ich kann dort nicht mehr online gehen, weil sie mir auch meinen Laptop weggenommen haben.

Hazel: Okay, ist vielleicht auch gar nicht notwendig. Ich glaube, wir haben schon einen Plan, wie du an neues Filmmaterial für die nächste Folge der *echten Familie Stone* kommst. Es wird dir aber eine Menge Ärger einhandeln.

Jackie: Je mehr, desto besser. ☺

Hazels Finger flogen nur so über die Tasten, als sie Jackie schrieb, welchen Plan sie und Max ausgeheckt hatten. Die ganze Sache war ziemlich abwegig, das war ihr klar, aber wenn sonst schon nichts, würde Jackie wenigstens ein bisschen Hoffnung daraus ziehen können.

***

»Was soll das heißen, ihr habt sie verloren?«, fragte Ethan. Er war erst vor fünf Minuten bei den Stones angekommen und schon lief wieder alles aus dem Ruder.

»Dieses Miststück von Deirdre und ihre verdammte Brut«, fauchte Andersona. »Sie hat auf irgendeinem Supermarktparkplatz einen actionfilmmäßigen Stunt abgezogen und unsere Leute abgehängt.« Sie stellte die Tatsachen vor allem deswegen leicht übertrieben dar, um nicht selbst ans Kreuz genagelt zu werden.

»Was ist mit dem Paparazzo?«

»Den hat sie ebenfalls abgehängt.«

»Holt mir die Aufnahmen aus dem Wagen auf den Schirm.« Ethan deutete mit dem Kinn auf die sich aneinanderreihenden Bildschirme im Übertragungswagen. Andersona schwieg, die anderen Mitarbeiter schauten zu Boden.

»Und?«

»Phil.« Andersona gab dem technischen Leiter, der in einem gut gepolsterten und ergonomisch perfekt geformten Drehsessel saß, ein Zeichen. Phil schwenkte zum Bedienpult herum und drückte ein paar Knöpfe. Einen Moment später erschien auf dem größten Bildschirm eine Nahaufnahme von Jackies Gesicht. Ihre Zungenspitze schaute aus einem ihrer Mundwinkel und ihr Blick war hoch konzentriert. Das Bild wackelte immer wieder, als würde etwas an der Kamera zerren oder dagegenschlagen.

»Stammt die Aufnahme aus dem Inneren des Wagens?«, fragte Ethan.

»Schau es dir einfach weiter an«, antwortete Andersona.

Das Ruckeln hörte auf und Ethan hörte eine Stimme – die von Deirdre – sagen: »Benutz deinen Schuh.«

Jackie verschwand einen Moment aus dem Bild, worauf der Rest des Wageninneren sichtbar wurde. Ethan konnte gerade so Megan auf der Rückbank erkennen.

Jackies Gesicht tauchte so unvermittelt und vergrößert wieder im Bild auf, dass Ethan zurückzuckte.

Diesmal wurde heftig auf die Kamera eingeschlagen. Beim dritten Hieb löste die Kamera sich vom Wagenhimmel. Es folgten eine Reihe verwackelter Aufnahmen, als der Innenspiegel, der als Versteck für das geheime Auge des Senders gedient hatte, gepackt und aus dem Fenster geworfen wurde. Er krachte in die Windschutzscheibe eines anderen Autos. Als Letztes tauchte ein Mann im Bild auf, den Ethan kannte – es war der Paparazzo, der eigentlich ein PR-Fuzzi war und so laut fluchte, dass man ihn durch das dicke Glas der Windschutzscheibe hören konnte.

»Das war vor über einer Stunde. Es ist das Letzte, was wir von ihnen gesehen haben.«

»Soll das heißen, dass sich drei Viertel des Casts der erfolgreichsten Fernsehshow in der Geschichte dieses Senders, die einzigen drei Viertel, die zurzeit nicht im Koma liegen, einfach so aus dem Staub gemacht haben?«

Niemand sagte etwas, weil es nichts zu sagen gab.

Dann tat Ethan etwas, das er sonst nie tat. Er verlor die Beherrschung.

»Verdammte Scheiße!«, schrie er mit sich überschlagender Stimme und hieb die Faust in die Wand neben ihm.

»Verdammte Scheiße!«, schrie er noch einmal, nur dass es diesmal wie das schmerzerfüllte Aufheulen eines Mannes klang, der sich das Handgelenk verstaucht und einen Finger gebrochen hatte. Er sank auf ein Knie hinunter und hielt sich die Hand.

Niemand im Übertragungswagen wagte es, auch nur einen Muskel zu rühren.

»Was steht ihr hier so rum«, ächzte Ethan. »Ruft den verdammten Team-Arzt.«

Während Andersona den Arzt verständigte, sagte Phil: »Schaut.«

Ethan drehte sich zu den Bildschirmen um und sah, wie Deirdres Wagen in die Einfahrt bog.

***

Es hatte Megan zutiefst gedemütigt, dass ATN ihren Verrat an Jackie gesendet hatte. Es wäre schon schlimm genug gewesen, wenn der Sender gezeigt hätte, was tatsächlich passiert war – dass Ethan sie in die Verschwörung mit hineingezogen, dass er ihre Eitelkeit ausgenutzt hatte –, aber dass sie die ganze Sache so verdreht dargestellt hatten, dass daraus eine noch viel miesere Intrige geworden war, hatte sie in ihren Grundfesten erschüttert.

Als sie sich nach ihrem Besuch in der Bibliothek auf der

Fahrt nach Hause bei Jackie und Deirdre entschuldigen wollte, brach sie zusammen und bekam einen hysterischen Weinkrampf. Sie war so außer sich, dass Deirdre rechts ranfuhr, auf den Rücksitz kletterte und sie festhielt. Für einen kurzen Moment war Megan wieder ein kleines Mädchen, das das Gesicht im Schoß seiner Mutter vergrub. Sie hatte sich noch nie so beschützt gefühlt.

»Wenn es dir wirklich leidtut«, sagte Jackie, als Megan sich etwas beruhigt hatte und ihre Mutter wieder am Steuer saß und weiterfuhr, »dann mach es wieder gut und hilf uns.«

»Ich tu alles, was ihr wollt«, sagte Megan und meinte es auch so.

Jackie erzählte von Hazels Plan. Auf den ersten Blick hatte er so viele Schwachstellen, dass einer ihrer Onlinefreunde ihm den Codenamen Tschernobyl gegeben hatte. Er beinhaltete Diebstahl, Irreführung und eine waghalsige Flucht. Megan hörte aufmerksam zu, während Jackie ihnen alles erklärte.

»Ein Team von Cuttern hat noch einmal das Filmmaterial von *Leben und Sterben* gesichtet und die unbearbeiteten Aufnahmen, die ich für die YouTube-Serie gemacht habe.«

»Ein Team von Cuttern?«, fragte Deirdre. »Wie viele Leute sind eigentlich an dieser Sache beteiligt?«

»Eine Menge, Mom. Ich hätte das alles allein nie schaffen können. Aber der wichtigste von ihnen ist Max, mein Facebook-Freund aus Russland.«

»Du hast Freunde in Russland?«, fragte Megan.

»Nur den einen«, antwortete Jackie. »Aber außer ihm

brauche ich auch niemanden. Na ja, ihn und meine Freundin Hazel aus Alabama. Wir werden von ziemlich vielen Leuten unterstützt, aber wir drei sind praktisch der Kopf der ganzen Sache.«

Megan sah zuerst Jackie an, dann ihre Mutter, und wie es manchmal so passiert, wenn man mit engen Freunden oder seiner Familie zusammen ist, brachen die drei plötzlich gleichzeitig in Lachen aus.

»Fällt wahrscheinlich ein bisschen schwer, dass alles zu glauben«, sagte Jackie. »Aber so funktioniert das Internet. Man kann dort Leute finden, die so sind wie man selbst, man muss nur gründlich genug suchen.«

»Okay«, sagte Deirdre, »es gibt also ein Team von Cuttern.«

»Genau. Und die haben noch mal das Filmmaterial gesichtet, das bei uns zu Hause, auf dem Set«, Jackie malte Anführungszeichen in die Luft, »aufgenommen wurde und nach einem Schwachpunkt gesucht, der uns einen Vorteil über Ethan und das Fernsehteam verschaffen könnte. Und ein Typ namens Harrison, ein Producer aus Biscayne Bay, Florida, oder so ähnlich, hat ihn schließlich gefunden.«

Deirdre, die mehrere Umwege fuhr, um auf der Fahrt nach Hause Zeit zu schinden, schüttelte ungläubig den Kopf und murmelte: »Biscayne Bay.«

»In dem Filmmaterial, das ich gedreht habe«, fuhr Jackie fort, »ist ihm aufgefallen, dass Andersona ihr iPhone vor einem Interview immer auf dem Catering-Tisch ablegt.«

»Stimmt«, sagte Megan. »Bei meinen Interviews hat sie das auch immer gemacht.«

»Das Handy-Signal kann die Funkverbindung der kabellosen Mikros stören«, erklärte Jackie, »deswegen sind am Set keine Handys erlaubt.«

»Und?«, fragte Megan, die nicht begriff, worauf Jackie hinauswollte.

»Verstehst du nicht?«

»Nein.«

»Wir klauen Andersonas Handy und nehmen damit neues Filmmaterial für *Die echte Familie Stone aus Portland, Oregon* auf.«

Es herrschte einen Moment Schweigen.

»Schatz«, sagte Deirdre schließlich sanft, »ich kapiere nicht so ganz, was das bringen soll.« Als ihre Tochter nichts darauf erwiderte, fuhr sie fort. »Zum einen wird Andersona dich noch nicht einmal in die Nähe des Interviewzimmers lassen. Und selbst wenn sie ein Interview mit dir führen wollen würde, Liebes, solltest du vor laufender Kamera besser nichts sagen. Sie würden es nur wieder gegen dich verwenden. Und was, wenn du es tatsächlich schaffen würdest, an ihr Handy zu kommen? Die Kameras, die im ganzen Haus verteilt sind, würden jede Bewegung des Handys mitverfolgen, oder?«

Die Fragen, die ihre Mutter gestellt hatte, waren absolut berechtigt, umso überraschter war Megan, als Jackie zu lachen anfing. »Was ist daran so lustig?«, fragte sie.

Jackie erklärte, dass sie Hazel genau die gleichen Fragen gestellt hatte und sogar noch mehr. Und Hazel hatte sie alle beantworten können. Das Team in Azeroth hatte auf jedes noch so winzige Detail geachtet. Es würde ungefähr so schwierig sein, wie den Lüftungsschacht des Todessterns zu treffen, aber es war machbar. Die drei würden sich in Luke Skywalker, R2D2 und Han Solo verwandeln müssen, aber der Plan konnte funktionieren.

»Fahr bitte rechts ran, Mom«, sagte Jackie. »Es ist wichtig, dass du mir jetzt genau zuhörst.«

Deirdre tat, worum ihre Tochter sie gebeten hatte, und Jackie ging mit ihr und Megan sämtliche Einzelheiten durch. Je länger Jackie redete, desto gebannter hörte Megan zu.

Die drei verinnerlichten den Plan, passten ihn dort an, wo es notwendig war, und gingen ihn dann noch einmal durch.

Nachdem sie zu Hause angekommen waren, nachdem sie und ihr Wagen wie Terroristen, die es darauf abgesehen hatten, die Space Needle in Seattle in die Luft zu jagen, durchsucht worden waren, nachdem Ethan sie angeschrien hatte, als wären sie seine Kinder, und ihnen befohlen hatte, so etwas nie wieder zu tun, schaute Megan auf ihre Uhr und begann, Operation Tschernobyl in die Tat umzusetzen.

***

Jared lag in seinem behelfsmäßigen Krankenhausbett; er war vollkommen reglos. Nur seine Brust hob und senkte sich im Rhythmus des Beatmungsgeräts, das seine Lungen mit Sauerstoff versorgte.

So gut wie alle seine Gedanken und Erinnerungen waren verschwunden, das einzige Anzeichen von Leben war ein kleines Kontrolllämpchen ganz tief unten im Zentrum seines Gehirns. Es war ein Standbild, ein Foto von Deirdre, Jackie, Megan und Trebuchet am Strand von Seaside in Oregon. Ein Tag, der von flirrendem Sonnenlicht erfüllt war, und ein Moment, der von Lachen erfüllt war. Jared, der das Foto aufgenommen hatte, sagte zu ihnen, dass sie lächeln und »Gruyere« sagen sollten. Es war ein alberner Witz, aber er brachte seine Töchter immer zum Lachen. Deirdres Lächeln war normalerweise immer anzusehen, dass sie innerlich aufstöhnte, aber an diesem Tag lachte auch sie aus voller Kehle. Als Jareds Leben versickerte, war dieser eine glückliche Moment der letzte dünne Faden, der ihn mit der Welt, die er gekannt hatte, verband.

Das Foto war alles, was von Jared Stone noch übrig war.

Glio, der nicht wusste, was er sonst tun sollte, verschlang auch das.

***

Megan fand Andersona in der Küche, wo sie eine Zigarette rauchte und mit leerem Blick in eine Kaffeetasse starrte. Dem Team war es verboten, im Haus zu rauchen, aber Andersona schien nicht mehr in der Lage zu sein, sich um so etwas Sorgen zu machen.

Megan war froh darüber, dass Andersona so durch den Wind wirkte; es konnte ihrer Sache nur nützlich sein.

Sie hatte eine Zeitschrift bei sich, genau wie der Plan es vorsah.

»Es ist egal, welche Zeitschrift«, hatte Jackie gesagt, als Megan danach fragte. »Es muss nur eine sein, von der Andersona und Ethan glauben würden, dass du sie wirklich liest.«

Sie hatte sich für die *Entertainment Weekly* entschieden. Megan war klug genug, um zu wissen, welches Bild die Leute von ihr hatten, und die Zeitschrift passte perfekt zu ihrem Image. Außerdem machte es ihr tatsächlich Spaß, sich die Promifotos darin anzuschauen, besonders die der weiblichen Stars. Manchmal studierte sie jedes Detail ihrer Looks und stimmte ihren eigenen Style darauf ab, um mehr »Hollywood« zu sein.

»Andersona?«, sagte sie. »Ist alles okay?«

Andersona schaute auf. Sie brauchte einen Moment, um zu begreifen, dass Megan vor ihr stand.

»Was willst du?«

»Du siehst so traurig aus.«

»Traurig?«, fuhr Andersona sie an. »Warum sollte ich traurig sein? Du, deine Mutter und deine Schwester, ihr verschwindet einfach, und ich muss den Kopf dafür hinhalten. Ich werde meinen Job verlieren. Genau wie Jo Garvin. Genau wie viele andere Leute.« Sie drehte sich wieder zu ihrem Kaffee um.

»Das tut mir leid«, sagte Megan, der es nicht im Mindesten leidtat. »Aber ich kann vielleicht dafür sorgen, dass es Ihnen wieder ein bisschen besser geht.«

Andersona warf Megan einen Blick zu. »Das glaube ich kaum.«

»Na ja …« Megan hielt inne, wie sie es mit Jackie im Wagen geübt hatte. »Was, wenn ich Ihnen erzählen würde, dass meine Mom und meine Schwester mich entführt haben. Dass sie mich gezwungen haben, mit ihnen abzuhauen?«

»Was?« Andersonas Selbstmitleidsnebel begann sich zu lichten. »Kannst du das bitte noch mal sagen?«

»Ich könnte es sogar noch mal vor laufender Kamera sagen.«

***

Jackie wartete auf Megan in einem der toten Winkel, die das Team in Azeroth aufgespürt hatte. Es war eine Ecke im Esszimmer, das an die Küche grenzte. Ihre Handflächen waren schweißnass und ihr Kinn zitterte vor Aufregung. Sie hatte keine gute Erklärung dafür, einfach so an die Wand gelehnt dazustehen; früher oder später würde jemand vorbeikommen und fragen, was sie da machte. Entweder würde sie spontan eine Ausrede erfinden oder in ihr Zimmer zurückkehren müssen.

Sie hatte ein Buch in der Hand – *Moby Dick* –, in dessen Innenteil ein kleiner Hohlraum war. Die Seiten hatte sie in einem anderen toten Winkel im Keller bearbeitet, wo so gut wie nie jemand hinkam. Es war ein Versteck, das auf einen wertvollen Schatz wartete.

Nachdem Jackie schon gefühlt anderthalb Wochen in dieser Ecke stand und wartete, hörte sie endlich Megan kommen. Mit angehaltenem Atem lauschte sie, wie ihre Schwester stehen blieb und kurz mit jemandem aus dem Fernsehteam herumalberte.

Mach schon, beeil dich, dachte Jackie.

Ihr Flehen wurde erhört, als Megan einen Moment später

planmäßig und zielstrebig um die Ecke geschlendert kam. Sie hielt die Zeitschrift ein Stück von sich weg, als würde sie sich das Cover anschauen, und ließ das iPhone im Vorbeigehen in Jackies ausgestreckte Hand gleiten. Wenn sie ihre Sache gut gemacht hatten, würde die Kamera nichts davon mitbekommen haben. Jackie wartete noch zwei Minuten, bevor sie wieder ins Bild trat und das Buch an ihre Brust drückte.

Sie musste ihre Füße zwingen, einen Schritt nach dem anderen zu machen und sich zum Arbeitszimmer ihres Vaters zu bewegen. So ganz konnte sie es immer noch nicht fassen. Es hatte tatsächlich funktioniert. Andersonas Handy zu klauen war mit Abstand der riskanteste Teil des gesamten Plans gewesen, und Megan hatte ihn perfekt ausgeführt.

Die Strategie war relativ unkompliziert gewesen: Leg vor dem Interview die Zeitschrift auf das Handy und nimm beim Rausgehen beides mit. Da Andersona im Anschluss immer noch ein paar Minuten damit beschäftigt war, Reaction Shots zu machen, um sie später in das Interview einzubauen, hatte Megan einen kleinen Vorsprung gehabt.

Jackie trat in Jareds Arbeits-/Krankenzimmer und nickte Schwester Benedict und der Krankenschwester zu.

»Ist es in Ordnung, wenn ich meinem Vater ein bisschen vorlese?«, fragte sie.

Jackie musste zweimal hinschauen, als sie sah, dass die Schwester wie eine Geheimagentin in ihr Handgelenk sprach und dann den Finger an ihr Ohr drückte, in dem ein Knopf steckte. Sie lauschte der Antwort, erwiderte etwas und hielt erneut den Finger ans Ohr. Schließlich nickte sie und drehte sich Jackie zu.

»Du solltest ihm lieber etwas aus der Bibel vorlesen«, antwortete sie.

»Das ist sein Lieblingsbuch gewesen.« Jackie hielt es hoch. Es war ein Vorschlag der Azeroth-Gilde gewesen, den verbotenen Gegenstand praktisch vor aller Augen zu verbergen. *Was man offen sehen kann, nimmt man nicht als bedrohlich wahr*, hatten sie erklärt.

Die Schwester schaute sich mit zusammengekniffenen Augen den Titel an und brummte etwas. Dann wandte sie sich wieder der Krankenschwester zu, um sich weiter mit ihr zu unterhalten, nur dass sie jetzt so leise sprachen, dass Jackie nichts verstehen konnte. Sie blendete ihre flüsternden Stimmen aus und konzentrierte sich auf die vor ihr liegende Aufgabe.

Nachdem sie ein paar Minuten laut aus dem Buch vorgelesen hatte, dessen erste Seiten sie unversehrt gelassen hatte, damit sie ihrem Vater tatsächlich daraus vorlesen konnte, vergewisserte sie sich, dass niemand zu ihr schaute, ließ das Handy aus dem Hohlraum gleiten und steckte es unter die Matratze ihres Vaters. Dieser Teil des Plans barg ein gewisses Risiko, aber Jackie war sich sicher, dass niemand im Übertragungswagen ihr noch sonderlich viel Aufmerksamkeit schenkte, seit sie gesehen hatten, dass sie nur gekommen war, um ihrem im Koma liegenden Dad etwas vorzulesen. Wieder verbarg sie ihr Tun vor aller Augen. Dazu brauchte es starke Nerven, aber die hatte Jackie in letzter Zeit ausreichend entwickeln können.

Ihr kam der Gedanke, dass ihr Vater bestimmt stolz auf sie gewesen wäre. Sie drückte seine Hand, küsste ihn auf die Wange, klappte das Buch zu und ging aus dem Raum.

Auf dem Weg zurück in ihr Zimmer lief Andersona mit einem Produktionsassistenten im Schlepptau an ihr vorbei. Aufgebracht zischte sie ihm etwas zu. Die einzigen Worte, die Jackie verstand, waren: »Geh es suchen!«

Wäre Jackie mehr zum Lachen zumute gewesen, hätte sie es in dem Moment womöglich nicht zurückhalten können.

***

Ethan musste die Kontrolle wiedererlangen. Er hätte vor seinem Team niemals so die Beherrschung verlieren dürfen. Seit seinem Gespräch mit Roger Stern hatte er das Gefühl, die ganze Sache völlig falsch angepackt zu haben. Und diese Unsicherheit, dieses mangelnde Selbstvertrauen, brachte ihn aus dem Gleichgewicht.

Menschen seiner Denkweise zu unterwerfen, sie nach seiner Pfeife tanzen zu lassen war sein Markenzeichen. Dafür musste er nur selten laut werden oder Gewalt anwenden. Er erreichte seine Ziele für gewöhnlich durch Charme und Manipulation. Es war höchste Zeit zu seinem bewährten Drehbuch zurückzukehren.

Alles stand und fiel mit Deirdre, das war ihm nun klar. Es war ein Fehler gewesen, es zuerst bei der jüngeren Tochter zu versuchen. Seit Jared ausgefallen war, war Deirdre das Oberhaupt der Familie, und er hatte ihre Autorität untergraben, indem er sie hintergangen hatte. Es war davon auszugehen, dass die beiden Töchter den Anordnungen ihrer

Mutter folgen würden. Also musste Ethan es irgendwie hinkriegen, dass Deirdre ihm wieder vertraute, dass sie sich als Teil des Teams fühlte.

Das würde nicht einfach werden. Er hatte die Familie ziemlich hart angefasst – noch ein Fehler –, als sie von ihrem Ausflug zurückgekehrt waren. Das galt es wieder geradezubiegen.

Und dafür musste er sich als Erstes entschuldigen.

Er hatte auf den Bildschirmen im Übertragungswagen gesehen, dass Deirdre sich in ihrem Zimmer hingelegt hatte. Es schien nicht unbedingt die beste Idee zu sein, sie gleich zu Beginn in der Privatsphäre ihres Schlafzimmers zu stören, aber Zeit spielte eine entscheidende Rolle. Er musste schnell zum Kurs zurückfinden, bevor endgültig alles auseinanderbrach.

Ethan klopfte an ihre Tür. Keine Antwort. Er hatte auf dem Bildschirm gesehen, dass Deirdre nicht schlief. Sie las. Er wusste sogar, was sie las. Ethan verstand nicht, warum Leute ihre Zeit mit Büchern verschwendeten. Gab es nicht genügend gute Filme und Fernsehshows?

Er klopfte noch einmal. »Deirdre, ich bin es, Ethan«, rief er. »Ich möchte mich bei Ihnen entschuldigen.«

Er hörte eine Bewegung und einen Moment später ging die Tür auf.

Deirdre stand bloß da und schaute ihn an. Sie sah müde und gleichzeitig aufgewühlt aus.

»Haben Sie einen Augenblick Zeit für mich?«, fragte Ethan.

»Warum fragen Sie überhaupt? Es würde Sie doch sowieso nicht interessieren, wenn ich Nein sage«, entgegnete sie.

»Hören Sie«, begann er, »mir ist klar, was Sie von mir denken müssen, und ich kann es Ihnen nicht verübeln. Ich habe mich wie ein absoluter Vollidiot benommen und das tut mir aufrichtig leid.«

»Danke«, murmelte Deirdre und machte Anstalten, die Tür wieder zu schließen.

»Warten Sie. Lassen Sie mich ausreden. Bitte.«

Deirdre hielt inne und lehnte sich gegen den Rahmen der bereits halb geschlossenen Tür.

»Mir ist klar, dass im Moment ganz andere Dinge für Sie zählen, jetzt wo Jared so … so …«

»Im Sterben liegt«, sprach sie den Satz zu Ende.

»Ja«, sagte er, »im Sterben liegt.« Das war eine von Ethans größten Stärken – seine Fähigkeit, schwierige Wahrheiten auszusprechen, einem anderen Menschen das Gefühl zu geben, seinen Schmerz zu spüren. »Bei allem, was Ihre Familie gerade durchmacht, kommt es Ihnen bestimmt lächerlich vor, aber ich stehe unter enormem Druck, was diese Fernsehshow angeht. Eine Menge Mitarbeiter hängen vom Erfolg dieser Serie ab, hängen davon ab, dass Sie und ich unsere Arbeit gut machen.«

Er hatte es geschafft, Deirdres Aufmerksamkeit zu gewinnen, aber sie erwiderte nichts.

»Ich könnte Ihnen jetzt erzählen, wie wichtig es für die Zuschauer dieses Landes ist, weiter am Leben Ihrer Familie teilzuhaben, wie stark sie sich bereits emotional mit Ihnen allen verbunden fühlen …«

»Das haben Sie mir schon mal erzählt.«

»Und es ist die Wahrheit. Zumindest teilweise. Aber wenn ich ganz ehrlich sein soll, geht es mir vor allem darum, meine eigene Haut zu retten.« Ethan blickte auf seine Schuhe hinunter. »Deswegen bin ich so hart zu Ihnen und den Mädchen gewesen«, sagte er, ohne aufzuschauen. »Ach, verdammt. Deswegen ist mir das hier passiert.« Er hielt seine verbundene Hand hoch.

»Ich dachte, Sie hätten sie sich aus Versehen in einer zuschlagenden Wagentür eingeklemmt.«

»Das war gelogen, Deirdre. Ich habe sie mir verletzt, als ich im Übertragungswagen die Faust gegen eine Wand gerammt habe. Es war mir unangenehm, darum wollte ich nicht, dass Sie es wissen.« Noch so ein overbeesches Erfolgsrezept: seine Schwächen zugeben. »Ich habe Ihnen gegenüber die Beherrschung verloren, und meinen Mitarbeitern gegenüber. Bei ihnen werde ich mich ebenfalls entschuldigen.«

»In Ordnung, Ethan«, sagte Deirdre. Das Aufgewühlte war aus ihren Zügen verschwunden; sie schien jetzt einfach nur noch müde zu sein, was er als positives Zeichen wertete. »Danke für Ihre Offenheit.« Sie trat einen Schritt zurück, um die Tür zu schließen.

»Eines noch«, sagte er.

Deirdre sah ihn abwartend an. Es fiel kaum noch Tageslicht in den Flur, sodass Ethan mehr oder weniger im Dunkeln stand, als er weitersprach.

»Ich würde mich gern mit Ihnen und den Mädchen zusammensetzen, damit wir gemeinsam darüber nachdenken können, wie wir die Situation entspannen und für uns alle erträglicher machen können. Sie wollen Ihr Leben so führen, wie Sie es für richtig halten, und ich habe eine Fernsehshow zu produzieren und Werbekunden zufriedenzustellen. Sie sagen mir, was Sie brauchen, ich sage Ihnen, was ich brauche, und vielleicht finden wir dann einen Weg, Waffenstillstand zu schließen, wenn nicht sogar das Kriegsbeil ganz zu begraben. Ich erwarte nicht, dass Sie mich mögen, Deirdre, aber ich würde mir wünschen, dass wir ab jetzt wieder an einem Strang ziehen. Es wäre für uns alle das Beste, finden Sie nicht auch?« *Schließe immer mit einer Frage,* dachte er. *Lass den anderen nicht einfach so gehen, sondern bringe ihn dazu, zu reagieren.*

Deirdre schwieg lange. Er konnte ihren prüfenden Blick spüren.

»Okay, Ethan«, sagte sie schließlich. »Frühstücken Sie morgen mit den Mädchen und mir, und dann überlegen wir, wie es weitergehen kann. In Ordnung?«

»Mehr als in Ordnung. Ich weiß das wirklich zu schätzen. Vielen Dank. Und bitte entschuldigen Sie noch einmal die Störung. Gute Nacht, Deirdre.« *Wenn der Verkauf unter Dach und Fach ist, hör auf, die Ware anzupreisen,* dachte er.

»Gute Nacht«, sagte Deirdre und schloss die Tür.

Ethan atmete erleichtert aus. Er war wieder auf Erfolgskurs.

***

Deirdre war sich bewusst, dass die Kameras sie im Visier hatten, also achtete sie darauf, keine Gefühlsregung zu zeigen, aber als sie nach dem Gespräch mit Ethan die Tür hinter sich zumachte, hätte sie am liebsten gelacht. Zum einen, weil die Anspannung nachließ, zum anderen, weil sie sich für das, was sie tun musste, wertvolle Zeit erkauft hatte.

Ethan würde sich bis zum nächsten Morgen zurückhalten. Ja, die Kameras würden sie weiterhin aufmerksam im Auge behalten, und ja, sie und die Mädchen bewegten sich nach wie vor auf dünnem Eis, aber Ethans Erscheinen hatte ihr einen unerwarteten Vorteil verschafft.

Noch knapp zwei Stunden bis zur Ausstrahlung der nächsten Folge, und Deirdre war vollgepumpt mit Adrenalin. Umso bemerkenswerter war es, dass sie es schaffte, sich hinzulegen und die Augen zu schließen. Sie ging noch einmal die Ereignisse der letzten vierundzwanzig Stunden durch und fiel in einen unruhigen Schlaf.

***

Schwester Benedict war völlig verzaubert von der Technik, die sie schmückte. Für sie waren der Knopf in ihrem Ohr und der Sender an ihrem Handgelenk Accessoires. Eitle Frauen trugen Lippenstift und hochhackige Schuhe. Schwester Benedict trug modernste Kommunikationstechnik, selbstverständlich alles im Dienste des Herrn.

Auch wenn sich die Erfahrung der Schwester, was das Medium Fernsehen anging, größtenteils auf die *Duke Hamblin Show* beschränkte, hatte sie genügend darüber zu wissen geglaubt, um es als kurzlebige Erscheinung abzutun. Sie hatte sich geirrt. *Dieser Blog war reine Zeitverschwendung,* dachte sie. *Das ist immer noch der Ort, wo Amerikas Herz schlägt.*

Die Schwester hatte fast fünfzig Fanbriefe erhalten. Darunter auch einige, die den menschenverachtenden Nachrichten ähnelten, die auf *christus-kadetten.blogspot.com* gepostet wurden – niederträchtige, boshafte Leute, die Gott verachteten und zu viel Zeit hatten –, aber einige davon waren schlicht wundervoll.

Ein älterer Bürger aus Boston hatte sie als himmlisches Geschenk bezeichnet und ihr gedankt, dass sie dabei half, Jareds Seele für die nächste Welt vorzubereiten. Ein verheiratetes Paar aus Idaho hatte sie angespornt, den Stone-Töchtern mehr Gottesglauben zu vermitteln (ein Ziel, dem die Schwester von Herzen zustimmte). Und ein junges Mädchen aus Indiana hatte sie eine »Quelle der Inspiration« genannt.

Ich, dachte sie, *ich inspiriere junge Mädchen im ganzen Land.* Es war einfach überwältigend.

Sie war sogar von einem Agenten kontaktiert worden. Das war natürlich vollkommen absurd. Sie, die Mutter Oberin der Schwestern der Ewigen Anbetung, sollte einen Agenten brauchen? Lächerlich.

Oder doch nicht?

Ja, ein Agent, dachte sie. *Ich könnte überall im Land die Botschaft des Herrn überbringen. Ich könnte die Stimme sein, die Licht in die Herzen der Menschen bringt.*

»Alles klar, Schwester?«, knisterte die Stimme aus dem Übertragungswagen in ihrem Ohr.

»Alles klar«, antwortete sie ihrem Handgelenk und musste dabei fast kichern. Die kleine Jacquelyn hatte vor ein paar Minuten den Raum verlassen und sie war allein mit

Jared. So allein zwei Menschen sein konnten, wenn jemand anderes jede ihrer Bewegungen mitverfolgte.

Die Schwester überlegte, ob sie vielleicht die Gelegenheit nutzen und Jareds Bett frisch beziehen sollte, aber je länger sie über das Fernsehen und ihre Rolle darin nachdachte, desto mehr faszinierte sie der Gedanke. Die Laken konnten warten. Sie ging in die Küche, um diesem Agenten zu schreiben.

Schwester Benedict Joan blickte ihrer Zukunft mit leuchtenden Augen entgegen.

***

Es war so weit.

Jackie, Deirdre und Megan traten nacheinander in Jareds Zimmer und setzten sich um sein Bett, um die heutige Folge von *Leben und Sterben* zu schauen. Schwester Benedict saß wie jeden Abend, seit sie bei den Stones ihr Quartier aufgeschlagen hatte, in einer Ecke des Zimmers und ließ der Familie keine Privatsphäre, versuchte jedoch, sich so diskret wie möglich zu verhalten. Niemand sagte etwas.

Die Folge begann mit Megans Interview.

Jackie musste sich beherrschen, währenddessen nicht laut loszukichern. Megan hatte ziemlich dick aufgetragen.

»Es war einfach *schrecklich*«, sagte sie mit der übertriebenen Mimik eines Stummfilmstars. »Meine Mutter hat damit gedroht, mich auf ein Mädcheninternat zu schicken, wenn ich nicht mitkomme. Ich hätte nicht mehr bei meinem Dad sein können, und Sie wissen ja, wie schlimm es um ihn steht. Er wird nicht mehr lange bei uns sein. Ich wusste einfach nicht, was ich tun soll, also bin ich mit ihnen gegangen.«

»Was wollten deine Mutter und deine Schwester damit bezwecken?«, fragte Andersona aus dem Off.

»I... Ich kann nicht darüber sprechen«, flüsterte Megan.

»Ist schon gut, Megan«, sagte Andersona sanft, »du kannst es mir ruhig sagen.«

»Sie ... sie wollten Jackie ein neues Handy kaufen, diesmal eines mit noch mehr Funktionen, das neue Samsung Galaxy.« Im unteren Bildschirmrand wurde ein Werbetext mit einer Internetadresse eingeblendet, auf der man mehr über das Handy erfahren konnte.

»Und? Ist es ihnen gelungen?«

»Nein. Der Mann in dem Laden kannte die Serie und wollte nichts mit uns zu tun haben. Meine Mutter und meine Schwester haben mir einfach nur leidgetan.«

Das Interview ging noch einen Moment weiter und endete damit, dass Andersona Megan sagte, wie mutig es von ihr gewesen war, sich ihr anzuvertrauen.

»Ich tue das nur für meinen Vater, damit er in Frieden ruhen kann.«

Es folgte der Vorspann.

Jackie griff nach der Hand ihrer Schwester und drückte sie. Megan erlaubte sich ein winziges Lächeln.

Die erste Werbepause war Jackies Einsatzzeichen. Sie beugte sich vor, umarmte ihren Vater, sagte »Ich hab dich lieb, Daddy«, küsste ihn auf die Wange und stand auf, um aus dem Zimmer zu gehen. Ihr brach die Stimme, als sie zu Schwester Benedict sagte: »Ich muss kurz auf Toilette.«

Schwester Benedict legte den Finger ans Ohr und nickte dann.

Jackie, die es geschafft hatte, unbemerkt das iPhone unter der Matratze ihres Vaters herauszuziehen und in der Handfläche zu verstecken, trat in den Flur hinaus und wusste, dass sie ihren Vater nicht mehr lebend wiedersehen würde.

***

Ethan schaute sich die Folge im Übertragungswagen an und verteilte Komplimente und erhobene Daumen an sein Team, als wäre er ein PEZ-Spender. Er wollte sich wieder in ihre Gunst bringen. Andersona, die schon den ganzen Tag extrem übellaunig war – *Wahrscheinlich hat sie ihre Tage,* dachte er –, saß in einer Ecke und schaute sich das Filmmaterial des heutigen Tages an.

»Lass gut sein, Andy«, sagte er. »Darum kannst du dich auch morgen noch kümmern. Genieße heute Abend die Früchte deiner Arbeit.«

Andersona antwortete nicht. Stattdessen wurde ihr Gesichtsausdruck immer fassungsloser und ihre Wangen färbten sich feuerrot. Irgendetwas stimmte nicht.

»Fuck!«, schrie sie. Es war ein kurzer, aber durchdringender Ausruf.

»Was?«, sagte Ethan erschrocken und gleichzeitig genervt.

Andersona zögerte einen Moment, aber sie war zu aufgebracht, um die Wahrheit zu verheimlichen. »Dieses kleine Miststück hat mein iPhone«, sagte sie tonlos.

»Wie bitte?«, erwiderte Ethan. Es wurde schlagartig zwanzig Grad kälter im Raum. »Was hast du gerade gesagt?«

»Nach dem Interview heute mit Megan konnte ich mein Handy nirgendwo finden. Das kleine Biest hat es geklaut und ihrer Schwester gegeben.«

»Bist du sicher?«

»Ja!«, kreischte sie. »Ich hab mir diese Aufnahmen gefühlte fünf Millionen Mal angeschaut. Man kann nicht sehen, wie sie es nimmt, aber alles deutet darauf hin. Ich bin mir ziemlich sicher, dass Jackie es gerade unter dem Kissen ihres Vaters hervorgezogen hat oder so.«

»Okay, jetzt heißt es Ruhe bewahren. Phil, sag Schwester Benedict, sie soll sich leise aus dem Raum entschuldigen und Jackie so lange hinhalten, bis ich da bin. Wo ist sie?«

»Die Kleine ist gerade in der Toilette neben dem Arbeitszimmer verschwunden.«

»Sorg dafür, dass die Schwester sich davor postiert, und sag ihr, sie soll sie auf keinen Fall rauslassen. Ich bin in einer Minute da.«

»Verstanden, Boss.«

Ethan wandte sich zum Gehen, schaute dann aber noch einmal über die Schulter zurück. »Ach, und, Andersona?«

Sie wusste, was kommen würde, bevor er es aussprach.

»Du bist gefeuert.«

***

Deirdre beobachtete, wie Schwester Benedict einen Finger an ihr Ohr hielt, aufmerksam zuhörte und anschließend das Zimmer verließ. Sie konnte ihr Glück kaum fassen.

Schwester Benedict war in der ganzen Sache die unberechenbare Wild Card. Deirdre hatte sie bitten wollen, einen

Moment mit Jared allein sein zu dürfen, war sich aber nicht sicher gewesen, ob die Schwester eingewilligt hätte. Wenn nötig, wäre Deirdre auch nicht vor roher Gewalt zurückgeschreckt. Sie hatte die Nonne von Kopf bis Fuß abgeschätzt und war zu dem Schluss gekommen, dass sie es mit ihr aufnehmen konnte.

Das war nun nicht mehr notwendig. Die Schwester war von ihren Feudalherren – es war das erste Wort, das Deirdre in den Sinn kam, um Ethan und seine Handlanger zu beschreiben –, abberufen worden. Sie musste jetzt handeln.

»Meg, Liebes«, sagte Deirdre so sanft wie möglich, »ich glaube, es ist besser, wenn du nicht mit im Zimmer bleibst. Nimm dir ruhig einen kleinen Moment, um dich von Daddy zu verabschieden, aber es darf nicht zu lange dauern. Uns bleibt wahrscheinlich nicht viel Zeit.«

Megan sah ihren Vater an, schaffte es aber nicht, zu ihm zu gehen. Sie begann zu weinen. »Bye, Daddy«, wisperte sie mit erstickter Stimme.

»Komm her, Kleines.« Deirdre zog ihre Tochter an sich. »Alles wird gut, versprochen.« Deirdre war vollkommen ruhig. Sie hatte keine Ahnung, woher sie die Kraft für das alles nahm. *Die Liebe,* dachte sie, *macht uns weiche Knie, aber wenn es darauf ankommt, macht sie uns härter als Stahl.*

Megan weinte immer noch, riss sich aber, so gut sie konnte, zusammen. »Du wartest vor der Tür«, sagte Deirdre zu ihr. »Ich werde sie abschließen. Bestimmt werden sie versuchen, sie einzutreten, du wirst also versuchen müssen, sie aufzuhalten. Aber versprich mir, dass du dich zurückziehst, wenn du das Gefühl hast, dass sie dir irgendwie wehtun könnten, okay?«

Megan nickte und umarmte ihre Mutter. Dann ging sie ohne einen Blick zurück aus dem Zimmer. Deirdre war allein.

Sie schloss die Tür ab, trat zu ihrem Mann, nahm seine Hände, legte ihre Lippen auf seine und küsste ihn.

»Das ist für dich, Jare. Ich liebe dich.«

Deirdre streckte die Hand nach dem Beatmungsgerät aus und hielt inne. Sie hatte es bis hierher geschafft, aber sie konnte es nicht zu Ende führen. Sie konnte nicht dafür sorgen, dass ihr Mann, der Vater ihrer Kinder, aufhörte zu leben.

Sie sah Jared an, und plötzlich wurden so viele Erinnerungen wach, als würde sein Leben vor ihrem inneren Auge vorbeiziehen.

Sie erinnerte sich an den Abend, an dem sie in irgendeinem Park in der Nähe von Jareds Elternhaus ganz oben auf einem Hügel auf einer Mauer gesessen und zugeschaut hatten, wie der Mond aufging. Es war Herbst gewesen und Deirdre hatte sich Wärme suchend an Jared gekuschelt. Neunzig Minuten vergingen, während der Mond seinen Bogen vom Horizont zum Himmel schlug. Keiner von ihnen sagte etwas, keiner rührte sich. Es war ein vollkommener Abend.

Sie erinnerte sich an den Tag, an dem Jared mit Megan, als sie drei gewesen war, zum ersten Mal ins Kino gegangen war. Die beiden waren mit popcorn- und zuckerwatteverklebten Gesichtern nach Hause gekommen und hatten sich in den Armen liegend gesungen und getanzt. Bis zu diesem Tag schien es Jared schwergefallen zu sein, eine enge Bindung zu Megan aufzubauen, und Deirdre hatte angefangen, sich Sorgen zu machen. Sie hatte befürchtet, dass es in seinem Herzen womöglich nicht genügend Liebe für zwei Kinder gab, aber Megan, die hartnäckig war, eroberte ihn am Ende.

Sie sah immer noch ganz genau den Tag vor sich, an dem sie ihre Mutter beerdigt hatten. Jared war so unglaublich mitfühlend und stark gewesen, dass Deirdre sich einfach fallen und von ihm auffangen lassen konnte. Er war stärker gewesen als irgendjemand sonst, den sie kannte.

Und jetzt, jetzt war er das.

Deirdre holte tief Luft und schloss die Augen, suchte nach dem Mut, das zu tun, worum Jared sie gebeten hatte, aber sie fand ihn nicht. Langsam zog sie ihre Hand zurück.

Dann öffnete sie die Augen und hob den Blick.

Die Linse einer Kamera – die Crew hatte sich nicht die Mühe gemacht, die Kameras im Krankenzimmer diskret anzubringen –, war direkt auf ihr Gesicht gerichtet. Die konvexe Wölbung des Glases verzerrte ihre Züge wie ein Spiegel in einem Gruselkabinett. Auf der anderen Seite des Glases, das wusste sie, war der Rest der Welt. Sie saßen dort und gafften wie im Zoo. Es kotzte sie an. Es machte sie wütend.

Es gab ihr all die Kraft, die sie brauchte.

Deirdre zog das Kissen unter Jareds Kopf hervor, nahm den Bezug ab und warf ihn über die Kamera. Dann beugte sie sich vor, schaltete das Beatmungsgerät ab und legte das Kissen über das Gesicht ihres Mannes. Ein pochender Schmerz explodierte hinter ihren Lidern, aber sie wich nicht zurück. Deirdre war bereit, bis zum Ende der Zeit dort zu bleiben.

***

»Junges Fräulein«, hörte Jackie Schwester Benedicts Stimme von der anderen Seite der Toilettentür. »Wir wissen, dass du Andersonas Handy hast. Mr Overbee wird jeden Moment hier sein. Wenn du ein kluges Mädchen bist, gibst du es uns einfach freiwillig zurück.«

Jackie bekam Panik. Sie hatten es herausgefunden. Sie hatten es herausgefunden, bevor ihre Mutter die Möglichkeit gehabt hatte, zu tun, was sie tun musste. Vielleicht wussten sie auch darüber Bescheid. Vielleicht war es schon vorbei. Sie schaute zum Toilettenfenster und versuchte einzuschätzen, ob sie sich vielleicht hindurchwinden und über den Garten fliehen könnte, aber sie war sich ziemlich sicher, dass es zu klein war.

»Ist sie immer noch da drin?« Es war Ethans Stimme. Die Schwester antwortete nicht, was Jackie merkwürdig fand. Weil sie nicht wusste, was sie sonst tun sollte, startete sie die Videofunktion auf Andersonas Handy.

»Hier ist Jackie Stone«, flüsterte sie gehetzt und richtete die Kamera auf ihr Gesicht. »Ich bin mit einem gestohlenen iPhone auf der Toilette und sitze dort in der Falle. Ethan Overbee, der Produktionsleiter von *Leben und Sterben,* und diese Nonne Schwester Benedict stehen vor der Tür und wollen, dass ich …«

»Schwester?« Ethan klang alarmiert. »Was ist los?«

»NEIIIIN!!!«, heulte Schwester Benedict. »Der Sendeleiter aus dem Übertragungswagen … er sagt, dass Deirdre … Sie hat … sie hat …«

»FUCK!«, schrie Ethan.

Jackie hörte, wie die beiden ihren Posten vor der Tür verließen und den Flur hinunterrannten. Das Handy immer noch im Videomodus, öffnete sie vorsichtig die Tür, um zu sehen, was passiert war.

***

Megan war völlig überwältigt. Schwester Benedict hatte es als Erste zur Tür von Jareds Zimmer geschafft, dicht gefolgt von Ethan. Die Ärzte waren wenige Sekunden später angekommen. Sie alle schrien Megan an, zur Seite zu gehen.

»Aus dem Weg!«, brüllte die Schwester.

»Megan, bitte!«, sagte Ethan.

»Wir müssen sofort da rein«, sagte einer der Ärzte.

Nur dass sie alle auf einmal redeten und ein ohrenbetäubendes Stimmenchaos entstand, das unentzifferbar war. Bis der durchdringende Schrei der Schwester schließlich alles übertönte.

»Schluss!«, rief sie. Es wurde still im Flur. »Beweg dich endlich, du kleiner Satansbraten. Deine Mutter ist da drin und verübt gerade einen Mord! Aus dem Weg! Sofort!«

Als Megan sich immer noch nicht von der Stelle rührte, holte Schwester Benedict aus und schlug ihr ins Gesicht.

In die geschockte Stille hinein, die die Ohrfeige hinterließ und in der das Echo einer Hand, die mit voller Wucht auf eine Wange klatscht, durch das Haus hallte, zog ein Geräusch am anderen Ende des Flurs die Aufmerksamkeit sämtlicher Anwesenden auf sich. Alle Köpfe drehten sich gleichzeitig danach um, genau in dem Moment, in dem zu sehen war, wie Jackie das Handy hochhielt und auf die versammelte Mannschaft richtete. Einen Wimpernschlag später schoss sie aus der Toilette, rannte die Treppe hinunter und raste aus dem Haus.

Ethan setzte ihr hinterher. Er lief schneller, als Megan es je für möglich gehalten hätte.

Als Schwester Benedict sich wieder zu Jareds Zimmertür umdrehte, war Megan bereit. Ihre rechte Faust landete so hart auf der Nase der Schwester, dass Blut herausschoss und die Nonne vor Schmerz aufschrie.

»Das«, sagte sie, »ist für … für … alles.« Dann brach sie schluchzend zusammen. Eine Krankenschwester zog sie zur Seite und nahm sie in den Arm, während die Ärzte versuchten, die Tür aufzubrechen.

Megan vergrub das Gesicht an der Schulter der Krankenschwester und ließ alles heraus.

***

Jackie hielt beim Laufen das Handy hinter sich und filmte ihren Verfolger, während sie gleichzeitig zu schildern versuchte, was sich gerade abspielte.

»Meine Mutter ist bei meinem Vater im Zimmer und versucht ihm zu helfen, sein Leid zu beenden, damit er endlich gehen kann«, sagte sie keuchend. »Schwester Benedict hat meine Schwester geschlagen und ich werde von Ethan

Overbee verfolgt. Ich glaube, er will mir wehtun oder mich umbringen.«

Jackie hatte in Windeseile den Garten durchquert und blieb nun vor dem zwei Meter hohen Zaun stehen, den alle nur die Mauer nannten.

»Gib mir das Handy«, sagte Ethan, der ebenfalls keuchte. »Du kannst nirgendwo mehr hin. Es ist vorbei.«

Jackie schaute ihm direkt in die Augen. »Noch nicht ganz«, antwortete sie, dann drehte sie sich unter seinem verdutzten Blick um und warf das Handy über den Zaun. Den Kopf in den Nacken gelegt schauten sie beide zu, wie es vor dem Abendhimmel durch die Luft trudelte.

Eine Sekunde später ertönte von der anderen Seite der Mauer ein Freudenschrei. »Ich hab's!« Die Stimme gehörte Jason Sanderson. Er stand exakt an der Stelle, die Hazel beschrieben hatte. Womit Jackie nicht gerechnet hatte, waren die Jubelrufe, die sie einen Augenblick später hörte und von der Menge aufstiegen, die sich um ihn versammelt hatte.

Jackie drehte sich wieder zu Ethan um und sagte: »Jetzt ist es vorbei.«

Ethan sank auf die Knie und fiel rücklings ins Gras, als wäre er erschossen worden.

Jackie ging um ihn herum und dann ins Haus zurück.

***

Es schien eine ganze Ewigkeit vergangen zu sein, seit Deirdre das Kissen auf Jareds Gesicht presste, laut der Uhr an der Wand waren es jedoch nur neunzig Sekunden. Das war der Moment, in dem der Herzstillstand eintrat. Jared bewegte sich kein einziges Mal, zuckte kein einziges Mal. Als es den Ärzten knapp vier Minuten später gelang, die Tür aufzubrechen, hielt Deirdre das Kissen immer noch dort fest.

Sie trat aus dem Weg; sie wusste, sie hatte es geschafft. Jared war tot.

Als Deirdre die ganze Tragweite dessen, was sie getan hatte, bewusst wurde, taumelte sie rückwärts in einen Sessel und weinte.

***

Glios Leben hörte ein paar Sekunden nach dem von Jared Stone auf. Aber für ein Glioblastom sind ein paar Sekunden eine Ewigkeit. Ohne Erinnerungen, die er verschlingen konnte, ohne äußere Reize, die seine Aufmerksamkeit fesselten, fiel Glio in ein schwarzes Nichts.

Manche würden jetzt vielleicht von gerechter Strafe sprechen und sagen, dass ein Gehirntumor es nicht anders verdient hat, und wahrscheinlich hätten sie recht. Aber Glio war transformiert worden. Er war die Summe aller Erinnerungen Jared Stones geworden. Er hatte angefangen, Jared Stones Frau und Töchter zu lieben; er hatte angefangen, Jared Stone zu lieben.

Glio bedauerte es nicht, zu sterben, er bedauerte nur, nicht länger gelebt zu haben.

Epilog

(Später)

Die letzten Folgen von *Leben und Sterben* und *Die echte Familie Stone aus Portland, Oregon* wurden einen Tag nach Jared Stones Tod ausgestrahlt. Der Sender, der Ethan und seine komplette Führungsriege fristlos entlassen hatte – man verzichtete auf die übliche Vorgehensweise eines persönlichen Gesprächs und teilte die Kündigung schriftlich mit –, entschied sich, nichts von dem Filmmaterial zu zeigen, das an diesem entsetzlichen Abend im Haus der Stones entstanden war. Stattdessen wagte Roger Stern einen kühnen Schachzug und führte mit Deirdre, Jackie und Megan ein Live-Interview, in dessen Verlauf er sich für die Verhaltensweise von American Television Network entschuldigte und einer verstörten Deirdre den Fünf-Millionen-Dollar-Scheck überreichte, der ihr versprochen worden war.

Sie und die Mädchen verhielten sich die ganze Zeit über äußerst zurückhaltend, blieben jedoch höflich und bedankten sich bei Roger. Die Bilanz der einstündigen Folge, die ohne Werbepausen ausgestrahlt wurde, war eine Mischung aus Bildmontagen und Filmausschnitten der Stones aus glücklicheren Tagen. Vieles davon war bereits vor Wochen als Hintergrundinformation für die Produktionsleitung vorbereitet worden, gleich nachdem Jared den Vertrag mit ATN unterzeichnet hatte.

Die echte Familie Stone aus Portland, Oregon war genauso schlicht gehalten. Das Video zeigte Jackies unbearbeitetes Filmmaterial, das damit begann, wie sie im Badezimmer eingeschlossen war, und damit endete, wie Jason Sanderson das iPhone hoch über den Kopf hielt. Die letzte Einstellung war eine Aufnahme der Menschenmenge – darunter viele von Jackies Mitschülern, Ms Onorati und einige andere Lehrer –, die auf der anderen Seite der Mauer stand und laut jubelte. Die Bilder wurden nicht kommentiert; es gab weder einen Vor- noch einen Abspann, nur ein Wort in einfacher, unaufdringlicher Schrift: »Ende.«

***

Jared wurde in einer kleinen, privaten Trauerfeier beigesetzt, der nur seine Familie und die engsten Freunde beiwohnten. Wie für Portland typisch, regnete es. Deirdre, Jackie und Megan standen aneinandergeschmiegt unter einem Regenschirm und weinten, als sie sich von ihrem Mann und ihrem Vater verabschiedeten.

Es dauerte nicht sehr lange. Es war stilvoll. Es war bittersüß.

Danach kehrten alle ins Haus der Stones zurück, aus dem mittlerweile sämtliche Fernsehtechnik entfernt worden war, und aßen zu Mittag.

Die Sterbehilfe-Lobby organisierte eine öffentliche Gedenkfeier mit einem feierlichen Marsch entlang der Burnside Avenue, aber Deirdre, Jackie und Megan nahmen nicht daran teil. Sie hatten genug von Spektakeln.

Schwester Benedict Joan war dort und betete für die Seele des Mannes, von dem sie unerklärlicherweise besessen gewesen war, und für die Seelen derer, die mit dem Leben umgingen, als wäre es eine Wegwerfware. Sie wurde größtenteils ignoriert.

Nachdem der Medienrummel sich gelegt hatte, wurde Schwester Benedict in das Büro von Kardinal Trippe bestellt. Der Videobeweis ihres Verhaltens an dem Abend, als Jared Stone starb, hatte seinen Weg zum Kardinal gefunden. Er war sprachlos. Schwer enttäuscht schüttelte er den Kopf.

»Es tut mir leid, Schwester«, sagte er.

»Es tut Ihnen leid, Eminenz?«

»Dass ich Sie falsch eingeschätzt habe.«

In der Kehle der Schwester bildete sich ein golfballgroßer Kloß. »Ich habe Ihre Strafversetzung beantragt«, fügte er hinzu.

»Meine Strafversetzung?« Die Stimme der Schwester klang angsterfüllt.

Es war das Letzte, was die achtundvierzig US-Bundesstaaten auf dem nordamerikanischen Kontinent von Schwester Benedict Joan zu sehen bekommen sollten. Der Kardinal schickte sie in einen Konvent in Fairbanks, Alaska. Schwester Benedict würde die endlosen Winterabende damit verbringen, den fatalen Fehler zu beklagen, sich in das

Leben von Jared Stone und seiner Familie eingemischt zu haben.

***

Ethan Overbee stieß derbe Verwünschungen aus, als er seinen Tesla vom Parkplatz des Senders fuhr, auf dem Rücksitz zwei Kartons, die seine spärlichen persönlichen Habseligkeiten enthielten. Er war von der Security aus dem Gebäude eskortiert worden.

Die vorangegangenen sechzig Stunden waren verschwommen. Er war sich nicht wirklich sicher, was passiert war.

Als seine Wut sich etwas gelegt hatte, begann er, seine Optionen abzuwägen. Ethan war in der maslowschen Bedürfnispyramide ganz nach unten gefallen, ohne zu wissen oder zu verstehen, wie es dazu gekommen war. Eher unbewusst dachte er über seine Sicherheit nach. Häkchen. Essen, Kleidung, Dach über dem Kopf. Häkchen. Seine sozialen Bedürfnisse waren jedoch nicht befriedigt. Er griff nach seinem Handy und rief Monique an.

Er bekam nur ihre Mailbox dran.

»Hallo, Sie haben den Anschluss von Monique gewählt. Ich kann gerade nicht sprechen, also hinterlassen Sie eine Nachricht. Und falls das mein Ex-Chef Ethan Overbee ist …«, sie betonte das Wort »Ex«, »… ich habe gehört, dass sie deinen erbärmlichen Arsch gefeuert haben. Wage es verdammt noch mal bloß nicht, mich noch mal anzurufen.«

Ethan wäre gern stinksauer auf Monique gewesen, er hätte sie gern nach Strich und Faden fertiggemacht, aber er wusste, dass er nicht mehr in der Position war, irgendjemanden nach Strich und Faden fertigzumachen, was seine Wut von Neuem entfachte. Er brauchte einen Ausweg aus diesem Albtraum. Daran war nur dieser geisteskranke Kingsborough schuld. Seit seinem Auftauchen war alles schiefgegangen. Wieso um alles in der Welt sollte sich ein junger Milliardär mitten in der Nacht in Jared Stones Haus schleichen und den Hund von dem Typ erstechen? War die Welt jetzt komplett durchgedreht?

Wenigstens würde Kingsborough bekommen, was er verdient hatte. Ethan wusste, dass Sherman Kingsborough ohne Möglichkeit, auf Kaution freizukommen, an einem sicheren Ort festgehalten wurde und schon bald in einem Albtraum aus Gerichtsverhandlung, Verurteilung und Gefängnis feststecken würde. »Der arme Idiot kann sich auf was gefasst machen«, sagte Ethan laut.

»Kann sich auf was gefasst machen«, wiederholte er. Als er das Szenario ein zweites Mal in seinem Kopf durchspielte, lächelte er zum ersten Mal seit Tagen. Er stieß ein so lautes, juchzendes Lachen aus, dass zwei junge Mädchen es hörten, die gerade auf Rollerblades den Pacific Coast Highway entlangfuhren.

»Auf was gefasst machen!«, schrie er und griff erneut nach seinem Handy. Diesmal wählte er die Nummer eines Vorstandsmitglieds des Konkurrenzsenders Global Television Network, mit dem er schon mal zu tun hatte. *Von diesen Typen*, dachte Ethan fröhlich, *würde doch jeder seine Seele verkaufen*.

Aber dem war nicht so.

Ethan Overbee versuchte eine Realityshow über Sherman Kingsborough mit dem Titel *Erwischt!* zu produzieren. Nach knapp einem Jahr gab er auf. Niemand war an Ethan oder seiner Show interessiert. Er war in der Fernsehwelt zu einer Persona non grata geworden, und jedes Projekt, das seinen Namen trug, war von Anfang zum Scheitern verurteilt. Ohne andere Perspektive und mit eingezogenem Schwanz fand Ethan schließlich in der letzten Zuflucht der Fernsehschaffenden Unterschlupf. Er wurde als Geschäftsführer der National Association of Television Program Executives, kurz NATPE, eingestellt.

***

Sherman Kingsborough verbüßt eine zwanzigjährige Haftstrafe wegen versuchten Mordes. Er schreibt ein Buch über seine Erfahrung. Es wird damit gerechnet, dass es ihm einen Vorschuss in siebenstelliger Höhe einbringen wird.

***

Nach Erscheinen der letzten Folge von *Leben und Sterben* fuhren Deirdre und ihr Anwalt zum Hauptrevier der Polizeistation von Portland, wo sie sich für den Mord an ihrem Mann Jared Stone stellte.

Der Staatsanwalt, ein erfahrener Rechtspfleger und kompetenter Kläger, hatte umgehend Deirdres Anwalt kontaktiert, als sein Büro ihre Akte mit dem Straftatbestand der aktiven Sterbehilfe erhielt, und ein außergerichtliches Treffen vorgeschlagen, um die Möglichkeiten zu erörtern.

Er erklärte Deirdre, dass er Anklage erheben musste, auch wenn er nicht damit einverstanden war.

Deirdre wurde bis zum Verhandlungsbeginn auf freien Fuß gesetzt, ohne eine Kaution entrichten zu müssen. Angesichts der Besonderheit ihrer Straftat stimmten der Staatsanwalt und der Richter darin überein, dass Deirdre weder eine Gefahr für sich selbst noch für die Gesellschaft darstellte und bei ihr keine Fluchtgefahr bestand.

Deirdre und ihr Anwalt lehnten alle Angebote ab, in Berufung zu gehen, um eine mildere Strafe zu erwirken, was in jedem Fall einen mindestens sechsmonatigen Gefängnisaufenthalt für sie bedeutet hätte. Die Kosten für ihre Verteidigung trug die Lobby »Recht auf ein selbstbestimmtes Sterben«, die, zu einem erheblichen Teil dank Jared Stone, über beträchtliche Mittel verfügte. Für sie war Deirdres Prozess eine Art Test, um das Rechtswesen und die öffentliche Meinung zu prüfen.

Die Verhandlung, die erst knapp ein Jahr nach Jareds Tod begann, dauerte sechs Wochen. Deirdres Rechtsbeistand verfolgte eine einzigartige Strategie. Er argumentierte damit, dass seine Mandantin die Rechte von Jared Stone verteidigt hatte. Es wurde offen zugegeben, dass Deirdre das Beatmungsgerät abgeschaltet und Jared mit einem Kissen erstickt hatte. (Es blieb ihm nichts anderes übrig, da die Ankläger das Video zeigten, auf dem die Tat von sämtlichen Kameras, die in allen Ecken des Raums angebracht gewesen waren, bis auf die, die von einem Kissenbezug verhüllt gewesen war, verewigt worden war.) Deirdre hatte versucht, ihre Töchter aus dem Prozess herauszuhalten, aber sie tauchten in sämtlichen Polizeiberichten auf, sodass sie als Zeugen der Anklage erscheinen mussten.

Die Staatsanwaltschaft hielt ein kurzes und einfaches Plädoyer: Deirdre Stone, von der Belagerung der Fernsehkameras verbittert – was die Staatsanwaltschaft durchaus nachempfinden konnte –, hatte gestanden, Jared Stone umgebracht zu haben. Die Tat verstieß gegen das Gesetz des Staates Oregon. Demnach hatte der Staat keine andere Wahl, als sie dafür zur Verantwortung zu ziehen.

Kirchenbeamte wurden hinzugezogen, um über die Art der Pflege auszusagen, die Jared Stone auf dem Set von *Leben und Sterben* erhalten hatte. Die Verteidigung konterte mit der Anschuldigung, dass die Kirche ihren Einfluss missbraucht und die Ärzte dazu angehalten hatte, Jareds Leben künstlich zu verlängern, um ihn zu einer Ikone machen zu können und ihre politischen Ansichten zu propagieren.

Am Ende schlugen sich die Geschworenen auf Deirdres Seite. Sie wurde des Mordes für nicht schuldig befunden. Der 5. Zusatzartikel zur Verfassung der Vereinigten Staaten, der sicherstellt, dass niemand wegen derselben Tat mehrmals angeklagt wird, bewahrte den Staatsanwalt davor, Anklage wegen Totschlags erheben zu müssen, und für Deirdre war der Albtraum wirklich und endlich vorbei.

Wie Sherman Kingsborough schreibt Deirdre ein Buch. Es heißt *House of Stone* und ist ihrem verstorbenen Mann gewidmet.

***

In den Nachrichten, die über die Ereignisse berichteten, die sich an jenem Abend in Portland abgespielt hatten, wurde immer wieder hervorgehoben, was für eine wichtige Rolle Hazel darin gespielt hatte. Ihre Eltern hatten bis dahin kaum etwas von der Verbindung ihrer Tochter zu Jackie Stone mitbekommen. Sie hatten von der Spendenaktion gewusst, aber gedacht, dass sich die Sache danach erledigt hatte.

Hazel war sich nicht sicher, wie sie reagieren würden, aber die Hucks waren gute Leute. Sie entdeckten eine Güte und Liebe in ihrer Tochter, die sie zuvor nie hatten sehen können. Als Anerkennung kauften sie Hazel einen Hund: einen Boxer, den sie Max nannte.

Hazel kehrte Azeroth den Rücken. Es gab einfach zu viele Abenteuer in der echten Welt, um ihre Zeit damit zu verschwenden, Nullen und Einsen in Form von Drachen und Gold zu jagen. Ihre Bekanntheit brachte ihr in der Schule mehr Aufmerksamkeit ein, als ihr lieb war. Aber sie schloss dadurch auch neue Freundschaften. Es dauerte nicht lange, bis sie anfing, sich mit einem Jungen namens Richie McGill zu treffen. Er spielte Schlagzeug in einer Punkband und er betete Hazel an.

Sie und Richie verliebten sich. Sie bekamen beide einen Platz an einer Hochschule in Boston – sie am Emerson College, er an der Boston University. Im darauffolgenden Herbst luden sie ihre Habseligkeiten und Max, den Boxerhund, in den Wagen, und zogen in den Norden des Landes.

Zwei Jahre später, als Jackie sich auf der Suche nach einem passenden College die Hochschulen in Boston anschaute, trafen Hazel und sie sich endlich. Die Onlinefreundinnen genossen es sehr, Zeit miteinander zu verbringen, und Hazel machte es unglaublich viel Spaß, Jackie Boston zu zeigen. Aber um die Wahrheit zu sagen, hatten die beiden jungen Frauen nicht besonders viel gemeinsam. Sie blieben noch über ein Jahr in Kontakt miteinander, verloren sich jedoch irgendwann aus den Augen. Wie es oft der Fall ist, erwiesen sich Zeit und Entfernung als unüberwindbare Hindernisse.

***

Nach außen hin änderte sich für Megan Stone wenig. Sie war die Bienenkönigin gewesen, bevor das alles angefangen hatte, und war auch nach der beispiellosen Medienaufmerksamkeit die Bienenkönigin. Die anderen gefragten Mädchen an der Schule umschwärmten sie wie ein Hofstaat und die gefragten Jungs wollten mit ihr ausgehen.

Aber Megan hatte sich verändert. Sie und Jackie redeten nicht nur wieder miteinander, sie waren zu engen Vertrauten geworden. Es kam nicht selten vor, dass Megan lieber Zeit mit ihrer großen Schwester verbrachte, als mit ihrer It-Clique auf eine Party zu gehen. Wenn sie auf die Ereignisse dieser Wochen zurückschaute, fühlte sie tiefe Bewunderung für Jackie, für die Stärke und den Mut, den sie gezeigt hatte, als sie sich gegen den Sender auflehnte und sich für ihren Vater einsetzte.

Und das Gleiche empfand sie auch für Deirdre. Megan tat alles, was sie konnte, um ihre Mutter während des Prozesses zu unterstützen. Sie standen sich als Familie näher als jemals zuvor. Es ließ Megan ihren Vater nur umso schmerzlicher vermissen.

***

Maxim Andreevich Vasilcinov wurde über Nacht vom Nobody zum Superstar. Die Nachrichten über seine Beteiligung an der Familie-Stone-Saga – die eine ganze Woche lang sämtliche Kanäle im Internet beherrschte – schafften es bis nach Sankt Petersburg und in Max' Schule. Plötzlich wollte jeder mit ihm befreundet sein.

Zuerst war Max überwältigt und wusste nicht, wie er damit umgehen sollte. Aber es dauerte nicht lange, bis ihm klar wurde, dass er einfach nur er selbst sein musste.

Drei Wochen später, als die Welt ihr Gleichgewicht wiedergefunden hatte, wurde Max zum Direktor bestellt. Max war noch nie zum Direktor bestellt worden, und während er den langen Flur zu dessen Büro entlangging, zerbrach er sich den Kopf darüber, was er bloß falsch gemacht haben könnte.

»Ah, Maxim«, sagte der Direktor, als Max eintrat. »Bitte, bitte, komm doch rein.«

Neben dem Direktor saß eine Frau. Max fand sie unglaublich hübsch, ja sogar glamourös.

»Das ist Miss Pretaskaya von der Polytechnischen Universität in Moskau«, stellte der Direktor sie vor.

»Nenn mich bitte Luba«, sagte sie und streckte ihm die Hand hin.

Max schüttelte sie und nahm dann ebenfalls Platz.

Luba erklärte, dass sein Filmmaterial von *Die echte Familie*

Stone aus Portland, Oregon das Gesprächsthema Nummer eins am Filmzweig der Hochschule war, und fragte Max, ob er an einem Stipendium interessiert wäre, um nach der Highschool Film und Fernsehen zu studieren.

Max wurde ohnmächtig.

Als er wieder zu sich kam, nahm er das Angebot an. Er würde weiterhin alles dafür tun, um einer der erfolgreichsten Regisseure des russischen Films zu werden.

***

Jackie Stone lebte ihr Leben weiter. Kein Tag verging ohne eine Erinnerung an ihren Dad – ein Lied, das im Radio gespielt wurde, irgendein Bezug zu dem Kartenspiel, das sie gern gespielt hatten, ein unbestimmter Duft, der plötzlich herüberwehte. Mit der Zeit verschwammen die Erinnerungen und der Schmerz über den Verlust, den sie erlitten hatte, ließ nach. Das war nicht das, was Jackie wollte – sie wollte den Schmerz, die Wut und die Traurigkeit für den Rest ihres Lebens fühlen. Sie glaubte, ihren Vater nur so ehren zu können. Aber so funktioniert die Welt nicht; die Zeit heilt zwar nicht zwingend alle Wunden, aber sie stellt so viel Narbengewebe zur Verfügung, dass die Menschen es schaffen, ihr Leben weiterzuleben.

Nachdem die Verhandlung überstanden war, fragte Deirdre Jackie, was sie sich wünschen würde, wenn sie alles haben könnte. »Die einzigen schönen Dinge, die im letzten Jahr passiert sind, verdanken wir dir, Liebes«, hatte Deirdre zu ihr gesagt. »Was würde dir eine Freude machen?«

Jackie brauchte nicht lange für ihre Antwort.

Drei Monate später, nachdem ihre Visa genehmigt worden waren, passierten Max und seine Mutter die Sicherheitskontrollen am Flughafen von Portland. Max ging direkt auf Jackie zu, die versuchte, an ihm vorbei nach dem Jungen Ausschau zu halten, dessen Foto sie so oft online gesehen hatte.

»Solnischko«, sagte er. Jackie schaute verständnislos den Jungen an, der vor ihr stand. Leicht übergewichtig, widerspenstige Haare, blasse, unreine Haut.

»Max?«, fragte sie.

»*Da*.« Er klang resigniert. »Ich wusste nicht, wie ich soll dir sagen, dass ich nicht Junge auf Foto bin.«

Jackie fing an zu lachen und Max senkte beschämt den Klopf. Als Jackie die Arme um seinen Hals schlang und ihn fest an sich drückte, fiel er aus allen Wolken.

»Ich verstehe nicht«, murmelte er in ihre Schulter.

»Oh, Max, ich bin einfach so glücklich, dich zu sehen.«

Die beiden verbrachten eine Woche miteinander, erkundeten jede Ecke von Portland und machten sogar einen Tagesausflug nach Seattle. Sie hielten sich fast immer an der Hand, küssten sich aber nie. Es fühlte sich für beide einfach nicht richtig an.

Als Jackie sich am Flughafen von ihm verabschiedete, versprachen sie sich, in Kontakt zu bleiben und sich wiederzusehen.

Es war ein Versprechen, das sie im Laufe ihres Lebens noch oft halten würden.

Jackie trat in die Fußstapfen ihres Vaters. Sie machte am Hood River State College ihren Abschluss in Public Policy und ging in die Politik.

Jedes Jahr an seinem Todestag besuchte sie das Grab ihres Vaters. Anfangs begleiteten Deirdre und Megan sie noch, aber mit den Jahren kamen sie immer seltener mit. Jackie hörte nie damit auf und sie vergaß ihren Vater nie. Er war stets bei ihr.

***

Das Glioblastom hatte zwar keine Nachkommen im herkömmlichen Sinne, aber sein Samenkorn war in Megan und Jackie Stone gepflanzt worden. Es existierte in Form einer leichten, aber identischen Variante in der jeweiligen DNS der beiden Mädchen. Es war ein Tumormarker, der darauf wartete, entdeckt zu werden. Der Hahn einer Pistole, der auf den Abzug wartete.

Doch nicht alle Marker werden entdeckt, nicht jeder Abzug wird gedrückt. Es würden viele, viele Jahre vergehen, bevor die beiden Mädchen herausfinden würden, ob der in ihnen schlummernde Glio aufwachen würde.

Aber das ist eine andere Geschichte.

ENDE

John Green / David Levithan

Will & Will

384 Seiten, ISBN 978-3-570-30885-1

Sie heißen beide Will Grayson, wohnen in Chicago, sind siebzehn und haben dasselbe Problem: Aus Angst, es mit der Liebe zu versemmeln, lassen sie sich auf Romantisches gar nicht erst ein. Der eine zögert seit Wochen, sich selbst einzugestehen, was für andere offensichtlich ist: dass er bis über beide Ohren in seine Mitschülerin Jane verliebt ist. Der andere flüchtet sich in eine Online-Beziehung, anstatt sich vor seinen Freunden zu outen. Doch alles ändert sich, als Will & Will eines Abends ganz zufällig aufeinandertreffen ...

Jay Asher

Tote Mädchen lügen nicht

288 Seiten, ISBN 978-3-570-30843-1

Als Clay Jensen aus der Schule nach Hause kommt, findet er ein Päckchen mit 13 Kassetten vor. Er legt die erste in einen alten Kassettenrekorder, drückt auf „Play" – und hört die Stimme von Hannah Baker. Hannah, seine ehemalige Mitschülerin. Hannah, für die er heimlich schwärmte. Hannah, die sich vor zwei Wochen umgebracht hat. Mit ihrer Stimme im Ohr wandert Clay durch die Nacht, und was er hört, lässt ihm den Atem stocken. Dreizehn Gründe sind es, die zu ihrem Selbstmord geführt haben, dreizehn Personen, die daran ihren Anteil haben. Clay ist einer davon ...

Jennifer L. Armentrout

Morgen lieb ich dich für immer

544 Seiten, ISBN 978-3-570-31141-7

Mallory und Rider kennen sich seit ihrer Kindheit. Vier Jahre haben sie sich nicht gesehen und Mallory glaubt, dass sie sich für immer verloren haben. Doch gleich am ersten Tag an der neuen Highschool kreuzt Rider ihren Weg – ein anderer Rider, mit Geheimnissen und einer Freundin. Das Band zwischen Rider und Mallory ist jedoch so stark wie zuvor. Als Riders Leben auf eine Katastrophe zusteuert, muss Mallory alles wagen, um ihre eigene Zukunft und die des Menschen zu retten, den sie am meisten liebt ...

30288

www.cbj-verlag.de

Adriana Popescu

Mein Sommer auf dem Mond

ca. 350 Seiten, ISBN 978-3-570-31198-1

Cooler Sportler, niedliche Träumerin, lässiger Underdog und freche Sprücheklopferin – alles nur Fassade ...

... und die müssen Fritzi, Bastian, Tim und Sarah aufgeben, als sie mit ihren tiefsten Geheimnissen im Therapiezentrum auf Rügen landen. Einen lebensverändernden Sommer lang werden die vier vom Schicksal zusammengewürfelt und ordentlich durchgeschüttelt. Dabei wachsen sie über sich hinaus, finden ihr wahres Selbst, großen Mut und entdecken die erste wahre Liebe ...

30332

cbt

www.cbj-verlag.de